JN076638

現代ロシア文学入門

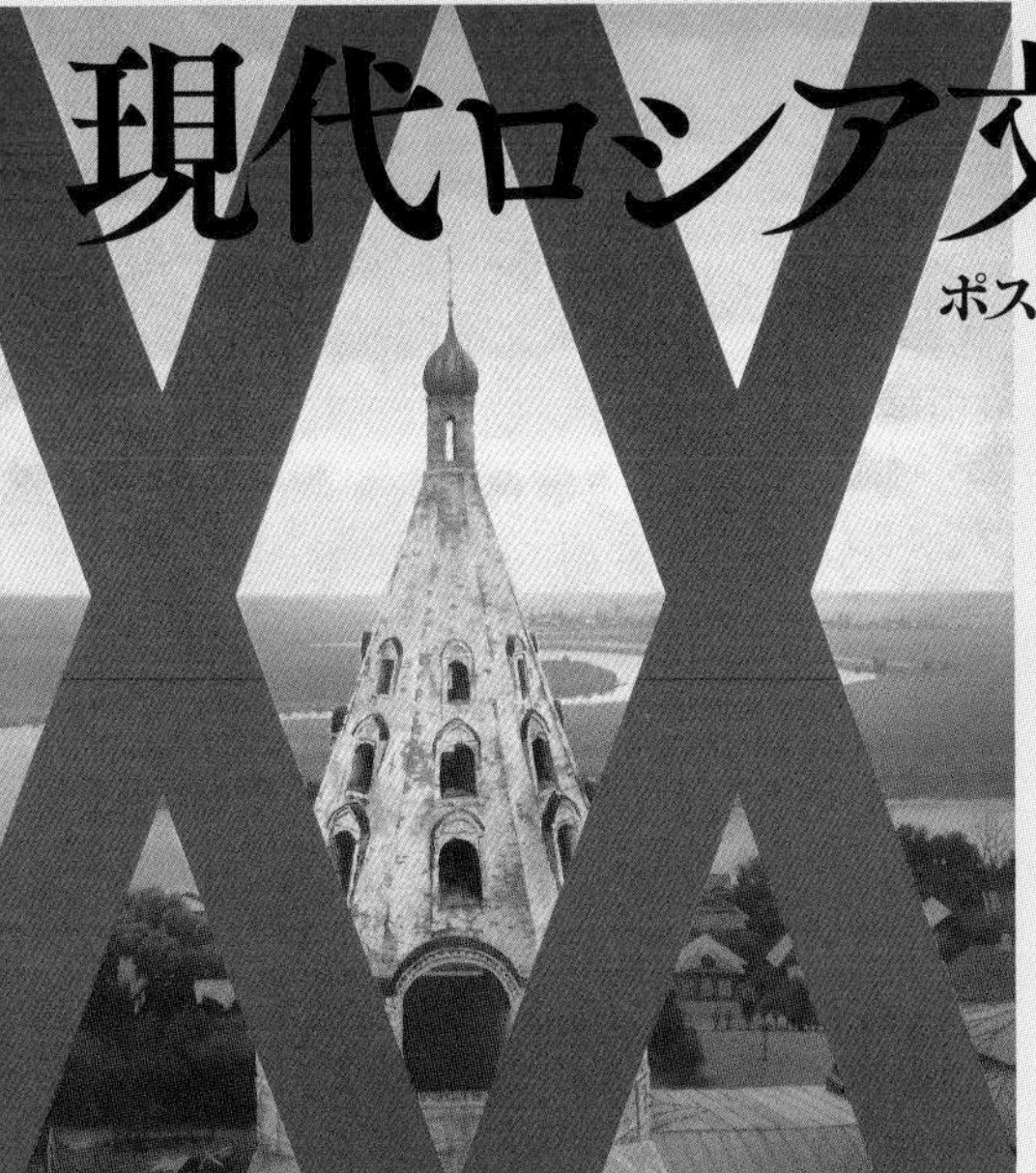

ポスト・ソヴィエト文学研究会 編著

東洋書店新社

序　現代の中に過去を、過去の中に現代を

現代ロシアの文学は出版された翻訳書をならべてみると、すでにかなりの点数が紹介されていることがわかる。しかし、どうしても特定の作家や潮流に関心が集まってしまう傾向があり、全体像を提示するというのは難しい。まだ日本に紹介されていない作家を中心にして編んだアンソロジーという、本書のアイディアが企画されたのは二〇二〇年のことだった。それから長い時間をかけて、ようやく原稿が出そろったところで、ロシアのウクライナ侵攻が起きた。残酷な言葉と映像が世界中のメディアを席巻した。ロシア文学の研究に携わる私たちにとってはなおさらに無関心ではいられない状況が日々エスカレートし、更新されていく。

本書で紹介した作品、そして現代文学に関する論考はすべて戦争前に書かれたものであり、座談会などを部分的に補足した以外には、現在の出来事を直接的に反映しているわけではない。したがって、ロシア政府の非道に対する現代文学の応答を知りたい読者は不満を覚えるかもしれない。ウラジーミル・ソローキン、スヴェトラーナ・アレクシエーヴィチ、ミハイル・シーシキン、ボリス・アクーニンのように強い言葉でプーチン政権を批判する作家たちの多くは、今回の戦争が始まる前から欧米とロシアを

行き来したり、国外に拠点を移している場合が多い。すでに二〇一四年のクリミア併合とドンバス紛争が始まったころから、ウクライナを擁護する発言が激しい批判にさらされるような政治的雰囲気が醸成されていた。本書でインタビューを掲載したリュドミラ・ウリツカヤも戦争開始後にドイツへ移動したという。国内に残った作家の中では、ザハール・プリレーピンが「特別軍事作戦」を支持する一方で、プリレーピンと同じ「新しいリアリズム」に数えられるクセニヤ・ブクシャは流血の惨禍に遺憾の意を表明していた。ただし、積極的に意見を示さず、沈黙を選んだ作家も多い。過去の発言を消去したり、上書きするケースもあるだろう。すべては予想のつかない現在進行形で展開している。この状況を一人か二人の作家の反応によって代表させることはできない。レフ・ダニールキンが本書に掲載した論考の中で、ゼロ年代の多様な文学をひとりの作家を中心にして記述することはできないと喝破したように。

現実の複雑さというものは、文学の豊かさをその多面性のままに示すことによってしか対峙しえないという状況は、戦争が起きる前でも同じだった。いま目のまえで起きつつある事態に対して、文学がどのように向き合ったのかは、むしろこの後の仕事が明らかにしていくだろう。それでも本書が新しい現代文学の動向を映し出しているということは自信をもって主張できるし、戦争の恐怖とその中で発せられる勇敢な声につながる無数の糸口を本書の中に見出すことができるはずだ。

ロシア文学にとって戦争というテーマは古くてかつ新しい。それは常に現在の視点から過去の偉業や惨劇をさかのぼって想起させる。今回の戦争をめぐるロシアとウクライナの政治家の発言にも、ソ連とナチ・ドイツのテロルや戦争犯罪の記憶がしばしば思いもよらないところで呼び出されている（例えば、ロシア軍による穀物の強奪と一九三〇年代のウクライナの人為的な大飢餓）。第二次世界大戦（独ソ戦争）に取材した戦争文学はソ連文学の主要なジャンルのひとつだったが、主として直接の参加者・体験者によって書かれたものである。それに対して現代の作家が第二次世界大戦を題材にするとき、それは直接の当事者ではない媒介された立場からの創作になる。ボリシャヤ・クニーガ賞を授与されたマリヤ・ステパノワの『記憶の記憶』はユダヤ人の家族の記憶を子孫の視点から描くものであり、ホローコストの写真論でマリアンヌ・ハーシュが提唱した追記憶（ポストメモリー）というアイディアを意識的に用いた。媒介される記憶は時間的な距離だけではなく、言語文化の境界を越えることもある。独ソ戦を舞台にした逢坂冬馬の『同志少女よ、敵を撃て』（戦争前の二〇二一年に出た小説だが）に登場するウクライナの少女のロシアへの複雑な憎悪は、今まさに起きている戦争を連想させずにはいない。

『戦争と平和』はナポレオン戦争よりも後に生まれたトルストイによって書かれた。そこに描かれるリアルな戦場は、文献や語りによって媒介された先人の記憶に基づくものである一方で、トルストイ自身が従軍したクリミア戦争の体験を映し出してもいる。アレクシエーヴィチが師とみなすベラルーシの作家アレシ・アダモーヴィチによれば、文学が語ろうとする戦争はそれよりもひとつ後の戦争につながっている。独ソ戦の過酷な記憶を再現するソ連の戦争文学は、冷戦期にリアルに感じられた近未来の戦争（核戦争）を予感させるものでもあったという。アレクシエーヴィチが「未来の記憶」として構想した『チェルノブイリの祈り』は、福島原発事故で被災した人たちがこの先に起こりうる苦難を想像するための道しるべになった。ロシアによるウクライナの侵略戦争については、すでに多くの詩や散文の言葉が生まれており、近い未来の文学の重要な主題となるだろう。しかし、これまでに書かれた文学の言葉もまた、現在の戦争の中で新しい意味が見出され、ロシアについてもウクライナについても、媒介され再構築された新しい記憶を呼び出すことになる。

本書は、後期社会主義期のアンダーグラウンド文化に根差し、ソ連解体後の一九九〇年代に流行したポストモダニズム文学から、二〇〇〇年代以降のリアリズムの復権という大きな流れを縦糸とし、女性文学、ノンフィクション、LGBT、地方文学、現代芸術といったテーマの広がりを横糸として、現代までの三〇年ほどの文学の動向をカバーしている。その中でも、できるかぎり新しく、まだ紹介されていない作家や作品を取り込むようどん欲に努めた。日本語での紹介が初めてとなる作家もふくめて、七本の作品を翻訳している。ポストモダニズムを代表する作家のひとりでありながら、なぜかこれまで紹介されてこなかったパーヴェル・ペッペルシテインの大著『カーストの神話生成的愛』からひとつの章を本書に含めることができた。同じ訳者によるペッペルシテインの短編集『地獄の裏切者』(水声社、二〇二一年)の刊行も記憶に新しい。「新しいリアリズム」の潮流からは、ペテルブルグの作家ブクシャとネオ農村派というべきセンチンの二人の作品を入れることができた。そもそも「新しいリアリズム」については、プリレーピンの小品が翻訳されているくらいで、日本ではまだほとんど知られていない。

オリガ・スラヴニコワとローラ・ベロイワンの二人の作品は、前者はウラル、後者は極東という地方を舞台にした物語をマジックリアリズムの手法で描き出す。自家製ウォッカ蒸留器が魔術的な力を発揮するというモチーフが偶然にも重なっているのが興味深い。スラヴニコワは現代ロシアの代表的な作家のひとりでありながら、日本での紹介はまだ少ない。ジャナール・セケルバエワはカザフスタンのLGBTアクティヴィストで、ここではロシア語で書かれた珍しいジェンダーSFを紹介した。すでに翻訳のある『聖愚者ラヴル』で一五世紀のペスト禍を描いた作家エヴゲーニー・ヴォドラスキンは、新型コロナウイルス感染症を念頭においた戯曲を書いており、テーマのアクチュアリティを考慮してアンソロジーに加えることにした。

ドミトリー・ブィコフとリュドミラ・ウリツカヤという、現代ロシアでリベラルな潮流を代表する二人の著名作家のインタビューもぜひ読んでほしい。クリミア併合やドンバス地域の紛争でロシア社会の雰囲気が変わる中で、リベラルな立場からプーチン政権に批判的な姿勢を示してきた二人の発言（ブィコフは暗殺されかけたというのに！）は今日の状況にまっすぐつながっている。インタビューで示されるウリツカヤの変わらぬ平静さとブィコフの勇ましい陽気さに救いと希望を見出すことができる。本書は文学作品以外にも、ゼロ年代の文学を縦横に論じたダニールキン、それ以後の「新しいリアリズム」を紹介したワレリヤ・プストヴァヤの二つの概説的な論考、そして女性文学、現代アートと文学、ノンフィクション文学という三つのテーマ的な論考を収めた。もちろんそれだけであらゆるジャンルと潮流を押さえられるわけはなく、それぞれの分野の専門家に執筆していただいたエッセイとキーワードによってできるかぎり補足した。

本書の編者の多くはちょうどソ連が解体して、それまで見えなかった世界が開かれた時期に研究に携わってきた。それは手付かずのテクストや物語がいくらでも見つけられる幸せなタイミングだったといえる。しかしそうした時間は長くは続かず、二〇〇〇年代以降は、いったんは開かれた場がゆっくりと再び閉じていく感覚に襲われることもあった。戦争はそのプロセスを極端なかたちで結実させてしまった。もちろん、歴史はくりかえすように見えても、まったく同じところに戻ってくるわけではない。現代の中に過去を、過去の中に現代の意味を見出し、渦のような迷宮をたどる道しるべとして、ロシアの現代文学を読みたい。

編者を代表して　越野　剛

現代ロシア文学入門

目次

目次

論考 現代ロシア文学の諸相

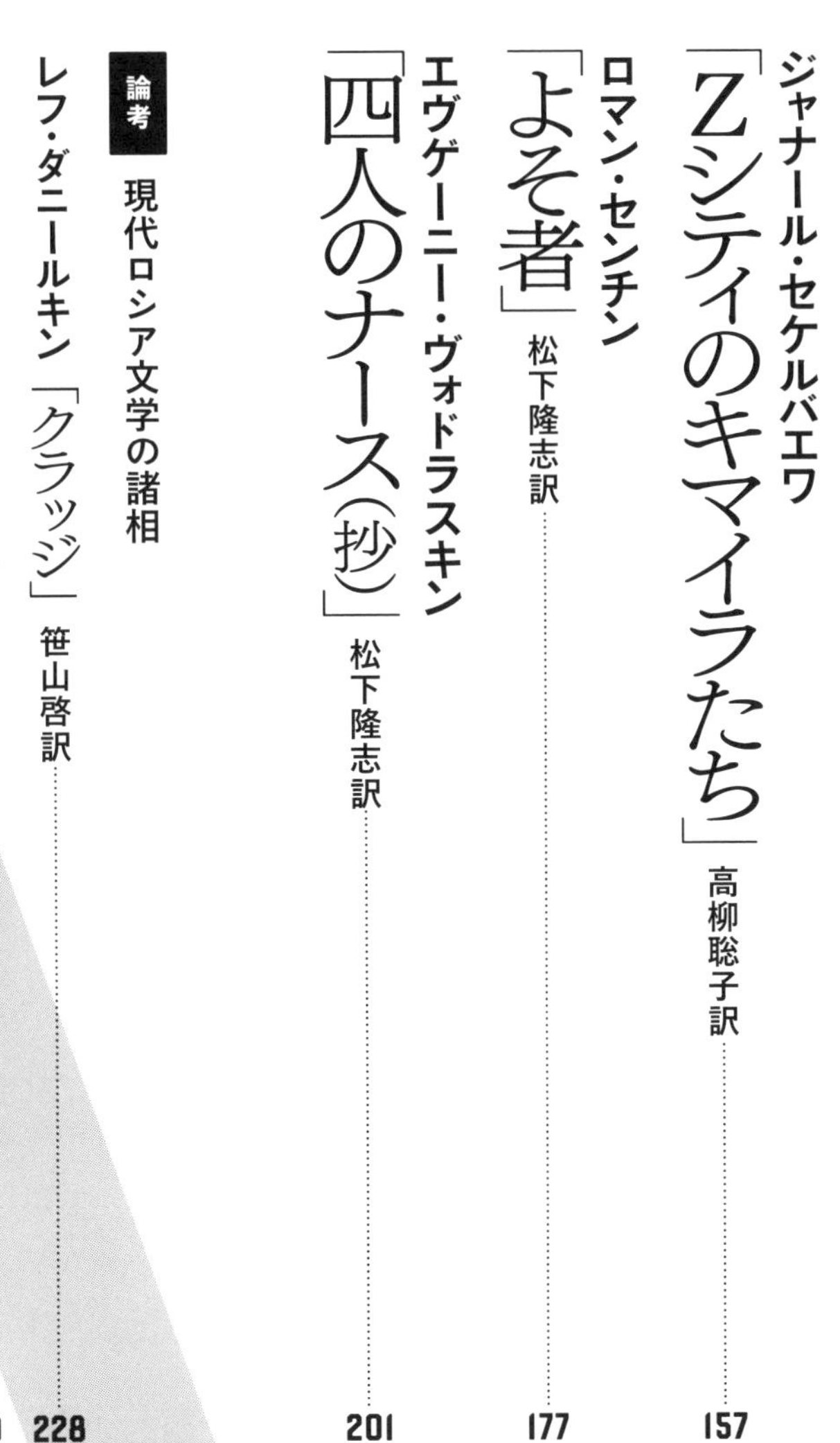

目次

現代ロシア文学入門

作家インタビュー

聞き手　**奈倉有里**

リュドミラ・ウリツカヤ

リュドミラ・エヴゲーニエヴナ・ウリツカヤ――一九四三年ダヴレカノヴォ生まれの作家。モスクワ大学で遺伝学を専攻。ソ連時代はほぼ無名であったが、一九九〇年と一九九一年に彼女の脚本が映画に採用され、さらに一九九二年に大手文芸誌『新世界（ノーヴィ・ミール）』に掲載された『ソーネチカ』が、一九九四年にフランスのメディシス賞とイタリアのジュゼッペ・アチェルビ賞を受賞し世界的に注目を浴びる。ほか、ロシア・ブッカー賞を受賞した『クコツキイの症例』（日下部陽介訳、群像社、二〇一三）、ボリシャヤ・クニーガ賞とアレクサンドル・メーニ賞を受賞した『通訳ダニエル・シュタイン』（前田和泉訳、新潮社、二〇〇九）、『陽気なお葬式』（拙訳、新潮社、二〇一六）、『緑の天幕』（前田和泉訳、新潮社、二〇二一）など。これまでの作品はヨーロッパ諸言語をはじめきわめて多数の言語に翻訳されている。

新型コロナウイルスの流行が本格化した二〇二〇年春には、デビュー前に執筆し未発表だった脚本『ペスト』を刊行した。これは史実に基づく話で、一九三九年にサラトフの細菌研究所の研究員がペスト菌に感染し、講演会に出かけた先のモスクワで発症し、自らを隔離しようとする。一方政府側は極秘で感染経路を辿り、接触した可能性のある人々を次々に拘束していく。感染症の拡大と、強権政治による取り締まりが合わさることの恐怖が現代の問題と呼応し、反響を呼んだ。

ロシアでは社会的発言も積極的にしており、二〇一四年のクリミア問題の際には他の作家らとともに併合強行反対デモに参加していた。前回彼女に会ったのはちょうどそんな折だった。乳がんを摘出したと聞いていたので（このときの闘病記は「胸、おなか」拙訳『グランタ・ジャパンwith早稲田文学03』早川書房、二〇一六）健康状態を心配しながらモスクワの自宅を訪ねると、自らきのこ狩りへ行って採ってきたという手作りのきのこパイやソ連時代によく食べていたという小魚のマリネをテーブルいっぱいに並べて、「あらお水がない」とか「一品忘れた」とか言ってはバタバタと大きな足音をたてて部屋じゅうを走り回ってもてなしてくれ、病みあがりとは思えない力強さと人柄の温かさに、安心すると同時に圧倒された。

■「作家」という仕事

――このたびはインタビューに応じていただき誠にありがとうございます。早速、お仕事についてお伺いしたいのですが、ウリツカヤさんは、「作家」というお仕事をどういうふうにとらえていらっしゃいますか。それはたとえばひとことでいうなら「喜び」なのか「苦しみ」なのか「使命感」なのか――どういった言葉がいちばんあてはまるでしょうか？

それはとても大切な問題ですね。まず、こういう話をしましょう。私はもうずいぶん前に、人間が生きた証として残るのは、テクストだけだと気づきました。ただし例外もあって、たとえば画家であれば、そのテクストは文字という形ではなく、より複雑な形の痕跡になるわけです。画家以外にも、別の形でテクストを残す分野というのは膨大にあり、もちろんすべてを数えあげるわけにはいきません。だからここでは、文字テクストの話をします。文字テクストにもさまざまな種類があります――自分のためだけに書く文章や、誰かに宛てた手紙、日記……。文学作品は作家が、読者に読まれることを想定して書くものです。それから、人にものを教えるための、教科書の文章もテクストですね。

私は、書くことを学んだそのときからテクストを書き続けています。子供のころから日記をつけ、手紙を書き、そうしてたくさんのものを書いてきたのですが、老年に差しかかったいまになってようやく、ああ、人の心はこうして不死を求めているのだと気づきました。テクストは、人よりもずっと長く生き残ります。テクストはそれぞれの時代にかなった方法で書かれますが、ほんとうに賢く大切な言葉は――石に刻まれたものでも、パピルスに書かれたものでも、紙に書かれたものでも、パソコンで書かれたものでも——きっと残るのです。

私にとって「書く」という作業は、人生の刻印です。実は、私はたいへん記憶力が悪く、だからこそ昔から日記を書いてきました。日記を書くという習慣から、日記ではないテクストも書きたいという欲求が生まれ、その日記からのいわば「逸脱」が、一般に「文学作品」と呼ばれるものになっていきました。その作業は、私にとって「仕事」というよりむしろ、テクストに流し込んだ私の「人生」そのものなのです。

——つまり、なにかきっかけがあって「作家」を志したというより、ずっと書き続けていた、という感じなのでしょうか。

ええ、そうです。物心ついたころから文を書くことが大好きでした。テクストを創造するという作業そのものにとても魅力を感じた——自分の存在そのものの意義を試されるような、重要な作業だと感じたんです。ある意味では、人という存在自体がひとつのテクストであり、すべての人生はテクストであるとも思うんです。

——では、デビューする前と後、そしてその後の三〇年の作家生活のなかで、「書くこと」に対する感覚は変化してきたでしょうか、それとも変わりませんか。

それは難しい質問ですね……。でも、初めて読書を知ったときの喜びがいかに大きかったかは、よく覚えています。さいわい、子供のころに読んだそれらの本はちゃんととっておいてありました。私の子供たちもそれを読み、いまは孫たちが読んでいます。昔話や、キップリング（一八六五～一九三六）の『ジャングル・ブック』や、マルシャーク（一八八七～一九六四）の詩など、短くて明朗な本ばかりです。

■思い入れのある本たち

——なかでもいちばんのお気に入りはなんでしたか。

キップリングの『ジャングル・ブック』です。当時読んだ本は我が家にありますが、戦前の版で、開くと紙がもうぼろぼろと崩れてきます。修復に出したいといつも思っているのですが、なかなか実行に移せずにいます。これは狼の群れに育てられた少年の、奇跡の物語です。実際には、こんなことはありえません。動物の群れに育てられた子供の例はいくつかありますが、彼らは人との交流が困難な人間に育ってしまいます。子供はそれぞれの年齢の発育にあわせて、さまざまなことを習得します。もし赤ちゃんをぐるぐる巻きにしたまま五歳まで育ててしまったら、あとになって歩行を学ぶことはたいへん困難です。言葉も同じで、もし五歳まで人間同士の言葉によるコミュニケーションをまったく知らずに育ったら、あとになって言葉を学ぶのは難しいわけです。でもこれはもう文学というより、文化人類学の話になってしまいますので、おいておきましょう（笑）。

『ジャングル・ブック』という素晴らしい本は、私の母が読み、私が読み、子供が読み、孫が読んでいます。ほとんど、我が家の聖書と言ってもいいくらいです。

――『ジャングル・ブック』は、日本でも読まれています（三辺律子訳、岩波少年文庫、二〇一五、ほか）。実際にはありえないような物語だからこそ、世界中の子供たちに愛され続けているのかもしれませんね。動物たちとの友情、子供の勇気といった要素も大きいですが、さまざまな動物の意思を疎通させてしまうモウグリ少年は、人間と動物という境界を越えていく通訳のようでもありますね。そうして、その後もウリツカヤさんは、たくさんの本に出会ってきたわけですよね。

そうですね。もし私が自伝を書くのならそれは、これまでの人生で読んできた本のリストになるでしょう。私だけではなく、おそらく多くの人がそうなのです。ボリス・パステルナーク（一八九〇～一九六〇）やオシップ・マンデリシターム（一八九一～一九三八）の詩を初めて読んだときの感動は、決して忘れません。プーシキン（一七九九～一八三七）の散文も。それから、初めて手にしたナボコフ（一八九九～一九七七）の本――『賜物』（沼野充義訳、新潮社ナボコフコレクション、二〇一九ほか〕と『処刑への誘い』〔小西昌隆訳、新潮社ナボコフコレクション、二〇一八〕は、私のなかにあったロシア文学の概念を覆しました。伝統的なロシア文学にもソ連文学にも分類できない本だったからです。私はそれまで、伝統的なロシア文学が「いい文学」で、ソ連文学が「つまらない文学」だと思い込んでいました。

最近になって変わってきたと思うのは、文学に対する考えというより、読書に対する考えです。新しいものを読むより、昔読んだ本を読み返すほうが多くなりました。私は本の内容をかなり敏感に感じとってしまうほうなので、無意味な読書で疲弊して時間を無駄にするほど、自分に時間は残されていないと思ったのです。だから、これまでの人生で決してしなかったことをするようになりました――読みかけたものの、作者の実力があまりなく、私の人生にとって必ずしも必要ではない本だと思ったら、その本を閉じ、そしてもう二度と開きません。でもこれは、文学に対してというより、時間に対する考えが変わったのだと思います。

――パステルナークやマンデリシタームで、とくに好きだった詩はありますか?

うーん、ずいぶん昔のことですから、すぐには挙げられないですね。でも、そのときのことはよく覚えています。一二歳のとき、女友達と一緒にその子の家の本棚を漁っていたら、一九三四年刊行のパステルナークの『我が妹――人生』が出てきたんです。中身なんてなんにもわからないのに、すっかり恋をしてしまいました。

マンデリシタームの詩を知ったのはもう少し後で、やはり当時の状況が印象に残っています。地下出版でたくさんの禁書を印刷している友人たちがいて、彼らのおかげで読むことができたのです。当時、マンデリシタームの本は普通には手に入らないものでした。あとになって、私はナジェージダ・ヤーコヴレヴナ・マンデリシターム〔オシップ・マンデリシタームの妻〕にも出会いました。彼女の周りにはいつもマンデリシタームの詩を愛する人々が集まっていました。当時はその名前を口にすることすら許されないような詩人だったのにもかかわらずです。

――つまり、そうした詩人の作品を読んだ当時の苦労も含めて記憶に残っているということで、たいへん貴重な体験ですね。では、プーシキンはどうでしょうか。

やはり『大尉の娘』〔神西清訳、岩波文庫、二〇〇六、ほか〕が、ロシア文学全体を通してみても最高傑作だと思っています。

――以前、最近ではニコライ・ザボロツキー（一九〇三〜五八）の詩が好きだとおっしゃっていましたね。ザボロツキーのいちばんの魅力はどこでしょうか。

プーシキンの言葉に、「詩は少しバカなくらいがいい」という言葉がありますね。一般的に、詩というものはそういうものだと思われているふしがありますが、ザボロツキーが書くのは逆に、とんでもなく賢い詩なんです。そういうところに惹かれます。

――確かに特に後期のザボロツキーの詩は、頭が痛くなるほどの作品もありますね。ところで、現在ウリツカヤさんご自身がいちばん興味を持っている創作テーマをお聞かせいただけますか。

いま、完成すればひとつの長編になるはずだけれど、残された時間も力も足りないと考えている、あるテーマがあります。ロシア革命期に亡命し、フランスで育った子供たちの話です。フランスで、長年ずっとロシアに戻ることを夢見ていた人、実際にロシアに戻って投獄や強制収容所を経験した人、釈放されて再びフランスへ亡命した人、最初の世代の孫の世代になって、またロシアに戻ろうとする人……。まるで冬になると暖かい地へ飛び去り、子供を産むために故郷に戻ってくる渡り鳥のような人々の話を書きたい……。でもこの小説を私が書きあげることはないでしょう。すでに細部の設定もできていて、資料もたくさん集めたのですが……。いま書いているのはたいへん短い、小話のような作品ばかりです。

――たいへん興味深い内容で、渡り鳥というイメージに想像力をかきたてられます。いつか読めるのを楽しみにしています。

■想定する読者像

――ところで、ウリツカヤさんが本を書くときに念頭に置くような、理想の読者像はありますか。

本を書くときは、友人に読ませるつもりで書いています。たとえばサーシャ、ヴィーチャ、ゾーヤ、ディアナ、といったぐあいに、具体的に思い浮かべるんです。親しい友人たちは理想の読者です。もちろん、私の書いたものをひたすら肯定してくれるからではありません。むしろ、足りない部分や、気づいたことなどを教えてくれるのです。でも基本的には、やはり置かれた境遇や考え方や知識量や世界観の近い友人たちですから、読者として想定していると安心感があります。

――では世界の一般の読者に対して、どう読むべきか、どんなところに注意を払って読んでほしいか、という希望はあるでしょうか。

本を読んでくれる人たちがどういう読みかたをすべきかは、私には決められません。読書には人によってそれぞれの楽しみかたがありますからね。ストーリーを重視する人も、登場人物の性格を重視する人も、文体を重視する人も、大切な読者です。

■文学とジェンダー

――ありがとうございます。それでは次に、文学とジェンダーにまつわる質問をいくつかさせてください。ロシア文学において、「女性の詩人は昔からいたのに対し、散文は近代まで長らく男性のジャンルとされてきた」と言われることがあります。歴史的にみて、なぜそのような状況になったのでしょうか。

それは文学全般にかかわる、重要な問題です。そもそも人類は書物を作るよりずっと以前から、歌という文化を持っていました。そこでは女性が大きな役割を果たしていました。たくさんの歌、とりわけ抒情歌を作る女性がいました。そういう意味でも、昔もいまも女性詩人がいるということは、その伝統の継承でもあるのだと思います。詩の根本には口承文芸があるのです。

ところがそれに対し、散文の歴史は紀元前四世紀ごろの、債務や商業の書きつけに始まります。金銭にかかわる仕事は古代から現代に至るまで、男性の仕事とされてきました。私は女性の銀行家も投資家も、ひとりとして知りません。おそらく世界のどこかにはいるのでしょうが、私の周りにいないことは確かです。古くからある散文のもうひとつのジャンルは、歴史書です。これもまた男性の仕事でした。これらの背景には、女性の識字率が高まったのが歴史的にみて非常に遅かったという共通の問題があります。古代にも教育を受けた女性はいましたが、きわめて少数でした。現存する、女性が書いたもっとも古いテキストのひとつは、約三五〇〇年前に書かれた、ある女性の女友達宛の書簡ですが、私は現物をイスラエル博物館で見て感銘を受けました。その手紙で彼女は、「父親が年をとり、威厳と決断力のある人だったのに、すっかりおいぼれてしまった」と嘆いていました。その手紙だけでも、すばらしい抒情的散文として成り立っていました。さらにそこには、同じ展示ケースのなかに彼女のサンダルが――片方の靴底だけが数センチ高いサンダルが展示されていました。彼女は片足が不自由で、それを気遣った靴屋が歩きやすいように工夫したということでした。

ですからまず、散文の起源をたどるためには、古代の、非商用のテクストを探していく必要があると思うのです。そしてそこには、きっと女性の紡いだ手紙や物語もたくさんあると思いますよ。

――なるほど、そもそもロシアで一般的に言われる「散文は男性のジャンル」という言説自体が、検証不足なのかも

しれませんね。それに似た話ですが、ロシア文学の分類として度々目にする、「男性作家／女性作家」「女流文学／男性文学」といった分類について、どうお考えでしょうか。また、もしそれぞれの代表的な作家を挙げるとしたらどういった作家・作品があるでしょうか。

ええ、それはもうずっと以前から、多くの女性作家にとって頭の痛い問題です。けれども基本的には、単なる言葉の上の問題でもあります。ロシア語には職業を表す言葉に男性形と女性形がありますので、「女性作家（ピサーチェリニッツァ）」と言われて怒る理由はありません。「裁縫士と裁縫婦」とか、「調理士と調理婦」と同じように、普通に存在していてもかまわない言葉です。もちろん、それぞれの職業によって歴史的にさまざまなニュアンスが生じてきましたが、それについていまここで掘り下げるのはやめておきましょう。

ところが女流文学――「ジェンスカヤ・プローザ」となると話は別です。男性作家の文学「ムシスカヤ・プローザ」に比べてあきらかに、劣るというニュアンスで用いられることが多いからです。そんな分類をするくらいなら、「いい文学」と「悪い文学」に分けるほうがずっとましです。小説は、その作品が優れているか否かでのみ判断すべきだからです。

けれどもその反面、社会のあらゆる分野において、女性の領域と男性の領域というものが存在することも確かです。文学だけではなく、たとえば医療現場、学術研究分野、企業経営、といった方面でもそうです。そこでもやはり、「いいか悪いか」よりも、男女の差で決まることがある。けれどもたとえば、保育園で小さな子供に接するのは男性より女性のほうが上手だとか、きわめて体力のいる作業を強いられる鉄鋼工場では男性のほうが向いているとかいったことについて、私はそこまで問題だとは思っていません。まあ、ラディカルなフェミニストの立場からすれば私のこういう言葉は許しがたいものかもしれませんが。

どんな作品が女流文学に値するか、挙げるのはやめておきましょう。私は、作家を図式化するのは好きじゃないんです。それはともかく、レフ・トルストイ（一八二八〜一九一〇〕の『アンナ・カレーニナ』〔望月哲男訳、光文社古典新訳文庫、二〇〇八、ほか〕は、内容からすると「女流文学」だと思いませんか？

――確かにそうかもしれません。そもそも、小説を分けるにあたって著者の性別を問題にする慣習は、内容を精読していない人がやりがちな安易な方法という面があるということですよね。でも、作家自身の好みの問題が絡んでくることもありますね。たとえばツヴェターエワは、「ポエテッサ〔女性詩人〕」と呼ばれることを嫌い、男性形で「ポエート〔詩人〕」と呼ばれることを好みました。ウリツカヤさんご自身は、どう呼ばれるのがいちばん嬉しいですか。

ロシア語には、日本語にはない「男性語尾・女性語尾」があります。この語尾は、ただ単に性別を分類するだけの役割しか持っていません。語尾が変わっても、いちばん大事な「語根」という、意味の根本は変わらないのです。だから私は、語尾のために闘わなければいけないほど、語尾が大切なものだとは思っていません。ただ、ツヴェターエワのように、ポエテッサと言われるのが嫌だという人については、本人が嫌なのですからやめておきましょう。個人的には私は、どう呼ばれようとまったくかまいません。

――ロシア語の語尾にかんしては、最近ではこれまで男性語尾を女性化するために用いられていた「シャ」や「ハ」を廃し、一貫してより中立的で歴史的に手垢のついていない「カ」を新たに用いようという試みもありますね。たとえば女性の編集者であれば、レダクトルシャではなく、レダクトルカにするという。ところで現代は世界的にみても、男性と女性との役割の差異をなくそうという方向に動いているともみられていますが、ロシアではこの点はどうなっていると思われますか。

ロシアでもやはりその点は変わってきています。とりわけ進歩したのは法的な権利です。もうひとつ重要なのは、高等教育を受ける女性が増加し、以前は「男の領域」だと思われていた高度な技術や資格を取得する女性が増えたことです。でも、問題はその先なんです。そうした専門領域の中流層で活躍する女性は確かに増加したのに、役職のつくような上層部は男性が大半を占めています。女性だからという理由で役職につけないわけです。

——程度や段階に違いはあるかもしれませんが、日本にも同じような状況があります。それではそういった問題に対し、文学はなにかしらの使命や役割を担っているでしょうか。

基本的に、芸術には人間が自らを表象するという課題以外の使命はないと思っています。けれどもジェンダーの問題も含め、社会的な問題が文学作品に投影されることは多々あります。それがうまくいっている場合はすばらしい作品になりますが、もとから頭でっかちになり思想的・政治的理念を表すために作られた文学は、私は好きではありません。

——前回お話を伺ったとき、ウリツカヤさんがやっていた「子供のためのプロジェクト」と、その後に巻き起こったスキャンダルについてお聞かせいただきました（このプロジェクトは児童書のシリーズ本として展開され、各分野の専門家が子供向けに、異なる宗教、風習などの様々な家庭について説明し、子供に「自分と違う人を受け入れること」を教える目的があった。そのなかに「ホモセクシャル家庭」という項目があり、「二人のお父さん、もしくは二人のお母さんのもとに育つ子供もいます」という記述が波紋を呼び、一部で禁書扱いにする動きが出るなど、現代ロシアの同性愛に対する無理解や厳しい世論を反映する形の騒動になった）。**あれから数年が経ちましたが、その後、ロシアにおけるホモセクシャルに対する差別は減ったでしょうか。また、あのプロジェクトはホモセクシャルのみではなく、自分とは違う存在に対する「寛容」を呼びかけるものでもある、とおっしゃっていましたね。ロシアにおけるこの「寛容」をとりまく状況について、なにか変化はありましたか。**

ホモセクシャルに対するロシア社会の風当たりは依然として厳しいどころか、むしろどんどん悪化しています。そもそも「寛容（トレラントノスチ）」という概念自体、ロシアでは非常に扱いが難しいのです。言葉はときとして、ある一定の人種や民族を彷彿とさせてしまいます〔トレラントはユダヤ教の教義というイメージがある〕。類語としてはロシア人に馴染み深い「許容（チェルピーモスチ）」という言葉もありますが、これは「忍耐（チェルペーニエ）」という単語から派生していて、この「忍耐」という概念は、ロシア文学で古くからロシアの民衆が強いられるものとして描かれてきました――いかなる不公平も横暴さも黙って従順に耐え続けるロシアの民衆という形象です。ところが他方ではこの「民衆」は非常に古い考えも持っていて、なかでも一般の人々のあいだにいまだに根強く残っているのが、「ホモセクシャルは罪」であるという概念なのです。福音書に書いてあるそのほかの罪はことごとくきれいさっぱり忘れてしまっても、どういうわけかホモセクシャルが罪だということだけは、かたくなに忘れようとしないのです。

■文学と社会

――難しい状況が続いているのですね。現代社会についてもうひとつお伺いしたいのですが、現在ベラルーシでは、二〇二〇年八月の選挙から厳しい状況が続いていて、ウリツカヤさんも何度か抵抗運動をする人々にエールを送っていますよね。サーシャ・フィリペンコの『理不尽ゲーム』（拙訳、集英社、二〇二一）を朗読する企画では、ウリツカヤさんが主人公のおばあちゃんの手紙を朗読されているのを嬉しく拝見しました。

ええ。サーシャ・フィリペンコは将来がほんとうに楽しみな作家です。それに、ベラルーシで起きていることについては、私もずっと心を痛めて見守っています。私たちロシアにとっても、まったく他人事ではありません。

――ロシアも先日のナヴァーリヌイの帰国後（二〇二一年一月）から本格的なデモと、政府による暴力的な弾圧が繰り広げられていますね。フィリペンコは日本でも紹介が始まっていますが、ほかには、最近の作家で注目している作家はいますか？

残念ながら、このところ私はほとんど最近の文学を読まなくなってしまいました。一九世紀の作品を読み返すことのほうが多いんです。

——そうですか。ところで先日、ドミトリー・ブィコフ氏にもインタビューをしたのですが、氏は現在、ロシア文学は「寒の戻り」ともいうべき状況で、作家や文学にとってはあまり居心地が良くない時代だと言っていました。ウリツカヤさんはいまのロシアの状況をどんなふうに感じていますか。

ブィコフはたいへん教養のある賢明な人で、私は心から尊敬していますが、その点についてはまったく賛成できません。伝統的なロシア文学の最も優れた作品はこれまで、権力の弾圧が強まり、生きることが困難な時代にこそ生まれてきたんです。逆に、暮らしやすく生活が豊かになった状態は文学にとってあまり良い状況ではありません。

——確かに、ロシア文学は歴史的にみると、検閲や作家の投獄や、収容所送りといった厳しい環境にさらされながら名作を生み出してきましたよね。まあ、ブィコフ氏もそのようなかで書かれたアフマートワの言葉を引用している時点で、厳しい時代に書かれた深刻な言葉がいま再び胸に響くのだと言っているともとれるわけですから、お二方の考えには共通点もあるようにも思います。ちなみに、歴史ということに言及するなら聞いてみたいことがあったのですが、もしも時間旅行ができるとしたら、ウリツカヤさんは行ってみたい時代や場所はありますか。

私はとてもいい時代に生まれました。個人的には「黄金時代」と名づけてもいいくらいだと思っています。大きな戦争が終わり、人類の暴力性がぐんと減った時代です。科学はいちだんと進歩し、一〇〇年前に比べれば飢餓もたいへん少なくなりました。そんなわけで、自分が生きた時代には満足しています。過去にはさっぱり行きたいと思えないし、未来をのぞいてみるのはちょっと怖いと思うのです——理解できないことが多くて困ってしまうと思うから。例えば昨日、孫が携帯電話の機能を使って目覚まし時計をセットしてくれました。今朝、その音で起きられたまではよかったのですが、どうしても止められなくて四苦八苦したんですよ（笑）。そんなわけで、未来になんて行ったら自信を無くしてしまいそうですから、私は現在を生きていたいですね。

――携帯電話は私もよくわからず困ることがあります（笑）。現代を生きるということですが、ウリツカヤさんの本はたくさんの言語に翻訳されていて、ご自身もいろいろな地域に行かれてきましたよね。そのなかで、特に気に入った場所はありますか。また、まだ行ったことがないけれどもいつか行ってみたい場所があれば教えてください。

そうですね、どこかひとつなら、ギリシャのサントリーニ島でしょうか。海に沈んだアトランティス大陸の一部ともいわれる島です。でもどこへ行っても、自分の家に帰ってくるといちばん安心します。最近ではもう、旅行へ行きたいとはあまり思わなくなりました。南アメリカやオーストラリアへは行ったことがありませんが、もう行く機会はなさそうです。

――ウリツカヤさんは、これまで常に社会的な問題に対しても積極的に発言してきましたね。ウクライナ問題や、ベラルーシで抵抗運動をする人々へのエールもそうですが、そういった言葉に勇気づけられた人はたくさんいると思います。やはり文学がそういった勇気をくれるのでしょうか。

私は自分が勇気のある人間だとは思いません。ただ、嘘が大嫌いで、これまで生きてきてずっと、国家にかかわるような大きな嘘であろうと、個人的な小さな嘘であろうと、自分が嘘をつくことだけは避けようとしてきました。それを、自分の性格に合った形で表現してきただけなんです。人には皆それぞれの性質がありますから、その人が自然にできることをするべきです。たとえば「臆病」という性質は、生物学的にみれば生命を守るためにあります。けれども人間は、自分の生命を守るためではなく、むしろ逆に危険な目に遭うとわかっていて行動を起こすことがあります。これは、動物と人間の根本的な違いのひとつです。怖い気持ちを克服することは、たいへん重要なことだと思います。

――ウリツカヤさんの本のなかでも、そのあたりは度々テーマとなっていますね。

このたびはほんとうに、ありがとうございました。

（二〇二一年二月）

■インタビューを終えて

冒頭にも書いたように、彼女に初めて会ったとき、写真ではわからなかったその力強さに驚いた。そして、話を伺うたびにやはり、その迫力に圧倒される。今回も、前回会ったときから変わらない二点の「強さ」を感じた。

まず、彼女の作品が世界的に愛される理由のひとつに、今回の話にも出た「寛容」という観点がある。ウリツカヤは以前、自身の創作についてこう語っていた――「私はロシア語で作品を書く、ロシア語作家です。血筋としてはユダヤ系ですが、宗教的にはキリスト教の教えが身近にある環境で育ちました。そしてこれらは、いまの社会においては互いに共存できずにいる組み合わせです。そういう意味では私は少数派に属します。それもあって、私は社会における少数派にはいつも最大限の注意を払い、守ろうとしてきました」と。「子供のためのプロジェクト」もまた、その一環だったという。

もうひとつの点は、かねてから「大学時代に専攻していた科学分野にいまでも愛着を覚えている」と語っていたことだ。「専門的な本ではなく趣味で、ロシアで「ナウチ・ポップ」と呼ばれるポピュラーサイエンス系のものを読むんですけどね」と謙遜していたが、『ジャングル・ブック』のモウグリ少年について語るときも、人間の「臆病」という性質について考察するときも、どこかに「人間という動物」を観察するような視点があり、それが作品にも常に独特の魅力を与えているように思う。そしてそれは、彼女自身の力強い生き方にもつながっている。最後に言及していた「人間の「臆病」という性質」は、彼女がこれまでにも度々いろいろな形で私たちに伝えてきたことだった。以前、ウクライナ紛争に反対するデモに参加した際にウリツカヤはこう語っていた――「私は、勇気があるからデモに参加するのではありません。逆に、むしろ臆病で、弱いから参加するのです。自分の子供たちや孫たちに、あなたたちの子供たちに、みんなの子供たちに、戦争のある世界を残すのが怖くて仕方がないのです」と。それは、さまざまな理由から怖くて運動に参加できないという気持ちを抱えた人々への訴えでもあった。自らの抱える臆病、恐怖、怯えという感情に常にまっすぐに向き合いつづけるその姿には、いつも打ちのめされるほどの畏敬を覚える。

ただ、今回ひとつだけ気になったのは、以前はあまり言わなかった「時間が残されていない」「もう書きあげられないかもしれない」という不安を何度か口にしていたことだ。インタビュー時、七八歳の誕生日を迎えたウリツカヤの「テクスト」には、本人が語るように彼女が編んできた「人生」の記憶が、鮮やかに刻まれている。これからも許される限り、いつまでも彼女の力強い言葉に耳を傾けていたい。

付記――二〇二二年二月二四日にロシア軍によるウクライナ侵攻が始まった直後、ウリツカヤは「痛み、恐怖、恥」と題した声明を出し、反戦を訴えた。だが言論弾圧が危機的な水準に達し、それまでロシア国内に留まっていた知識人が次々に出国するなか、ウリツカヤもまた息子に説得されるかたちでベルリンへの移住を決断し、モスクワの自宅を離れた。

ドミトリー・ブィコフ

ドミトリー・リヴォーヴィチ・ブィコフ――一九六七年モスクワ生まれの作家・詩人・批評家。マクシム・ゴーリキー（一八六八～一九三六）（邦訳『ゴーリキーは存在したのか？』斎藤徹訳、作品社、二〇一六）、ウラジーミル・マヤコフスキー（一八九三～一九三〇）、ボリス・パステルナーク（一八九〇～一九六〇）らの評伝でも知られる。パステルナークの評伝は二〇〇六年に国民的ベストセラー賞とボリシャヤ・クニーガ賞を受賞した。

常人離れした知識量と軽快な切り口で古典から現代文学まで幅広く文学講義をおこない、そのレパートリーはドストエフスキー、チェーホフ、ナボコフといった日本でもおなじみの作家から、あまり読まれなくなってしまったソ連の作家の再評価まで実に幅広い。

作家・詩人としても活躍しており、ストルガツキー兄弟賞を受賞した『ZhD』（二〇〇六）や、『四半期』（二〇一四）、『六月』（二〇一七）などの長編で人気を博している。

プーチン政権に対しては批判的な見解を示し続けており、思想犯の釈放を求める運動などにも参加してきた。自らの立場については「保守」であるとしつつも、「現代ロシアにおいて「保守」が反動的弾圧を示すのはおかしい。弾圧は破壊行為だ。にもかかわらずすべてを禁止し人を殺す人々が保守と呼ばれている」と批判する。ブィコフの名乗る「保守」は、「文化の守り手」と考えるべきであろう。

インタビュー当時も講義や執筆活動を続けつつ、ラジオの生放送にも毎日のように出演している多忙な人で、なかなか（とりわけ国外からの）取材を受けない人でもある。二〇二一年の一月、幾度めかに申し込んだこのインタビューに応じてもらえたのはたいへん幸いであったが、インタビューを終えた後にはじめて語られた胸の内に衝撃を受け、さらに二〇二一年六月、その裏にあった事情が明らかになった。

■古典から現代までのおすすめロシア文学

――このたびはお忙しいなか、貴重な機会をいただきありがとうございます。まずはじめに、けっこう大きな質問ですがせっかくの機会ですので、二〇世紀初頭までの古典的なロシア文学のなかからぜひとも読んでおかなければならない必読書を教えてください。

まず、ロシア文学の古典は、数多の本から必読書を選別できるほど豊富ではありません。二〇世紀以降に人類が罹った病の理由を考え、探るためには、一九世紀の文学作品は手に入るかぎりのすべての本を読むべきです。それ以前――一八世紀の文学なら、アレクサンドル・ラジーシチェフ〔一七四九～一八〇二。一七九〇年の『ペテルブルグからモスクワへの旅』（渋谷一郎訳、東洋経済新報社、一九五八、ほか）は激しい社会批判ゆえに禁書となったが、プーシキンをはじめ一九世紀の作家に広く影響を与えた〕、ミハイル・ヘラースコフ〔一七三三～一八〇七〕、デニス・フォンヴィージン〔一七四五～九二〕、イワン・クルィロフ〔一七六九～一八四四。『完訳 クルィロフ寓話集』内海周平訳、岩波文庫、一九九三〕、ニコライ・カラムジン〔一七六六～一八二六。「哀れなリーザ」『可愛い料理女――十八世紀ロシア小説集』金沢美知子訳、彩流社、一九九九、ほか〕、ワシーリー・カプニスト〔一七五八～一八二三〕。それより以前でしたらアヴァクム〔一六二〇～八二。参考：佐藤純一『ロシア語史入門』大学書林、二〇一二〕ですね。

――やはり古典文学はひととおり読むのが前提ということだと思いますが、確かに一九世紀以降の文学を理解するためにも、一八世紀以前の文学はロシア以外でももっと翻訳されて読まれたほうがいいように思いますね。

では、そういった名作はもちろん片っ端から読むとして、ブィコフさんが個人的に好きな作家で、もっと世界的に評価されてもいいはずの作家は誰ですか。

比較的最近の作家でいうなら、アレクサンドル・ジチンスキー〔一九四一～二〇一二〕と、ノンナ・スレパコ

ワ〔一九三六～九八〕です。

アレクサンドル・ジチンスキーは面白い、すばらしい作家です。初期の作品からは一九八〇年代中頃のソ連の様子がありありとうかがえるし、後期の作品はその後の現代ロシアに対する予言的な内容になっていて、いま読んでも驚くことが多くあります。作家としても人としても、私がずっと敬愛してやまない人です。

ノンナ・スレパコワは英語やフランス語をはじめ語学に長け、アレクサンドル・ブローク〔一八八〇～一九二一〕やニコライ・ネクラーソフ〔一八二一～七八〕らの詩を膨大に暗記し、ギターも上手というたいへん多才な人でしたが、なにより、いともたやすく傑作を生み出してしまう軽やかさの持ち主でした。

全体的に、後期ソヴィエト時代にはもっと評価されていい作家がたくさんいます。一九六〇年代から一九七〇年代にかけて限られた人々のあいだで人気があった作家のなかには優れた人が多くいましたが、その後きちんと評価できる流れにならなかった。それに比べると、たとえば一九二〇年代の作家は往々にして過大評価されがちです。

――ソ連時代に禁じられていた作家がソ連崩壊後一挙に有名になった一方で、一九八〇年代までに禁書を地下出版で読みつつ新たな道を築こうとしていた実力のある人々が、埋もれてしまった面があるのでしょうね。私も今後、ソ連という時代が歴史になっていく段階とともに、ソ連後期の作家は今後もっと評価されていってしかるべきだと思います。ブィコフさんが書き残している回想は、その際にたいへん重要な資料にもなりますね。しかしなるほど、過大評価されている作家もいますか。

いえ、作家という仕事はとんでもなく苦労が多いわりに往々にして報酬は少なく、そういう意味ではいくら評価しても過大評価にはならないんですけどね（笑）。

――そうですね。ではロシア語以外の言語に翻訳する場合、おすすめの現代作家としてはどんな作家がいますか。

デニス・ドラグンスキー（一九五〇〜）、ニーナ・カテルリ（一九三四〜）、リュドミラ・ペトルシェフスカヤ（一九三八〜）、エヴゲーニー・ルキーン（一九五〇〜）、アレクセイ・イワノフ（一九六九〜）です。

――恥ずかしながら、そのなかで日本語でまとまって翻訳されているのはペトルシェフスカヤくらいしか思いあたりません（『時は夜』吉岡ゆき訳、群像社、一九九四。『私のいた場所』沼野恭子訳、河出書房新社、二〇一三。「薄暗い運命」『恋しくて』村上春樹訳、中央公論新社、二〇一三）。ニーナ・カテルリは少しだけ翻訳があります（「化け物」『魔女たちの饗宴』沼野恭子訳、新潮社、一九九八）。児童文学作家ヴィクトル・ドラグンスキー（一九一三〜七二）の児童小説は翻訳されています（『あのこだいすき』宮川やすえ訳、偕成社、一九七九、ほか）、デニス・ドラグンスキーのお父さんですよね。

そうですね。彼は、父ヴィクトル・ドラグンスキーの代表作『デニス物語』に出てくる同名の主人公のモデルでもあります。デニスは一九九〇年代にはジャーナリストとして名を馳せましたが、二〇〇九年以降は作家として精力的に活動しています。

ニーナ・カテルリはすばらしい空想短編小説を数多く書いています。『エミール医師のコレクション』『バミューダトライアングル』『化け物』『窓』などがおすすめです。

エヴゲーニー・ルキーンも空想小説が有名ですが、私は詩人としても評価しています。

アレクセイ・イワノフは構成のしっかりとした小説が書ける実力の持ち主です。

――まだまだ紹介すべき作家がいるということで、私たちとしても翻訳のしがいがありますね。ところで二〇二〇年、世界中の多くの人がリモートワークとなり、何か月もほとんど自宅から出られない状況になりました。こういった状況のなかで、本を読む人は増えたでしょうか。

本を読み、考え、分析するということは、本を書くのに勝るとも劣らないほど類稀な能力のいる作業です。

本を読む人は感染症のさなかであろうとなかろうと読み続けるでしょうし、読まない人は家にいてもテレビドラマやゲームのほうがいいと考えるでしょう。

——では、時事的な状況にからめて二つお聞きしたいのですが、まず「感染症と社会」という観点からは、どういった本がおすすめですか。また、去年から混乱の続いているベラルーシの状況を理解するためにおすすめの本はありますか。

感染症については、リュドミラ・ペトルシェフスカヤの短編『衛生』〔一九九〇年。あるとき街に感染症が拡大し、人々は生き残るため自室にこもる。そして物資を得るために買い出しに行ったあとはバッグを煮沸しナイフをコンロで消毒するなど、「衛生」に気を使って生活をするようになるが……〕、リュドミラ・ウリツカヤの中編『ペスト』〔一九七八年執筆、二〇二〇年発表。内容紹介はウリツカヤのインタビューを参照〕、アーラ・ボッサルト〔一九四九〜〕の『コレラ』〔二〇一三年。二九歳の青年が感染症対策病院で体験する恐怖と混乱をユーモアを交えて描く〕の三作がいいでしょう。ベラルーシについてはサーシャ・フィリペンコ〔一九八四〜〕がおすすめです。

——ありがとうございます。感染症について挙げていただいたのはそれぞれ異なる作風の作家ですが、人々の生活、社会としての対策、病院の問題など、さまざまな面から学ぶことのできる三作ですね。フィリペンコはちょうどさいきん翻訳したところなんです〔『理不尽ゲーム』『赤い十字』ともに集英社、二〇二一〕。以前、ブィコフさんがラジオで彼の作品について「現代の若手作家で、こんな風に真正面から現実を見据えられる作家は稀有だ」とおっしゃっていたのを拝聴しました。

■現代ロシア文学のおかれた状況

——ところで二〇二一年は、ソ連崩壊から三〇年になります。先ほども少し触れましたが、一九九〇年代には世界中の注目がロシア文学に集まり、ブルガーコフ、プラトーノフといった作家の再評価もさかんにおこなわれました。ところが二〇〇〇年代に入って以降、ロシア文学は、どう言い表したらよいのかわかりづらい状況が続いています。ブィコフさんは以前、文学は雪どけと停滞を繰り返すというようなことをお話しされていましたが、現代のロシア文学はどういった状況でしょうか。

現代ロシア文学は「寒の戻り」ともいうべき、文学にとって順風満帆とは言いがたい状況にあります。こういった時代にはたいてい、歴史小説、風景抒情詩、冒険物語が好まれます。

しかしやはり、いまのように社会が弾圧のさなかにあると、文学はあまりのびのびと発展しづらいものです。アンナ・アフマートワの言ったように、「牢獄の鍵の響きに合わせて歌いたいとは思えない」のです〔一九三〇年代に書かれたアフマートワの「答え」という詩の一節〕。けれどもそんななかでも、頭角を現してくる作家というのはいます。ただ、彼らが言いたいことを言える機会というものが、やはりかなり制限されてしまう社会状況になっています。そうですね、あと二～三年、待ってみましょうか。

——そうですね。歴史小説、風景抒情詩、冒険物語というと、やはりいま目の前の現実からどこか別の世界に行けるような作品が好まれるのでしょうか。では、最新の文学のなかで、これから発展していきそうな作風や兆候にはどんなものがありますか。

私は、クエスト形式の小説というものに新しい希望があると思っています。読者が本に書かれた課題を解いていくことによって、ただ読むだけじゃなく内容を「体験」できる、参加型の小説です。私の書いた『四半期』という長編はこの形式で書かれていますが、自分の書いたもののなかではいちばんいい小説だと自負しています。

■ブィコフの『四半期』

——たいへん引き込まれる構造の、それと同時に真剣みのある小説ですよね。まだ読んでいない日本の読者のために、簡単にご紹介いただけますか。

長編『四半期』は、いわば「心の課題集」です。課題を解くのに必要な期間は「四半期」、つまり一年の四分の一である三か月間になっています。

その期間は七月一五日から始まり、一〇月一五日で終わります。困難を伴う課題もあれば、簡単な課題もあります。身体的な器用さを必要とする課題も若干ありますが、ほとんどは知恵と勇気で乗り切れます。これらの課題をこなしていった人は、一定額のお金(その金額の数えかたも本のなかに書いてあります)、あるいは仕事での大きな躍進を手に入れることができます。『四半期』は私の自伝でもあります。この本は、私がこれまで書いてきたもののなかで、抒情詩と比較してもいちばん率直に、私のこれまでの人生や生活について雄弁に語っている本でもあります。どうやら私は、こういうパラドックス的な方法でしか自分のことを語れなかったようですね(笑)。

でもこの本は、いわゆる自己啓発本をこっぴどくパロディー化した本でありながら、どんな自己啓発本よりも強く読者に作用します。いまでは毎日のように、「この本の通りに課題をこなしたことによって、ほんとうに精神的に強くなった」という読者に出会っています。そしてそういった読者の心の変化はほんとうに、ほぼ必ずその人の金銭面にも良い影響を及ぼしています。『四半期』を体験した人たちの愛好会もあります。この体験は人の内面を一新する効果があるため、定期的に繰り返して課題をこなすという人もいます。真面目な話、私は、文学は今後このような方向に進んでいくと考えています。それは単に愛の話を語るだけではなく、どう体験したらいいのかを詳しく教えてくれるような文学です。これは、未来の文学の体験でもあります。今日は意中の人に電話をし、明日はしない、明後日は喧嘩をし、四日目にデートをし、五日目には目の前から消え、一週間後には一夜を共にしてください、なんていう具合にね。

——もしよろしければ、ここで冒頭を紹介したほうが、『四半期』がどのような小説か、日本の読者にもわかりやすいかもしれませんね。

そうですね。冒頭よりも中盤にうってつけの箇所がありますから、ここにしましょう。

八月二〇日

今日はスープを作ろう。

「なんでスープを作んなきゃいけないんだ」と思った人には、謎めいた答えを教えよう。両手でおしりをぽんと叩いたらどんな音が出るかは、誰でもわかる。でも、その音が鳴ったときに空気がどう動いたかは誰にも見えない。つまりは言われた通りにやってみろってことだ。あるいは、もっともらしい答えを用意することだってできる――「いろいろな材料を組み合わせて調理していく作業は、人生の基本と同じだ。だからスープ作りは人生を成功させるために最適の課題なんだよ」って。ふと思いついただけだが、一理あるだろう。でもこの答えには問題がある。まずは世界で一般的に大成功を収めたと言われる人たち――ウィンストン・チャーチルだとかクエンティン・タランティーノなんか、一生に一度もスープなんか作ったことがなかったとしても、そのせいで人生が台無しになったとはいえない。おまけに、これまでスープを作ってきた男たちや女たちはたくさんいたけど、それによって得たものはスープだけで、そのスープすらそこそこの出来だったかもしれない。だから今日はやっぱり余計なことなんかなんにも考えずに、ただ黙々とスープを作ろう。

このスープの名前は「夢」だ。

ちょっと特別な、珍しい食材を使わなきゃいけないけど、このスープにはそれだけの価値がある。私がこのスープを食べたのは人生でたった一度きりだが、いまだに忘れられない。でもさいわいレシピを知ることができたから、いまから教えてあげよう。うーん、私はつくづく、なんて気前がいいんだろう。

材料……牛肉五〇〇グラム、乾燥ナマコ二つ（獲れたての新鮮なナマコがあれば最高）、ブラックベリー一〇粒、赤レンズ豆コップ一杯、香辛料（重要なのはナツメグ）、熟したアーティチョーク三つ、インスピレーションと忍耐を少々。

牛肉五〇〇グラムを一・五リットルの水で煮て、濃厚なスープ下地を作る。そのあいだに、ナマコの下処理をしよう。ただし乾燥ナマコの場合、前日からの準備が必要になる。まず、乾燥させる工程で炭などの汚れが付着しているから、流水できれいに洗う。それから内臓を洗い、スライスして一昼夜のあいだ水に浸して戻す。その際、八時間ごとに水を替えること。なかなか手間がかかるけど、心配ご無用、それに匹敵するおいしさだ。え、なに、どうしてもナマコを入手できないって……。まったく、いつもそうだ。ナマコが必要だっていうときに、ない。でもまあ、気を落とさなくていい。ナマコの代わりに脂ののりすぎていない大西洋のすばらしくおいしい魚、ノトテニアでもいい。〔…〕配送料込みで一キロあたり一二〇ルーブルくらいだし、頭もとって下処理をして冷凍したやつが手に入る。冷凍ノトテニアは解凍する。一口大に切り、さきほど用意した牛肉のスープに加える。ナマコか、もしくはノトテニアを。牛肉のスープ下地に「ナマコがいい？それともノトテニア？」って聞いてみろ。スープは「グツグツ、どっちでも」って答えるさ。

次に、ブラックベリーにレモン汁を加えて潰す。ブラックベリーは必ず生のものを使うこと。冷凍のじゃいけない。なに、ブラックベリーもないって？　どうするつもりだ。ブラックベリーが必要なときに限ってないなんて。まあしょうがないか、体面にこだわることはない。サジーの実でもいい。〔…〕サジーの実はビタミン豊富で健康にいい。華のない北国にとってパイナップルの代わりにもなる素晴らしい代用品だ。雨の降る八月の朝、もうすぐ小学校にあがるころ、あるいは就職するころ、年金生活に入るころ、死が近づくころ、そうして生まれかわって再び小学校にあがるころ、自分でも気づかないうちに膨れあがっていた深い憂鬱にとらわれて「パイナップルはどこ？」って考えるだろう。「ねえタランティーノさん、小学校でも職場でも年金生活でも死後の世界でも輪廻転生のときの次の人生の前にも、パイナップルをくれるって言われたのに、どこにあるの？」って。でもパイナップルはない。と、そのとき、どこまでも灰色の曇天のなかに熟れゆくオレンジ色の実をつけたサジーの灌木が目に飛び込んでくる。トゲだらけで手にちくちく刺さるから実を集めるのは楽じゃない。でも誰が楽だなんて言った？よし、じゃあおじいちゃんの教えのとおりに、傘を受け皿にして実を集めよう、あるいは帆布を使っても、手で集めてもいい。集めたら砂糖で煮て、ぽっかりと寂しくてひどくつらい冬の日に紅茶と一緒に食べれば、「夏のうちに集めておいてよかったなあ」としみじみするさ。

さてと。次にレンズ豆を煮よう。本物の、大粒の、赤いモロッコレンズ豆だ。創世記にはこの豆のせいで長子権を手放した話があったね。ヤコブが食事をしようとしているのを見たエサウは、「その赤いものを、そこの赤いものをくれ」と言って、ねだった。〔…〕

なんだって？　レンズ豆がない？　しかもどこにも売ってないだと？　まあ、レンズ豆っていうのは、見てのとおりエンドウ豆とたいして変わらない。そりゃあ、エンドウ豆の代わりに長子権を譲ったわけじゃないが、だからといってなんのことはない。考えてもみろ。ひょっとしたら、「その緑のものを、そこの緑のものをくれ」とだって言ったかもしれないじゃないか。エンドウ豆ならどこにでもある。〔…〕おまけにこのスープの香りを出すのは豆じゃなく、バンダ諸島の名産品だ。ナツメグは火山起源の小さな島々、ナツメグだ。ナツメグは火山起源の小さな島々、バンダ諸島の名産品だ。〔…〕バンダ諸島はかつて、香辛料諸島とも呼ばれていた。ナツメグの実にはアンフェタミン系の物質が多量に含まれているから、まるごと食べると精神が高揚し、ひょっとしたら少しのあいだ幻覚を見るかもしれない

――緑の岸壁が海面にまばらに映り、その崖はマンチニールの木々に覆われて、現地民の小舟がこっちへ向かってくる。肌をあらわにした美しい現地の少女たちが、ナツメグをはじめ現地の特産物を、ガラスのビーズやウォッカや優しい眼差しや『波の上を駆ける女』の本と交換しようと持ちかける〔アレクサンドル・グリーン（一八八〇〜一九三二）の『波の上を駆ける少女』からの引用とアリュージョン。安井侑子訳、晶文社、一九七二〕。あの本のおかげで、彼方の島々が、第三世界なんかじゃなく天国の一角だって思えてくるんだ……なのに、ナツメグがないだって？　しょうがない。バニラビーンズを入れ

よう。あれならどこのスーパーにでもあるだろう。バニラビーンズをスープに入れて、煮る。なに、大丈夫さ。重要なのはここからだ。まだアーティチョークがあるからな。

アーティチョークは、つぼみを食べる。もしそのまま育てればアザミのような濃い紫の花が咲く。アーティチョークはまず育った土地の近海の海水を利用して塩漬けにされる。主な産地はカリフォルニアやメキシコやスペインだが、クリミアでも採れる。おいしいだけじゃなく食べごたえがあり、やわらかくてシャキシャキとして、早採りのパティソンかぼちゃのような感じだ。だけどいちばんの特徴は、人生の喜びや元気や漠然とした明日への希望といった、子供のころはアーティチョークなんかなしでも朝起きれば自然に湧いてきたのに、歳をとるにつれなかなか湧いてこなくなったあの感じが、ぎゅっと詰まっていることだな。あの感じが湧いてこなくなったら、それはトゲトゲして海水に浸かったアーティチョークが必要な年頃ってことだ。だからアーティチョークを半分に切り、スープに加えて煮よう……な、なんだと、アーティチョークがないって。あの肉厚な付け根にかぶりつけば、たちまち幸福の風に包まれることができるっていうのに！〔…〕まあ、アーティチョークがなくてもキュウリがあるさ。キュウリじゃ幸福感は味わえないが、しばらく絶食でもすればキュウリだって幸せな味がするだろう。それに食感も色もちょっとプツプツしたところも、アーティチョークにそっくりだ。いつまでも手に入らなかったものにこだわっていてはだめだ。いまあるものを大切にしないと、すてきな王子様が現れるのを生涯ずっと待ってる、なんてことにもなりかねない。だから私たちはすてきな王子様なんかほうっておいて、めいっぱいキュウリを堪能しよう。まずキュウリ三本を縦半分に切って〔ロシアのキュウリは小型でごろんとしている〕、スープに入れたら、火が通るまでしっかり煮る。

さて、これで「夢」スープの完成だ。とびきり勘のいい読者は気づいたかもしれないが、この名前は材料の頭文字が由来になっている。ナツメグ、ナマコ、レンズ豆、アーティチョークの頭文字をとると「夢（ミチター）」になるというわけだ。じゃあいま君が作ったものがなにになったか、みてみよう。エンドウ豆、サジー、バニラ、ノトテニア、キュウリ。ま、自分で読んでみてくれ〔答えは「クソ（ガヴノー）」になる〕。
　さて、完成した料理を食べよう。おっと、文句は言うなよ。
　この「夢」が見事完成したという人を、べつに褒めはしない。だって、できあがったスープ自体がじゅうぶんごほうびに相当するからね。
　続きはまた明日だ。「夢」が完成した人は好きな時間に起きればいい。とんでもないものができたという人は、どんな天気だろうと朝七時に起床すること。

――なるほど、毎日そんなふうに少しずつ課題をこなしていくと、最終的に読者はいったいどうなってしまうのか、わくわくしますね。ところで「最近の兆候」ということで伺ったわけですが、ブィコフさんはまったく新しいジャンルの小説として『四半期』を書かれたんですよね。その後、ほかにも同じジャンルの小説が出てきたのでしょうか。

いいえ、ありません。「まだ」ない、といったほうがいいでしょう。歴史的にみればイタロ・カルヴィーノ〔一九二三〜八五〕の『冬の夜ひとりの旅人が』〔脇功訳、白水Uブックス、二〇一六〕が比較的近い試みだったとも言えますが、やはり私の小説はまったくの別物です。

■社会的立場と文学

――ありがとうございました。それでは最後に、現代ロシアにおける社会的立場として、自由にものを言える人間であることの意義についてどうお考えでしょうか？

　ありきたりな回答になってしまって申し訳ないのですが、現代のロシアで生きるなかでいちばん大事なのは、「多数」に迎合しないことです。「自由」というのはかなりいろいろな解釈ができる言葉なのでどう答えるか迷いますが……。

――そうですね、たとえば、かつてボリス・ラーニンさん〔一九六一〜、文学研究者。文学の教科書を数多く執筆している〕が二

〇一三年ごろに教科書問題で政府側からバッシングを受けた際、その翌年にお話を伺ったのですが、ブィコフさんが最初に擁護してくれたといって、ラーニンさんはたいへん感謝していました。

うーん、自分でも恐ろしいことに記憶が曖昧で、その件については自分の発言内容もなにもさっぱり覚えていないのですが、ラーニンさんが覚えていてくれたのなら、ありがとうございます。

——それから二〇一四年ごろ、ボリス・アクーニンさん（一九五六〜、作家。『リヴァイアサン号殺人事件』沼野恭子訳、岩波書店、二〇〇七、『トルコ捨駒スパイ事件』拙訳、岩波書店、二〇一五、ほか）がロシアから出国する際、その直前にモスクワでお話を伺ったことがあったのですが、やはり現代ロシアではっきりと自分の見解を示し続けていると非常に生きづらい、と語っていました。どうしたらいまお話にあったように「多数」に迎合せず、大事なときに「黙さない」で生きられるのでしょうか。それはやはりブィコフさんがこれまで読んできたたくさんの本が糧となっているのでしょうか。現代を生き抜くために、文学や想像力は私たちに力をくれるでしょうか。

世界中どこに生きていても、自分の見解を隠さずに生きるのはたいへん困難なものです。私はといえば、これまで特に意図的に意見を述べようと思ってそうしてきたわけではありません。人々のほうが、ときには私が口を開く前に、どういうわけか私の真意を汲みとってくれることが多いんですよ。

文学や想像力は、私にとっては「力」よりも「喜び」を与えてくれます。その「喜び」こそが、なにより大切なのだと思います。

——確かに、ブィコフさんの文学講義を聞くと、いつもその「喜び」が生き生きと伝わってくるので、どんどん読みたい本や読み返したい本が増えていきます。読書の喜びを伝えるのは、とても大切なことですね。ありがとうございました。

（二〇二一年一月）

■インタビューを終えて

ここでインタビューは終わったはずだった。ところが私が「謝礼の件ですが、エージェントを介して手続きしたほうがよろしいでしょうか」と訊くと、いや、謝礼はいらない、という。いや、そんなわけにはいかない。出版社は謝礼を支払うと言っている、と食い下がろうと思ったが、次の返答に言葉をなくした——「ロシアでは、どんな形であれ外国からお金をもらうと「外国のスパイ」の烙印を押されてしまうのです。このインタビューに応じたことすら私にとってはかなりのリスクなのです」。

はっとした。ぼんやりとしていた点と線がつながっていく。日本で「スパイ」などと言っても現実味のない冗談に聞こえるかもしれないが、むろん冗談ではない。「スパイ容疑」でいとも容易く多数の人が射殺されたソ連時代（「日本のスパイ」容疑で殺された人もいる）が終わり三〇年が経過しても依然として——いや、むしろいまブィコフ氏が「寒の戻り」であると評したような社会で、近年ふたたび「スパイの烙印」に対する恐怖は増している。

二〇一四年にモスクワを訪れた際、ウクライナ問題が緊迫するなか、街のいたるところにウリツカヤ、ブィコフ、アクーニンをはじめ、歌手のアンドレイ・マカレーヴィチ、ユーリー・シェフチュークらの顔写真の上に「民族の裏切り者」と書かれた巨大な垂れ幕がかかっていた。中心街最大の書店ビルの壁を覆うほどの垂れ幕や、国道沿いの巨大看板に多数の「広告」を出すなどということは、小規模な団体のできることではない。あきらかに大きな力が動いていた。社会の攻撃的な気運が高まるなかで、自分の顔写真に「敵」と書かれて街じゅうに貼りだされるなどというのは、かなり危機的な状況である。アクーニン夫妻をはじめ国外へ逃れる決意をした者も少なくない。なかでもブィコフは二〇一二年の野党調整委員会の投票でアレクセイ・ナヴァーリヌイ（一九七六〜、反体制活動家。日本ではナワリヌイとも表記される）に次ぐ票を獲得したほどの人物である。二〇二〇年の夏にナヴァーリヌイが毒を盛られ意識不明に陥った事件、さらにこのインタビューの直前、二〇二一年一月にドイツでの治療から帰国した直後に逮捕された事件は、ロシアのみならず世界に大きな衝撃を与えた。

だからこそ今回はブィコフ氏に、モスクワで活動を続けるのはさぞ苦労が多かろうと質問をしたのだが、その返答がどこかはぐらかすような内容であることに、奇妙な感覚を覚えていたところだった。私はいままでにも彼にインタビューを依頼したことがあるが、応えてもらえたのはこれが初めてだ。多忙な人だしそれどころではなかったのだろう、熱意が通じてか、たまたま運良く都合がついてか、今回は幸運だったと思っていたが、それは「リスク」という認識をふまえてのことだったのだ。「国外からのインタビューに応じたがらない」理由はそこにあったのだ。

私は、「そこまで覚悟して応じてくれたのに謝礼を払えないのでは申し訳がたたない、しかし私たちのせいで危険にさらされる可能性が高まるのでは、なおさら申し訳がない」と言い、どうしたらいいのかわからないので自分の話をした――ブィコフは積極的に通訳と接したり外国のファンと交流したりするような作家ではないから、日本でロシア文学に興味がある人々というものがどんな存在なのかイメージがわかず、インタビューの意味自体がいまいち伝わっていないのかもしれない、と感じたためだ。私が、子供のころからロシア文学が好きで高校卒業後にペテルブルグに渡ったこと。その後、モスクワでは四年間、アレクサンドル・レーヴィチ（一九二二～二〇一二）に師事し翻訳を学んだこと……。ブィコフ氏がそれに対し「レーヴィチはすばらしい翻訳家だった」「もしあなたが『四半期』を翻訳してくれるなら、著作権料はいらない」とあたたかく返す言葉にまたもや驚き恐縮し、感謝を述べてインタビューを終えた。

■毒殺未遂の真相

それから約半年後の二〇二一年六月九日、衝撃的なニュースが飛び込んできた。ブィコフもやはりナヴァーリヌイと同じように二〇一九年の四月に連邦保安庁から毒を盛られていた事実が、元連邦保安庁職員による証言をもとに明るみに出たのだ。確かに当時、ブィコフがウファへ向かう飛行機の機内で吐き気と意識混濁という（のちのナヴァーリヌイとよく似た）症状を訴えて倒れて昏睡状態に陥り入院したという報道があり、私も心配したのを覚えている。当初から毒を盛られたのではという噂はあったが、結局のところ詳しい原因は明らかにされず、ブィコフは約一週間後に意識を回復したのち、なんと入院中も文学講義の録音を続け、しばらくして仕事に復帰した。

だが真相はこうだ——連邦保安庁は事件の約一年前からブィコフの監視を続けていた。事件当日、毒物はおそらくはブィコフの着ていたTシャツに仕込まれていたが、ブィコフが途中でそのTシャツを脱いだことで、毒のまわりを軽減できたのではないかとみられている。そのころブィコフは文学講義のためにロシア各地を飛び回っていたが、その機だけではなく、そこに至るまで講義のためにめぐった六か所へ向かうすべての便に、連邦保安庁職員数名が同乗したり、前後の便で同じ地に向かっていたりしたことが今回の調べで判明した。これを受けてブィコフはラジオで「むろん偶然ではないだろう」「おそらく殺すというよりは、活動不能に陥らせたかったのではないか」「実際、いまでも完全に回復したのかどうか、自分でもよくわからない」と、いまだに体に不調が残っていることを語り、「実際にあれ以来、私の頭がおかしくなったと批判する人もいる」と続けた。あれほどの知識と頭脳を持った文学の化身のような人が、自分の思考能力について そのような疑念を抱かざるを得なくなったということ自体、どれほどつらいものだろうか。

シカゴ大学のコンスタンチン・ソニン教授は、かねてからブィコフという人物は、社会的現象としてみれば「こんにちのプーシキン」であると思ってきた、と語っている。なるほど、かつて詩人アレクサンドル・ブロークがプーシキンについて「プーシキンという愉しい名前」と言いあらわしたことに似て、「ブィコフという愉しい名前」という表現はしっくりくる——ユーモア溢れる語りで常に文学と大衆をつなぎ、子供から大人まで圧倒的な人気を誇り多大な発言力を持つが、そのせいで政権から敵視される文学者。むろん体制批判をする作家はほかにもいるが、現代において文学に携わる人間がここまで（暗殺されそうになるほど）大衆に支持され影響力を持つ現象は世界的に見ても稀だろう。

プーシキンは決闘で死んだが、直後にレールモントフが「詩人の死」と題した詩で告発したように、その裏に政治的意図が潜んでいたのは明白であった。

ブィコフが二〇一九年の春に死を免れたのは幸運であったが、ソニンもいうように、これは文学界に対する許されざる暴力であり、文学史に悲しく刻まれた不穏な予兆だった。

付記――二〇二二年二月二四日の開戦時、ブィコフはアメリカに滞在して現地の大学で講義を受け持っていたが、開戦直後からラジオ局〈モスクワのこだま〉の担当番組を通じて活発に発言を始めた。無尽蔵の知識を縦横に駆使しながら目の前の現実を鮮やかに分析し、恐慌を鎮める確かな心の足場を優しく教えてくれるその語りかけに、一体どれほど多くのリスナーが救われたかわからない（一部は岩波書店のnote記事「戦争という完全な悪に対峙する――ウクライナ侵攻に寄せて」として訳出した）。

しかし〈モスクワのこだま〉はまもなく強制的に解散させられ、ブィコフもその後継ラジオ局〈ジヴォイ・グヴォーズヂ〉などに発言の場を移さざるを得なくなった。そして当初は「もし帰ってきたら殺されるから帰ってくるな」と身を案じるファンの声に、「すぐにロシアに戻る」と繰り返していたが、四月以降は、当面は帰国を断念すると受け取れる言葉を漏らしている。

政府からの毒殺未遂を含む数多くの弾圧にも怯まず、ロシア国内で活動を続けることにあれほどこだわっていたブィコフの姿勢を考えるならば、この断念は苦渋の選択だったろうし、ことのほか痛ましく感じられる。「国内で生産的な活動をするのはほぼ不可能になり、価値のあるものはほとんど国外でしか生み出されなくなるだろう」と語り、アメリカでの講演やオンラインでの活動に積極的に取り組むブィコフは、「亡命ロシア人作家」としての一歩を踏み出したように見える。

小説

チェレパーノフの姉妹

チェレパーノフの姉妹　Сестры Черепановы

Сестры Черепановы

オリガ・スラヴニコワ

岩本和久 訳

姉の名はフォークラ、妹はマーシカだった。フォークラは一月に四〇歳になったが、外見だけではそんなふうに思えなかった。マーシカは二二歳だった。姉妹は背が高く、やせぎすで、そばかすだらけで、まるで新しいおがくずを振りかけられているみたいだった。北国の短い夏の間、二人は真っ赤になるまで日に焼け、皮は新しいジャガイモのようにむけた。冬には姉妹の大きくて平らな頬が、華やかで楽しげな赤さに染まったので、それをクリスマスツリーにぶらさげたくなった。

フォークラは健康でスタイルも抜群だったが、結婚はしていなかった。姉妹の父親のサーシカ・チェレパーノフ老人は、家族の中ではほとんど神話的な存在だった。一度、酔っ払って喧嘩をし、中度の障害を与えたために、強制収容所に送られてしまい、そこから復帰することは本当に二度となかった。森の精が沼にいるかのように刑務所で暮らし、時々、服役と服役の合間に家に姿を現すと、すでに生まれていた子供たちを赤いじめっとした目でおどかし、新しい子供を作るのだった。母親のヴェーラ・アンドレーエヴナはやたらと出産していたために、悲しそうな病気のカンガルーみたいになり、地区中心地の病院で死んでしまったが、その時、妹のマーシカは綿ネルに包まれたぽっちゃりした足でようやく歩いたり、本物のおもちゃよりも好きだった古い倉庫の鍵を集めたり、分解したりするようになったばかりだった。母の死後、父はすっかり姿を消してしまったが、まるで完全な不在から回帰することのできるのは、清潔なシャツと地元の高濃度の自家製酒を用意して待っているヴェーラのところだけと言わんばかりだった――今や、そのヴェーラも待つのをやめてしまったのだ。フォークラは小さいマーシカや、フェージカ、レーシカ、コースチカという三人の弟の母親になった。弟たちは大きくなると、父親と同様、虚空の中に消えてしまった。チェレパーノフ家の男たちが家に残したのは、共通するイメージだけだった。つまり、ホールにかかっている、油絵具で細かく描き込まれた、怒った男性の小さな暗い肖像画だけが残ったのであり、そこでは赤いあご髭が犬の毛のように伸びていて、あご髭の下で丸い粗雑なボタンが留められ、背景は溶けた鉄が流れるように平らで、夕焼け雲が鉱滓（スラグ）の色と戯れている。小さなマーシカはこの絵を恐れていたが、というのも、これはいなくなってしまったパパで、彼女を見ていると思っていたのだ。父のことをもっとよく覚えていたフョークラは、肖像画の中のウサギのような赤い目や、かっこ記号のように伸びた口は父親のもののようではあるが、実際にはこれは別の人、おそらく、祖父や曾祖父であることに気づいていた。

チェレパーノフ家の姉妹が生まれ、暮らしていたメジャンカ村は、馬の背状に膨らんだ固い四本の道から成り、そこには、ずっといぶされ、鋳鉄のレースの中に押し込められた二階建てのレンガの家々があり、無舗装の車道部分、つまり頑丈な花崗岩の傷だらけの隆起の真ん中にちょうど位置する、外側への出口があった。この道を何かの車輪が通過すると、花崗岩のかけらが音を立て、埃が煙となって舞い上がり、まるで爆竹が点火されたようだった。「上の通り」と呼ばれていたこれらの道から、小道や路地がジグザグに曲がり、もつれあいながら下に続いていた。パネル工法の古びた五階建てアパートは人間の住宅よりも工場の建物に似ていたが、それらのアパートは腐った木造農家に連なっていて、農家の真っ青な窓枠は菜園の畝に沈んでいた。そこではひょろ長い倉庫、あるいは傾いた塀に使われている灰色の木材が鉄の色に染まり、錆びた鉄は沼の浮草みたいな、金色やオレンジ色や緑色をしていた。

花崗岩の隆起に引っかかっていた村は、四方を沼に囲まれていた。沼は植物の粗い毛皮に覆われた、巨大な眠っている熊を思わせた。沼は息づき、かすかに揺れ、寝返りを打った。ぐらぐらする草の上に歩み出た人々は足の下に深い獣の腹を感じたが、この腹からは時々、にぶい腸の音がした。およそありえない、ほとんど魔法のような生命力が、沼にはあった。いたるところに、草の下にも、さざ波の立つ林にも、サーベルのような葦の茂みにも。刺繍枠のように優しいマキバタヒバリの巣から、刻まれた腐敗物で作った洗面器のようなかつてのツルの巣に至るまで。大きな卵や極小の卵の色は、この地で取れる緑がかった褐色の碧玉を思わせた。春と夏に、沼では綿毛のようなイソツツジが咲き、黄色いリュウキンカの帽子が暗い金色の水面を漂い、小さなワスレナグサが湿地に細長い明るい青さを放った。秋になると、これらの花はベリー類に代わった。ツルコケモモは大粒で固く、中に冷気がある。クロマメノキは灰青色の煙に覆われ、指で触ると真っ黒になる。ホロムイイチゴはオレンジ色で、でこぼこしている。これらすべては半日の間に、たくさん集めることができた。そこここで湿地から突き出ている黒い岩の露頭に生えた、曲がった木の幹を覆う色とりどりの地衣類は、油絵具の作るレース状の乾いたしみを思わせた。沼の泥炭はとても豊かで、それをまいた村の畑では、トルコのターバンの大きさをしたトマトや、バターのように黄色くて栄養のあるジャガイモや、ブドウのように巨大な黒い房がクモの巣で白い繭のようになるフサスグリが育つのだった。

沼の生命はかくも豊富だったが、死もまた少なくなかった。霜が降りたみたいに、沼をくすんだ白髪で覆う、まばゆいベッドストローの茎がいたるところで、ベリーや苔の下から飛び出していた。眠り込んだ湿地の上にしばしば霧がのぼった――霧は揺れ動き、虹色に染まり、まるで成層圏の雲の層のように、人のベルトの高さにかかっていた。まるで雲の中の世界にいるみたいだった人は、見えない足がどこに向くのか知ることができず、コートのように大きな正体不明の鳥が時々飛ぶ、くすんだ木の絡まる中で、サウナに入っているかのようだった。霧が数日にわたって晴れないこともあり、そういう時、人々は痕跡を残さずに失踪してしまった。氷のように冷たい湿地に飲まれることなく奇跡的に生還した者は、まるで沼が彼らの血の半分を吸い取ってしまったかのように、永遠に青ざめたままでいた。ほとんどいつも、霧には煙の臭いが混ざっていた。泥炭はあちこちで腐敗し、沼地の草には小さな炎が焦がした灰黒色のしみが広がり、まるで誰かが目に見えない箒で無色の埃を掃き寄せたみたいだった。乾いた泥で覆われたみたいな死んだ木の幹は、奥まで焼かれた大地をくわえた鳥のくちばしのような根によって支えられ、時々、傾いたり倒れたりしながら火花を上げ、ぱっくりと口を開いた大地のかまどと化すのだった。

以前、村は泥炭の採掘と加工をなりわいとしていた。ところが今は多くの変化の果てに、採掘場は放置され、水が溜まり、背中が蛇に似た、脂の乗った黒いフナが住みついていた。沈下した作業場の箱の隙間を、風がさまよっていった。村の住人の居住設備は取り壊されたり、理由もわからぬまま、家から持ち去られたりした。男たちは掘削機をどうすることもできず、ドアと座席だけを持ち去っていったので、掘削機は今、恐竜の骨のように沼から突き出ていた。泥炭を地区中心地まで運んでいた狭軌鉄道は以前、四両の木製車両から成る小編成の旅客列車を走らせていたが、やはり放置されてしまった。冬の線路はかろうじて、スキーのシュプールのような姿を残していた。夏には草が茂って、マットレスのようになったため、そこでは車を気にせず、穏やかに眠ることができた。メジャンカ村を外界とつなぐ唯一のものは、二〇年前に造られたアスファルト道路で、今は一面がひび割れや、隆起や、癒えることのない湿った腫瘍に覆われてしまっていた。櫛のように軽やかな狭軌鉄道を、沼が手つかずのまま保っていたのに、重いアスファルト層の敷かれた道路はちぎれたり、膨れ上がったりしていた。道路を使えるのは、夏の二か月と冬の三か月だけで、それ以外の期間は村は世界から孤立し、自主自立の状態に置かれた。

仕事もお金もないまま残されたメジャンカ村の住民は自らのために、もうひとつの生産事業を組織した。家々で自家製酒の製造器具が、シューシュー、ゴボゴボ、パチパチと鳴った。ベンチに置けるポータブル・タイプもあったが、時には、雑に溶接された管と曇ったホースでつながれた、錆びたタンクとかまどによるシステムが、裏庭の敷地を全部使うこともあった。白い灰でびっしりと覆われた裏庭には、角質化した膜に包まれた薪の巨大な山がそびえていたが、これはビールの入ったタンクを熱するために用いられるのだった。弾丸のように重い沼地のベリー類や、地元の泥炭で育つ野菜や果実には、強烈な発酵力があった。この沼地の力はメジャンカ村の住民にとって、今や最大のエネルギー源となっていた。自家製酒は文字通り、何からでも作ることができ、住民の育てるニンジンやエンドウマメからも作ることができたので、広大で軟らかな菜園の収穫のうち、食用に回るのはごく少量だけ、ということになった。熱にかけられたビールは甘く溜息をつき、澱から泡を生み出した。どの台所にもある一〇リットルの瓶はほとんど意識を持つかのように呟き、そのため古着で覆われた床に、生きている人が座ったまま寝ているみたいに思えた。このビールから得られる自家製酒は、想像できないほど強く、濃いものだった。膨らみのあるショットグラスに注がれた自家製酒はどこまでも澄んでいて、テーブルの上で、防水布の切れ目やそれにこびりついた死んだブヨを、ルーペのように拡大した。

マーシカの夫のイゴリョークは、他の男たちと同じように酒を飲んだ。同じように自家製酒を飲んで息を切らせ、ギョロ目になった――彼は生まれつき冷たい性格で、昔からヘビースモーカーだったのだが、そのカラスのような振舞い、老朽化のせいで時々うめく、表面の剥がれたギター、その伴奏で彼がしゃがれ声で歌う盗賊団の歌を前にすると、村の乙女は誰一人として持ちこたえることができなかった。今、イゴリョークは自分自身を人生から、ほとんど追い出していた。マーシカとフォークラは、かつての文化会館の横の壊れたベンチや、泥炭地の金色の小川のほとりの、新しく緑のペンキを塗ったかのような湿った茂みで、意識を失ってしまっている彼を見出した――そして、バネつきの車軸につながれた車輪が、寝ている者を動揺させずに石を乗り越えられるよう設計された、特殊な荷車に載せて、家に連れ帰った。マーシカのところでは、双子のヴォーフカとヴィーチカが成長していた。一歳半にしてはとても大柄で、チェレパーノフ家に特徴的なウサギのような目と、墨で描いたみたいに黒い、父親譲りの前髪を垂らしていた。フォークラはかつての工場の無人のボックスで番人をしていたが、そこでは一五〇〇ルーブルもらえることもしばしばだった――けれども、実際には姉妹は、村の酒造装置全体を、修理したり整備したりすることで生計を立てていた。姉妹の家にもしっかりした装置があって、帽子のように小さいのに生産力はきわめて高く、イゴリョークの迎え酒のために、一昼夜で半リットルの純粋な基質を作り出した。

石造りの階と、樽のように太く、ひびの入っている丸太を用いた木造の階からなるチェレパーノフ一家の古い家では、この装置以外の機械も動いていた。蒸気機械はピーピーと鳴りながら、黒い深淵のようなゆらめく井戸の、冷たい水を圧縮した。別の蒸気機械は地下から水を吸い込み、そこから格子のはまったプラットホームに生産物を上げていた。自作の洗濯機はロードローラー車の大きさだった。汚れ物をタンクに入れると、洗濯機はその二時間後に、てっぺんに作られた鉄製の目覚まし時計を鳴らし、熱いパンのような清潔な下着を、ドラムから洗面器におろした。台所から操縦できる水力のてこは、子供の揺りかごを強く揺らしたり、中ぐらいにしたり、ゆるやかにしたりした。それ以外に、笑うのが好きなマーシカは、たくさんの馬鹿げた機械で家をいっぱいにした。たとえば、玄関前の階段は招かれざる客の足下に突然階段を積み上げて、傾斜の急な坂道にしてしまえた。秘密の椅子は急に沈み始め、茫然とした客が床に落ちるまで、流れるようなやり方で足を引っ張った。いたずらっ子のマーシカは人々をおどかすのが好きで、彼女のおもちゃに出くわした人の飛び出そうな目や大きく開いた口、バランスを取ろうとして馬鹿みたいに振り上げられた手は、彼女を死ぬほど笑わせた。甲高い声で大笑いしていたため、村ではマーシカのことは、少し頭のおかしな人と思われていた。マーシカはそれを気にせず、やりたいことを全てやった。一昨年の春に屋根を修理した時、マーシカは赤い鉄板の上に白く丸いふくらみを描き、その結果、きちんとした家がベニテングダケや、町の公園にある鉄製のキノコみたいになってしまった。霞んで見える重そうなヘリコプターを、眠っているメジャンカ村の上空でバタバタ鳴らした地理学者たちは、空からそのような不真面目な風景を見て、風の音で耳の聞こえない頭を、ただ振るのだった。

おおよそのところ、チェレパーノフ家の姉妹の暮らしは良いものだった。もちろん、もっと良くすることもできただろう。村の学校が生徒や先生であふれていた頃、男性用コートと男性用のウサギ皮の帽子を身につけ、強度のある赤茶けた髪を船のロープのように頑丈なお下げに編んでいる、上級生のフォークラ・チェレパーノワは、いつもオリンピックに呼ばれていた――地区や州の大会だ。オリンピックの種目は数学、物理学、化学、天文学だった。ひねりのない問題を三〇分間解いた後、フョークラは散歩に出かけ、白く崩れやすいチョコレートに包まれた、都会のアイスクリームのもろいブロックをマイナス二〇度の寒さの中で食べながら、円柱や、路面電車や、高みではピンク色に染まったクモの巣のような、銀色のタワークレーンを見ていた。それから学校宛に一等の、赤と金色の賞状が届いた。帽子とコートが原因で、大学教員たちはフョークラに「パルチザン」というあだ名をつけた。彼女の将来の研究キャリアを疑う者はなく、彼女が何学部を選ぶかだけが問題となっていた。一〇年生の後、フョークラは無試験で、ただの総合大学と工業大学に選抜された。けれども五月の、まだ卒業試験が始まる前に母親が葬られたため、フョークラはもちろん、どこにも入学しなかった。

マーシカはその一〇日後、一一日目に教室に通い始めた。彼女はどこで覚えたのか、なんでも知っていた。その頃、学校に残っていた先生は、本物ではなく人形のものであるかのような二本の足と奇怪な杖を使って、やっとのことで歩く、足の不自由な地理学の老教師、それから、口髭のところまで頭をなだらかな肩に打ち込まれているみたいな、かつての軍事教官だけで、彼らは全ての科目を、八人のなまけ者とマーシカから成る、ひとつの年長クラスで授業していた。夜には家でフョークラがマーシカを教えた。ロシア語ではマーシカは、ねじ回しで言葉をほじるような、おそろしい誤りを犯した。乱暴なやり方で波打ってはんだ付けされた針金のような、いびつな筆跡は見るも恐ろしいものだった。その代わり、マーシカは数学を遊びと思っていて、肝心なことは、どんな機械もまるで透明であるかのように、すっかり見通せたのだ。技師になるための勉強なら、マーシカはやすやすと終えられただろう。けれども、すっかり荒んだ村の学校では、もう卒業証書を出せなかった。これは何とかなる問題であり、フォークラは地区で問い合わせを続けた——けれども、マーシカはイゴルカを見つけて、結婚してしまったのだ。というのも、とても結婚したかったからであり、肩幅が広くて大きな鋲のついた、スエードのジャケットが大好きだったからだ。

ある時、チェレパーノフ家の姉妹の規則的な生活に、テレビの記者が入り込んできた。彼らは、沼の泥を腹から滴らせる青い汚いトラックでやってくると、マーシカからのプレゼントを頂戴する危険を冒しながら、門を叩き始めた。フォークラは記者たちを通してあげようと急ぎ、記者たちは太い黒いケーブルや、見たことのない三脚に載った照明や、三リットル缶の口のような大きな紫色の目をしたカメラを引きずりながら、家の中に駆け込んできた。

「インタビューをいただきに来たんです！」そう言ったのはリーダーの太った男で、煙のようなあご髭を前に突き出し、その上では鼻と頬がまるで三つのピロシキみたいに赤くなっていた。

「どうしたんですか?」フォークラは驚いて、手をエプロンで拭いた。

「フォークラ・アレクサンドロヴナさん、興奮しないでください」リーダーのテレビ局員がたしなめた。

「コンセントはどちらですか?」

燃える丸太のようにテレビ用の照明が灯った。一〇分後、ホールの祭壇となる隅が、ありえないほどの明るい電光で照らされ、その光の中ではフックで縛られた晴れの日のテーブルクロスがコテージチーズのようになり、壁のポートレートは輝き始め、その冶金のような深みからいぶかしげに見つめてきた。

「これは誰ですか？」突然、テレビ局員は肖像画のすぐ近くで身をかがめ、ジーンズをはいた、粉の袋のような健康な尻を、見せつけるように突き出しながら、興奮してそう言った。

「それは死んだ父です」自分の拳を湿ったピンク色の口の中にそっくり突っ込んで、それを噛むのに夢中になっているヴィーチカを抱いたマーシカが、裾を踏みつけるヴォーフカと一緒に、招かれざる客の前に出てくると、元気よく話に割り込んできた。

「いいえ、お父さんではありません。あなたのお父さんであるはずはないのです」髭の男は山羊の角みたいな、細くねじ曲がっている人差し指を立て、諭すように言った。「これはミロン・チェレパーノフで、ロシアの蒸気機関車を発明した二人のうちの若い方です。見たところ、有名な肖像画を生前に複製したようですね。一九世紀の前半、それより遅いことはありません。アーカイヴでの調査を裏付けるものです」

「この上、どんな調査があるというのです？」ぼおっとなったフョークラは、用心してマーシカを横目で見たが、マーシカは町から来たお客さんのことを悪い遊びをしている目で見ており、そのため、フョークラは、マーシカが家の中に作ったおもちゃを全部は把握していないことを思い出してしまった。

「アーカイヴ調査の結論によれば、あなたたちはエフィム・チェレパーノフとミロン・チェレパーノフの直系なのです」髭の男は重々しく告げた。「彼らはロシアで最初の蒸気馬車を作りました。鋳鉄の車輪伝動装置によって銅鉱石を運んだのです。チェレパーノフの鉄道は、ペテルブルグ＝ツァールスコエ・セロー線よりも二年早く運行されました。エフィムとミロンはチェレパーノフ兄弟と呼ばれましたが、実際には彼らは父と子でした。この話をご存知でしたか？」

「フォークラは私の姉ですが、ママの代わりになってくれたんです」重たいヴィーチカを床に下ろし、すぐさま座らせたマーシカが、話に割り込んできた。

「そうでしょう」まるでマーシカが彼に新たな重要な証拠を伝えたかのように、髭の男は物知り顔で答えた。「ですから、私たちはここに来たのです。もうすぐロシア最初の蒸気機関車の記念日なんですよ。お嬢さんたち、まずは着替えて、それから静かな声で、興奮することなく、話してください。どんなふうに暮らしているのか、有名な姓を名乗るのはどんなことなのかを」

その時、フォークラは、マーシカが奇妙に黙り込んだことに気づいた。マーシカはベルトのついた新しい毛の洋服に着替えると、テレビ局員のスリムな娘の手に、関心なさそうに身をゆだね、娘がハリネズミみたいな丸いブラシで彼女の髪を引っ張り、髪の束やうぶ毛をドライヤーの熱い風でゆらした時に、身をよじっただけだった。フォークラも髪を整え、日に焼けた顔にチクチクするブラシでパウダーを塗り、黒いペンで眉をどこか上の方に伸ばした。それから木製の匙のように塗装された姉妹はミロン・チェレパーノフの肖像画の下に座らせられ、長い棒の先に付けられた、手袋のようにふさふさしているマイクが彼女たちのところに突き出された。けれども、髭の男はどれほど頑張って質問しても、姉妹から面白い答えを引き出すことがまったくできなかった。自家製酒の製造装置について語ることは姉妹にはできなかったし、人生におけるそれ以外の達成は、実際のところ、何も見出せなかった。腹を立てながらも、元気をなくしてはいなかった髭の男は、輝く肖像画や、床の上の赤いプラスチックのトラックで遊ぶヴォーフカとヴィーチカを、ベアリングから外された、鳩の鳴くような音を放つ重たげな球を、台所で追いかけている猫のムルカを撮影した。それだけすると、テレビ局員たちは道具を片付けて、去って行った。

チェレパーノフ家の姉妹は門のところに立ち、揺れのせいでパン粉をまぶしたカツみたいに埃まみれになったトラックがゆっくりと遠ざかっていくのを、見送った。描かれ暖められた撮影用の顔の下で、姉妹の本物の顔が炎のように燃えていた。

「何よ、蒸気機関車なんて簡単に作れるじゃない」マーシカが大声で宣言した。

「溶接し直さないとね」汚れて赤茶けてしまったハンカチで顔をぬぐいながら、フォークラは言った。


フォークラに管理を委ねられていた工場の廃虚では、この日から、神秘的な出来事が起こった。錆びた鍵までイラクサに覆われていた小さな機関庫の扉を、姉妹は開いたのだ。そこにはゼリー菓子のように固まった機械油の中に、刺激臭を放つ埃の中に、斜めから差すぼんやりした、なぜか強い青みを帯びた陽光の中に、子供の頃から忘れたことのない木製車両と、小さくて中身を全部抜かれてしまった蒸気機関車があったが、この蒸気機関車は反りかえっていて、格子の網が鼻先についていたため、ソ連製トランジスターラジオに似ていた。ぐるりと観察すると、姉妹は再び機関庫を内側から閉め、ヴォーフカとヴィーチカ、ジャガイモの鍋、牛乳瓶と一緒に、そこに毎日通い始めた。村の住人たちはすぐ、姉妹の不在に気づいた。機械を調整できる者がいないので、自家製酒の製造は多大な不調に見舞われた。工場に派遣された村の代表者たちは、やっとこを手にしたマーシカが、熱で溶けている赤い金属片を運んでいるのを、また、顔を鉄板のプロテクターで覆ったフォークラが巨大なボイラーの側面を厚く溶接し、プロテクターの帯状のガラスが滑らかな白い炎と戯れているのを見た。自家製酒の装置については、姉妹は事故で呼ばれた時にしか出かけず、支払いも蒸し煮肉やフランネルやガーゼではなく、現金でしか受け取らなくなったが、現金を持っている人は少なかった。姉妹はお金を、溶接のための電極や何かの部品に使った。

　七月の暑さの中、乾いた沼地が焦げた毛の匂いを放つようになった時、姉妹は遠征に着手した。揺れる狭軌鉄道に軽量のトロッコを置き、トロッコにヴォーフカとヴィーチカ、テント、物資や道具を載せた。一日に一〇キロずつ移動しながら、路線を点検し、必要なところではゆるんだレールを接合し、腐った枕木を新しい丸太に交換した。その夏は狭軌鉄道の端に、ふんわりした、ほとんど針葉樹の茂みのように細かなカモミールや、背の高いヤナギランのピンク色の花が茂った。熱でしんなりとなった花の中を、青白い蝶がけだるそうに飛んでいたが、蝶にはその大きく平たい翅が重すぎるように見えた。しま模様の生きた結び目でつながれた蜂は、うっとりさせる蜜を花冠から吸った。お腹をすかせた蚊は赤くなるまでヴォーフカとヴィーチカを刺し、このお腹をすかせた双子もくねくねしたマカロニを笛のように鳴らしながら、遠足用のスープを食べた――双子はある時、強い水圧でふくらんだホースみたいに太ったクサリヘビを、四本の手でつかんで、茂みから引きずってきた。「鋳鉄の車輪伝動！　鋳鉄の車輪伝動！」マーシカは声を限りに歌い、透明の蒸気機関車の汽笛のように、使われていない狭軌鉄道に沿ってこだまが帰ってきた。このようにして、メジャンカ村と地区中心地を隔てる一二〇キロの全区間が踏破された。地区中心地ではレールが奇妙な形で途切れていた――割れたガラスがやさしく輝いている、なだらかな二こぶ状のごみ溜めの前の、雑草に覆われた無人の引き込み線でいきなり。そのかわり、コンクリートの塀にそって、まるで谷あいにわたされた丸太のように細い、固い小道があり、文字通り一〇分後には、埃っぽい人混みにあふれたバス停留所に至った。

地区中心地からトロッコに乗って、輝くレールをスムーズに戻ったフョークラは、それまでとは別の、熱いお湯で洗ったような目で、メジャンカ村の生活を眺め始めた。二〇年遅れで何かが彼女に起こったのだ。ぼろきれで作った虫みたいな、歯のないおばあさんが、からっぽのカルゼ織のバッグを持って、ほとんどいつも閉まっている店に、足を引きずりながら向かうのを、フョークラは見た。唯一の小窓が冷たく古臭い暗さに染まっている准医師の診療室を、玄関前の階段が壊れている図書館を見た。錆びた鍵があたかも働いていない男性器のように、いたるところで扉にかかっていた。髭もじゃで山羊のような足をした村の男たちのことを、かつては気にとめなかったフョークラだが、突然、彼らがまだ若いことを思い出した。たとえば、この茶色の封蠟みたいなぼんやりした目の男は、かつてはミーチカ・シュートフという同級生で、国際女性デーにフョークラに美しいカードをくれたのだ。このむき出しの肋骨の上にじかに、ぼろぼろの綿入れジャケットを着ている男は、コレスニコフ兄弟の誰か、スラフカかセフカだ。二人のうちのどちらなのかは、裂けて垂れたポケットみたいな、歯のない口をしたからっぽの顔からは見分けることができなかったが、まさにこの見分けのつかなさゆえに、兄弟の一人が死んだことが、どういうわけでか理解できるようになるのだ。けれども、フョークラの目に特にくっきりと鮮明に映ったのは、子供たちだった。女たちはひっきりなしに子供を生んだので、子供たちの数は多く、その粗野で、髪を剃り、緑色のローションを塗った頭は、五、六個の房が各家庭に届けられる、まだ熟していないのに傷だらけになった野生のリンゴを思い出させた。それまで眠っていたフョークラの魂が突然、自分のため、そして村のみなのために、広い世界を目がけて、もがき始めた。鳥や蒸気機関車のように魂は叫び、フォークラは走っていくレールを、毎晩、夢に見たが、それはまるで巨大なミシンが霧に煙る空間の二つの切れ端を縫い合わせるみたいで、蒸気機関車の火花を放つ濃い煙の裂け目からは、家々の上に華やかなクリスマスツリーのようにタワークレーンがそびえている階段状の大きな町が出現するのだった。

そして、八月三〇日の正午に、チェレパーノフ家の姉妹の蒸気機関車がシューシューと音を立てながら、機関庫から出て来た。それは重くも大きくもなく、小さなディーゼル機関車から取られた車輪の上に、古いシンガーのミシンが置かれている様を思わせた。屋根のない炭水車ではライ麦ビールの巨大なタンクがため息をつき、シューシューと声を上げ、タンクの下では小さな鋳鉄の炉がパチパチ鳴り、灼熱し、冷却器は水槽を通り抜け、ミシンの糸のように蒸気機関車の火室に去って行った。壊れた四両の客車から姉妹は二両を選び出し、エメラルドグリーンのペンキで塗ったが、それはまだ乾ききってはいなかった。機関車の先頭の、ソ連時代に赤い星のついていた場所に、マーシカはガムの、金色の美しい包み紙をまねて、犬とも耳の大きな黒いネズミともつかない笑顔を描いた。

信じられないものが真っ赤に燃えているのを見るために、村人の半分が集まってきた。「みなさん！」菜園のトイレほどの大きさの運転室からフォークラは身を乗り出し、鼻のつまったような古いメガフォンで叫んだ。「明日の朝！　朝の八時です！　中心地へ行きましょう！　子供たちを学校に入れるのです！　毎日、連れて行きましょう！　当面は切符なし、無料です！」

「こりゃ何だい？　自家製酒で汽車が動いとるのか？」ぶかぶかの長靴にふらふらしながら、ぼろを着たコレスニコフ兄弟のいずれか、スラフカかセフカが前に出て来た。「それより、俺に酒をついでくれよ！

俺はそのトロッコを、中心地まで押してってやるからさ」

「機関車が引っ張っていくわ！　よつん這いでね！　鉄の馬よ！」群衆の中から、大きな女性の声が響いてきた。

「それがどうした！　俺だってできるさ！」コレスニコフは黙らなかった。「おいおい、こいつはペトローヴィチか⁉」ニンジンのような汚い人差し指を、耳の黒い動物が塗装された蒸気機関車に突きつけ、彼は突然、驚いてみせた。

「なんでペトローヴィチの話になるのよ、アニメのキャラでしょ」目を見開いたコレスニコフに七歳のヴァーリカ・ザシヒナが怒って反論したが、彼女の家にはほぼ調整され、時々、ピンク色のビールのように番組を流すテレビ「ホリゾント」があったのだ。

「フョークラ・アレクサンドロヴナさん、子供たちを誰が学校に入れてくれるんですか？」チェレパーノフ家の向かいに住んでいた、声の大きなヴェールカ・クルクロワが叫んだが、彼女は五人の金髪の、蚊のようにやせている年子の姉妹の母親だった。「あそこは教室がいっぱいなんですよ！　寮にも入れてもらえませんよ！」

「私は地区国民教育局と話をつけてきたんです！　一五番学校と二八番学校に入れてくれるはずです」フョークラはそう答えて人々を見たが、もたげられ、明るい陽光に照らされた彼らの顔は、上から見ている彼女には、輝いている電球みたいに思えた。「ただ、書類だけは集めておいてください！　もし、まだ暖炉にくべていないのでしたら」

翌朝、もちろん八時にではなく、ほとんど九時半になってから、チェレパーノフ家の姉妹の蒸気機関車は最初の運行を始めた。揺れる客車の、狭いベンチの座席では村の女たちが、丸い肩や膝を行儀よく寄せあって座っていた。彼女たちはバッグをお腹のところに持ち、新しい中国製のニットのスカートとカーディガンを着ていたが、まだ乾ききっていない緑色のペンキのために、服はあちこちが汚れてしまっていた。未来の生徒たちは清潔な服を着ていたが、服には緑のペンキがまだらな汚れを、大人たち以上につけてしまっていた。彼らは窓に近づいたり、叫んだり、機関車のかすれた警笛を真似して、口笛を吹いたりした。途中で不幸が起こりかけた。開いている窓の中に飛び込んできた、鋭い白樺の枝が、クルクロワ家の真ん中の少女の目を傷つけるところだったのだ。狭軌鉄道が放置されていた数年の間に、傾いている沼地の白樺やエゾノウワミズザクラは、たくさんの葉でできた網を列車の通り道にまで茂らせ、それが蒸気機関車の胴に当たって、荒々しい音を立てて引きずられていったのだ——それゆえ、何か所かでは停止して、たわむ枝の束を斧で切らなければならなかった。その代わり、開けた場所では蒸気機関車は猛然と疾走した。馬のたて髪のように白い煙がなびき、赤い草の間では水の鏡が光り、驚いたカモは低く鳴きながら飛び立った。狭軌の線路はきびきびした蒸気機関車をそっと支えたが、機関車は非常に小さかったので、脇から見る者にとっては、まるでリンク機構が鉄の足のように、三輪車のペダルを回しているみたいに見えるのだった。

その時から蒸気機関車と、手で塗装を汚されてあばたのようになった二両の満員の列車は、毎朝、地区中心地に向けて出発した。乗車する生徒たちは固い真新しいランドセルを抱いて、道中、ずっとまどろんでいた。女たちも市場に向かったが、彼女たちはそこで大きな熟した野菜を売り、ふところで暖められた擦り切れた財布にお金を入れ、満足して帰路についた。再び命の火を取り戻し、動き始めた老婆たちは、病院に向かった。地区保健局への道を踏み固めたフョークラは、メジャンカ村に本物の医師を連れて来た――それは小柄な禿げ頭の男で、まるで落ちないように工夫して抜け毛で作った付け髭みたいな、おかしな口髭をたくわえていて、古い靴の永遠にほどけている紐にできるような深いしわが、鼻梁にあった。小柄な医師のアンドレイ・ニコライチ先生は背の高いフョークラを崇拝して眺め、機械のことは何もわからないのに、自分の勤務時間後に助手にしてほしいと頼み込んだ。ある時、細かい金羊毛で編まれたような移動図書館の女性が、コンクリート塀の向こうの荒野に手作りの蒸気機関車を見つけ、大声を上げて列車に乗り込んできた。これは勤続三〇年の図書館司書で、今、古いでこぼこの路線バスに乗って、地区中心地の近くの労働者の集落をめぐっていたら、さらなる利用者を確保できる手段を見つけたというわけだ。一週間に一度、木曜日に、司書はへこんだ道を、本でいっぱいの手押し車を引いて、列車にやってきた。道中、片手を腰に当てた彼女は、化粧をした顔の前に両開きの鏡みたいに最新の本を開き、湿った砂糖のようにもろい鼻先に、少し曇った眼鏡を下げると、まるでその鏡を見て、自らの姿を誇り、見せつけているかのように、ずっと読み続けた。司書と彼女の本のところには、よぼよぼになった元教員の女たちや、元会計係の二人の女や、故人となった主任技師の妻が歩み出て、近寄ってきた――みな、歯のない口に子供のような笑みを浮かべ、いまだに生き生きとしていた。この図書館のバッグのところにはクルグロワの娘たち、ザシヒナの娘たちや息子、のっぽでエゾイチゴのジャムみたいなニキビのあるグリーシカ・ゾートフもいて、グリーシカはSFを頼んでいた。移動図書館のために古い図書館が開放されたが、そこで灰色の綿ネルの埃の下で保存されていたのは、互いにはりついてしまった検索カードの箱と、雑誌『星』のふくれた山だけだった。仕事の合間に誰かが、図書館の玄関先の階段を、切ったばかりの白い丸太で新しくして、修理していった。

スラフカ・コレスニコフだったか、セフカ・コレスニコフだったかがきっかけで、村人がペトローヴィチと呼ぶようになった蒸気機関車は、線路の直線区間で時速四〇キロまで加速できるだろうと、チェレパーノフ家の姉妹は考えた。けれども、実際には六〇キロまで可能だったのだ。自家製酒は火室で、風のように透明な青い炎となって燃え、この地の沼が集め、貯めていた不可解なエネルギーを、機械に与えた。機械の動きが燃料を作り、コイル管から伸びる管は、縫われていく絹糸のようにまたたいた。酒造装置のプロセスが遅れ気味だったら、バケツ一杯のベリーと四分の一パックの酵母をタンクに入れれば活性化することができた。コケモモはこの秋、大量に出現し、硬い針金のようなベリーの木は文字通り膨張し、沼はベッドのフレームの金属ネットのようで、そのネットの向こうから綿の毛布がふんわりと赤らむのだ。機関車の速度が低下した時に、チェレパーノフ家の姉妹が機械を止めたことがあったが、乗客たちはほとんど線路の路盤から出ることなく、残りの区間ずっと、大粒のベリーを摘むことができた。はずむような湧き水に育まれた、氷のような沼地の深みからは、水を得ることができた。小さい炉のための薪も足りていた——倒された細い幹は腐った木炭みたいにあちこちで黒ずんでいた。要するに、小さな列車の運行に必要なすべてを沼は与えてくれたのであり、チェレパーノフ家の姉妹の蒸気機関車が予定された地点に到達できないことは、一度もなかった。

けれども乗客はますます増加していった。突然しらふになり、それゆえ、上陸したばかりの船乗りのように足を地につけた一六人ばかりの村の男たちが、地区中心地で働くことになった。数人の女性たちは親戚を訪問するのを楽しみ始めた。毎週土曜日には、人々が映画に連れて行ってほしいと頼んできた。今では毎日、一往復だけではなく、二往復が走っていて、その上、復路ではより多くの時間と燃料が必要となった。というのも、引き込み線にはたくさんの錆びたレールが敷設されてはいたが、ゴミがぎっしりと積み上げられて路線設備を覆ってしまったため、車両を連結し直すことはできなかったからだ。それゆえ、フョークラは、蒸気機関車のために自家製酒を供出するよう、みなに伝えた。

驚いたことに、男たちは、流れるガラスのように明るいアルコールの入った瓶を持って、やってきた。今では、彼らはこれを「ペトローヴィチといっしょに飲むんだ」と言い表していた。彼らは供出物を機関庫の門のところに並べて置くと、タバコを吸うためにどっかりと座り、生き生きと燃える火を荒れた手のひらで隠し、それを互いに分け与えながら、まるで自分が誰で相手が誰なのかわからないみたいに、しらふの会話を慎重に始めるのだった。普段はなかったしらふの状態が、メジャンカ村じゅうに広がった。しらふは、生気のないどんよりした目を切り裂いた明るい光のようだった。この光のもとで、多くの人たちは眠ることができず、ランプのように燃えている自分自身の脳のスイッチをオフにする力もなく、苦しむのだが、この脳へは夜の中から、ふんわりとした黒いブヨが飛んで来るのである。けれども、悪いことなしではすまなかった。物静かで、草の根のような白髪をした老人、ワシーリー・ゾートフは酒盛りで寝てしまったのだが、台所のベンチだったか、菜園のうねの間だったか、目を覚ますと、一五年くらい前に買ってもらった子供用のゴム長靴をきらめかせながら、村中を走ろうと思い立ち——そんなふうに沼の湿地に立ち寄ったのである。スープに浮かぶ油のような、ゴミみたいな浮草の中に開いた穴と、なぜかネコヤナギに引っかかっている、じいさんの帽子が見つかった。区警察主任のペーチャはのっぽの男で、全身が毛細血管の中で赤らんで凍っているような血と軟骨だけでできていたが、縦にひび割れたパネルでできたアパートから皆と一緒に光の中に出て来ると、じいさんについてため息をつきながら、調書を作った。

全体として、男たちはしらふになることに慣れていった。メジャンカ村の通りでは、だいぶ前からなくなっていたことだが、髭を剃った男たちが現れるようになった。あご髭のなくなった場所の裸の皮膚は、しわの多い日焼けした顔と比べると、あまりにも白く、そのせいで男たちは猿に似てきていた。まるで戦争から戻ったかのように、彼らは自分の子供たちが大きくなっていることに気づき、設備を見て少しずつ修理をしたり、大工仕事をしたりし始めた。最初は道具を持つ指がゆがんでいたが、やがて、状況はどんどん良くなっていった。

その一方で、泥炭を顆粒状や煉瓦状にするための設備は一〇年間、裏庭に転がり、アカザに埋もれていたのだが、こっそりと工場に戻されていった。それはおおらかな、困惑した微笑みと共に工場に持ち込まれ、山と積み上げられたが、その山の中では、まるで死んだ機械が自分の足りない部分を近くで感じているみたいに、しばしば軋む音を立てながら何かが動いていた。フォークラとマーシカは空き時間があると、ふくれたり曲がったりしている鉄を選別し、それがかつてどのように動いていたかを解明した。この放置されていた鉄くずを使う工場は、ほったらかしにはできないと、初めのうちは思われた。けれども、やがてマーシカは原理的に子供の揺りかごを思わせる、やくざな技術的解決法を思いついた。そして、姉妹は毎晩、食卓を片づけると、学習ノートにその図面を描いた。

そのようにして秋が過ぎ、切り裂くような風と突き刺すような雪を伴う冬がやってきた。白くなった沼は鏡のようになり、薄い灰青色のもやが裸の白樺林を銀色に染め、もろい乾いた茎がまだらに見える冬眠状態の水は、蠟燭から流れてきたステアリンを思わせた。今は日が暮れるのも早く、姉妹は蒸気機関車に強力なサーチライトを設置し、その広範囲に及ぶ光の中で雪は小魚のように舞い、網に落ちた。レールにのしかかる雪の吹き溜まりを、何度か総出で除去しなければならなかったが、全体的には何もかもうまくいった。四日間だけは蒸気機関車は修理のために動けずにいたが、残りの時間はずっと、雪に覆われた引き込み線に正常に到着し、そこでは汽車を待つ人々のために、幅の広いスレートのひさしが作られた。春の訪れと共に、状況はすっかり良いものになった。雪の下から生えて来たツルコケモモは砂糖のような甘さを獲得し、ベリー類はどれも小さな爆弾のようにエネルギーを蓄え、口の中で文字通り爆発した。愚かなマーシカは妊娠五か月目で、メロンのように出っ張ったお腹を抱えて歩いていたが、すっかり幸せだった。少し禿げ頭にはなったものの、目を覚まして、すっかり従順になったイゴリョークに、太ってしまった胸にはサイズの合わなくなったスエードのジャケットをもう一度着せると、彼女は四つある上の通りを彼と手を組んで散歩し、鼻を汚す黄色い春の花束を嗅いだ。

フョークラは反対に、心が休まらなかった。どこにも登録していない自主的な交通手段で毎日、中心地に行くことは何かの法律に違反していて、違反していないにしても、蒸気機関車を発明できない普通の人々の生活を支えている物流を乱していることに、彼女は気づいていたのだ。今では彼女は、砂利の上に重そうに散らばっていく乗客たちを引き込み線で下ろすと、都会に無数にある、同じように灰色に染まる窓の前で待機せず、三キロ戻った赤茶けた松林の中に列車を移すことを好むようになっていた。そして、この方法ですら、フョークラには不十分に思えた。誰か公的な人々がやって来て、何か彼女の持っていない書類を要求することを、彼女はいつも予期していた。

　やがて判明したように、これは無駄な心配ではなかった。


　前回と同様、すべてはジャーナリストによって始められた。ある晴れた五月の朝、蒸気機関車がゴミ捨て場に到着すると、ゴミの山の一番上の陽光に輝く場所に置かれたテレビカメラに、至近距離から凝視されることになったのだ。メジャンカまで姉妹のインタビューを取りに来た、太った髭面の男が指揮をとっていた。髭の男は喜びで全身を輝かせ、歓迎を焦るあまり、蒸気を浴びた熱い機械を抱きそうになり、前髪を揺らす青白い顔のカメラマンに対して、ビールの入った焼けたタンクや、蒸気機関車の縦笛に似た煙突や、窓の中の警戒した乗客たちや、髪を乱したマーシカが手でお腹をおさえながら、運転席からおごそかに降りて来る姿を撮影するよう要求して、彼を遠くに追いやった。

「これが蒸気機関車です！　そうです、これがチェレパーノフ家なのです！」テレビ局員はマーシカとフョークラに順番にキスをし、彼女たちを自分の髭のタバコ臭い熱気の中に惜しみなく沈めながら、そう叫んだ。

　他のテレビ局員は拍手をした。客車から降りるために、ようやくのろのろ歩き出した乗客たちも、まるで彼らが毎日の仕事にやってきた普通の市民ではなく、宇宙飛行から帰還した飛行士であるかのように、やはり抱きしめられ、背中を叩かれ、荷物をつかんだ赤い手を揺さぶられた。

　次の日、テレビ局員はメジャンカ村にやってきた。太った髭男は体を揺らして、いたるところを走り回り、まるでおもちゃの起き上がりこぼしがカラカラ鳴っているようでさえあった。飲酒をやめた男たちは、蒸気機関車を作った姉妹以上に、彼を感動させた。髭男はこの現象を理解することができなかった。それまでずっと着ないでいた襟の硬い白シャツを撮影の時に着た男たちは、人間の内側からは、電気のついてる小屋からみてえに光が出てて、この光がつまり輝きさえすれば、慣れるまで落ち着いてられるんだ、とテレビ局員を説得した。小柄な医師のアンドレイ・ニコライチ先生は、ブヨのような小さなの、きれいに拭かれた眼鏡を輝かせ、しらふになったメジャンカ村の住民の部分的な健康管理は自分が実行したのだと、またフョークラ・チェレパーノワは技術的な天才の力において、有名な祖先をはるかに凌駕しているのだと、コメントした。

二週間後、州のチャンネルで、「湿原のアトランティスのルネサンス」と題された特大レポートが放映された。まだ使えるテレビのあった数軒の家に集まった村人たちは、ちらちらする輪郭の不鮮明な幻の中に自分と親族を認めて、大喜びした。放映の後、村はすっかり傲慢になった。毎晩、男たちは泥炭地の小川のそばの、古いぬるぬるした丸太に腰かけ、メジャンカに何か塔を作ったらどうかというアイディアを熱く議論した。塔を建てるのは店の前がいいか、かつての文化会館の前がいいか、石造がいいか角材がいいか、何階建てなのか、と議論がなされた。その間に、切り刻まれ、タイトルも変えられた番組は、国の中央のテレビ局の一つで再放送された。前面の鋳鉄にしし鼻のミッキーマウスを付けた自作の蒸気機関車の画像が、インターネットにも出現した。上質の自家製酒があたりに海のようにたくさんあるのに、男たちが禁酒しているという現象は、さまざまなブログで熱く議論され、さらに神秘的な解釈が優勢となった。内的な光についての男たちの議論は、髭男のテレビ局員に大きな印象を与えたが、彼は自分に実験を行い、その後、突然に作った詩をライブジャーナルのブログにアップした。

私は二日間飲まなかった。
そして理解したのだ。いたずらにその日々を
過ごしたわけではないと。私の魂は清らかだ。
火花を放つ言葉、危なげない歩行。
人生は清らかな紙からは始まらない……。

けれども、テレビ放映がもたらしたもっとも重要な結果は、地区行政のトップのチェボタリョーフ、すなわち、体格が良く、内面もしっかりしていて、まるで何か強力な機械でプレスされて煉瓦状にされたみたいな男が、要望の形で指示を受けたのだ。それは、甦った労働村メジャンカにできる限りの援助を与えるように、というものだった。きわめて上層の機関から発せられたこの要望の中では、何よりも先に、状態の良いバス道路をメジャンカまで作り、そこに路線バスを走らせるようにと、厳重に指示されていた。

作業はすぐに沸き立った。寸断され、表層を発酵させたかつての道路の跡に、余剰の人員や技術のすべてが投入された。半ば沈下した道路の全行程にわたり、汚れたオレンジのジャケットを着た労働者たちがブヨに刺されながら、瞬時に湿る砂利をスコップでまき、肥沃な菜園の黒土のような、加熱したばかりのアスファルトを平らにならした。材料が惜しまれることはなかった。穴があった場所には、その深さと同じだけの高さの膨らみが作られた。村人たちがそれを見に来た。太ったミーチカ・シュートフはしらふでは堂々としていて、美男子にさえ見え、縮れた羊の白い毛の服をまとい、今はジグリの新車

を買うために貯金していると自慢してみせた。

そして、再び九月一日の新学期がやってきた。アイロンをかけた服を着て、髪をとかした生徒でいっぱいの客車を引いた蒸気機関車がようやく引き込み線に入るとすぐ、列車のための歓迎式典が用意されているのを、フョークラは窓に見た。いかめしい制服を着た男たちがひさしの下に礼儀正しく、まるで倉庫の樽や袋みたいにひしめきあって、顔に好意を浮かべて立っていた。その左側では、上役のような姿の大柄な唯一人の女性が、大きな狐皮の帽子みたいな髪型をして、白い雪のような身体を目立たせていた。皆の前で微笑んでいたのは、何か上から押し付けられているみたいに背の低い、がっしりした体格の同志で、それゆえ彼の微笑みはデニッシュからはみ出したジャムの筋を思わせた。

「行政区長チェボタリョーフ」フョークラが蒸気機関車を止め、地面に飛び降りるやいなや、同志が重々しく紹介された。「あなた方はつまり、民族の匠の栄えある王朝を続けるのですね？　お知合いになれて光栄です」チェボタリョーフはフョークラの伸ばした手を握るために前に進もうとしたが、彼女の手が機械油にまみれていることに気づくと、村の娘の骨ばった顎の下をくすぐりたかったみたいに、指を動かした。

その時、生徒たちが、母親の摘んだ菜園のダリアの花束で互いを叩き合ったり、押し合ったりしながら、客車からぞろぞろ出てきた。すぐにどこからともなく、カメラを持った二人が現れた。チェボタリョーフは不満げに喉を鳴らし、顔を赤くし、ザシヒナの妹の方を抱き上げたが、彼女はひっかき傷だらけになった拳で開いた襟を押しのけようとした。そんなポーズのまま、一五分ほどが過ぎた――それか

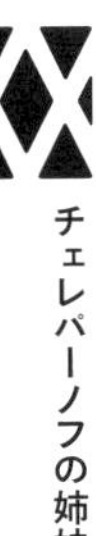

ら背の高い少女はもじもじしながら降りようとし、脱げそうなサンダルがほとんど地面に付きそうになった。チェボタリョーフはそれまでとは別の、もっと民主的な性格になったようだった。

「ああ、これが自家製酒の装置ですね！」眠り込んだ蒸気機関車を主人のように見ながら、彼は叫んだ。

「いいえ！　これは蒸気機関車です！」運転台から顔を出したマーシカが、大声で話に割って入った。

マーシカはもう出産が近づいていたが、この晴れの日には何が何でも家にいようとしなかった。彼女の腹は大きくなり、更紗の服を引っ張ったが、それはまるで風船みたいに舞い上がろうとするかのようだった。マーシカのにじんだ目は興奮して光り、青白い頬のそばかすは、おが屑ではなく、地元の沼地のカエルの特徴である、はっきりしない錆びた色の斑点に見えた。

「ああ、そうなんですね。でも、これはビールで、これはコイル管ですよね！　私は一人前の男ですよね？　装置を理解してますよね？」チェボタリョーフは大声で、民主主義と戯れ続けた。「さあ、グラスを行政区長に届けましょう！」すぐに誰かが走って持ってくると信じて、彼はウィンクした。

そうする代わりにマーシカは、ずるがしこそうに鼻にしわを寄せると、頭の上の何かの紐を引っ張った。すると、蒸気機関車の煙突が不意に、それまで知られていなかった弁を開いて、望遠鏡のように広くなり、それまで誰も聞いたことのなかった、湿った荒々しい吠え声を放った。突然のことに行政区長は飛び上がり、短靴で砂利から埃の雲を上げ、その押し潰されたかのような顔では、青色と赤色が層をなした。煙突は毛皮の袖口に似ている蒸気の残りを放出しながら、もとの状態へとゆっくり下がっていき、行政区長と同じように飛びのいた人々は、その煙突の動きに目を見張った。

「グラスですか？　ああ、私には無理……」マーシカは大きな腹を下にして笑い転げ、その腹は彼女とは別に笑ったり、ゴボゴボ鳴ったりしているみたいだった。

子供たちは最初の授業のことをすっかり忘れ、大喜びして笑い続けた。彼らは飛びはねたり、たがいに叩き合ったり、「マーシャおばさん、もっと！」と叫んだり、象の鳴き声のような周囲をつんざいた音を真似したくて、手のひらをメガフォンの形にして大声を出したりした。チェボタリョーフの取り巻きのはちきれそうな顔には、慎重な問いかけるような微笑みが現れた。だが、行政区長が怒って眉を動かし、圧し潰されてできたみたいな額の皺をかろうじて動かした時、彼らの微笑みはすぐさま消えてしまった。

「おい、何がおかしいんだ？　何がおかしいんだ？」笑いをこらえられず、再び身を屈めたマーシカに対して、彼はわめき立てた。「村の馬鹿娘が！」

この言葉と共に、行政区長は命令するように仲間に手を振ると、白髪の下で全身を石炭のように真っ赤にして、短い足で青みがかった砂利を踏み、みしみし鳴らせながら、小道を登り始めた。お付きの人たちは役人らしい謙虚な姿をすぐに取り戻すと、彼の後を追いかけていった。上役ふうの女性は、ハイヒールで尖った石の上を歩くことになり、重そうな体をふらふらさせていたが、助ける者は誰もいなかった。

九月二日の夜九時頃に、チェレパーノフ家の門を誰かが拳固で叩いた。門の外に立っていたのは地区警察主任のペーチャで、膝のところが伸びて緑色になった古い逮捕者用のタイツを履き、まるで削れない鉋（かんな）で仕上げられたみたいに粗く刈り込まれた、ひょろ長い頭に、斜めに警察の帽子を乗せていた。ペーチャの他に、さらに二人の見知らぬ警官がいたが、彼らは明らかに地区から来た連中で、きちんと制服を着ていた。一人のおじさんはがっしりした体つきなのに息を切らせ、太い鼻から黒い茂みを生やしていた。もう一人はひょろ長く、噛み合わせの悪い歯が突き出ているので、齧歯目の動物みたいだった。

「チェレパーノワさんですね？」知らない警官たちは同時に敬礼をし、赤い身分証明書をフョークラに提示した。

フョークラは黙ったまま、二人の知らない警官にはさまれて、ホールに入った。彼らはテーブルに向って座ったが、その上には夕食の残りの、まだ片付けられていない灰色のパンのかごや、鉢に半分入っている塩漬けのトマトがあった。

「フョークラ・アレクサンドロヴナさん、正確に理解していただければ、それでかまいません。今は警告だけをしに来たのです」齧歯目みたいな男が、深刻な口調でそう言った。

「あなたは巨大な自家製酒製造機を作り上げ、それを持って、宣伝みたいに地区全域を訪れていますね。よくないですね。以前はそれは刑法一五八条に該当しました。今はこの条文は存在しませんが……」

「その代わり、保証されていない商品の生産に対する、二三八条があります」鼻の大きな男が喘ぎながら言った。

「まさにそうなんです」齧歯目の男は賛成した。「それ以外に、行政義務違反に関する州条例があって、それに従えば、あなたは直ちに五万ルーブルの罰金を支払わなければなりません。つまり、裁判にかけられないためには、あなたは機械を解体しなければならないのです。一〇日以内にです！」

フョークラは、まるでまっすぐな背中が凍って椅子の背もたれに張りついたみたいに、生きた心地をなくして座っていた。夜の家の平和な音——地階の蒸気機関車のため息や、洗濯機のごぼごぼ鳴る音や、壁の掛け時計の硬質の音——が、まるで彼女のきつく圧迫された頭の中に集まったみたいだった。地区警察主任のペーチャはあらゆる軟骨をそわそわさせ、その泳いだ目は凍り付いたフョークラに何かを頼んでいた。齧歯目に似ている警官は小さい鍵をいじって、書類ケースから細かい字の書類を取り出し、それをフョークラの前のテーブルに置いた。

「ここに書いてください」警官は貝殻のような波打つ爪を、空欄に押し付けた。「説明され、警告されたと」

書類の中にフョークラはひとつひとつの細かい文字と、しっかりと押された官公庁のスタンプの青さだけを見た。彼女は警官からボールペンを受け取ると、釘で書いたような角ばった字で署名をした。すると、警官たちはすぐさま帰りじたくを始め、出口に去った。地区警察主任のペーチャはうなだれた頭を悲し気に振りながら、他の警官たちの後をのろのろと歩いて行った。

フョークラは茫然と座ったまま、時計がチクタク動く音を聞いていた。書類にサインをした手はフョークラから分離して、テーブルの上に置かれていた。ミロン・チェレパーノフの肖像画はランプの光の中で自身の姿を隠し、沼地の金色に輝いたが、油絵具の塗装は血を吸う泥沼の中の黒い生餌の魚のようだった。フョークラの面長の顔は燃え、すえた熱が目や鼻を圧迫した。マーシカはもうすぐ子供を生むだろうが、地区の警官たちは妹にインフルエンザをうつすだろうと、フョークラは遠い場所にいる気分で考えた。沸き立つ涙があふれて滲んでいることを、彼女は生き続けるために忘れていた。

マーシカは夕食後は横になるようにと、きつく命令されていたが、それでもベッドから這い出て、今は扉のところに立っていた。その顔は青ざめ、額は蠟のようで、古びた更紗の寝間着は今にもお腹のところが破けそうだった。

「フォークラ?」マーシカは重そうによろよろ歩くと、横向きに座り、開いた膝の間にお腹を置いた。「蒸気機関車のことで悲しまないで。今度は何を作ろうかしら?」

マーシカが体を反らせ、湿った歯をむいたので、彼女の腹は飛ぼうとするカエルのように、上を向いて緊張した。

「いいわ」一瞬にして我を取り戻したフォークラに、彼女は事務的に告げた。「まずは子供を生んで、それから話しましょう」

再び一年が過ぎた。その間にメジャンカ村では、たくさんの変化が起こった。車輪を外された蒸気機関車は冷気に包まれ、音の響く機関庫の奥の、隅っこで闇に染まっていた。煙突は別に置かれていて、強い雨の時にはその上の鼻汁のような泥を洗いながら、黒い水滴が流れた。チェレパーノフ家の姉妹が蒸気機関車を解体して以来、メジャンカ村と地区中心地との間の交通は再び、不定期なものとなった。権力が作った路線バスは一一月の半ばまでは運行していたが、その後、動けなくなってしまった。今では錆びてボロボロになった鼻先を沼地から突き出していて、その膨れたヘッドライトは沼地のもろい毒キノコを思わせた。村の学童の一部はなおも寄宿制の学校で授業を受けていて、二人の生徒は両親が州都の親戚のもとに送ったが、残りはよその菜園で稼いだり、風に飛ばされてきた帽子のように柔らかなボールをでこぼこの道で蹴飛ばしたりしながら、ただぶらぶらしていた。

けれども沼地に道を作ったのは無駄ではなかった。メジャンカ村の住民にお金ができたことを聞いた実業家たちは、安いウォッカを村の店に大量に持ち込んだのだ。生命力のある沼のベリーで作られた自家製酒と違い、死んだ水のように空虚なウォッカは男たちに激しい衝撃を与え、まるで皆が軽油臭い頭を半リットルのボトルで殴られたみたいだった。意識をなくした男たちはブリキのような白目を見開いて、村をふらついたり、ウォッカが原因の野太いいびきをかきながら、そこら中に転がったりした。彼らが一年前、何のために土台穴を二つ掘ったのか、理解できる者は一人もいなかった。一つは店の前、もう一つは旧文化会館の前だ。花崗岩の壁面を洗濯板のように傷つけて掘られた深い穴は、むしろ人の生存を妨げていて、というのも、その中にはやすやすと転落してしまうのだ。冬の一月には、ミーチカ・シュートフがそんなことになった。震えたり、すすり泣いたりしているような半リットル瓶でいっぱいになった袋を下げて、店の入口の、氷に覆われた階段を慎重に、横向きに降りたミーチカは突然、どこか横の方にのろのろ進み出し、粉雪が吹雪く中で視界から消えてしまったのだ——翌朝、発見された時には、彼は土台穴の底で大の字になっていて、靴底を点検したかったみたいに右脚を曲げていた。その生気のない大きく見開かれた目は、凍った巣のようなセロファンに包まれた白い錠剤を思わせ、また、七本の瓶のうち二本は割れずに残っていた。

それでも、メジャンカ村の復興についての何らかの記憶は、周辺の空間に保存された。ミーチカ・シュートフの死後、二つの未完成の塔がしばしば空中に現れるようになった。店の前に現れたのは頑丈な丸い石の塔で、土台は白く塗られ、ムクドリの巣箱のような四つの補助的な塔も立てられ、屋根は尖っていた。旧文化会館前に出現したのは木の塔で、下の五階部分は太い丸太で作られていて、その上は板作りだった。この幻想的なまでに高い塔は、縛った棒に吊るされた何層もの干し草の山が、雲の中に消えていくみたいだった。幻のような塔の周りを確認のために、驚いたヘリコプター・パイロットが飛び回った。休もうとした渡り鳥が塔に止まった。自作の人民機関車のことは太ったテレビ局員も覚えていたが、彼はこの一年の間に有名なネット詩人になっていた。記憶すべき地区中心地に仕事で来る時には決まって、この髭男は色あせた小さなレールと傾いたひさしを見に行った。彼はそこに座り、タバコの煙にまみれたあご髭を、ふっくらした拳で支えると、自家製酒で動く魔法のような蒸気機関車を待ちながら、詩を作った。

くたびれた魂をいやすのは大変だ。
毒を飲むこともある。
けれども朝になれば
頭痛がするだけ……。

一方、チェレパーノフ家の姉妹の工場の上では、冶金作業の煙が用心深く、スレート屋根すれすれに隠れながら、霧の沼地へと流れて行った。成長したヴォーフカとヴィーチカは叫んだり、自作のサーベルでアザミの頭を叩いたりしながら、工場の周りの雑草の上を走り回っていた。一歳になったスヴェートカは大きさや姿が太ったウサギみたいだったが、綿ネルの毛布の上で、ナットやクランクをいじっていた。工場では鉄が鳴り、鍛冶場が息づいていた。そこから時々、プロペラ飛行機をテストするチクチクチクという音が聞こえて来た。

訳者解説

オリガ・スラヴニコワ（一九五七～）はウラル地方のエカテリンブルグ出身の作家。現代社会に対する鋭い批判精神の一方で、比喩を多用した複雑な文体、「マジック・リアリズム」と呼ばれる幻想性を特徴としている。代表作は長編小説『不死の人』（二〇〇一）、『二〇一七』（二〇〇六）、『軽い頭』（二〇一〇）、『走り幅跳び』（二〇一八）。邦訳された作品に短編「モンプレジールの終わり」（拙訳、『神奈川大学評論』六二号、二〇〇九）、「超特急『ロシアの弾丸』」（沼野恭子訳、『ヌマヌマ』河出書房新社、二〇二一）がある。

「チェレパーノフの姉妹」は鉄道文学を集めた短編集『七号車の愛』（二〇〇八）に収録され、翌年、優れた短編小説を対象としたユーリー・カザコフ賞に選ばれている。

小説

ソスノヴァヤ・ポリャーナ　アーシャ　Сосновая поляна. Ася

Сосновая поляна. Ася

クセニヤ・ブクシャ

松下隆志 訳

鉄道ソスノヴァヤ・ポリャーナ駅の向こうで、弱々しい秋の朝が始まる。柵の棒や庭の枝がうっすらと見える。三〇六番マルシュルートカ（小型の乗り合いバス）――ヘッドライトのついたブリキの白い箱で、広告は一つもない――がエンジンを止めて停車している。電車からの乗り換え客を待っているのだ。ペテルブルグのいちばん外れ。そこから先は住宅街。窓にほのかな明かりが灯っている。風はほぼなく、空気は暖かくて、暗くて、黄色い。番小屋の足元では、優美な薄紫色の花をつけたシシウドが、少し乾いて腐ったような状態で、闇の中、草に降りた霜の上で今なお咲いている。辺りはひっそりしている。

マルシュルートカの運転手は眠る気がほぼない。ずり落ちたズボンを穿き、丈夫なラバーサンダルに足を通して立っている彼は、煙草を吸いながら踏切の向こうを物思わしげに眺めている。そこ、踏切の向こうには、別荘（ダーチャ）、納屋、蒸風呂小屋（バーニャ）、庭や茂み、小道、溝や橋、背の低いナナカマドの木、ラズベリーの茂み、金網、塀などが点々と見える。暖炉の煙が立ち上っている。黄色と赤のまだらの葉っぱが水溜まりの中で黒ずんでいる。

辺りはとてもひっそりしている。

とそこに、向こう側から踏切の方へ、とある一家が近づいてくる。お母さんと三人の子ども。お母さんはまるっきり若く、ふさふさの髪にベレー帽をかぶり、軽いコートを着ている。子どもは三人。長女は母親似だ。同じく痩せ気味の顔に獅子鼻だが、髪の毛だけは別で、黒い。真ん中と下は坊主。真ん中は八歳くらいで、見るからに不良。下の子は蒸気機関車が描かれたジャンプスーツを着ている。

風はまったくない。

手をつなぎ、一列で歩いている。母親、真ん中の子、下の子、そして長女。

運転手は座席に潜り込み、扉を開ける。マルシュルートカはつつがなく運営されている。五〇〇ルーブル札は日除け用のひさしに突っ込んである。一〇〇ルーブル札はウエストポーチに。小銭は右手側の脂で汚れたスポンジを切り抜いた穴の中に。

三〇六番が駅前の広場で曲がる。円を描くライト。向こう側には九階建てのビル群。闇の中でさえ明るい、夜の雨を浴びたシラカバの木々。三〇六番がごとごと揺れる。

＊　＊　＊

母とグラスで赤ワインを飲むたび、アーシャはいつも同じ質問をする。

「ねえ、お母さん、私のお父さんは誰なの?」

母は毎回違うことを話す。母が毎回言い逃れをしようとしはじめると、アーシャはすぐさま笑いの衝動に駆られる。目を鼻梁に寄せ、たいそう利口ぶってあれこれと仮定の話をするのだ。毎回、何かしら新

たな発見がある。

たとえば、「あんたの父親はね、セルゲイ・イワーノヴィチだよ！」

「お母さん、前回はペーチャおじさんだって言ったじゃない」

「あんたのどこがペーチャおじさんに似てるの?!」

あるいは、完全なお説教。

「あんたを孤児院に預けなかったことを感謝しなさい。あの時代、幼い子どもと二人きりなのがどんなに大変だったかわかる？　ええ、二人きりじゃなかったわ、あんたを養うために朝から晩まで働きづめだったからね。でも、私の親があんたと一緒にいてくれたでしょ！」

そして、以前は決まって最後にこうつけ加えたものだ。

「もちろん、あんたはいいわよ！　子どもはできないんだし、安心して好き勝手に生きなさい！」

＊　＊　＊

できない子どものことをアーシャが知ったのは、まだあの大昔の時代、一年生で自分の大学の教授コンスタンチン・コンスタンチノヴィチ（ラカンとフーコー）に狂ったように恋をした頃だった。当時五〇近くだったが、彼女は教授の家に移り住んだ。三か月ほど二人はとても幸福に暮らした。ある日コンスタンチン・コンスタンチノヴィチは、モーニングティーを飲みながら親切にもアーシャにこう訊ねた。

「アーシャちゃん、何だ、もう妊娠したのか？」

「どうして妊娠なんて？」アーシャは驚いた。

「生理が全然ないじゃないか」コンスタンチン・コンスタンチノヴィチは哲学博士だったが、自分なりに生活観察を行っていたのだ。

「だって、まだ始まってないんだもの」アーシャは説明した。「今のところまだ一度もないの」

「何だって？」教授は驚いた。「一七歳なのに、一度も？」

アーシャはうなずいた。

コンスタンチン・コンスタンチノヴィチはいささか困惑した。熟考し、やはり妊娠の有無を検査することをアーシャに勧めた。論理が示すところでは——と彼は言い足した——仮に何かが一度もなかったとして、それはまだ別の何かがあり得ないということを意味しはしないからだ。

＊　＊　＊

ウィッグを着けた年輩の婦人科医はアーシャをシーツに寝かせ、鉄製のメガホンらしき物を取り出し、きちんとアーシャに挿入すると、ライトを点け、黙って覗きはじめた。アーシャはひどく不安だったが、そんな素振りは見せなかった。幼年期や青春の初期、アーシャは臆病で従順で我慢強い存在で、たとえ殺されそうでも、ただ横たわり、すすり泣きすら漏らさなかったかもしれない。その後すべてが一変したが、当時の、あの日のアーシャは、料理で詰め物をされるウサギのようにひたすら横たわり、年輩のアルメニア人婦人科医はゴム手袋をはめた指で彼女の体の内部を触っていた。

ようやく医者は診察を終え、手袋を外した。

＊　＊　＊

不妊のことをアーシャはほとんど気に病まなかった。コンスタンチン・コンスタンチノヴィチが子どもに対してすでにアレルギーを持っていたのでなおさらだった。七人いた前妻は皆、彼に子どもを一人か二人産んだ。教授は自分を責任ある父親だと思っていたため、子どもたちの誕生日をすべて記憶し、電話を掛け、尊大に祝わなくてはならなかった。

「それで、僕の娘の様子はどうだい？　成長してる？　いやはや！　なんと大きなお嬢さんだ！　で、君のピアノの、すまない、チェスの調子はどう？　何？　バレエ？　ああ、うん、そうだった、バレエだね。で、調子はどう？」

言うまでもないことだが、アーシャから新しい誕生日を記憶させられることがないということになって、コンスタンチン・コンスタンチノヴィチはいたく喜んだ。

二人はもうしばらくともに暮らし、その後でドラマチックに別れたものの、アーシャはまったく気に病まず、それからまた二、三度結婚し、この夫たちも霧と消えたのだったが、それは子どもができなかったからではなく、様々な別の要因によるものだった。夫の一人は自分自身が子どもだった。そして、アーシャはやはり気に病まなかった。

母の家にお邪魔するときに恒例になっている「お母さん、ねえお母さん！　私のお父さんは誰なの、ねえ?」という質問も、彼女をあまり不安にさせなかった。

アーシャにはむしろ、母が言い逃れをする様を脇から観察するのが愉快だった。唇を鳥の尻のようにすぼめ、長いこと片隅を見つめ、それから別の片隅を、それから天井を見る。それはハムレットの母ガートルードさながらで、天井からは今にもクローディアスの影が現れるに違いない。人類学的な、あるいはもしかすると神話学的な好奇心でもって、アーシャは母の頭の中で嘘ができあがる様を観察していた。

「あんたのお父さん?」顔の上で複雑なシチー(ロシアの伝統的なキャベツスープ)を拵え、母はようやく宣った。「まあいいわ、教えてあげる。誰だと思う? セミョールキンよ。そう、ボーリャ・セミョールキン、覚えてる?」そしてその先を母は歌うように話した。「あの人の奥さんはほら障害児教育学者で右手なしで生まれて子どもの家(三歳未満の孤児のための養育施設)で働いてるんだけどほら覚えてるでしょあの背が高くて陽気な人よパーヴェル・イリイチの誕生日にあんたが詩を朗読したときあの人がほら……」

セミョールキン。アーシャは母が名前を挙げる人をほとんど誰も覚えていなかった。子どもの頃、大人は彼女には森のように、森の中の木々のように思えた。大人の声は樹冠を吹き抜ける風の唸りみたいで、おぼろげで、おっかなかった。アーシャが彼らに向かって頭を上げることはほとんどなかった。彼女は小さく、彼らは大きかった。母にもアーシャはろくに会わず、ソスノヴァヤ・ポリャーナの別荘地にある小さな家で祖父母と暮らしていた。祖父は日がなだんまりで、祖母は怒鳴ってばかり。アーシャはみにくいアヒルの子で、誰も仲よくしてくれない。わんこばかりなのだ。いちばん早い記憶は、アーシャはマンホールの上でしゃがみ込んでおり、辺りは雪だが、マンホールの上は温かく、周りでは八匹のわんこが体を丸めており、彼らも温かく、アーシャを温めてくれる、というもの。祖父母は彼女にお古を着せた。幼稚園では誰よりも粗末な服装で、あの当時ですら、まったくもってボロ同然だった。きれいな服は一着もなく、一度も着たことがない。アーシャはいつも凍えていた。穴の空いたタイツ。濡れた足。だけど、平気だ、アーシャは恨んでなどいない。それにしても、父は誰なのだろう？　なぜかアーシャは知りたかった。なぜかそこに重大なことが隠されているような気がする。

＊　＊　＊

子どものことをアーシャはこれっぽっちも気に病んでいなかったし、ある日突然、勤め先の会社の社長が——ことさらひどく多くの罪を重ねたからだろうか——孤児の援助に乗り出したときも、引き続き気に病んでいなかった。もちろん、社長はかなり早々とこの事業を投げ出したのだが、アーシャの方は考え込むようになった。

孤児院というのは奇妙な場所だった。孤児の援助というのも奇妙なことだとわかった。子どもたちは微笑み、感謝を口にし、気に入られようと頑張る。だが、せめてほんのちょっと、せめて少しでも目を凝らしてみれば、ここはまるで砂漠のようだということがわかってくる。そこでは各自がひどい飢えと渇きに苛まれているのに、誰も水を持ってきてはくれないのだ。

アーシャはすぐに理解した。本当に子どもたちに必要なのはただ一つ、家族なのだと。つまり、真の意味で助けるには、たった一つの方法しかないのだ。どうしてそれがいけない？

＊　＊　＊

とにかくアーシャは幼い男の子を探した。新生児がベストだが、三歳くらいでもいい。みんなにそうアドバイスされたのだ。子どもがいなければ、経験がなければ、幼児を引き取るに限る、と。男の子にしたのは、女の子の方が売り切れやすいから。アーシャはタジク人かロマの男の子を夢見ていた。だが、男の子はみんな重い診断を下されており、生死の境にあることが判明した。アーシャは泣く泣く受話器を置いた。

ある日、アーシャは地域事業者のサイトにふらりと立ち寄った。そこは子どもの数が少なかったからで、すべてのアンケートを続けざまに閲覧していった。アーニャ、二〇〇八。活発でとっつきやすく、集団生活に参加しています。ヴィターリー、二〇〇七。好奇心旺盛で、ビーズ編みが大好き。大きくなったら警察で働きたい。クシューシャ、二〇〇六。この子は話しかけられた言葉を理解できます。マーシャ、二〇〇四。少女は家族を求めています！　責任感が強く、好奇心旺盛な子で、マーシャはあなたの真の右腕になります。リュドヴィグ、二〇一〇。とっつきにくく、ヒステリックです。ニネーリ、二〇〇八（後ろに反らした顔、開いた口、口の端に緑色の皮膚薬がついている）。ニネーリは小さな奇跡です。感受性が強く、気立てのいい女の子で、ニーノチカは何が欲しいかを知らせ、言葉を使わずに何でも話すことができます。今のところニネーリは自分で食べることができません。ニキータ、二〇〇一。ニキータは活発で、楽天的で、エネルギッシュで、自立していて、勤勉です。簡単に人とつき合います。人前では気楽で伸び伸び感じるのが好きです。興味を引かれるものには何でも積極的に関心を示します。アンドレイ、二〇〇五。穏やかで、物静かで、控え目な男の子です。大きくなったら建物を建てる人になりたい。ダリヤ、二〇〇六（派手な孤児院のワンピースを着た小柄な少女で、陰気で固い表情をしており、九歳ではなく、せいぜい六歳にしか見えない）。とっつきやすく、物静かで、まだ集団に入ったばかりです。今も死んだ母親のことを悲しんでいます。

アーシャはすでにデータベースの人物調書の読み方を心得ていた。それはキャッチコピーのようなものだ。そこに真実はなく、あるのはマーケティング、ポジショニングのみ。保育士が押さえている子どもは、ありのままの人物調書が出る。ほかの、素行に不都合や難のある子どもは、厄介払いしようとできるだけ美化されるが、後で返品される。感傷的な動機による難点は書かれないが、それはきっと、辛抱するうちに情もわくからだろう。たいてい人物調書は形式的に扱われるが、そもそも三つのフレーズで何が書けるというのか？　だが、問題はそんなことではなく、孤児院の子どもは家庭の状態ではなく、

別の集合状態にあるということだ。実際にどんな子になるのか、人物調書や写真からは——あるいはビデオを観ても、個人面会をしても——すぐにはわからない。

それでも……。とっつきやすく、物静かで、まだ集団に入ったばかりです。最近孤児院に入って、まだ順応できず、そこの習慣に慣れておらず、あべこべになった環境で生き残る術を身につけていない。困難な状況にある家庭の子ども。マージナルな家庭ではあっても、家庭の子どもは家庭の子どもで、異星人ではない。今も死んだ母親のことを悲しんでいます。信じられないほど稀有なことで、奇跡だ。つまり、子どもには重要な大人がいたということだ。つまり、子どもは今のところ人間的な座標系の中で生きつづけているということだ。そこでは幼子には常に自分の大人がいて、その大人がいなくては生きていけない。そして——悲しんでいます。まだシステムに殺されていない生きた感情。死んだ母親のことを。この子どもは、孤児院にいる大部分の子どものように見捨てられてはいない。普通の人間的悲しみ。世界への憎しみはない。今のところは、ない。急がなくては。自分でも驚いたことに、アーシャはそう思った。

＊　＊　＊

母がヒステリーを起こすと予想はしていたが、これほど激しくとは思わなかった。「大きくなったらうちのみんなを斬り殺すよ！」と、まるでもう斬られたかのように受話器越しに喚くのだ。鼓膜が破れないよう、アーシャは携帯電話を耳から離して持っていなければならなかった。「なんで他人が捨てたものを拾うの?! 自分の子を産んだ方がマシよ！」もっとも、母はアーシャが自分の子を産めないことをとてもよく知っている。ついでながら、誰もダーシャ（ダリヤの愛称）を捨てなかった。逆に、彼女を引き渡したがらなかったのであり、アーシャは自分でも思いがけず闘う羽目になった。

「私どもの孤児院では」院長は取り澄まして述べた。「決してみんなが家庭に入りたがっているわけではありません。とくに私どものエリート、私どもの最良の女の子たちはそうです。ダリヤちゃん、アンジェラちゃん、クリスチーナちゃん。だって、ここはこんなに素晴らしいんですもの！　ダリヤはわずか半年の滞在で多くの電話をいただきましたが、彼女はオファーをすべて断っています」

〈なるほどね〉とアーシャは思い、ささやかな調査を行ったうえで、ダーシャが以前暮らし、彼女の猫と犬が今も暮らしている場所へは、アーシャの家からマルシュルートカ一本で行けることを、最初の面会でダーシャに伝えた。ダーシャはすぐ同意し、その後で何度も「孤児院に戻る」と頼まれたものの、事は成し遂げられたのだった。

ダーシャの気紛れの原因はアーシャにはすぐわからず、明らかになったのはようやく三か月ほど後、ダンス友達の母親が神経質に笑いながらこう打ち明けたときだった。

「お宅のダーシャったら、すごく変なことを考え出すのよ。自分は実の娘じゃなくて、臓器を売るため

に孤児院から引き取られたんだけど、後で憐れまれて、手元に置いておくことにされたとか」

ダーシャがいた孤児院は大きくなかった。解散しかけていた。家庭への子どもの斡旋は職員を無職にしかねなかった。幼い〈エリート少女たち〉は臓器についての怪談で脅かされていた。年長の子どもたちは〈いちばん金持ちの親〉の夢に熱中させられていた。

＊　＊　＊

ダーシャを引き取って三か月後、突然、保護機関から電話があった。

「あなたには幼男児に対する取り決めがありますね？　まだ幼男児が欲しいですか？」

もちろん、アーシャは欲しかった。

「ちょうど隣の区にちっこいガキがいましてね、母親が死んだんです。施設に入れるか、あるいは……あなたが引き取りませんか？」

アーシャは書類をつかんで駆けだした。到着するなり、幼児は二人で、上の方はもう八歳だということが判明した。フォーラムではこうした現象は〈列車〉と呼ばれている。一緒にソファーに腰かけ、上の子は下の子をつかまえ、みんなをチラチラ睨んでいる。僕たちには別の計画があるんだ、とでも言うように。

「聞いて」アーシャはしゃがんだ。「あなたは立派な男だから、言っておきたいことがあるの。あなたたちは引き離されようとしている。小さい子は子どもの家へ、あなたは孤児院へ送られる。弟と一緒にいたい？　それなら選択肢はないわ――私のところへ来なさい」

＊　＊　＊

アーシャの母は今、アーシャが幼い頃から育ったソスノヴァヤ・ポリャーナにあるちっぽけで古ぼけた家に住んでおり、アパートの方は貸しに出している。そのお金で服や化粧品を買うのだ。あとはネフスキー大通りをぶらついたり、出会い系サイトに張りついたりしている。すっかり順風満帆な様子。引き締まってやつれたブラウス姿のレディー。別荘地の端に母の錆びついた車が止まっている。

だが、家に立ち寄るのは薄気味悪い。以前からあまりいい状態ではなかった。四半世紀も経って、修繕は一度もなし。とても小さな部屋が二つ、台所、糞にまみれた鶏舎。ニワトリ、ヤギ、ネコ、イヌ。狭苦しさ、不気味な無秩序、へんてこな物の山、泥と煙。窓には空き瓶が乱雑に積み重なっている。

「それにしても、お母さん」アーシャは母に甘口の赤ワインを注ぎ足しながら言う（母はほとんど飲まず、ただ喫煙量が多かった）。「私のお父さんは誰なのよ、ねえ？　白状してよ！」

アーシャと子どもたちは週に二、三度ここに遊びに来る。ダーシャは動物が好きで、来るなりヤギに餌をやりに駆けて行く。坊主たちの方は道路に出たがるが、そこには水溜まりがあって、パクってきた古いボールを追いかけ回すことができる。泥んこになるのは言うまでもない。

母は顔をしかめる。

「わかったわ、仕方ない、教えてあげる」そう言って目を逸らし、アーシャは悟る。これからまた嘘をつく気だ。

そして今回はもはや愉快な気分にはならず、むしろ腹立たしい。ったく、嘘をつくのに何の意味が？　何を考えてこんな嘘を？　よしんば母がレイプされたにせよ、それが原始的な単為生殖、処女懐胎ですらあったにせよ……。どうして言えないの？

「いいわ」アーシャは戦術を変える。「赤ん坊の頃の私の写真を見せてくれる？」

まあ、これもいつものことだ。どうぞご覧ください。母は瞬時によそ見をやめ、埃にまみれたビロードのアルバムを引っ張り出してくる。おかしなところはない。座っているアーシャちゃん、丸々していて、全身に襞がある。ガラガラを持っている。白い編み上げ靴を履いている。以前もアーシャはこの写真を見たことがあるようだが、今日はふと、ある小さくて重要な細部に気がつく。

「この私は何歳なの、お母さん？」

「六か月だよ」

「ずっと幼い頃の写真を見せてくれる？　その頃の私はお父さん似かも？」

「あんたが六か月以前の写真はうちにはないよ」そして母は急にまたよそ見をする、それもすごい速さで。「知ってるでしょ、あの頃うちは難しい時期だったのよ！　姉が自殺で……。要するに……。あんたの写真はないのよ、一枚も。これが最初の写真」

＊　＊　＊

セールイはすでにソファーで埃っぽい毛布にくるまり惰眠を貪っている。ダーシャとローマは庭でお互いに仔ネコたちを乗せっこしている。

母の家に泊まった翌朝、アーシャは仕事に、子どもたちは一度に幼稚園と学校に出かける。自宅には寄らない。彼らは汚れた道を歩き、辺りはとても静かで、とても暗い。坊主たちは勝手に歩き、あのセールイさえおとなしくしているが、そうは言ってもまだ春でしょっちゅう水溜まりにはまり、靴を脱いでは精神異常者のようにげらげら高笑いをしていた。

ローマは陰気に歩いていて、以前のままだ。銃眼を覗くような眼差し、背中にリュック、よろしい。工場労働者、タクシー運転手、荷役労働者など、ピーテル（ペテルブルグの俗称）の半分くらいの人出だ。それでいい。問題なし。

ダーシャはみんなから少し離れて道端を歩いており、足取りは不安定で、着飾り、悲しげで、星のついたスニーカーを履いている。ダーシャは体のサイズはローマと同じだが、彼より二歳年上だ。アーシャにセールイのもう片方の手をつないでと頼まれる。ダーシャはつなぐ。

〈あんたを孤児院に預けなかったことを感謝しなさい〉――問題はこの件でアーシャが受けた印象ではなく、問題は別のことだ。問題は感情ではなく、事実だ。ドクター・ハウス（アメリカの医療探偵ドラマの主人公）みたいに解明してやりたい。なぜ〈感謝しなさい〉なのか、そして孤児院という考えはどこから？　そもそも、そのような思考の動きはどこから？

「バスが来るまで、セールイに本を読んであげてちょうだい。ローマ、本を出して」

はるが……やって……やってきました。

サーシャはきいろいくつしたをはきました。

きい、ろくて、まるで……。まるでクロ……クロ……。アーシャママ、これなんてことば？　クロカス？

クロッカスよ。そういう花があるの。

あるいはまるで……キン……キンポウゲのようです。

マー、シャは、い……い、つ、も、くつ、した、を、はき、ません、でした。

ぼくたちはとてもとおくにいくんだ、とサーシャはいいました。

運転手がエンジンを入れる。三〇六番が体を震わせ、ガチャガチャ鳴り、ブルブル振動する。

さあ……だれが……はやくヤ……ナギまで……たどりつけるか。これってどういうこと？

ヤナギよ。そういう木があるの。

とサーシャはていあんし……。あっ、ダーシャ、またそっちのばんだ！　ほら、こもじから。

ずるいわ。

喧嘩しないで。

たどりつけるか、とサーシャはていあんし、まえにしりだしました。

前に何ですって？

まえにしりだしました。

走り出しました、ょ。

……さて、では続きを。ちなみに、母には自殺した姉がいた。なぜそんなことになったのかは誰も知らない。

……自殺した姉。つまり、アーシャの伯母だ。伯母はまさにアーシャ生誕のほぼ直後に自殺した。正確には、半年後。そして、なぜか母はアーシャの六か月以前の写真を一枚も持っていない。これは妙だ。当時ですら、赤ん坊というものは普通しょっちゅう写真を撮られていた。祖父はカメラを持っていて、撮るのが好きだった。だが、ゼロ歳半以前のアーシャの写真は自然界に存在しない。

セールイはすでに彼女の膝の上ですっかり落ち着きをなくしており、ダーシャとローマはとっくに本を読むのをやめていた。セールイがくたっとなった。かわいそうな子を寝かしつける。アーシャ自身も寝かしつけられる。

……一枚の写真もない。伯母は自殺した。孤児院に預けなかったことを感謝しなさい。雨が窓ガラスを叩き、ダーシャはアーシャを見ており、眉が上に延びている。私が?! アーシャママに?! 似てる?!

そうよ、〈アーシャママ〉にね、私は自分のママに似てるかって？　そんなに……。

……私が六か月だった頃。六か月の後、私は……。

……孤児院に預けなかったことを感謝しなさい……。

……本当のお母さんはね……。

……私が六か月だった頃……。

それなら、すべてのつじつまが合う。それなら、すべての理由が理解できる。なぜ母は私を祖父母に預けたのか。そして、孤児院という言葉。父に関してなぜ嘘をつくのか、それも理解できる。父が誰か知らないのだ。あの人自身が母でないとすれば、どこから父を持ってくる？

そして今や、アーシャは正しい問いを知っている。次回、母に甘口の赤ワインを注ぐときに何を訊くかを知っている。いやいや、〈私のお母さんは誰〉なんて訊かない、それはもはや蛇足だ。〈私のお父さんは誰〉とも訊かない。その問いは明らかに霧に包まれたままだ。そう、たとえば、このバスがすっと通り過ぎた沼の向こうの教会のように。何も気に病むことはない。なにしろ、今やアーシャは正しい問いを知っているのだから。

〈お母さん、ねえお母さん、私の本当の名前は何？〉

三〇六番はアフトヴォの陸橋を登る。眼下には、レール、コンテナ、円錐形の砂山、色とりどりの葉っぱ、小道などが見え、上空には雨雲があり、雲の切れ間から色褪せた青空と白っぽいすじ雲が覗いている。

＊　＊　＊

傍らに現れては消えていく配車センター、倉庫、発電所などを眺めながら、ローマはふと、ポケットの中にミントガムが二枚残っていたのを思い出す。だが今ガムを取り出せば、ダーシャと分けないといけない。分けないと、ダーシャは心の中で怒るだろう。どうしてこんな姉妹がいるんだろう？　それも年上だなんて。セールイと二人だけ引き取られた方がどれだけよかったか。偉いのは僕だってことがわからないのかな？

さて、つまり、ローマはガムを欲しいわけだが、ただダーシャと分けたくないがために、我慢することに決める。そしてまさにこの時、ダーシャが祖母の家からくすねてきた三個のイチゴキャンディーをポケットの中でいじっており、同じく胸をわくわくさせていることを、彼は知らない――その間にマルシュルートカはゼニトチコフ通りに入り、信号のたびにしばらく停車する――ほら、二人が住んでいた寮だ、そしてローマは、とある少年がマルシュルートカと並んで泥靴で汚れた濡れた小道を元気よく走っているのを、茂みの向こうにちらちら目にする。少年はローマがまだママと暮らしていた頃に持っていたのと同じようなジャケットとリュックを持っており、ローマはこれが彼自身で、あの頃に戻りたいと強く望むが、実際これは別の少年で、どこぞのタジク人らしく、浅黒い——ああ、これは〈どこぞの〉タジク人なんかじゃない、と突然ローマは理解する、これはダヴラート、かつてのお隣さんで、あのジャケットとリュックは〈同じような〉ではなく、まさに彼のもので、ただすでにすっかりボロボロで汚れており、もはや手の施しようがない。彼がそれを理解するやいなや、手が勝手にポケットのガムに伸び、その後は——どうすりゃいいんだ。

「ダーシャ、ガムいる?」

「ありがとう」ダーシャは言う。「キャンディーがあるんだけど。ちなみに、欲しい?」

訳者解説

二一世紀のロシア文学は女性作家の活躍が目覚ましいが、ブクシャは一九八三年生まれでかなり若い世代に属する。サンクトペテルブルグ大学経済学部で学び、在学中から雑誌社や投資会社で働いていた。代表作『〈自由〉工場』（二〇一三）は、ソ連時代のとある工場の歴史を、ポストソ連世代の著者ならではの視点から実験的なスタイルで描いた長編で、「ナショナル・ベストセラー賞」を受賞している。

本作は、連作短編集『内へ開く』（二〇一八）の巻頭を飾る短編だ。「ソスノヴァヤ・ポリャーナ」はペテルブルグのはるか南西に位置する区域で、物語は早朝の駅の断片的な描写から始まる。実の父を知らないアーシャという一人の女性を中心に、現代の家族の在り方をめぐる主題が謎解き風に展開するが、複数の登場人物の声が入り乱れるポリフォニックな手法に、ブクシャのユニークな文体の魅力を感じ取ることができるだろう。

小説

コンデンス―濃縮闇―

Сгущёнка

ローラ・ベロイワン

高柳聡子 訳

私たちの村は、この場所にしてはおかしな名前で「南ロシア・オフチャロヴォ村」という。場所もおかしい。ウラジオストクからは七キロ、せいぜい一〇キロくらいだというのに、ウラジオのほとんどの人が、村がどこにあるんだかさっぱりわからないと思いこんでいるのだ。とはいえ、まっすぐに延びる広い連邦道路が南ロシア・オフチャロヴォ村の曲がり角のところまで、車ならたったの三五分で運んでくれる。標識が出てきたら左折、一車線の道が出てくるからそれを越える、そうすると二車線の道に出る、そこからさらに森を一一キロ抜けなきゃいけないけれど、もう標識は気にしなくていい。

村名が刻まれている石柱が村の中央口の五キロ手前に立っているのだけれど、この石柱のちょうど真ん前でメインストリートが狡猾に分岐している。分岐した道のひとつは森の奥へと延びている。土地勘のないドライバーだと舗装されていないでこぼこ道のほうに入ってしまい、二キロ半も走れば塀にぶちあたってしまうのだが、やはり地形を知っていないとそこから抜け出せない。迂回できそうな道は六、七本もあるのだけど、どれも民家の庭先に出てしまう。そのうちの一本だけが本物の道。でも夏にはイヌバラやらいろんな草に、冬は雪に埋もれてしまう。だから、初見で道の存在を見抜くには、すごく洞察力がないといけない。この迂回路は南ロシア・オフチャロヴォ村のど真ん中へと旅人を導いてくれるのだけど、でも、この方法でたどり着いた新参者はいまのところまだ一人もいないらしい。挑戦者たちは軒並み途中で姿を消してしまったんだ。近くにはいくつか沼があって、そこから漂う致死性の沼気が首すじにふっと触れると頭が混乱してしまうせいかもしれない。正直なところ私は沼のことはよく知らないのだけど。私たちは向こう側にあるはずの自分たちの家を探そうとしたのだが、まず最初に現れた塀を抜けられなかったこともあって、それらしきものはなにも見つけられなかった。狡猾な道はあのとき、私たちにも姿を隠していたんだ。でも私たちは行方不明にはならずに、ただ、向きを変えて石柱のほうへと戻っていっただけですんだけれど。

私たちが購入した家は別の場所にあった。二階の寝室の窓からはコンスタンチン・セルゲーヴィチの風車小屋が見えた。彼は村では〝コスチクじいさん〟と呼ばれていた。風車は回ってなく、村人はみんなコスチクじいさんのことを間抜けだと思っていた。風車は彼が数年前に造ったもので、しばらくはちゃんと動いていてコスチクの家の電気を灯していたのだけど、やがて止まってしまったらしい。ここの異常な湿気のせいでどこかが錆びついてしまったのか、台風のときの激しい風のせいでなにかが壊れてしまったのか、それは誰にもわからない。確かなことは、風車の羽根が寝室の窓から見えるということと、その羽根は一度も回ったことがないということ。ただし、羽根が位置を変えたことがないというわけじゃない。というのも、ここで暮らしはじめた最初の年のいつだったか、前日にはXの字の羽根のひとつが空に向かって突き出していたのに、翌朝には斜めになっていたことがあったから。でも、ちょっと動いたというだけのこと。

コスチクじいさんは、村民の多数派と同じく「ダリエネルゴ」社にはかねてから反対派だった。この極東の電力会社に対する住民の敵意は、ひとりとして、ただの一度も電気料金を支払ったことがないという態度で示されていた。質が悪いうえに目にも見えないようなつまらないものに金を払う義務などないし、それどころかバカバカしいくらいだというわけだ。でもある冬の前に、電力会社が赤い線の入った督促状を全戸に送りつけてきた、それからしばらく間を置くと村じゅうにクレーン車を走らせ、電柱から電線を撤去してまわった。

この地方の一一月末はとても悲しい季節。月末になれば氷点下一五度という急な冷えこみも短時間のことではなくなるし、「近日中に」暖かくなることなど期待すらできず、あとはもう悪くなるばかり。それから二、三週間もすると、大多数の住民は冬が来てしまったという現実と折り合いをつけ、冬の魅力を見つけようなんていう輩まで登場する。たとえば、氷上での穴釣りとか、クリスマスやお正月のお祝いとか、あるいは、子牛が生まれただの、キュウリやキャベツの水やりをしなくていいだのというようなことにまで。それでも極寒がはじまるとなれば、たいていの人はひどく茫然とし暗澹たる気分になる。それも当然──まさに寒波の到来とともに、誰も一度も見たことのない抽象的な電力というものが悪ふざけを始めて術策を弄するというのが事実だとすれば大変なことになる。裕福な家に設置されている電気メーターは、その冬、現実的にはありえない数字を示していた。一三〇ボルトなんて、電灯をぼんやり灯すくらいなら足りるものの家電をあれこれ動かすとなると絶望的に足りない。まさにそんなときに、オフチャロヴァ住民のところに赤い帯の入った非礼な督促状が届いたわけ。それから執念深い電力会社の連中が車でやってきて村をぐるっとひとまわりし、好色の雄犬みたいに電柱一本一本で止まっていった。

そんなこんなで、南ロシア・オフチャロヴァ村は闇に包まれてしまった。コスチクじいさんの屋敷以外ぜんぶ。毎晩、彼のところだけは、家の窓だけじゃなくウサギ小屋の窓や便所の壁の穴まで明るかった。村の連中は不審に思ったけれど、そんな素振りはみせなかった。

もちろん、電気代を払ってしまったスト破りもいた。私たちもそうだった。でも、スト破りの数は電力会社が和解に応じるには足りなかった。県庁がこの騒ぎに介入してくるまでの二週間、村は蠟燭を灯して「ダリエネルゴ」社やその子どもらを呪った。電線を元に戻すよう県が電力会社を説得し、かたや南ロシア・オフチャロヴォ村は、翌年六月までの分割払いで未払い金を支払いますという誓約書にサインをしたのだった。すべての電柱に電線が張られた、ただし、コスチクじいさんのうちの前に立っている一本をのぞいて。コスチクじいさんは、サインなんぞするつもりはないよ、風車があるんだからなと言った。

電力会社の連中が南ロシア・オフチャロヴォ村に電流を戻していったその日の晩に非常事態は起きた。村人たちは電気恋しさにコンセントというコンセントを片っ端から一気に入れてしまったのだ。何年も瀕死の状態にあった村の変電所は、まるで紙のようにぱっと燃えあがった。消火したところでなんの意味もないことは消防士たちにも一目瞭然。明くる日の朝、焼け焦げてひん曲がった金属の山を目の当たりにすると、村人たちの眼が一瞬、喜んだように見えた——これこそまさに敵の真の亡骸ではないか。だけれども、半ば野生化している村の猫たちにだってわかった、今度こそオフチャロヴォ村はかなり長いこと本当の電気無しになってしまうぞと。わが家を含め数世帯は韓国製の高い発電機を購入した。

ほかの村人たちはコスチクじいさんのところに向かった。

もちろん、すぐにそうなったわけでも、みんな一斉にというわけでもなく、一人、また一人とうちの隣人宅へやってきては木戸のところでもじもじする、すると素足に防寒靴を履いたコスチクじいさんが出てくるのだった(もっと正確にいうと、彼はカミツレ柄のパンツを履き、綿入れをボタンを留めずに羽織っていた)。半裸の老人が下着姿を詫びながら、暑いんだよと愚痴をこぼすと、村人たちはいぶかしげに彼のほうを見、開け放たれた彼の家の小窓を見、X字のまま動かなくなった風車小屋を見、そのあとで、もうだいぶ前から煙が出ているのを誰も目にしたことのない煙突のほうを見るのだった。

それから、村の代表たちがじいさんと話をつけ、またすぐに出直すことにして一旦自宅に帰った。で、今度は、空っぽの鍋やらバケツやら、それぞれ必要なものを手にやってきたのだ。コスチクじいさんはケチではなかったようだ。じいさんは容器を受け取ると、それをもって納屋に行き、明らかに重みを増した容器の上に布をかぶせたやつを持って戻ってきた。じいさん宅への巡礼者はたいそうな人数になり、韓国製パテ剤用のバケツを持ってこいと言われた。第一に、これは大きいから二度も行き来しなくていい。第二に、韓国製のバケツはプラスチックの蓋がきっちりと閉まるからで、コスチクじいさんがタオルとガムテープで覆う手間がかからずに済むからだ。

隣人のガーリャおばさんとワーシャおじさんは、いの一番にコスチクじいさんのところへ行ったうちの一軒で、彼らの家には明かりが点いた。コスチクじいさんがずっしりと重くなったバケツを村人たちに手渡しながら話す戯言とやらをガーリャおばさんが教えてくれた。じいさんいわく、彼がみんなにわけてあげているのは濃縮した闇なんだそうだ――じいさん本人が名づけた言い方だと「夜のコンデンス」だ。もっとも、注目に値するのは、南ロシア・オフチャロヴォ村の住人たちが、灯りと暖房をこの代替エネルギーに切り替え、それをやたらと見境なく使い、おおむね何不自由なく暮らすようになっていながら、それでいて、何がどうなってこんなものが役に立っているのだかは理解していないということ。じいさんの製品の効果を無邪気に信じきっていて、コンデンスが電気に変換される原理について突きとめようなどとはしなかったわけだ。

しかも発明した当の本人だって、実のところ、自分が発見した現象の本質をすぐに説明することはできなかった。おまけに、オフチャロヴォ村の代替エネルギーの供給者たるこの御仁は、テレビ局のクルーたちが来る前の晩、気持ちがそわそわして大酒を食らってしまったのだ。

「まあ、見ていろよ、いいか」とコスチクじいさんはよたよたしながら、チャンネルワンのインタビューに答えていた。「毎晩うちがどうかって？　暗いな、クソだよな、な？　どういういみかって？　どういういみかっていうとだな、いいか、そんな簡単ではないってことだ。もっとわかりやすくいうとだな、いいか、なんだってな、いいか、そんな簡単ではないってことだ。どういうことかっていうとだな……」そこでコスチクじいさんはごつごつした指を一本突き立てると、それを空の方へ向けて、なにやら意味ありげに動かした。「……闇は使いもんになるってことだよ。毎晩だな、闇がこーんないっぱいあるってことは、どういうことかっていうとだな、闇はタダだってことだ、どうもそうらしいな、いいか、クソだよ。闇がいーっぱいあって、タダなんだったら、平和利用しちゃいけねえって法はねえだろ？　クソかもしれんが、闇は使える、ちがうか？」とコスチクじいさんは説明した。「というふうに俺はおもったし、正しかったわけだ」

　コスチクじいさんが酔っぱらっていたせいで、南ロシア・オフチャロヴォ村が自家発電に切り替えた話は放送されなかった。だけどそれでちょうど都合がよかったのだ、というのも、人類がこぞって闇に接続するようになったら、闇からなにも採れなくなるんじゃないかと村人たちは心配しはじめていたから。コスチクじいさんも嬉しかった。

「俺のカミさんはウラルにいるんだよ。あいつのために出たんだよ。見てくれるかなぁ？　うまく映るかねぇ？　溺死者が浮上したってわけだな。ひょっこり来たりなんかしてな、けどさ、いったいなんだってあいつなんかが俺に必要だってんだ。きっともう婆さんになってるだろ。若い頃は蛇みたいだったねぇ。ほんとなんだよぉ、美人だったんだ。そうなんだって！　けど年くった蛇となるとなおのこと要らねえなぁ」

コスチクじいさんのミラクルな発見を、私たちがまったく信じていなかったとはいえない。と同時に、彼を信じることも信じないこともできずにいた。かたや、ガーリャおばさんとワーシャおじさんは冬じゅうもつほどのコンデンスをバケツに入れてもらっていた。二人は手に入れた闇で家の中の電化製品だけじゃなく、これまで一度も使ったことがない電気ボイラーまで引っぱり出してつけてみたら、これがだしぬけに動きだした。そもそも以前は、このボイラーじゃ鍋を温めることさえできなかったのに。なぜかというと、それには五キロワットのスペックが必要なのだが、外に張ったろくでもない電線からそんなものを絞りだすのは、大出力の逓昇安定器を使っても不可能だったからだ。

その一方で、物理学を含めそれなりの教養がある私たちにバケツを信じさせることなど無理だった。でも、コスチクじいさんのところからバケツをぶらさげて帰ってきた人たちの家はどこも、あの晩、窓に明かりが灯り、カーテンにテレビの映像がちらついていた。

このまったくバカげた幻想的な電気を、私たちが手に入れようとしなかったとはいえない。手に入れようとした。コスチクじいさんのところに三回も行ったのに、一回目は、私たちのバケツが不適当だといわれ、残りの二回は、コンデンスは売り切れでもう一滴も残っていないといわれたのだ。その後で誰か別の人のために満タンのバケツをひとつ彼が持ってきてやっているのが窓から見えたけど。

あの家は、ほかの人たちはみんな身内扱いするくせに、私たちは他人なんだなと感じてしゃくだった。

コスチクじいさんに対するこの深い怒りの感情から救ってくれたのは、コンデンスをもらえなかったのは私たちだけじゃなかったということ。村人の約半数は毎晩、窓を明るく照らし、同じときに残りの半数はロウソクを灯して悶々としていたのだ。コスチクじいさんが、誰にどんな基準で自分の製品をあげているのかは解明できなかった。断られた人たちは実にさまざまだったから。あまりにもさまざまなので、なんとかして分類しようとしてみたらめちゃくちゃになってしまった。

私たちは自分たちのためにコスチクの発明の原理を解明しようとずっと試みていたが、いかんせんうちのバケツは門前払いだったし、幸運のバケツの所有者たちから聞いたところでは、なにもかもがあまりにも雑な感じだったし、こちらからはちょっとした感想を口にすることも、聞き返したりすることもできず、黙って二人で目を合わせるだけだった。村人たちの話からわかったことは、深夜になると（ただし、半月とその前夜はのぞく）こってりとした闇がありとあらゆる物にべったりと貼りつき、その表面を伝って地面にぽたぽたと垂れ落ちるということ（夜がとりわけ暗いところほど、極めて良質の肥沃な闇があるものだと客の一人がじいさんの正しさを証明した）。それだけに、わずかしか手に入らなかった。闇を集めてしかるべき量になったら、運ぶ最中にこぼさないよう、すぐに蓋をしなきゃいけない。コスチクじいさんが闇集めに使っていたのが風車だ。夜が風車の羽根を伝って垂れてくる、羽根の下ではコスチクが粛々と盥を並べていく。彼はこの間、家じゅうの明かりをすべて消し、真っ暗闇の中で作業していた。原料となる闇で一杯になった容器を、老人は遠心分離機付きの蒸留器がある納屋まで引きずっていった。かつては生麦酒の製造を促進するために使用していた遠心分離機は、いまや闇凝縮機として稼働することになったわけだ。コスチクじいさんがそこへ生（なま）の闇原料を丁寧に流し込み「スタート」

ボタンを指で押すと、排出口からは、軽やかだけれど溶けたタールのように粘着性があり保存も効く使用可能なコンデンスの完成品が出てきた。私たちが話を聞いた人たちによると、濃縮した闇はもう光を恐れないのだそうだ。ただし、直射日光に当てると、表面の黒い層がぶるっと痙攣してバケツの中の容量が少し減るんだって。

　こういう話を聞くのはやりきれなかった。私たちはずっと露骨ないじめに遭っているような、こっちの頭がヘンになってきているようなそんな気がしていた。それに、どっちが悪いのかも全然わからなかった。

　完成したコンデンスをじいさんは「クワス」（ロシアの伝統的な清涼飲料、タンクで販売する）と書かれた黄色いタンクに保存していた。どんな運命をたどってクワスのタンクがコスチクじいさんの元へやってきたのかなんて、そんなことには私たちは興味なかった。村には潜水艦をもっている世帯も数軒あったし、そんな状況でクワスのタンクごときに興味をもつなんてバカげている。それよりもはるかに興味を引いたのは、その内容物だ。あるとき、店に行く途中で近所に住んでいる造園設計士のヴォーヴァに出くわした、彼はコスチクじいさんのところからポリバケツを持って帰るところだった。バケツは重そうには見えなかったものの明らかに空ではなかった。なのにヴォーヴァは、バケツを片手で脇にぶら下げ、足を止めずにこちらにちょこっと会釈をしただけでさっさと歩いていき、すぐに自分の庭の木戸の向こうに姿を消した。

　クワスのタンクについて私たちが聞き知ったところでは、実のところ、この濃縮物がなんであるにしても、タンクのそばにいられるのはコスチクじいさんだけで、彼以外の人はコンデンスが入ったこの半立方体の容器のそばには一秒もいられなかったそうだ。嫌だけど同時に惹かれもするこのタンクのそばにずっと立っていることは、みずから志願した者であれ誰ひとりできなかったと。それだから、コスチクじいさんのてきぱきと落ちついた様子は、サタンとつながっているんじゃないかという疑惑を生じさせた。このゴーゴリ的な感じがときに私たちを苛つかせた。ときには滑稽にも見えた。

コスチクじいさんは、お手製の専用パイプを使って消費者の最後の一人にまでコンデンスを供給してやった。ヴォーヴァがそのパイプを見せてくれた。それは巻き煙草用の紙の筒だった。その筒に電線の両端を突っこみ、それを闇が入ったバケツの中に沈める。どうして紙の筒じゃなきゃいけないのかは誰にもわからなかったが、コスチクじいさんは、「こうでなきゃいかんのだ」と言った。彼と議論するなんてばかげている――とのつまり、コスチクじいさんはみんなが穏やかに冬を越せるようにしてくれたのだし、黙って紙の筒に電線を突っ込むことがそんなに難しいことだろうか。

四月が近づいていた。正確にいうと、それが起きたのは三月二一日から二二日にかけての夜だった。ほかよりもコスチクじいさんの家に近いわが家は、飛行機が離陸するときみたいにぐらりと揺れはしたが、なんとか地面から引き離されずに済んだ。爆発じたいはまったくの無音だった。それに、爆発につきものの閃光もなかった。逆に、闇が閃き、いくつもの円を描いて広がっていき村をなめつくしたのだった。いくばくかの時間、家々と遠くの屋根のライン、森の輪郭、電柱やら木々のシルエットも、なにもかもが消えてしまった。闇が少しずつ分散しはじめ、寝室の窓の向こうに見慣れた景色が戻ったとき、そこには独特のアレがなかった、そう、風車小屋が。

私たちが見つけられなかったもののまずひとつめがソレ。それから、じいさんの家の屋根とタンクと遠心分離機があった納屋の一角も見えなかった。ウサギ小屋と手洗いは元の場所にあった。

コスチクじいさんは跡形もなく消えてしまった。爆発の翌朝、じいさんの敷地はミリ単位で隈なく捜索されたけれど、なにひとつ、極々小さなミクロの痕跡すら見つからなかった。コスチクじいさんは闇に消えてしまったかのようだった、あの夜、いつもの夜とまったく同じように濃縮作業に取り組んでいた闇のなかに。最初のショックがひくと、ああだこうだと話し合い、全員でひとつの見解に至った——コスチクじいさんは遠心分離機のそばでたまたま寝入ってしまったんだよ、それで作業工程をうっかり見逃してしまったんだろう、そのせいで自己吸収が生じるほどに闇が濃縮されてしまったんだと。

でも村には、全然そんなんじゃないと思っている人たちもいる。コスチクじいさんは光から闇をつくり出す方法ある新たな発明を成し遂げたんじゃないかとみている。彼らは、コスチクじいさんはあの夜、に気づいたんだと。それだけじゃない、彼は、そのことに気づいたということに気づいたのは自分だけじゃないということにも気づいたんだ。たとえば、隣人のヴォーヴァはこう表現している。

「で、闇はね、夜明けが来る前に、オフチャロヴォ村の偉大なる発明家を慈悲深くその手に収められたというわけさ」

ヴォーヴァにはときどきこんなときがある、いたって普通に喋っている途中で、不意に聖書の引用みたいなことを口にしたりするんだ。

「この発明はね、実のところ表面的なものにすぎなかったんだよ。ネジ回しと平ペンチでいじって三〇分後に遠心分離機を逆回転させてみろよ、正反対の物ができるからさ」とヴォーヴァは続けた。

濃縮した光はコップ半分の量だとしても、コスチクじいさんならこう言っただろうね、「オフチャロヴォ村とこの辺の居住区にとっちゃあ、おしめえだよ」って。

結局のところ誰もじいさんに訊けずじまいだったのだ、闇を必要な濃さに濃縮するには、つまり、コスチクじいさんの言い方を借りるなら、「クソにならないためには」、遠心分離機をどの程度の速さでどのくらいの時間まわせばいいのかを。じいさんはメモひとつ残していなかった。

ただし、ひとつだけ例外がある。ヴォーヴァのところに開いた状態の紙筒パイプが保管されていたんだ。彼がもらった二本のうちの一本がじいさんのとこの塀のそばの牛糞の中に落っこちてしまい、ヴォーヴァはその場で踏み潰したと思っていた。だけどあとになってジャンパーのポケットの中にその紙筒を見つけたのだった。ポケットの中に雪が降りこんで糊が剥がれ筒は開いてしまっていた。紙の内側には、「ギニラ」と書かれていた。

ご自由に理解されたし。

追記　ダリエネルゴ公共株式会社が、電線を撤去しに私たちの村に来ることはもう二度となかった。コスチクじいさんが消えてしまったあと、ここには大急ぎで新しい変電所が建てられ、電線からはなじみのある普通の電気が流れだした。問題は、これまでと同様、電気料金を支払う人が少なかったということ。でも、制裁が加えられることはもうなかった。これについては容易に説明できる。村の中央口にある、ここが居住地区「南ロシア・オフチャロヴォ村」だと通行人に知らせるあの標識に誰かが手を加えたのだった。修正後の標識は太い赤の斜線が引かれ、南ロシア・オフチャロヴォ村はこの手前だと告げている。

ほんとうにここへは誰もたどりつくことができないのだ。

訳者解説

ローラ・ベロイワンは一九六七年にカザフスタンで生まれた。海が好きでナホトカの技術専門学校で造船技術を学び、極東海洋汽船に勤務していたが、さらに極東大学の通信教育でジャーナリズムを学び、タス通信の記者となる。その後、ヨーロッパで海獣のリハビリ術の訓練を受けると、二〇〇七年に極東のタヴリチャンカ村に海獣保護センター「アザラシ」を開設。センターの創設から海獣の保護に邁進する日々の記録を綴ったブログが人気となり、二〇〇六年に中短編集『小さな嘘』を出版、作家としても知られるようになった。

今回紹介した「コンデンス—濃縮闇—」は二〇一七年に出版された『南ロシア・オフチャロヴォ村』の第一話。極東なのに「南ロシア」という名を持つ不思議な村を舞台にした三〇の物語が収められたこの作品は、優れた幻想小説に贈られる「新たな地平」賞の最終候補にも残った。極東のマジックリアリズムといわれるベロイワンの作風は、飄々とした文体で、普通の人びとが暮らす小さな空間を幻想と現実の境界に蜃気楼のように浮かびあがらせる、まさにマジック。その愉快なタネと仕掛けに気づいていただけただろうか。

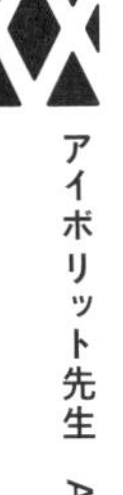

アイボリット先生　Айболит

小説

アイボリット先生

Айболит

パーヴェル・ペッペルシテイン

岩本和久 訳

ドゥナーエフはいかだで向こう岸に渡ると、霧の中に入り、断崖の斜面を急いで登り始めた。彼は頂上で、庭の中の小屋を見つけるつもりだった。医師の小屋を見つけて、かまちの付いた窓を叩くつもりだったのだ。そして、不自然な時間だというのに、ある重要な質問を医師にするつもりだった。もしかしたら、医師にヤマナラシの杭を打ち込めるかもしれない。

しかし、昨日、ヴォロフスコイ・ブロート村のあったところには、今は焼け跡が広がっていた。焦げた家の骨組みと、表面を焼かれた果樹が突き出ていた。あたり一面が静かな、死の世界だった。党オルグのドゥナーエフは悲しみや憂いと同時に戸惑いながら、周囲を見回した。彼が川の向こうをさまよっている間に、ドイツ軍が突然現れて、村を焼いたのだろうか？　村人は皆殺しにされたか、どこかへ連れ去られたのだろうか？　けれども、焼け跡をよく見た党オルグには、村の燃えたのがずいぶん前だとわかった。家々の焦げた骨組みには、そこかしこに緑の草が生えていた。草は窓にも生え、灰をまかれた大地は昔の破壊を乗り越えて、花を咲かせていた。木々のうち、あるものは死んだまま立っていて、別のものは火傷から立ち直り始めており、しばしば、焦げた黒い幹から花を咲かせた枝が伸びていた。森の鳥たちは崩れた屋根に巣を作っていたが、孤独な旅人が近づくと驚いて飛び去った。

医師の庭があった。塀の一部と七番の数字の付いた木戸が残っていた。焼かれた庭に入ったドゥナーエフは、いななきを耳にした。数頭の馬が途方に暮れて庭を走っていた。厩舎に火をつける前に、誰かが馬を放したようだった。

一頭の白い馬は、くつわとあぶみを鳴らしながら、木々の間をさまよっていた。アルザマソフ医師がファシストから逃れようとして、自分で鞍をつけたのかもしれない。けれども、間に合わなかったのだ。

ドゥナーエフが馬の背を叩くと、馬は悲しそうにおびえながら、丸い目を彼の方に向けた。ほとんど機械的に党オルグは片足をあぶみに入れ、馬にまたがった。彼は村の廃虚の中をゆっくりと、どこかに向かって進み始めた。村の外れにはすぐ、霧に満ちた草原が広がっていた。

ドゥナーエフは手綱を下げて、霧の中をゆっくりと進んだ。かなり長いこと彼は馬に乗っていなかったが、村で過ごした少年時代は馬に乗らないなんて日はなく、家畜の群れを率いて夜の放牧に行ったり、鞍のない馬にかかとをぶつけるだけで言うことを聞かせて、乗り回したりしたのだ。白い痩せた馬は物憂げに鼻息を立てながら、ゆっくりと進んだ。「悪くない馬だ。調教されている」党オルグは独り言をいった。「こんな深い森の中を行くには最適だ」彼は昨日、アルザマソフ先生を訪問した時から、医師が馬の愛好者だとわかっていた。厩舎のいなさきが聞こえたし、診察室の椅子の上には革の鞭がぞんざいに放り投げられていた。それに、医師の履いているブーツは、明らかに乗馬用のものだった。それも無理はない——近くの村々や遠くの集落に、村の医師が他のどんな手段でたどり着けるというのだろう？　馬車ではたどり着けないし、歩いても行けない——馬なしでは行くことができないのだ。僻地全体に出かける医師は、ここでは一人だけだった。だが、彼は今、どこにいるのだろう？　ドイツ軍が連れ去って、殺したのかもしれない。アルザマソフ先生は良い医者だっただけに残念だ。あんな人はめったにいない。

「ねえ、馬くん、君のご主人はどこなんだい？」ドゥナーエフは馬に聞いてみた。馬は大声で悲しそうにいななかいた。それに応えて、霧の中からいななきが響いてきた。二頭の馬が、それも同時にいななき合っているように、ドゥナーエフには思えた。

党オルグが手綱をつかむと、馬は何かが黒くなっている方に向かった。それは草原の真ん中に生えている孤独な木であることが、すぐにわかった。霧の中から二重のいななきが、また聞こえた。そこでは何かが白んでいた。ドゥナーエフはしげしげと見て、少し近づき、何が白んでいるのかを悲しい気持ちで理解した。医療用の白衣を着た人物が、太い枝からぶら下がっていたのだ。乗馬用の高価なブーツを履いた足が、地面の上で揺れていた。

「アルザマソフ先生、首吊りを防ぐヨガのメソッドはあなたを救えなかったんですね」近づきながら、ドゥナーエフはそう語りかけた。

だが、そこで彼は震えることになった。医師の白い顔で何かが震え、動き出し、突然、目が開いたのだ。そんな目を党オルグは見たことがなかった。瞳の奥にさらに目があった——閉じた目で、まつ毛は灰色だった。その目も震えだし、やはり開いた。その目の中にまたも目があり、またも閉じられていて、子供の目に似ていて、まぶたは丸く色鮮やかで、まつ毛は黒く光沢があった。そして、この目も開かれた。その黒い瞳の中にはさらに目があったが、それはもう人間のものではなかった。イグアナを思わせる皮の厚いまぶたが上がり、このたくさんの目の通路から何かくすんだ金色のようなものが流れ出した。

「百目の妖怪だ！」党オルグは驚いて、そう言った。

吊られている男は白衣の胸ポケットから静かに、眼鏡を取り出してかけた。すると、無数の目は黄色に輝いていたとはいえ、見たところは普通の目になった。

医師は自分を吊っているロープを片手でつかんで、それを登り、枝をつかむとその上に座って、ドゥナーエフを見つめた。

「メソッドは役に立ったんですよ」と彼は言った。座っているのが村の医師ではなく、アルザマソフの姿に化けた、恐ろしい敵の妖怪であることは明らかだった。戦いの期待にドゥナーエフの心は躍った。彼はポケットからロバの尻尾を取り出し、ゆっくりと手に巻き付けた。

「アルザマソフ先生、もしかしたら首にかけた輪の強度が足りなかったんじゃないですか？」彼はひるむことなく、妖怪を見つめながら、そう質問した。「私の輪を試してみたくはないですか？」

吊られていた男は、首から輪をゆっくりと外した。

「輪はとてもよくできていましたよ」彼は言った。「素晴らしい輪ですよ」

彼の声は淡々としていて、冷静だった。

「じゃあ、ここでは何が起こったんですか？」ドゥナーエフは質問した。「昨日はまだあなたを訪問できたんです。ところが、一晩たったら、もう村がないんですよ。それも、ずいぶん前から村がなかったみたいなんです」

「一晩ではありません。たくさんの夜が過ぎたのです」妖怪は答えた。「あなたとお別れした後すぐ、ドイツ軍がナチ党員を診察によこしたのです。ＳＳの士官で、懲罰隊にいたのも初年度というわけではなく、スペインやギリシアで戦ったことのある人でした。だから、臆病者ではないんですよ。けれども、誰かが、彼を怯えさせたのです。何が起こったのかは、誰にもわかりません。突然、言葉の能力を失い、無気力になり、連日ふらふらするようになり、ずっと座ったままで二時間以上は眠らず、腐った臭いのする卵しか食べられず、それも少量だけなのです。水を飲むのも、汚い水たまりの水を好みます。つまり、ショックの結果である昏迷が、隷属や進行性精神病の要素を伴っていたわけです。服を脱がないで

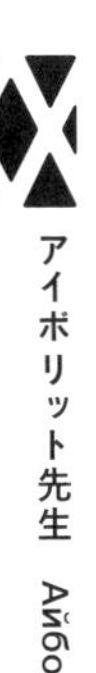

排泄したりするのです。正直なところ、この人をどうしたらいいのか、私にはわかりませんでした。話をしようとしてみても、彼は黙っています。質問には答えず、体を揺らすのです。そこで、私は彼に絵を見せることにしました。私自身が素描に水彩絵具を塗り、それにより、ここで行われている実験の各段階を記録しようとしていたのです。異種交配(ハイブリッド)についての動物実験です。私はこの実験を人のいない場所で、自由意志で行っていました。私の努力はいつか、価値を認められることでしょう。本物の研究に没頭し、結果を出し、しかるべく体系化するためには、都会のざわめきや、せわしなさから離れ、診療所の実践からも遠ざからなければならないと、私はいつも感じていました。人々の情熱から離れ、家畜や野生動物のまなざしに囲まれている村に、私は自分用の秘密実験室を作ることができました。けれども、この患者ときたら……体を揺らすのが少なくなっただけで、絵には反応しないのです。口を開き、よだれをたらします……。この男のために仕事をするのが、私にはなんだかつらくなってきました。病人だとはいえ、不愉快な生き物です。悲劇的な運命を感じます。そこで、究極の手段を試すことにしました――私の実験の生きた成果を、つまり生きている交配種(ハイブリッド)を彼に見せたのです。クジラやカバのような神の武器庫を用いた、と言ってもいい手段です。けれども、このかたくななゲルマンのヨブは回復しなかったのです。その反対に、死んでしまいました。激しい心筋収縮と危険な形での肺の痙攣が認められました。およそ良い死に方ではあったのですが、彼の同僚たちはそれを理解せず、慌てました。彼らは自動小銃を持った数人を見張りに残すと、叫び声やささやき声を上げて、去っていきました……。数時間後、トラックがやってきて、それには兵士たちが乗っていました。村人全員が追い立てられ、第三帝国では動物実験が禁止されている、という文書が読み上げられました。言葉を話せない獣たちを虐待した一方、パルチザンに医療を提供したというのです。これが理由で私は絞首刑を、村人たちは強制移住を宣告されたのです。村人たちは皆、トラックで連れ去られました――どんな運命が彼らを待っていたのかはわかりません。村は焼かれ、私は吊るされました。ところが、ここで状況が変わったのですよ、ドゥナーエフさん。偶然の戯れ以上のものではないですがね……。交配……。別の興味深い交配種(ハイブリッド)を見たくはないですか？　正確には交配種(ハイブリッド)ではなくて、ただの二重化なんですが。それらは私の誇りです。どんなものか見てください……」

医師は木の幹をロープでぴしゃりと叩き、奇妙な音を出した。すると、霧の中からいななきが聞こえ、白い霧のとばりの中からスタイルの良い黒毛の乗用馬が現われた。けれども、馬に見えたのは最初の瞬間だけだった。頭にはまっすぐな鋭い角があり、つまり、明らかに黒い一角獣だったのだ。けれども、この生き物は怪物に似ているだけではなかった。同じ頭を二つ、ひとつは前に、もうひとつは後ろに付けていたのだ。それはトランプのジャックのように、対称形だった。

一見しただけで、この人工的な生物からは種を継続するための器官がすっかり除去されていて、短い生しか送れない運命であることがわかった。それでもなお、双頭の一角獣はさっそうと走り、いななき、二つの絹のようなたてがみを優雅に振った。

「あなたは残酷な人ですね、アルザマソフ先生」ドゥナーエフは非難するように、そう告げた。「ナチスは正しくあなたを罰したんですよ。神の創造物をいじめ、異種交配し、あれこれ切ったり貼ったりするなんて。そんなことをしても、神様はあなたの白髪頭をなでてはくれないでしょうよ。そんな生命力のない生物を作り出すなんて……。私にしたところで、あなたを神だと思ったなんて、罪深いことをしたもんです」

医師の目に黄色い光が明るくともった――鷲や蛇やトカゲの目の獰猛な光だった。どうやら、実験者としての彼の名誉が傷つけられたようだった。

「生命力のないと、言いましたね？　早計な判断ですよ、ドゥナーエフさん！　彼の戦闘力を評価してください。騎士の試合を申し出ます」

アルザマソフは左手から手術用手袋を外すと、ドゥナーエフの馬の足もとにそれを投げた。ドゥナーエフは手袋を拾い上げ、手にはめた。手袋は気持ち良い音を出してきしんだ。

「申し出は受け入れられました、アルザマソフ先生。決闘は決闘です。名誉の問題です。金玉が縮み上がりましたか？」

医師は枝から軽く飛ぶと、黒毛の双頭の一角獣にまたがった。実際のところ、それを一角獣と呼ぶのはためらわれるのだが――というのも角が二本、頭一つに一本ずつあったからだ。騎士がすぐに自分の競走馬の黒い腹をかかとで蹴ると、馬は二つの声でいななき、ドゥナーエフめがけてまっすぐに突進してきた。もし、党オルグが自分の馬を後ろ足だけで立たせなかったら、一秒後には彼の胸に角が穴を開けていただろう。騎士の乗った黒いミュータントは脇を通り過ぎ、湿ったロープの輪がドゥナーエフの顔を叩いた――医師は輪を投げ縄として使おうとしていた。ドゥナーエフは動き回ることができず、医師はふたたび彼に向ってきた。黄色い目がすさまじく輝き、後ろに反らせた騎士の頭では銀髪の白い炎が燃えた。かくも恐ろしく、もろく、偉大な姿の彼を、党オルグは《ヒエラルヒー》の頂点で見たことがあった。輪はふたたび顔を打ち、首をとらえ、締め付け、引き寄せた。

世界に輪がある間は
ナイフも生きている。
口に蛇がいる間は
聖ゲオルギーは客に来る。

「決闘」という言葉を思い出すために
二人の騎士はふたたび組み合った。
ひずめの跡を、長靴の跡を
雨と血に埋めさせよ。

投げ縄は党オルグを鞍から引きずり下ろし、彼は泥をはねながら、湿った地面に叩きつけられた。彼はあやうく絞め殺されるところだったが、輪と首の間に片手を入れていた。けれども医師は二本の角のあるモンスターを円を描くように速度を上げて走らせて、党オルグを地面に引きずった。泥がしぶきとなってドゥナーエフの顔にかかり、低木や草の固い束が容赦なく顔にひっかき傷をつけた。けれども、戦闘においてはもう新人でないように感じていた彼は、身をくねらせて、敵の方に片手を伸ばした。空中にひゅーと音を立てて、ロバの尻尾がほどけ、輪が医師の首にかかった。この場面は痛いほどに西部劇を思わせた。二人のカウボーイが対称形に互いの喉に投げ縄をかけているのだ。足りないのは、つばの広いハット帽とコルト拳銃だけだった。

「絞めろ、そいつを絞めるんだ、ロバよ！　医者の息を止めるんだ、友よ！」党オルグは自分も息を止められながら、しゃがれ声を出した。医師は顔を赤くし、銀髪は逆立ち、眼鏡は落ち、すぐさま足を踏み鳴らすミュータントのひづめで押しつぶされた。彼は多層の目を見開いた。敵対する二人は息を詰まらせながら、同じ動きをした——締め付ける輪を片手でゆるめようとし、もう一つの手は輪を切るためのナイフを求めて、体を探っていたのだ。最初に成功したのは医師だった——彼の手には外科用メスが光り、一振りで、ロバの尻尾の生きた身体を切り裂いた。けれども、当ては外れた。ロバの尻尾は弦のように張っていたので、それを切断したアルザマソフは鞍の上にとどまっていられず、後ろにひっくり返ってしまった。双頭のミュータントはもがいて、後ろ足で立ち上がった。医師は鞍から飛ばされ、投げ縄を手から離し、地面に落ちた。水をはねた手からメスが飛び出し、党オルグの近くに落ちた。自由を感じた党オルグはすぐにメスをつかみ、それを使って喉の輪を切ると（メスは剃刀のように鋭かった）、敵に向かっていった。敵は起き上がることができなかった——眼鏡を求めて地面を探っていたのだ。ドゥナーエフは彼に襲いかかり、地面に押さえつけ、メスを振り上げた。

その瞬間、くすんだ太陽の光が灰色の雲の向こうから差し、振り上げた手の中のメスが明るく輝いた。

「やめなさい！　私は君の教師だぞ！」震えた声で医師はささやいた。

「たくさんの教師と縁を切ってきたんだ！」ドゥナーエフは悪意を込めて叫んだ。「今すぐお前を、ノミを潰すように刺し殺してやる。お前は《誕生日プレゼント》にもらったロバの尻尾を殺したんだ！だから、お前は生きていたらいけないんだ！」

党オルグは脅しを実行に移し、医師の痩せた喉をメスで切り裂こうとした。ちなみに、メスは純銀でできていて、妖怪や吸血鬼を退治するのに大いに役に立った。けれども、党オルグは殺人を犯すことにはならなかった――ひづめによる恐ろしい一撃が、後ろから彼の頭を襲ったのである。粉々になったように思えた頭を彼は手で押さえ、ゴロゴロと転がった。渦を巻く長い角がすぐさま、彼の横の地面を突き、ミュータントの血に染まった目が彼の目を覗き込んだ。ミュータントからはかすかに、化学的な香りがした。この生物が人工のものであることは明らかだった。ミュータントは一気に角を引き抜くと、二声のいななきを轟かせ、党オルグをひづめで押しつぶすために後ろ足で立ち上がった。けれども、メスはドゥナーエフの手に残っていたため、彼はミュータントの腹に切りつけることができた。双頭のミュータントを殺すことはできなかった――メスは短すぎたのだ。けれども、突然の痛みにミュータントは脇に逃げ、横倒しになった。切り傷からは血の代わりに、乾いた白い粉末が飛び散った。粉末はドゥナーエフの顔にかかり、そのために唇がしびれた。舐めてみたドゥナーエフは、それが純粋なコカインであることを理解した。

「アルザマソフ先生、このかかしに何を詰めているんです！」ドゥナーエフは、鼻でうっかり吸い込んでしまった粉末による覚醒の波を感じながら、そう叫んだ。「コカインの袋を乗り回しているわけですか。あなたがそんな面白い目をしている理由が、今わかりましたよ」

コカインの冷たく激しい効果が、ぴんと張りつめた帆に似ているキノコの熱い状態と、それから、《名のない薬》のもたらした恐ろしいまったく未知の深淵の感覚と、奇妙に混ざり合った。

三つの力がドゥナーエフを捕らえていた。この三つの力は互いのことを何も知らず、暗い牢獄の中のメモのように、党オルグを手から手に渡しているように思えた。

けれども、コカインの効果には何か、しらふにさせるようなものが含まれていた。党オルグは周囲を見て、全てを違ったふうに把握した。魔法のヴェールが一瞬だけ裂けたかのようだった。すぐ横の地面にはミュータントの代わりに、「かかし」が転がっているのが見えた。それは「山羊」と呼ばれる、あん馬のような体操器具だった——黒い革を張った胴の部分に、四本の木の足が付いている。明らかに学校の体育館から、かっぱらってきたのだ。胴の部分の革は下が切り裂かれていて、その切れ目から軽い、白色のコカインがこぼれ出ていた。風はフェイスパウダーのようにそれを飛ばし、雪のように周囲の大地に浴びせた。この馬に頭などはまったく、二つどころか一つもなかった——その代わりに胴の両端から、二つの錆びた釘の先端が外側に突き出ていた。

ドゥナーエフが自分の敵を見ると、そこには汚水用のバケツから風が吹き飛ばしてきた、何か新聞のようなものがあった。新聞ですらなく、耕された湿った大地の荒れた表層を、ガサガサした紙が風に押し流されてきたのだ。紙といっしょに、ゴミも飛ばされてきた。汚れた綿の塊もあったし、まるで誰かが礫にしようとしたかのように、掌をすっぽり覆い隠す、古い手術用手袋もあった。

魔法と共に霧もなくなった。むらのない、どんよりした光がいたるところに溢れていた。小雨が降っていた。

草原が断崖で終わっていて、その下の地面が灰色に湿った彼方まで続いているのを、ドゥナーエフは見た。そこには何かの建物の廃虚があった——煤けた黒い壁が突っ立っていて、屋根はなくなっていた。大きな窓のガラスは、これ以上ないくらいまで粉々にされていた。切り離されて落ちた巨大な管が、転がっていた。放棄された工業用狭軌鉄道のレールが、小雨の向こうで鈍く輝いていた。

ドゥナーエフはゆっくりと、この場所がどこかに気づき始めた。いつだったか戦争の始まった時に立っていたのと同じ場所に、彼は立っていたのだ。あの時、彼は地雷の敷設された工場を、爆発を予期しながら、双眼鏡で眺めていたのだ。そして今、その工場が――彼の工場が――小雨の中、彼の前に廃虚として現れたのだ。すべてはあの時と同じだった。ドゥナーエフの服装も変わっていなかった。同じダスターコート、軍服、長靴だ。ネクタイも同じだった。ただ、戦争の数年間で、どれもボロボロになり、古びてしまっていた……。この財産が何回、ダメにされ、それから作り直されたか、誰が知るだろう？それとも、もしかしたら、このすべては変わることなく、ボロボロになることもなく残っていたのだろうか――あの《曲がり角》で隠された時のまま、最初の新鮮さを保ったままで。

ドゥナーエフは左手で双眼鏡を目にあてた。中のレンズの一枚に、よく知っている割れ目があった……。

双眼鏡で彼は工場の廃虚を詳しく点検した――作業場の窓では草が伸びていた。誰かが（おそらくは、ドイツの占領本部が）廃虚を塀で囲んだのだが、今ではその塀もあちこちに穴が開いていた。かなり新しい番小屋が見えたが、中はからっぽで、二頭の犬が以前の抜け穴を掘りながら、何かを探していた。これらすべては接眼レンズの中で、きらめく雨の滴が作るノイズの向こうに、気の滅入るほど鮮明に見えた。風景は荒廃と破壊だらけで、それがすでに熱を失い、荒れた状態になじんでいたので、胸が締め付けられた。

汚い紙が党オルグの足下でカサカサと鳴り、彼の長靴にからみつき、それから風が遠くに飛ばした。

紙は崖から滑り落ち、雨に濡れて少しずつ重さを増しながら、飛んでいった。どこもかしこも静かだった。どこか工場の敷地内で風がブリキ片を叩いて鳴らす音が、時々、はっきりと届いた。ドゥナーエフは双眼鏡を下げて、後ろを振り向いた。そこには草原が広がり、その向こうで遠い森の帯が黒ずんでいた。この草原でかつて何かが起こったのだ、何かが……。党オルグには思い出す力がなかった。けれども、彼はなぜか、その方向に惹かれた。もろい、ピチャピチャ音を立てる地面に足をめりこませながら、彼はゆっくりと歩き始めた。長いこと歩いたように思えたが、ぬかるんでいたので、前進するのも難しかった。けれども、あらゆる考えが雨音や、ダスターコートの裾をまくる突風の中に消えてしまったかのように、彼は何も考えずに進んだ。地平線の森の帯はいよいよ近くなり、だんだんと濃くなっていった。突然、彼は立ち止まった。

　草原の真ん中に爆発でできた大きな穴が見えた——明らかに飛行機から爆弾を投下されたのだ。ここに注意を惹くようなものが、あったのだろうか？　もしかしたら、このトラックだろうか？　ずいぶん前に草原とほとんど一体化してしまったトラックの残骸が、穴の近くに見えた。運転席は爆発で飛ばされ、車体は別の方向に飛ばされていて、今や離ればなれになった二つの部分は、地面に半分、めり込んでいた——錆びた運転席の骨組みと、腐って崩れかかっている車体だ。軍用機で飛んでいる人々を、ドゥナーエフは鮮明に思い浮かべた（もしかしたらドイツ軍かもしれないし、もしかしたらソ連軍かもしれない）。おそらく、疑わしい地域を低空飛行し、工場の廃虚と草原、それから草原の中のトラックを見つけたのだろう。そして、トラック目がけて、細長い形をした爆弾を投げたのだ。

　けれども、ここにはトラックの他にも何かがあった。まだ何かが……。飛行機に乗っていた人々の注意を惹きつける、何か異常なものが。

ドゥナーエフは記憶を呼び起こそうとして、額をこすり、あやうく傷つけるところだった。右手にゴム手袋をはめ、メスを握っていることに気づくと、彼は驚いた。メスの鋭い刃には、血がついていた。「切ったのだろうか？」彼は考えた。すぐさま熱気をはらんだ分厚い波となって、悪夢が戻ってきた。「つまり、すべては起こっていたのだろうか？　決闘もそれ以外のことも」

彼は今、穴の縁に立ち、その中を見ていた。近くで見ると、穴は建築現場の土台穴にどこか似ていて、水で満たされていた。黒い水はぼんやりと空を映していた。

何か縄のようなものが水の中から森の方に延びていることに気づいて、彼は驚いた。それは縄ではなく、ピンと張られた細い鉄のワイヤーだった。

「何かが建造されていたみたいだ」党オルグは、まるで脳の片隅を使っているかのように、興奮してそう考えた。「すごいな。戦争中だというのに……。だが、どんな生活でも、それは生活というものだ。すべてを破壊しつくすことはできないのだが……。跡形もない」

けれども胸の中では、恐怖と麻痺が大きくなっていった。少し錆びたワイヤーロープは、一〇本あった。ドゥナーエフはそれを目で追った——それは黒い壁のようにそびえる、近くの森の中に消えていた。その時、森の端に同時に現れた一〇人の人影に、ドゥナーエフは気づいた。彼らは手に金属製の巻き取り機を持ち、ワイヤーロープを巻きながら、近づいてきた。

ドゥナーエフは双眼鏡を持ち上げると、彼らを細かいところまで観察した。彼らはまだ森から完全に出てきてはおらず、森の端のまばらな木々の間を歩いていた。真剣で穏やかな顔をしていた。静かに、

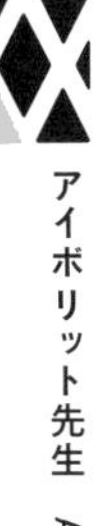

急ぐことなく歩んでいた。互いにある程度の間隔をあけていた。

右端から最初に進み出てきたのは、画家の服を着た少年だった。見たところ、一〇歳くらいだった。目は穏やかで、黒かった。頭にはベレー帽をかぶっていた。首にはリボンを巻いていて、濃紺のビロードのシャツは膝まで達していた。恐ろしいことに、その子供っぽい赤い顔からは、鼻の代わりに鋭く削られた太い鉛筆が突き出ていた。少年もミュータントだったのだ。その後を歩いていたのはロシアの民族衣装を来た少年で、民族舞踊のグループみたいだった。赤い絹のシャツはベルト代わりの編み紐で締められていて、しま柄の乗馬ズボンの裾は赤いブーツの中に入れられていた。その首にはアコーディオンがかかっていて、螺鈿のボタンを贅沢に輝かせていた。その顔もやはりロシア風で、赤らみ、ぽっちゃりしていて、鼻先が上を向いていた。輝く前髪が額に垂れていた。その後を歩いていたのは少女で、党オルグが前に見たことのある子だった。彼女は更紗でできた、裾が膝まである夏用の素朴なワンピースを着ていて、手には花束を持っていた。彼女から二〇歩ほど離れて、森の中からアイスホッケー選手が、より正確に言えば、フル装備したホッケーのゴールキーパーが出て来た。彼は重量感たっぷりに歩き、柔らかい地面にスケートをめり込ませ、スティックを動かしていたが、そのどっしりした足はプロテクターで覆われていた。それから黒い縮れた髪を前髪だけ残してコサック風に剃り、丸い眼鏡をかけた少年がやってきた――外見は音楽学校の優等生のようだった。彼は手に何も持っていなかった。

森から出てきた次の少年は、派手におしゃれに着飾っていた――青い幅広のネクタイ、オレンジ色のジャケット、ふさの付いた青い帽子……。この少年に続いて、森の中からはさらに二人が出てきたが、彼らはもう人間の外見をしていなかった。ロボットと雪だるまだった。一〇歳の少年くらいの背をした

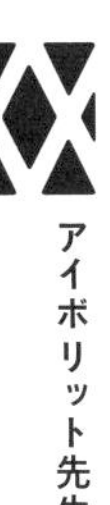

ロボットは、黒いオーバーシューズを履いた鉄の足を機械的に動かしながら、勢いよく歩いてきた。ロボットの目が輝いた——二つの小さなランプだった。体は鉄製だった。全体は原始的な、素朴なものに思えた。スキーに乗った雪だるまは、雪でできた顔の上に指で引いた線によって微笑み、湿った地面をスキーで踏みながら、雨で融けることもなく、進んできた。真ん中を歩いているのはアルザマソフだった。彼の完全に穏やかで、清潔で、気品のある顔が、わずかに輝いていた。鬚は伸びていた。白髪と髭がなかったら、若く見えたことだろう。彼は子供たちの中で唯一の大人で（雪だるまとロボットはサイズからすると、一〇歳の子供にあたっていた）、他の人よりも頭二つ分、背が高かったが、子供たちに先を譲っているかのように、少し遅れて歩いていた。目はもう明るく輝いてはおらず、穏やかで楽しそうになっていた。額には二つの新しい交差する傷があって、十字架を作っていた。血が十字架の端から頬をつたって、髭へと流れていた。

　医師の片手は穴が貫通していて、指の間も同じように鮮血が流れていた。けれども、ドゥナーエフとの戦いで負ったこの傷も、彼を苦しめることはなかった。彼は微笑んでいた。森から出て来た子供たちの顔もまた、穏やかで美しく楽しそうだった。誰も笑ってはいなかったが、目には明るく純粋で気高い喜び（ヴェセーリエ）が溢れていた。

「お楽しみ中（ヴェショールイエ）……」ドゥナーエフがそう考えると、彼の意識の中でこの単語はどういうわけか、すぐに「宇宙（フセレンナヤ）」という単語と結びついた。「お楽しみ中（ヴェショールイエ）の人たちは宇宙（フセレンナヤ）から移住した（ヴイセリルシャ）んだ」そんな考えが彼の頭に浮かんだ（これは頭の中の雪娘の考えだったのかもしれない）。「宇宙があり、移住者の世界があり、そこでは人々が移住地に住んでいる。この《お楽しみ中》の人たちは移住者の世界からやってきたのだ」

私たちはふんわりした毛皮のコートを着られたし
昔から毛皮の帽子をかぶり、長靴を履いているのだが
幸せな幼年時代の恐ろしい影だけは
楽しい行進をして映画の中から滑り出してくる。

熱い葉や茂みに囲まれた
あの、あの、あの映画館から。
そこで君が初めて僕に、こっそりおまんこ(ピズダー)を見せてくれたので
僕はガツガツとそこに唇を押し当てたんだ……疲れたの？

ピズダーという言葉を書いて——震えている。
きちんとした人たちを下品な発言で侮辱したくないんだ！
神様が他の言葉を教えてくれなかっただけで
それに、これは聖なるものでもあるし。サンスクリット語の
陰気な香りのするヴァジャイナより楽しい単語だよ……

……けれどもピズダーは鳥の叫びから
樹皮を伝うおしっこの響きから生まれたんだし
アフロディーテは泡と血から出て来たんだ。
生まれると、塩辛いキプロスの暁に目を細めたんだ。

この言葉には深淵（ベーズナ）も報酬（ムズダー）ももちろん「はい（ダー）」も
ピサの斜塔からの球の落下も含まれている。
この言葉ではまるで列車（ポエズダー）が進むように
パルチザンのコートを着たプーシキンが髪を縮らせる。

それでもやはりこの単語はどこか厳しく
あまり優しくもなく湿っている……それがどうした
我らの言葉は老人ではなく、まだ未成年
いつか新しい単語をくれるだろう。

それは最大の祭になるだろう。ロシアの町には
スリムな女の子たちを楽しませるために
旗や祝砲や歓喜の叫びがあふれるんだ。

そう、そのためにロシア語が与えられたんだ！
女の子たちにロシア語が与えられたのは、白い蜜を舐めるため
優しい情熱を泡立たせるため
神秘の真実で満たされた口で
もう一度、歌い、呟き、不幸を癒すため。

一方、スクリーンの映画は蛾のようにパチパチと鳴り
我らの魂のガラスにぶつかりながら、続いていく。
影は笑い、踊り、倒れる。
影は二つに分かれて、逃げていく。

我らの物言わぬ惑星の上には二つの太陽
二つの太陽があり、我らはその光で暖められた！
暖められた、暖められた、グレタの指のように
そぞろ歩く忘却の川（レータ）の夏（レータ）の水のように。

一一人は近づいてきた。一〇人は巻き上げ機とワイヤーロープを持っていた。真ん中には巻き上げ機とロープを持っていない、顔を血に染めた医師がいた。彼らの目に輝く楽しさ（ヴェセーリエ）が光を作り出しているみ

たいだった。光はロープをつたっていった。

「これは誰なんだ？　人間なんだろうか？　本物の人間と二度も会うなんて耐えられそうにないな……」ドゥナーエフは呟いた。

「息子よ、これは人間じゃないんだ」聞いたことのある声が背後でした。

党オルグはすばやく振り向いた。トラックの錆びた運転席に、中尉が座っていた。綿の入ったジャケットを着て、泥のこびりついた、汚れたブーツを履いていた。少し離れたところにある、爆発で放り出された車体の骨組みの上に、病院のパジャマを着て、やはり病院の灰色のガウンをはおった不死身のカシチェイが座っていた。二人はドゥナーエフをじっと見ていた。

「これは人間じゃないんですよ」不死身のカシチェイも同意した。「これは神々なんです」

「そうだ、息子よ、これは神々だ」中尉はうなずいた。「今日、お前は一晩中、神々と戦ったんだ。神々の一人とな。わかっているだろうが、そいつはお前に危害を加えることはできなかった。お前は無傷だ。彼の方がお前によって傷をつけられた。ドゥナーエフ、お前は天を傷つけたんだよ。けれども、彼らは恨んではいない。天は腹を立てたり、恨みを晴らしたりしないし、人間の怒りが彼らを曇らせることもないんだ。だから、小便を漏らすんじゃないぞ、この若造が」中尉は親し気に党オルグにウィンクした。

「それで私は今、何をすべきなんでしょう？」ドゥナーエフは尋ねた。

「あなたの学習は新しい段階に入ったんですよ」不死身のカシチェイは語った。「初等中等教育は終わったと言ってもいい。小学校から高校までね。あなたは今、高等教育機関に入学したんです。そういうところではもう、教員は教諭ではなく教授と呼ばれます。あそこにいるのが、今やあなたの教授なんで

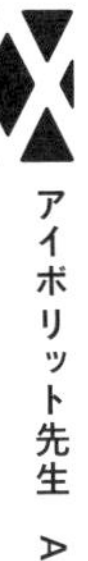

す」不死身のカシチェイは長いゴツゴツした指で、アルザマソフを指した。「あいつには学位もあるんです」

「なんですって？　彼は敵ではないんですか？」ドゥナーエフはぽかんとして質問した。

「敵だよ」中尉はうなずいて、目を細めた。「敵だ――それも君が想像できるよりも、はるかに恐ろしい敵だ。本物の《白衣の殺人鬼》だよ。ハルン・アル＝ラシードの時代には、そう呼ばれていたんだ。君は彼の力にほとんど気づいていない――彼は子犬と遊ぶみたいに、ただ君と遊んでいただけだからね。彼はロバの尻尾という《プレゼント》を壊しただけなんだ。これから君には、記憶についての深刻な問題が起こるはずだ。ロバの尻尾をなくしたからね。尻尾は君と過去を結びつけていたんだ。君の新しい教授はかつて産婦人科医として働いていてね――へその緒の切り方を知らないなんてことがあるだろうか？　けれども恐れてはいけない。忘れたら思い出すさ。だが敵については君に、以前、説明しておいたぞ――彼らが敵であるのは一面に過ぎない、ゲームの役割に過ぎないんだ。ゲームの外では彼らは敵ではない。だから、今のところは敵の誰かに学びに行くことはない――《ゲームの起源》にたどり着くことはない。君が《ゲームの起源》にたどり着いて、それを覆い隠せたらいいのだが。いいかい、そうしたらゲームはなくなり、世界は癒されるのだ。いろいろなものはもう、自由にさせてあげる時だよ、違うかね？　そんな仕事をうまくできるのかね？　チップを積めるのかね？　いや、私は知らないんだがね。でも、何があろうとも、君は戦争に勝つんだよ。ベルリンに到達し、もっと先に行くかもしれないんだ。他人のところに学びに行くんだ。だって、戦争はよその土地に移動していくからね。そこには別の仕事があって、別の神々がいる。そいつらのところで弟子として働くんだ――学ぶことは無意味な

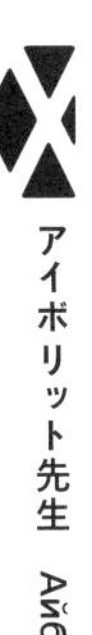

失敗にならないさ。戦争の行方はクソなのかもしれないが、だったら畑の肥料にしたらいい。ドゥナーエフ君は、もっと役立つ人にならないとな。すべては生活のためのもので、死んだ蜘蛛のためのものじゃないんだ」中尉はいきなり話をまとめ、指で優しくドゥナーエフを脅した。

「私からも言わせてください……」細い顎をかきながら、不死身のカシチェイが言葉を継いだ。「私は原則的にケチな人間で、内心では自分のことを珍しいもののコレクターだと思っています。ドゥナーエフさん、あなたが《プレゼント》を持っている間は、私はあなたの先生でした。学びへの感謝として、それを私にくれるのではないかと期待していたのです。けれども教授は《プレゼント》を壊してしまいました。今のあなたは碇のない船のようなものです。さようなら、ドゥナーエフさん。これからあなたは、西欧の神々の配下となるのです」

「同志カシチェイ、教えに感謝します」ドゥナーエフは言った。「永遠の快楽があなたに訪れますように」

「あなたにも。ところでご覧なさい」

不死身のカシチェイは一一人の人影を指さした。アルザマソフは他の人たちを追い越し、もう穴の端に立って、ドゥナーエフを見ていた。彼の目は楽しそうに輝いていた。額を切った十字架の血の流れが、頬の上で固まっていた。ドゥナーエフは穴の反対側から、彼を見た。

「さて、新しい先生」ついにドゥナーエフは口を開いた。「あんたを何と呼んだらいいんですか？」

「アイボリットと呼びなさい。医療の世界には私のあだ名があって、それは痛みの信号と関係しているんです。私は診療所で麻酔科医としてスタートしたんですよ。患者の誰かが「あいたた（アイボリット）」とか「おお痛い（オイボリット）」とか言ったら、私はすぐに注射器を持って飛んでいくんです。そうやって、苦痛を軽くしてあげました。それで同僚が私に、この子供っぽいあだ名を付けてくれたんです。このあだ名で親しまれていることに、不満はありません。ところで、あなたは私のメスを持っているようですね。お願いですから、それをこっちに投げてくれませんか？」

ドゥナーエフが振り向くと、彼の後ろには中尉も不死身のカシチェイもういなかった。彼らは消えていた。彼はメスを投げた——メスは銀の魚のように穴の上に弧を描き、医師は手でそれをつかんだ。アイボリット先生は微笑んだ。

「ありがとう。あなたはとてもいい人です。あなたは私の顔をずいぶんときれいにしてくれました。あなたと遊ぶのは、爪を隠すのをまだ学んでいない猫と遊ぶようなものです。《山猫》という名前をあげたいくらいです。でも、今は私のターンです。あなたの手には手袋がありますね。つまり、決闘を続けたいんですか？　よろしい」こう言うとアイボリット先生は白衣の内ポケットから、牛や豚に使う大きな獣医用注射器を取り出した。彼は手で針を試すと、かすかな光を頼りに注射器を点検した——それは透明な液体で満たされていた。それからアイボリット先生は、ドゥナーエフを狙って注射器を投げた——針はちょうど、へそに突き刺さった。突然の痛みにドゥナーエフは身を屈め、目を見張って、叫んだ。「ああああ！」彼は単語のひとつも発することができなかった。

「いい子だね、痛いかな？」医師は優しく質問した。「今、楽になるからね」

彼は片方の足から長靴を脱ぐと、それもドゥナーエフめがけて投げつけた——長靴は注射器の内筒に強く当たり、それを押し込んだ。注射器の薬剤が少し、ドゥナーエフの体に入ってきた。痛みはすぐに消えた。口の中に出現したのは過去に知っている奇妙な味だったので、党オルグにはそれが《名のない薬》であることがわかった。


たくさんの、ややこしい家族といっしょに別荘に住んでいる老人は彼にアイボリットという名前をつけた。

アイボリット先生本人だけがひとりぼっちで白髪頭を揺らしていた。

清潔でぱりっとした白衣を着た先生は
動物のお腹が痛い時、チャド湖のキリンが病気の時
仲間たちに癒しをくれるのだが
魂の中では薬は毒に変わり
このみじめな地獄を天国に変える。

コンサートが大地を爆破した。ドゥナーエフのすぐ下から、ダンス音楽が流れ出したのだ。ずっとこらえていたかのような勢いだった。

「リンポポ！」ドゥナーエフは叫び声を上げ、注射器をへそから引き抜いた。

「リンポポ!!!」あたり一面が獰猛な声を合わせた。

甘く熱くエキゾチックなダンスで、みなが回り始めたかのようだった。空は爆発でできた穴と踊って

いた。草原はドゥナーエフと踊っていた。雨は突然、一面の壁となって流れ出し、あらゆるものと踊っていた。ドゥナーエフは空を見上げ、歓喜する「ターザンの叫び」を上げた。まわりでは、もろい大地からエキゾチックな植物が出現し、森は雨の中で傷だらけになった葉を光らせては、指を広げて迫り、ツル草は鞭のように垂れ下がり、光のしぶきの中では猿たちの黒い影がツル草を飛び移っていった。

画家の神は色彩の神と踊り、回転した。ロシアの少年の神はロボットの神と踊り、からみあった。鮮やかなネクタイを締め、ラッパズボンを履いたおしゃれな神は、一人で熱狂的に踊っていた。ホッケー選手の神はスケートのエッジで大地を叩きながら、膝を複雑に動かした。音楽院の秀才の神は、雪だるまの神を抱いた。

白いスーツを着た背のすさまじく高い老いた黒人が、真ん中でゆっくりとソロ・ダンスを踊っていた。彼は泳いでいるみたいに、肘を回し、関節の目立つ足を優雅に反らせ、つやのある編み上げ靴を引きずったため、ジャングルのぬかるみがしぶきを上げたのだが、雪のように白い彼の服には一滴もかからなかった。彼はたばこの吸い殻を噛み、その青ざめて皺のよった口の端から、ゆっくりと煙を吐き出した。口の上では、一直線に揃えられた硬い白髪の口髭が逆立っていた——根っからの遊び人、女たらし、ならず者の髭だ。それから、彼はたばこを持った手をふたたび、背中に回し、長い黒い指でその手をひどく汚した。ぶ厚いぶかっこうな耳には当然のように、新しいカーネーションがあった。

彼の額にナイフで刻まれた鮮やかな赤い十字架は、もう血を流してはいなかった。ただ目だけが——今は白目の部分が青い、黒人の目をしていたが——その表情で、アイボリット先生のことを思い出させていた。それはまだ医師の目のままだった。白人の微笑みが時々、黒人の顔に鮮やかに浮かび上がった。

今やドゥナーエフは、彼自身が南十字星のもと、ジャングルに育ったような気持ちになっていた。背の高いメス猿が彼を育て、若い猿やシマウマが彼のたくさんの妻や愛人になっていて、頑健で色黒な彼は歯を様々な色に塗り、裸で歩いているのだ。

手紙!
手紙をよく郵便局に持っていく。
まるで!
まるでシマウマの首筋に息を吹きかけているみたい。
君はどこ? 僕のシマシマはどこなの?
動物園の
おうちにいるよ。

彼は踊りながら手を叩き、リズミカルに膝や肘、頭や尻を叩きながら、回り始めた。全てが全ての中に反映していた——彼はいたるところに自分の姿を、目を細めた自分の顔を、虹の全ての色に塗られた色とりどりの歯を見たが、この色のせいで、彼の開かれた口は水彩絵具の箱に似てしまっていた。遠い祭の灯が湖に反映し、そこで楽しい輪舞が繰り広げられた。七匹の白い猿が大きな幹の木の枝にじっと座っていて、幹の中には明るい部屋が隠されていた。そこでは黒人のお姫様が眠っていて、その短い縮れた髪の巻かれた様は、たくさんの生きたカタツムリみたいだ。魔術的な永遠のダンスが自分のつむじ

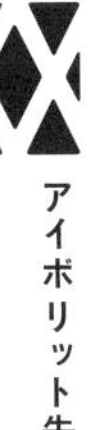

風の中に、野人を飲み込んだ。焚火が燃え上がり、消えた。どこか遠くの山の支脈から、誰かヨーロッパの旅人たちが望遠鏡で彼を見ていた。今や裸で無防備で、大事なお守りもない彼が——ロバの尻尾をなくしたのだ——、彼らの望遠鏡の接眼レンズの中で、尻尾のない猿のように身をくねらせていることを、彼は自分でも知っていた。後ろに反らせた陶然とした顔を、痩せた裸体が脂肪と絡み合って、荒々しい非文明的な結節点となっていることを、色とりどりの歯を、彼らが嫌悪感と共に見ているのだ。けれども彼は恥ずかしくなかった。青ざめた彼らが道に迷っているのだと、熱病にかかった彼らがじきに焚火の下に倒れ、そこで自らの内の北極の寒さに震えるのだと、子供の頃に貴族的なカレッジや閉校後の学校の寒い寮で使っていた、じめじめしたシーツの寒さに震えるのだと、死を前にした彼らの幻覚の中ですべてが反復され、望遠鏡の丸窓の中の彼のダンスも反復され、色とりどりの歯をした彼の顔が彼らを生の最後まで見送るのだと、彼らの方を見てもいないのに彼にはわかっていた。彼らは病気だった。有名な呪術師のビッグ・ムラート・アイボならば、彼らを助けられたかもしれないが、彼はそれどころではなかった——踊り、淵や流れといちゃつき、膝と膝をぶつけ合い、肘で肘を叩いているのだ。

ドゥナーエフはブリッジの姿勢を取り、襲いかかるみたいに、空を叩き始めた。空は身を縮め、もじもじすると、雨の流れで突き刺してきた。空全体を叩いたドゥナーエフは鍵形に身を屈めると、踊っている足の下の地面をせっせと叩き始めた。彼はとても激しく地面を叩き、打ちつけたので、泥濘が目や顔に飛んできたが、彼は唇をふくらませ、心配そうに何かを呟きながら、この作業を続けた。突然、彼の手は大地から何かの事物をつかんだ。何か調べようとして、彼はそれを顔に近づけた。それは湿った土がはりついていて、何かわからなかった。けれども、雨がだんだんと土を洗い、ドゥナーエフは自分の手の中にあるのが、ぼろぼろの筆だと気づいた。彼はちょっとそれを眺め、何であるかをゆっくりと理解していった。それはアイボリット先生に切られた、ロバの尻尾の筆だった。その瞬間、野人は大笑いすると、穴の端に飛び移り、水分で重くなった尻尾をビッグ・アイボの顔に投げつけた。

「あいつの真の姿を私に見せるんだ！」雷のような声で、ドゥナーエフは命じた。

雷鳴のしない稲妻が、あたりを照らした。

ジャングルは消えた。戦争で荒廃したおなじみの荒野が、爆発でできた深い穴の周りに無人のまま広がっていた。一〇の神は動物に変わった。ゾウ、キリン、ダチョウ、サイ、トラ、レイヨウ、バク、シマウマ、カンガルー、ラクダが巨大な輓具につながれ、穴の奥から何かを引っ張ってきた。動物たちはみな、湿った土や汚れに覆われていたので、シルエットでしか判別できなかった。ぴんと張られた銀のワイヤーが、それぞれの動物から伸び、穴の中に消えていた。ワイヤーの端は暗い水の中に消え、水はかすかに動いていた。一一番目の動物だけが何も引いていなかった――それは穴の端にじっと立っていて、細いねじれた指を機械的に閉じたり、開いたりしていた。奇妙な冷たい風がドゥナーエフを凍えさせた。これは見たところ、小さくて、もろくて、みじめですらある生き物だったが、けれどもその周りには透明で、すべてに対して冷淡な、単純な力が、巨大な、目に見えない立方体の姿でそびえていた。この力はとてつもなく深いもので、あたりがより明るく、より寒くなったことが感じられた。

「《主人》だ」党オルグは恐怖の中で考えた。「この人が《主人》なんだ」

いつか聞いたフレーズが頭の中でひらめいた。「神秘的な技を《主人》から習ったのだそうだ……」

この生き物はキツネザルとトビネズミの異種交配（ハイブリッド）らしく、上半身がキツネザル、下半身がトビネズミ

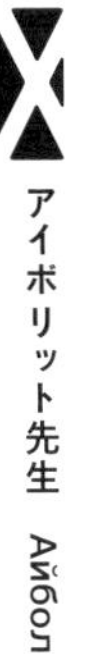

で、細く長いガニ股の足をしていた。目的もなさそうに、ねじれた指を閉じたり開いたりしていたが、光った大きな目の中では瞳孔の代わりに、螺旋状の渦巻き模様が固まっていた。ドゥナーエフはこの目がわかった。わからないわけにはいかなかった。

「ボボ！」冷たくなった唇が呟いた。

それが痛みの信号と関係したあだ名だった。ついに、党オルグは突き止めたのだ。答えは何度も近くに見えていたのだ！　医師が「アイボリット」というあだ名について語ったことは、幼くみじめで恐ろしい、その本当の名前を隠すために用いられた、単なる子供だましだったのだ。ボボ――赤ん坊は自らの痛みをまさにそう呼んでいて、真実は赤ん坊の口によって語られるのだ。

党オルグは泡を吐くように、何回か繰り返した。

「ボボ、ボボ、ボボ……」

体内の痙攣で喉をつまらせた誰かが、神（ボーフ）に話しかけようとしながら、できずにいるかのようだった。

ボボはもう、ドゥナーエフがかつて出会った時とは、まったく違っていた。もう「生肉食い」、つまり、肉と骨を舐める湿った口のふとっちょではなかった。戦争の歳月は彼を変えていた――彼は苦行者になっていた。

ボボが手で合図を送ると、動物たちは力を振り絞り、ワイヤーロープが震え、水面が荒れた。何か大きなものが穴の中の深みから、動き出した。ドゥナーエフは耐えきれないほど、恐ろしくなった。彼は世界の全てを投げ出したかった――もしワイヤーがちぎれたら、「これ」はまた深みに沈むだろう。

けれども、この何かはもう水から出てきていた。

「これは何ですか?」党オルグは下を指さしながら、《主人》に尋ねた。

答えはすぐには来なかった。生き物は答えるために、自分の唇を、まるで楽器のように調整した。そして、最後には苦労しながら、とても静かに、一音節ずつ、まるで一度も語ったことのない者が語っているかのように言葉を発した。

「カ、バ、で、す……」

「何ですって? どうして……どうして、彼らはカバを引っ張っているんですか? あそこにいた方がいいじゃないですか!」ドゥナーエフはほとんど絶望的な気分で、叫んだ。彼は震えていた。

生き物は自分の手を閉じたり開いたりした。この動作には何か祈るようなものがあったが、それを眺める目は冷淡に光った。唇は自信なさそうに動いた。

「彼が……自由に……なる……ように……」

「カバ」という単語は古代ヘブライ語では「家畜」や「動物」全般を意味しているので、動物たち全員の糸が深みに隠れているひとつの動物、つまりカバを引っ張っていたのも驚くべきことではない。カバとは一度に全員を意味できる、全員を合わせた神秘的な名前なのだ。けれども、ワイヤーロープは引きつり、その「何か」はいよいよ沼から姿を見せてきた。それはまったくカバではないことがわかった。沼になった土台穴の深みから、まったくカバではない事物が外に出て来た。水草や泥がこびりついた何かの物体が、ワイヤーで引きずり出されてきた。

党オルグには、それはテーブルであるように見えた。

「自由……」ボボは繰り返した。

その瞬間、ドゥナーエフは、ボボが何も話していなかったことに気づいた。ボボはずっと黙っていただけで、その代わりに党オルグが自分で語っていたのだ。雨の流れがこの事物の表面をつたい、水草と泥を洗い流した。白い部分が見えて来た。ドゥナーエフは顔をそむけたり、目を細めたりしようとしたが……できなかった。

それは白いピアノだった。

ボボは指をこするのをやめ、招くジェスチャーをするみたいに、おずおずと手をおろした。

「演奏してくれ！　我々のために……」周囲で何かがザワザワと鳴った。「演奏してくれ……音楽を与えてくれ……」

このざわめきの中には、何か懇願するような、優しいけれども高圧的なものがあった。

ドゥナーエフは穴の中に降りて行った。長靴は脛まで地面に埋まり、それから冷たい沼の水が長靴の中に流れ込んだが、彼は何にも注意を向けなかった。ピアノは彼の前で傾いて、半分水に浸かりながら、ワイヤーロープにぶら下がっていた。水草がピアノから垂れ下がっていた。

党オルグはまるで自分の棺の蓋を上げるみたいに、おびえながら、ピアノの蓋を上げた。けれども、中には白と黒の鍵盤があるだけだった。

彼は演奏を始めた。かつて、彼はこのピアノを弾いたことがあった……。そして、今、演奏するのが難しい状況で、つまり、斜めになったピアノにはツルツルした水草がへばりついていて、長靴がいよいよ深く沼の中に沈んでいたにもかかわらず、それでも彼は演奏に夢中になった。

党オルグは演奏しながら目を閉じたが、閉じた目の中で映画が上映されていることを知って驚いた。

三〇年代のソ連の白黒映画だ。タイトルは『作曲者たち』だった。ストーリーはこうだ。若い美男美女のグループが、カスピ海の石油やぐらに行く。女性たちは華やかな服を着て、美しい髪形をし、男性たちは幅の広い清潔なスーツを着ている。誰もが幸福に目を輝かせている。彼らはみな、若い作曲家で、旅行の目的は力を合わせて、「石油」というタイトルの交響曲を作曲することだった。映画は石油やぐらでの作曲家たちの生活を、油田作業員との友情を、共同でなされる新しい油井の探索を、困難の多い交響曲の制作を、それから最後に、長い探索と試掘の後に石油が流れ出た際の、深いエクスタシーを描いていた……そして、石油と共に音楽も流れ出したのだ。映画の最後のシーンは、石油の噴水をうっとり浴びる様だった――作曲家たちは華やかなスーツやドレスを着たまま、油田の労働者たちといっしょに石油を浴び、油で汚れた黒い顔に白い雪のような微笑みが浮かんだ……。そして、交響曲……。用意された交響曲は、全力で鳴り響いた……。

映画は終わった。スクリーンには何かの数字と十字架、フィルムの裂け目が映し出された。それから突然、スクリーン全体に字幕が出現した。

「ソ連は六九年まで存在するだろう」

ドゥナーエフはこの予期せぬ予言に茫然となった。彼は自分が今いるのが何年なのか正確に思い出せなかったが、四〇年代の半ばであることはだいたいわかっていて、自分の祖国についても、あらゆる敵を倒し、あらゆる災難を克服し、常に存在するのだと考えることに慣れてしまっていた。そこに突然、映画の最後に「終」が出るように、スタンダード・フォントで書かれたこの言葉が、スクリーンに現れたのだ。

「〝六九年まで〟とはどういうことだ？　それは……それはすぐじゃないか。わずか二五年ほど先の話だ。五か年計画が五回だけだ。そんなこと、あるはずがない！」

党オルグの心の中で、悔しさと悲しさの波が高まった。まるで彼がこの暗い予言を信じたかのようだった。そう、実際に信じたのだ。だが、なぜだろう？　だって、党オルグはやすやすとは騙されない古狸で、信じやすくなどまったくなく、現実でも夢の中でも用心深かったじゃないか。それなのに彼が信じたのは、知らせが外側からではなく内側から来たからだ。つまり、それは神秘的な魂の奥から、すなわち戦争の困難な歳月に鍛えられた魔法使いや予言者の魂から、彼自身の意識のスクリーンに現れたものだからだ。

「どうしてそんなことがありうるのか？」映画が終わった後、自分の脳内の暗い映画館に座ったまま、目を開けずに、彼は考えた。「ファシストが頂点を征服するのだろうか？　これから二五年間、戦争が続き、そしてファシストが勝利して、全てを破壊し、わが国についての記憶を焼き払うのだろうか？いや、違う、戦争は終結に向かっていて、ドイツ人にはクソったれの未来しかなく、それはどこから見ても明らかなのだ。そういう雰囲気なんだ。つまり、アメリカだ。アメリカのクソったれだ。俺はいつもわかっていたんだ……。我々の破滅はそこから、地球の反対側からやって来るんだ。二五年後にアメリカとの戦争が起きて、アメリカが勝利するんだ。我々の幸せは盗まれ、大洋の向こうに持ち去られる……。どうして、そんなことが起きるんだ？　探らなければ」

ドゥナーエフはそう考えた。彼の魂の中で痛みが、瓶の中のインクのように揺れた。今や彼は、「ああ、痛い！」（ルビ：アイ ボリット）が何を意味するのか、「ボボ」が何を意味するのか、よくわかっていた。痛みは魂の中に生き、魂は叫びたかった。それは国全体のための痛み、人々や木々の中に隠された無限に良いもの、信じきっているものに対する痛み、社会主義ロシアの空気となった「偉大な希望」に対する痛み、映画の中の油田労働者の開放的な笑いに対する痛みだった。けれども、痛みと同時に、党オルグの魂は音楽で満たされた。スズランのように美しい、よく響き渡る、喜ばしく新鮮な交響曲「石油」は鳴り続けた。この音はそのような原初の圧に、のびのびした力に押されて、底なしの深さからあふれて来た……。ドゥナーエフは目を閉じたまま、ピアノを演奏し、「石油」の基本テーマを再現しようとした。それができると彼は、いよいよスピードを上げて、酔ったように演奏した。黒白の鍵盤でオーケストラのあらゆる楽器の音を作ることはできなかったが、響き渡る喜びが指の下から流れ出した。ピアノ全体がうなり、細いワイヤーに引かれて揺れ、ワイヤーはピアノの重さにもう耐えられないように思えた。

突然、切れた弦のような音が響き、何かがドゥナーエフの肩を打った。ピアノは傾き、手から離れていこうとしたが、ドゥナーエフは追いついた。ドゥナーエフはピアノの弦が切れたと思っていたが、ワイヤーロープの一本が切れたのだった。その時、同じ引っ張られた音を立てて、二本目のワイヤーも切れた。

ドゥナーエフはパガニーニの伝説を思い出した。彼の栄光を辱めるため、コンサートの前に敵がヴァイオリンの弦を切ったのだ。弦は切れ、次々とはじけ、ヴァイオリニストの顔を損なおうとしたが、パガニーニは最後の一本の弦でコンサートを終え、最後の音と共にその弦も切れたのだ……。

「つまり、そんなことをされるってことは、俺は本当の天才なんだな。俺は偉大なピアニストなんだ」ドゥナーエフは切れたワイヤーから新たな一撃を受けながら、そう考えた。「最後まで演奏するんだ！」

彼の顔から血が鍵盤に落ちたようだった。

四本目のワイヤーが、五本目の、六本目のワイヤーが切れた。ピアノは沼に落ちて行った。ピアノと一緒にドゥナーエフも沈んでいった。けれども、彼は演奏を続けた。

泡と悪臭を放つ黒い水はもう鍵盤のところで揺れていて、それから、鍵盤を水浸しにした。彼は水の中で演奏をし、音楽は沼のゴボゴボいう音と、貪欲なピチャピチャいう音の中に沈んだ。

「俺は天才なんだ！」ドゥナーエフは叫び、息を詰まらせた。彼は目を上げ、ボボの目の中のとぐろを巻く渦巻きを見た。最後の叫びが愚かだったことがわかった。《主人》の唇が筒形になった気がした。

彼はもう一度、弱々しく、冷淡に呟いた。

「自由……」

その瞬間、最後のワイヤーがちぎれ、ピアノは水音を立てて、深みに消えていった。ピアノといっしょに、ドゥナーエフも飲み込まれた。

訳者解説

ここに訳出したのは、パーヴェル・ペッペルシテイン『カーストの神話生成的愛』第二巻の三二章である。

ペッペルシテインは一九六六年生まれ。モスクワ・コンセプチュアリズムのアーティストとして、麻薬による幻覚や精神病による妄想を表現してきた。

長編小説『カーストの神話生成的愛』は第一巻がセルゲイ・アヌフリエフとの共著で一九九九年に、第二巻はペッペルシテインの単著として二〇〇二年に刊行された。同じ九九年に発表されたウラジーミル・ソローキン『青い脂』、ヴィクトル・ペレーヴィン『ジェネレーション〈P〉』と共にロシア・ポストモダニズムを代表する記念碑的作品である。

この作品では独ソ戦が党オルグ（組織者）のドゥナーエフの幻覚として提示されている。ドゥナーエフの前に立ちはだかるのも人間の軍隊ではなく、児童文学の主人公の姿をした妖怪たちだ。

開戦時に工場のピアノを運び出そうとして逃げ遅れたドゥナーエフは、妖怪「ボボ」の肛門に吸い込まれ、口から吐き出されると、今度は頭の中に雪娘を埋め込まれる。その後、ドゥナーエフは、森の中にいたコサック中尉や、不死身のカシチェイらロシア民話の主人公に助けられながら、各地を転戦する。敵からの戦利品として「ロバの尻尾」を贈られたりもするが、これは『クマのプーさん』に登場するロバのイーヨーの尻尾だ。

今回、翻訳した章はソ連領内での戦いの掉尾を飾るもので、ドゥナーエフは物語の始まった場所である工場でピアノを見出し、医師アイボリット（コルネイ・チュコフスキーの作品の主人公で、「あいたた先生」の題で邦訳されている）と対決し、中尉や不死身のカシチェイと別れる。この物語の後、ドゥナーエフはルーマニア、ハンガリー、ヴェネツィア、ベルリンと進軍していく。

Zシティのキマイラたち　Химеры города Z

小説

Zシティのキマイラたち

Химеры города Z

ジャナール・セケルバエワ

高柳聡子 訳

ヴァスミトラは夜のZシティを歩いていた。ぽつぽつと宙に浮いた建物は、非常時には、エレベーターが階下へ降りていくように地中へ避難できるようになっていた。五〇年前には見慣れたものだった車道も信号機も渋滞もない。なにもかもが、見た目だけじゃなく体験のレベルでも変わってしまい、習慣とか期待することも異質なものになっていた。驚きや喜び、好奇心を掻きたてるものは、もうなにもなかった。

ヴァスミトラは、いまに至るまでずっとポータルカーに乗る気になれずにいる――それは、バイクのサイドカーほどのキャビンで、タイムポータルを用いて別の場所へと瞬間移動で運んでくれる。彼女はポケットから小さな青い石を取りだすと鼻先に近づけた。ホログラム映像が現れる。顔の皺や髪の色、唇のラインからは年齢も民族も社会的ステイタスも特定できなかった。彼女はサイボーグボディをダウンロードしていない最後の人間のひとりだった。こういう人たちは「キマイラ」と呼ばれていた――彼らはさまざまな理由でリブートしていなかった。リブートは絶対不可欠なのだが（これについては世界政府第六級政令第一〇条で定められている）、すべての人が短期間で脱身体化を決意できるわけではない。

人間たちには物質的なものと別れるための時間が必要だった、そのために彼らはそれ専用のカフェへとやってくる。それらの店ではいろいろな物に触れ、表面のざらざらとかつるつるした感触を味わったり、アルコール飲料を飲んでみたり、そして最後に好きな物を存分に食べることもできた。こうした別れの「ランデブー」も、一〇度に一度は不幸を招いた。たいていはこの「過暴食」が死を招くのだった。

着信を感じる（公的な場で騒音その他の音を立てることは二〇五三年に禁止されており、いまや着信音は暖かな風のそよぎのように感じられる）。ヴァスミトラはポケットからオレンジ色の石を取りだすと耳に近づけた。

「土曜日、テーブル三つ」という声が聞こえた。

「予約できるのはひとつだけです。今はみなさんがカフェで少しでも過ごしたいという時期ですから……」

「必要なら追加を払う」

「お金の問題じゃないんです」

「三つ必要なんだよ！　あんたがカフェのオーナーなんだろう、なんとかできるだろ」そのせっかちな人は、まったく耳を貸そうとせずに会話を中断してしまった。

ヴァスミトラは石をポケットに戻すと、かつてショッピングセンターがあった方へ向かった。そこは彼女とその他数人のキマイラが住んでいた場所だ。かつての居住地区と住宅は取り壊しが決まっている。世界政府が脱身体民主主義を樹立し、全市民にサイバー空間への移動を義務づけてしまうまではサイバーフェミニズム運動とエコロジー運動を継続しないと。すべては、ジェンダーと、そして、人と人を分かつその他もろもろの境界を排除することを謳ったダナ・ハラウェイの宣言からはじまったのだ。彼女を支持したのは世界中のフェミニストたち。ハラウェイが語ったことは、いちばん大事なことに触れたのだった――男性でも女性でも両性でも中性でも誰もが、スマートフォンだとかコンピューターだとか、事故の被害者用の脳内チップといったテクノロジーと同期化されたシンギュラリティ*の時代にあってもなお、人間たちが同意することのできない大事なことに。人間たちは身体を残す可能性にしがみついていた。まるで、身体が、変異と運動と絶えまない細胞の生成の集合体ではないとでもいうかのように。

人類一般の安全と物質性を脅かすサイボーグボディを拒んで、とりわけ男性陣による必死の抵抗の波が拡大した。抗う人びとは、火星や金星、木星その他の惑星への移住を検討しだした——というのも、地球上には人間の生存に必要な資源が枯渇してしまったという事実を否定できなかったからだ。しかし、他の惑星は異界の生物たるプロトスらが陣取っていた。言語学研究所の尽力にも拘らず、彼らとの意思の疎通は失敗に終わった。そういうわけで、歴史上はじめて、人類は物理的にどこにも行き場のない難民となってしまったのだ。

＊原注　「シンギュラリティ＝技術的特異点」（ジョン・ノイマン、ヴァーナー・ヴィンジ、レイ・カーツワイルらによって二〇世紀に発展させられた概念）の段階に入れば、機械の進歩は人間の可能性を超えることだろう。それ以降の歴史を予見することは不可能だ、それは人類の知では理解し得ぬものとなるだろう。

雌猫のドットコムがヴァスミトラを出迎えに走り出てきた。彼女たちの間で会話が始まった。動物も人間も二〇八〇年には、頭に浮かんだどんな表現もまなざしで伝達しながら会話できるようになっていた。ドットコムはお別れカフェのオーナーにとっていちばん身近な生き物だった。もう何週間ものあいだ、ドットコムは、テレポートするよう飼い主を説得していた、猫の直感が、じきになにかまずいことが起きるぞと囁いていたのだ。ヴァスミトラは石を取り出すと猫のまえに置いた。コミュニケーションツールは、お別れカフェで時を過ごしたいと頼んできた客たちとヴァスミトラとの会話の断片を猫のまえに映しだした。

「お別れをする人たちがいるうちは、私はテレポートできないんだよ。それに私だってお別れしないといけないんだしね」

ドットコムは誰のことを言っているのかわかっていた――ヴァスミトラの亡くなった母のことだ。母の肉体が埋葬された場所を、彼女はもう何年も探し続けていた。

「あなたのパートナーはどうしたの？」と猫は問いかけた。

「第一陣でテレポートしたよ。もうそのことはやめておきましょう。私たち、お客さまのためにカフェの準備をしないとね」

不満げに尻尾をひと振りすると、猫はミルクを飲みに行った。

カフェに来ることになっていたのは、地球世界政府防衛省将官のマリ・フルシチョフで、彼女はサイボーグボディを最後にダウンロードする覚悟のあるキマイラを探しだす任務を負っていた。私服のマリは、遙か昔の、二〇一七年のレズビアンみたいに見えた――ショートヘア、ラブリュスのペンダント、胸にはフリゲート艦のタトゥー、親指に鋼鉄のリング。彼女は省の同僚であるアイダルベク・クムィソフを自分の役所に招いた。彼はかつて、カザフ語だけを用いる国としてのカザフスタンを守るため、そして、カザフの娘たちを異民族との結婚から護るために闘った人物だ。

「アイダルベク、もしもくだらない物をもってきたりしたら、あなたをプロトスたちのところへ送りこむからね」とマリは釘を刺した。「サプライズなんて要りませんから！」

官僚殿は肩をすくめてため息をついた、そんなことは敵にだって望むものではない。

マリはアイダルベクとともに、まずは臓器インプラントサロンを訪ねた。彼女は自分の肺を「ヤニ汚れのない」きれいなものに感じたくて取り換えることにしたのだ。

「きみはいたく感傷的だな」アイダルベクは小さな声で言った。

「まあ、あちらではもう要らないんだけどね。でも今はまだ……。私があなたのポストにいるのなら、脳の取り換えを頼むところだけど」

アイダルベクは目をひんむいてため息をついた。彼は、祖父のベカイダルが掲げたスローガンがたいへんな人気を博していたときのことを思い出していた。もう少しだけでも一夫多妻が法的に認められていればな、八番目の妻がほしかったんだが、もう少しだけでも入札の賄賂が懐に入るとよかったんだが、もう少しだけ人生が永遠に酔わせてくれる馬乳酒（クムィス）になってくれていたら。アイダルベクは、あらゆる快楽に露骨に開かれた生物体（バイオマス）と化していた。

「アイダルベク、空想に耽るのはじゅうぶん」マリはスキットルを取りだし、ごくりとひと口飲んだ。「私たちも時間よ！」

ダウンロードの済んでいないキマイラはほとんどが男性だった。彼らは終始、政府の決定が正しいのかどうかを疑ってかかり、他の惑星への移住を主張していた。一度だけ、蜂起隊が宇宙船を強奪し、ある惑星への逃亡を図ったことがあったが、地球へ戻ってきてしまった。というのも、この宇宙船は、「All New Gender」と名づけられたコンピューターゲームを乗組員らが正しくクリアできない場合、月を一周しただけで戻ってくるようフェミエンジニアらがプログラミングしていたからだ、このゲームではいかなる性の選択も正しいことになっていた。

キマイラのワレンチンは、死ぬ前になんとしてもとことん飲みたいものだと切望していた。彼はサイボーグボディへの移行をひどく怖がっていたから、なんだってやりかねなかった。彼の友人たちは、「未知の」未来に抗うために自分たちと一緒に行こうと説得したのだが、ワレンチンは自分なりの抗議を行うことにした。彼は声を震わせながらポケットメモにこう吹き込んだ——「感傷的なことではあるが、私は遺言を残そうと思う。私の死の責任は世界政府にある。この政府が私にもたらしたものは頭痛と鬱だけだ。私は二〇〇〇年代の整然とした世界に留まっていたほうがましだった。あの頃は、未来はなにもかもが正常に進むという感があった——男が世界を統べ、女はそれに従うのだと。我々には二つの階級があり、その一方が支配階級なのだと。ところがフェミニズムがやってきて、ちっくしょう、くたばりやがれ、娘は私のもとを去っていった！　なにもかもが変わってしまった！　二〇八〇年九五日夜。この音声はナンバー一四に保存！」自分のベッドに横になったままワレンチンは口述を終えた。彼は天井をじっと見据えると、もの悲しげに囁きはじめた。

ふさぎの虫よ、ふさぎの虫
行け、ふさぎの虫よ、暗き森のなかへ
そこにおまえの場所がある
そこにおまえの場所がある

この男の完璧主義的なところが、みずからの死に行き当たりばったりで向かうことを許さなかったのだ。彼は自分の録音記録にキマイラ文献学者の承認を取るつもりでいた。学者たちはいつも、プロトスたちとの言語による交流の可能性、あるいは不可能性について、さまざまな説や着想を考案しては長時間議論を交わしていた。自分たちは不世出の天才であり、女どものせいでその思想を世界政府では実現できなかったと考えていたのだ。

オーストラリアンシェパードのシェピーが、お別れカフェに集まったキマイラたちに驚いていた。彼らのなかには、新しいスーツケースに新しい物を詰め込んでここへやってくる者もいれば、バーカウンターにじかに遺言を書きこんでいる者もおり、かと思えば、犬が猛烈に喜んで尻尾をぶんぶん振るだろうと期待しておもちゃの羊をあげようとしている者たちもいた。シェピーは、長患いのあとのように人疲れしてしまった。最初の頃シェピーは人間に誠実に仕えていたのだが、歳をとり吠え声もかすれてしまったせいで、元の飼い主には用無しになってしまったのだ。犬はショッピングセンターでドットコムとヴァスミトラを見つけた――シェピーが共通の言語を見いだしたのは彼女たちだけで、そのおかげで生き残ることができた気がしている。

残った人たちは、九五日の夜にお別れカフェを訪ねるつもりでいた。彼らのうちの多くは、自分たちが忘却されてしまうことを案じていた、身体はあれど、もはや打ち棄てられたこの世界に残ることになるか、あるいは、リブート時に何か予期せぬことが起こることもありえた。フルシチョフ将官から、リブート三日前だという発表があることは、まだ誰も知らなかった。身体なき空間にはある種の質感があった――つまり絶えまない運動なのだが、それは、生物がみずからをどうカテゴライズするかとか、どんな名かとか、どんな過去を有しているかといったことには意味がなかった。それは、思考やアイディア、シグナル、記号、インナーコードの絶え間ない移り変わり、共生のダンスだった。サイボーグボディが存在する条件である機動性は、家父長制の時代から残っている偏見や思い込みを打破するために重要だった。あの時代の議論は人間の意識の中にあまりにも沁み込んでいて、世界や関係性や感情を別のかたちで想像することができなくなっていた。**家父長**を偶像化し、中央アジアのある国に家父長像が建てられた。この記念碑建立の際には外交上の衝突が起きた。そこで、カザフスタン、キルギスタン、タジキスタン、トルクメニスタン、ウズベキスタンの男たちはモンゴルのシャーマンに伺いを立て、すぐに合意に至ったのだった。シャーマンはいたってシンプルな提案をした——像の名は、各国の大統領の名前の一部を合わせてつければよいと。そういうわけで、**カトタンベクアリグルイ**となった。いかなる彫刻にも跪拝することを禁ずるという世界政府の政令がなかったなら、この大理石の偶像がどんな新たな衝突を産んだものかわからない。あの時代のことを思い出すと、二〇八〇年のキマイラたちの顔には微笑と悲哀が浮かんだものだ。

サイバー空間への移行を最終的に完遂するためには、移行をヘルプできる誰かが物質的・肉体的なこの世界に残る必要がある——これがリブートの唯一の未完部分だった。自動操縦装置にシステムをうまくセットすることができなかったのだ。誰がやるのか？　すべて予定通りにいくのか？　そもそもリブートにおける最重要過程を人間の手に委ねてもいいのか？

今ではオゾン層の代わりをつとめているドームの向こう側には、流れゆく彗星や星々、サイボーグ座（二〇二一年に発見）が見えていた。夜間は、世界政府が発表した「グレート・エコノミー」政策により、電気やその他の電化製品をオンにすることは禁止されていたが、図書館や病院、ショッピングセンター、お別れカフェといった社会的に重要な場所は除外されていた。

ワレンチンはカフェのドアを開けると、自分が一番乗りではなかったことに気づき不満だった。見知らぬ男女がいくつかのテーブルを占めていたが、それでもまだ三つ空いていた。

「みなさん、今晩は！　空いているならここに座るかな」と、「予約席」という札を気にもかけず、ワレンチンは嬉しそうに大きな声で言った。

「あなた、そこは誰か有力者がテーブルを押さえているんですよ、こちらへいらっしゃい、かわいそうに！」ホールの奥で文献学者が手をあげていた。

「先生！」ワレンチンは、老いた友人を抱きしめようとテーブルから立ち上がった。

ヴァスミトラはネットでドリンクをオーダーし、シェピーに餌をやってくれとドットコムに頼んだ。彼女はいつもこのカフェのオープン一時間後に客としてやってきた。カウンター席にいた客、テーブル席の客、予約席の客たちが近づいてきた。お別れカフェのいつもの夜。ドアが開き、マリ・フルシチョフと彼女の同志が入ってきた。すぐにしんと静まり返った、なぜなら、キマイラたちは、それがサイボーグボディへのリブートと確実に関係があることを知っているからだ。マリが自分の短い髪に軽く触れる、彼女の服は鱗のようにキラキラしていて、目を逸らすことができない。

「テキーラと砂糖！」マリはテーブルの上にすわった。「今日は大事な発表があって来ました」

こう言いながら、彼女は空いている二つ目のテーブルの上に石を放り投げた。すみれ色の鉱石が壁に映像を出し、以下の文面が投射された。


地球の住人たちよ、世界政府です、ごきげんよう！　ちょうど三年前に開始されたサイボーグボディへの移行について、本プログラムの完遂にあたり、外的身体的世界に残る最後の一人となる人物を探さねばならないということをお知らせします。このエクスプローラなくして我々が移行を完遂することはできません。志願者を必要としています、滞りなく事を為し、ご自身はリブートできぬリスクがあることを承知してくれる責任感のある人物を。地球上の電力生産可能時間は最大で残り三日、サイバー空間への最終移行日も含めてです！　リブートには、あなたがたもご記憶でしょうが、膨大な電力が必要です。ともに話し合い、二日以内にエクスプローラを選出してください。

どよめきが起きた、誰もがそれぞれになにかを叫んでいた、マリに向かって、あるいはアイダルベクに、世界政府に向かって。最初に発言権を得たのはキマイラ文献学者だった。

「ちょっとお聴きください、ひとりずつ発言いたしましょう。私は残りたくないです。それにやはり、誰が最後のひとりになるかなんてわれわれには決められないと思うのです」

「僕は男性を選出することを提案します」ワレンチンが大声で言った。

「お・と・こ！　お・と・こ！　お・と・こ！」と、どのテーブルからもコールが起きた。

「男二人がいいよ、そうすれば、二倍安心だ！」

「俺は女にリブートされるのなんか嫌だぞ！」

「世界政府打倒！」

ヴァスミトラは椅子を持ち上げると、大きな音を立てて置いた。

「私たちがいつも避けていることに陥らないようにしましょう。私の店じゃないんだから！」

ドットコムとシェピーが、支持を表しながら女性たちのそばをうろうろしている。

マリ・フルシチョフは微笑んでいた。

「アイダルベク、あなたの候補者を挙げられる？」

いきなりだったので、彼はお茶にむせてしまった。政府の規定では、意見の衝突が生じたときのみ、役人が介入できることになっている。

「私にはできんね。話し合いにしよ……」

彼は最後まで言い終えることができなかった、彼の頭に誰かの投げたグラスが飛んできたからだ。かろうじて身を屈めたが、アイダルベクは唖然として四方を見回した。彼は恐怖と怒りに満ちた。

今度はワレンチンが周りにキマイラたちを集めて話をしていた。

「最初の頃、僕がこの計画を信用していなかったことはご存じでしょう。一〇年前の僕は、ジェンダーなんて何もいいことはもたらさないと言っていた。まず彼女たちはジェンダーの平等を求めて闘っていた、そして今はジェンダーを完全に撲滅しようとしている。人類のためとあれば僕は残ることができますよ」

「一〇人のキマイラのためです」とマリが大きな声で訂正した。

「ああ、申し訳ない、あなたが僕らの話を聞いていたとは知りませんでした」

「私はあなたたちの話を聞く必要なんかないの。本みたいに読んでいるわけ」マリは、ワレンチンのすぐそばまで近づいてきた。彼女の胸がワレンチンのうなじに触れそうなほどだった。

「立たなくてけっこう！　みなさん、いいですか！」マリはテーブルの上にのぼった。「あなたたちにはあと二日あります。あなたたちの選択は自己責任です。二日後にここでみなさんをお待ちしています。でも今は踊りましょう！」

アイダルベクとマリは、そのままテーブルの上で踊りはじめた。

お気に入りの場所である靴箱の中に入っているドットコムは、いま起きていることを目で追っていた。彼女は神経質そうに尻尾を動かして、〈あんたは、彼らがあたしたちを家畜化したって思っているでしょ！〉とシェピーに伝えた。

〈そうじゃない、私たちのほうが人間を手なずけて、合図したり頷いたりして話すよう教えたんだよ、それから話し言葉が登場したの。そうしたら人間は嘘をつくようになった、本当は好きじゃない人たちのことを好きだと言ったりね。コミュニケーションでは身体は決して欺いたりはしないものなんだ〉とシェピー。

〈そんなこと考えたこともなかった！〉とドットコム。

〈人類学者のバーバラ・スマッツは、学生の時にヒヒの参与観察法を使ったの。しばらくの間、ヒヒたちは彼女のことを石か木かそれと同等の物体とみなして注意を向けなかった。でも、彼女が彼らの眼を見て、ジェスチャーや合図を真似しはじめるとすぐに、ヒヒたちは彼女を主体と区分するようになった〉とシェピー。

〈思いだすね、どれだけの飼い主があたしの眼を見つめてくれたことか〉とドットコム。

〈そうだね……〉とシェピー。

マリがお別れカフェにやってきたのは、この発表のためだけではなかった。去るまえに彼女はヴァスミトラに近づいて一枚の紙を渡した。

「なんですか？」とヴァスミトラがきいた。

「だってこれを探していたんでしょう?」とマリは答えた。「二日後に会いましょう。さよなら!」

紙には鉛筆で母親が埋葬されている墓地の住所が書かれていた。ヴァスミトラは長いことじっと見つめていたが、頭の中にいくつかの疑問が生じた、彼女は震えていた、時間を止めたかった、すべてを意味づけするために。

〈ママさん、どうしたの?〉ドットコムはテーブルの上に跳びのると、注意深い黄色の目でヴァスミトラの目を見つめた。

〈大丈夫よ、優しい子ね! 今日は墓地に行かなきゃ、見つけたんだよ!〉ヴァスミトラはエプロンをカウンターに放り出すと、リュックサックを取りに走っていった。

〈一緒に行く! シェピーもだよ!〉大きな声でにゃあと鳴き、シェパードを呼びながら猫はドアの方へと駆けだした。

墓地は、Zシティから六〇キロ地点のフラワーストリートにあり、途中には古い空港がある。ヴァスミトラは、少しでも早く着くために、知り合いのキマイラにポータルカーを頼まなければならなかった。

ヴァスミトラはマリのメモのおかげで埋葬場所を見つけることができた。質素な墓石には、〝私とお別れをしにきたのなら陽気にやってね!〟という言葉が刻まれている。

〈あなたのお母さんはユーモアのセンスがあったの?〉とドットコムは驚いた。

〈陽気にやるようなものをなにももってこなかったんだけどな、お酒も楽器もなにも〉とヴァスミトラは気落ちした。

〈リュックの中にパジャマがあるよ！〉シェピーがアイディアを伝えた。

〈エライ！〉ヴァスミトラは賛成した。彼女は若い頃からの習慣で、ピクニックに行くときも、スポーツトレーニングに行くときも、大学の寮で暮らすときも、必需品は全部リュックに詰めていた。常に、歯ブラシ、下着ひと揃い、スニーカー、塩、ロープ、懐中電灯が入っていた。

急いでパジャマに着替え、テーブルクロスを敷き、食べ物を置いた。地元で唯一のラジオの音楽チャンネルをボリュームを最大にしてつける。墓石が並ぶ中でパジャマパーティだ！　しばらくすると、にぎやかな音が死者たちを呼び寄せた——ヴァスミトラの母の隣人たちも一緒に登場した、同じようにパジャマ姿で、色とりどりの枕をもっている。声をあげて笑いながら彼女たちはおしゃべりをした、パートナーがどんなふうにして誰を殺したとか、誰がどうやって報復したとか、（たいていは）仕返しできなかったとか。ヴァスミトラは、亡霊たちが姿を見せるのは深夜から午前四時までだと知っていた、だから母親と話そうとした、この世のありとあらゆることについて、口ごもったり、蓄積された大量の情報の流れに溺れたりしながら。ヴァスミトラがこの夜にやってくることを母は知っていて、だから、すべて準備済みだったことがわかった。彼女は、娘が一刻も早くサイボーグボディに移行し、まだリブートしていない人たち全員をヘルプすることを望んでいた。たっぷり笑い、たっぷり踊り、死者たちはゆっくりと元の世界へ戻っていきだし、早朝の日差しの中へと消えていった。母はヴァスミトラを抱きしめると、一枚の写真を渡した。

「この写真は、この空間では写っているものはなにも見えないの。もっていきなさい。すべてうまくいったら見えるようになるから」と、母はヴァスミトラの頬にキスをしながら言った。シェピーとドット

コムは、いつものように、Ｚシティに戻りたくないなと思いながらも足の向きをくるりと変えた。

その後の出来事はマリの予想通りに展開した。男性キマイラたちは、自分たちの候補者一名をエクスプローラ役として推してきた。その際に、システム内の一部機能を交換するよう候補者に密かに教唆したのだ、サイボーグボディの男たちが大きな能力を手に入れ、性差を残せるよう試みるために。彼らはこうしたことをすべて、人類を案じての心配りだとでもいうようにお膳立てしたのだった。ワレンチンが推薦された。マリは彼を候補にすることを拒み、女性キマイラを選ぶよう全員を説得した。説得にあたってリスク情報が提示された。(1)エクスプローラは物質世界に一人で残ることになる、(2)物質世界は危機的な環境破壊が迫っている、(3)プロトスらが地球に入植する危険がある、(4)残されたのはあと一日のみでもう時間がない。この情報は男性キマイラたちの興奮を冷ました、彼らの誰ひとりとして自分を危険にさらしたいとは思っていなかった。

決められた時間に制御室が用意され、キマイラたちの列ができた。彼らは、意気消沈し、悲しみに暮れ、言葉少なだった。自分が望む選択肢のない選択を迫られていたのだ。

ヴァスミトラはエクスプローラとなって物質世界を最後に去ることをみずから申し出た、彼女には失うものなど何もなかった。マリに写真を渡すと、どういういきさつでそれを手に入れたのかを話してから、ドットコムとシェピーを連れていってほしいと頼んだ。

「自分をセルフリブートしないこともできるということはわかってる？」とマリはきいた。

ヴァスミトラは答えの代わりにうなずいた。

リブートはすべて成功裡に終わった。トラブルが起きた場合でもサイボーグボディが外的世界に害を及ぼさぬよう、ヴァスミトラは指示書にしたがってシステムをきちんと調整した。

　移行プログラム完了までは、あときっかり一五分だ。ヴァスミトラは、潜水服を着てプールの中に降りた。「スタート」ボタンを押す準備も整ったそのとき、制御室内に飛び込んできた鳥が目に入った。「どこから入ってきたんだろう？」とヴァスミトラは心の中で問うた。彼女は数秒間ためらったが、鳥をつかまえて自分と一緒に連れていくために、いったん水から出ることにした。一五分以内にやり終えなければリブートに間に合わない。彼女は視界の妨げとなる潜水服を脱ぐと野鳥を捕まえはじめた。

〈想念形体（人や動物の想念がある形をとって現れるもの。神智学などで用いられる概念で、その形象には、さまざまな色や形、質がある。この作品では、ちがう生き物の思いを知る手段となっている）が生じないなんておかしい。ここで何をしているの？　こっちにおいで！〉ヴァスミトラは鳥に思考を向けた。

　鳥はあちこち飛びまわっていた。なにかに怯えているようだ。

〈いい、私たちにはあと七分しかないんだよ。もし間に合わなかったら友人たちと合流できないんだよ〉とヴァスミトラは説明した。

　このとき、制御室のメインコンピューターからシグナルが聞こえてきた。危険信号のようだったが、ヴァスミトラは確信がもてなかった。彼女はジャンパーで鳥をくるもうとしていたが、うまくいかなかった。

　モニターのデジタル時計がカウントダウンに入った——残り時間はきっかり一分。鳥は、まるで出口を教えようとしているかのように、制御室の中をあいかわらず飛びまわっていた。ヴァスミトラはどうしたらいいのかわからなかった。かつて彼女は母を五日間の予定で入院させたことがある——急いでやらなければならない重要な国家プロジェクトがあったからだ。だが、二度と母に会うことはなかった、

何の連絡もなく何者かが彼女を病室から連れ出したのだ。同じことは繰り返せないと、ヴァスミトラは走って制御室を出た。数秒後、彼女は耳をつんざくような爆音を感じ煙に包まれた。大きな爆発音が聞こえるとすぐに、ヴァスミトラは全力で走り制御室から離れていった、強い衝撃波が彼女を足元からすくい倒した。

マリ・フルシチョフは、サイバー空間にリブートして二日目に、あの写真が変化しだしたことに気づいた。そこに現れたのは二人の女性と鳥だった。マリは微笑んでシェピーとドットコムを呼び寄せた。

「女たちはいつだって戻っていってしまうから」——彼女はにっこり微笑むとそうつぶやいた。

訳者解説

中央アジアのLGBTQ運動のリーダーであるジャナール・セケルバエワは、二〇一九年まで日本に留学し、筑波大学大学院でカザフスタンにおけるトランスジェンダーのアイデンティティに関する学位論文を執筆したジェンダー研究者でもある。カザフスタンのクイア・フェミニズム集団「Faminita」の代表で、もっとも抑圧されている層である女性、障害者、セクシャルマイノリティ、セックスワーカーの生きる環境を大きく変えるために権利の獲得と生活レベルの向上を目指して、文字通り日夜闘っている尊敬すべきアクティヴィストだ。「Zシティのキマイラたち」は、キルギスタンのビシュケクで出版されたフェミ・クイアファンタジー短編集『まったくちがう人びと』に収められている。ダナ・ハラウェイにインスパイアされたこの近未来小説では、地球滅亡の危機に瀕してもなお家父長制にこだわる中央アジアの男たちと、人類の未来に賭ける潔い女たちの葛藤が描かれる。人類の未来への新たな視点が示されるとともに、セケルバエワの思想と人間への思いを知ることのできる貴重な作品だ。

小説

よそ者

よそ者　Чужой

Чужой

ロマン・センチン

松下隆志 訳

前回の帰省で僕は木戸の脇の小さなベンチを修理した。それが作られたのはおそらく、家が建てられて間もない頃、つまりかれこれ四〇年も前のことで、当然とっくの昔にバラバラになっていたわけだが、その残骸には注意が向けられず、朽木を片づけるという考えすら、僕にも、父にも、浮かばなかった。他にすることがたくさんあったのだ。

まだ元気があるのに、この木戸の脇にあるようなベンチに座ってだらだらと長話をしている大人の男女や老人を、両親は好ましく思っていなかった。彼らについて父は、ある種憐れむような皮肉を交えて、「幸せな連中だ！」と言ったものだ。父も母も年がら年中急いでいたが、永久に追いつかないくせに次から次へと新しいことに手を出す始末で、子どもの頃から怠けず親の手伝いをすることに慣れていた僕は、腑に落ちず、ほとんど腹立たしい思いで、しょっちゅう心の中で自問したものだ。〈どれだけやればいい？　いつ休めばいい？〉この種の人々に相応しい言葉を、誰かが的確に洒落をきかせて考え出した。曰く――〈仕事中毒（ワーカホリック）〉。

とはいえ、実家での土の生活は多くの人を意に反してワーカホリックではなくとも仕事の虫にするのであり、さもなくば冬は薪の蓄えもなく凍え、市場のキュウリや冷凍豚肉に給料を費やす羽目になり、怠け者だと評判が立つことだろう……。地元の地区中心街は百姓家だらけで、全戸に畑があり、少数のどうしようもないアル中以外は、誰もが同じしきたりに従い、同じ苦労を味わいながら生活している。正直に言うと、こういう暮らしはいつもあまり気に入らなかった。ここは自分のいるべき場所ではないと感じ、学校のクラス担任は――地理の教師だったが、地方の中心都市より先はどこにも行ったことがないようだった――何度もこう言ったものだ。「あなたって何だか……すごく浮世離れしてるわね！」

学校卒業後、僕はノヴォシビルスク（地元からいちばん近い地下鉄がある百万人都市）に行こうとして大学入試に落ち、お次はピーテル（サンクトペテルブルグの愛称）に行って少しだけ左官の仕事を習い、それから軍隊に入れられた。兵役を務め上げ、くたくたに疲れ果て、実家に戻った。三年後、次なる脱出の試みに着手した。モスクワの文学大学に自作の短編をいくつか送ったところ、創作の選抜試験に受かって入学した。今は卒業証書をもらって大学院に移った。その後は大学に残って教えていいと言われている……。モスクワでの七年間に僕はいくつかの中編と、かなり多くの短編を書いた。雑誌で作品が発表され、本が三冊出て、僕はベルリンのロシア文学デーに参加し、大手出版社の編集者をしている。要するに、多少なりとも有名になり、金銭面で不自由はない。かつては両親からの三〇〇～五〇〇ルーブルの送金や、ジャガイモやしっかり塩漬けにした（何と言っても三日がかりなので）脂身（サーロ）が入った鞄が車掌を通じて送られてくるのを心待ちにしたものだが、そんな時代は学生時代の過去の記憶と化した。今では僕の方からたまに両親に手紙でこう尋ねる。〈お金はどう？　何かあれば言って――送るから。こっちは順風満帆で、新しい中編を準備しているところ〉

　昨年の夏からは、家の家事を手伝ったり、帰りの路銀やモスクワでの生活費を稼いだりするためにではなく、何よりもまずモスクワを離れて休息し、ひと月のあいだ環境を変えてみて、基本的に（実際、近頃ますます力を入れ、フィクションの部分も増やして）ここ数年間ずっと書きつづけている地方生活の印象やディテールを蓄えるために帰省するようになった。

　手慣れた畑仕事も今では何だかしっくりこない。べつに熱心さが薄れ、強制されて働くようになったわけではないのだが……。しかし、以前の僕は知っていた。キュウリの結び方や、除草、トマトのわき

芽かきなどに、収穫や豊かな食卓や冬の蓄えがかかっており、キュウリやニンジンやジャガイモは買いつけ人に渡して金を受け取れることを。ところが今は、意に反してまで、〈市場でキュウリは一キロ三ルーブル、トマトは一五……。買いつけ人がはした金を払ったところで、計算してみたら骨折り損のくたびれ儲けだ……〉といった考えが脳裡を離れず、戸惑ってしまう。のんびりと満足げに僕はキュウリを結わえ、トマトからわき芽や余分な葉をちぎり取るが、それはおそらく、生活に困らない別荘（ダーチャ）住まいの年金生活者にとっての心のすさびのようなものだろう。

毎夏母さんがやっている、どうやっても育たないナスやピーマンやメロンの世話やりは、もはや僕に同情ではなく、逆に感動を呼び起こす。ここの気候が合っていないわけだが、母さんが好きで精を出しているのなら仕方ない……。

去年帰省したとき、木戸とエゾノウワミズザクラが茂る柵の間にベンチの残骸を見つけ、毎夕そこに腰掛け、ひまわりのタネを囓ったり、あるいはビールをちびちび飲んだりしながら、故郷の赤軍戦士通りの生活を観察し、思索に耽ることができたら、さぞかし気持ちいいだろうと想像した。

父が作った丸太をノコギリで半分に挽き、それらを朽木の場所に埋め、かんなを掛けて平らにした板を脚に打ちつけた。腰掛け、煙草に火をつけ、しばしもぞもぞする。快適だ。両親と妹を招待し、一家揃ってベンチに座った。「父さんと母さんはじきに老け込む」父は物憂げな笑みを浮かべた。「ここで骨を温めるとするか」一方、母さんは褒める。「上手に作れたわね、偉いわ」礼儀のために少し我慢してから腰を上げた。「もういいわ、行かないと。後で好きなだけ座れるもの」そして、父と妹も母の後から歩きだした。僕はもう一服し、エンドウ豆用の囲いを拵えようとしていたことを思いだした。「そうだ、行かないと」と母さんの言葉を繰り返したが、どこか違った、不平たらしい言い方になった。

今ではもう、一日の終わりにベンチで一、二時間過ごすのが僕の習慣になっている。〈クリンスコエ（ロシアのビールの銘柄）〉の瓶と〈キリヨーシキ（ロシアのスナック菓子）〉を手に、通りに沿って右へ左へ目をやり、とくに猛烈な火事でもなければ滅ぼせないであろう、太く黒ずんだ木材でできた永遠の百姓家の家並みや、わが町の五つの教会のうちで唯一ソヴィエト政権時代を生き抜いた救世主聖堂の黄色い丸屋根を眺める……。こんな風に座っているのが好きだった。お客さんのように、町のリズムが気に入っていた。ゆったりしていて、規則正しく、半ば眠っているようなリズムが。

ほら、インテリ風のつぶれた帽子をかぶった農夫が、空バケツたった一つを手押し車に載せて運んでいく。まるでバケツにミルクがなみなみと入っているかのような慎重な運びようで、窪みや、道にこぼすのが恒例になっている炭の燃えかすの塊を丁寧に避けていく。ところが、はたと足を止めたかと思うと、手押し車を放り出し——バケツがひっくり返る——、ムランカ川の上に立ち並ぶ背の高いポプラの木々をじっと見つめた。そこでは、コクマルガラスどもが罵り合い、場所から場所へと飛び移りながら、寝床にありつこうとしている。農夫はさも興味深そうに、無我夢中のていで見ているので、毎夕起きるこの光景をこれまで一度も見たことがなかったのかと思えるほどだ……。今度は二人の中年女性がばったり出会い（二人のことは知っていて、お互い一〇軒離れたところに住んでいる）、車道のど真ん中で立ち止まり——歩道それ自体は地元にはない——、まるで数か月ぶりに再会したかのように、ひたらすら話しつづけている。実際、たまに通り掛かる車はというと、物思いに耽る牛にでも出くわしたように、おとなしく彼女たちを避けていく有り様だ。

僕は薄笑いを浮かべて辺りを眺める。自分がこれらの人々からますます遠ざかっていくのを感じる。今や、ため息や間投詞がふんだんに差し挟まれ、たえずてにをはがもつれている彼女たちのたどたどしい会話は以前よりかなり不快で、たんに貧相か、あるいはあまりに都会的すぎて無様な服装は滑稽だ。これらミニスカート、スーツにネクタイ、極細ヒールの靴の背景にあるのは曲がった柵であり、その下には石炭がらが撒き散らされた通りがある……。僕は心底ガキどもを憐れむようになった。彼らの将来は、荷物運びとして店に突っ立っているか、市場でたかるか、よくて運転手になるかだ。僕はすらりとした感じのいい女の子の後から同情的に頭を振る。次から次へと決して消えることのない仕事の重みに押しつぶされると同時に鍛えられ、数年後にはきっとでっぷりした大根足の女に変わっていることだろう。百姓家の女には、それがたとえいちばんの怠け者であろうと、設備が整った普通のアパートの主婦とは比べものにならないほどたくさん仕事があるのだ……。

ついこの間までは〈モスクワっ子〉と呼ばれて腹を立てていたものだが、今では肩を竦め、心の中で〈ああ、モスクワっ子だよ。だから何だ？　羨ましいか？〉と尋ねるようになった。そして、ここでひと月も耐えることがもはや重荷で、色々な問題に、たとえば蒸風呂（バーニャ）小屋や畑の灌漑などに関係する問題に苛々させられる。モスクワにも問題は山積しているが、あっちのは別の問題だ……。

今年は友人たちと帰省祝いをしなかった。前回は彼らを〈ヒマラヤスギ〉という喫茶店に集め、いいウォッカや前菜（ザクースカ）をどっさり買った揚げ句、お祝いの代わりに、皮肉交じりの不愉快な質問に答えるはめになった。「ってことは、向こうで生計を立てることにしたってわけか？」「給料はどうなんだ、ドル払いなのか？」「あれだ……何だっけ？……トヴェルスカヤ通りにアパートはまだ買い足してないのか？」

八年生の後で放校になり、トラクター運転手の訓練も途中でやめ、今は妻が市場で魚の燻製を売るのを手伝っているジームカ・グルシェンコフは、意地悪そうにずっと驚いていた。「じゃあ何か、誰かの作文を読んで、それで二万もらえんのか?! へへへ、そんなカネがもらえんなら、俺だって喜んで読んでやるぜ！」僕は内心やつにこう答えた。〈見たところ、お前は文字も忘れたんじゃないか。読者さん〉

そう、僕の友人たちは読書愛を持ってはいないが、それはいいことだ。僕は彼らについてかなり忌憚なく書いており、そのせいで顔面を叩き割られてもおかしくない――それはともかく、彼らには自己愛は掃いて捨てるほどあり、どうやら、多少なりとも立派な生活の見込みが少なくなればなるほど、自己愛は強くなっていくらしい……。全体として、帰省祝いは僕に何の喜びももたらさなかったので、今回はしないことに決めた。

この七月は忙しく、言うなれば社会活動で埋め尽くされることになった。僕が最初の短編を何作か載せた地元紙『希望』の記者が、僕の帰省を知って駆けつけ、ベンチですぐさまインタビューを行い、写真を撮った。その後は図書館に招かれ、女性司書や教師たちと文学や首都の文化的生活（実はどこにも出かけないのでろくに知らないのだが）、そして人生一般について対話を行った……。それから、町のテレビ局でインタビューがあり、僕の本が郷土博物館に寄贈された……。ただ慣例的に（前々世紀中葉から）存在しているらしい町のドラマ劇場の女優をやっている妹が、柄にもなくもじもじしながら、監督が僕に会って、僕の新作を舞台にかけるために読みたがっていると伝えてきた。かつて僕は彼に戯曲と脚色作品を持っていき、すげなく突き返されたことがあったので、今度は妹に向かってしぶしぶ答えた。考えておこう……。晩には父がグラスを掲げ、「さあ、ロマン、お前の成功に！」といつも同じ乾

杯をし、母はしきりに幸せそうに泣いていた。僕の方は……。インタビューやその他の注目のしるしによって、自分がどんな状態になったと言えばいいのだろうか。もちろん嬉しいし、満足感もあるが、そこには寛容の念も混ざっており、ほとんどお遊びに近い感覚だった。何しろこうしたインタビューは、四段組で、小判、三分の一が広告と祝辞と死亡広告から成る地方日刊紙のための、あるいはおそらく誰も見ないようなテレビ局のためのものだったのだから……。

実を言うと、僕は今ここで何もしたくなかった。ただ平穏が欲しかった。インタビューや面会のためには入念にひげを剃り、きちんとした服に着替えないといけない。面倒な畑仕事はほとんど無意味に思え（モスクワで入り用な物はすべて市場で一年の好きなときに買うということに慣れきってしまったのだ）、父の乾杯や母の涙は腹が立つばかりだった。そして僕はますます頻繁に独り〈クリンスコエ〉の瓶を手にベンチに座り、〈キリヨーシキ〉をぼりぼり貪るようになった。産卵した雌鶏と雄鶏の気紛れな鳴き交わしに心地よく耳を傾けたり、神のみぞ知る品種の交配によって生まれた滑稽なブサイク犬を嘲ったりする……。時おり教会の小さな鐘楼で、まるでアルミニウムを叩いているように虚ろな鐘の音が鳴りだすと、何やら感傷的な悲しみややるせなさを感じ、思わず哀れっぽく泣いてみたくなった。

気だるげに、まるで他人事のように、僕は将来に想いを馳せた。成功は成功、本は本、モスクワはモスクワ、八〇〇〇の給料プラス原稿料、ベルリン、賞、しかし一方では……。ここで僕はモスクワっ子と呼ばれているが、モスクワでの僕は正真正銘の田舎っぺで、この種の人間の欠点をすべて備えている。

僕は大量の人間の中にいるとどうしていいかわからなくて呆然となり、二〇分も地下鉄に乗っていると搾られたレモンみたいにぐったりする。モスクワ芸術座（ムハート）やトレチャコフ美術館は以前と同じく遠い存在だ。僕にとって最良の時間の過ごし方は、自宅の部屋（相変わらず大学の寮に住んでいる。アパートを借りる金はあるが、探す気力がまったくないのだ）に閉じこもり、読書したり、ラジオを聴いたり、夢想したりすること……。もう三十路を越えたが、妻も子どももいない。もちろんモスクワに知り合いはたくさんいるが、皆、文壇内の仕事上の知人で、なぜか友人は現れずじまいだった……。

ベッドに横たわりながら、モスクワを去り、あるいは故郷に戻って、大きな畑つきのしっかりした百姓家でも買おうかと計画するが、すぐさま自問する。〈でも、あそこで何をすればいい？　せいぜい『希望』に就職し、公共や犯罪の問題について、劇場の初演について記事を書いて一万もらうのが関の山だ。他にどんな道がある？〉僕たちの学年は他都市からの学生が二〇人ほど卒業証書を受け取ったが、地元に戻ったのは一人もいないようだった。

それに加えて、向こうじゃ長続きしないこともわかっている。遠くが恋しくなることが一つ、この地区中心街で暮らさないといけないことが一つ。僕の同級生の友人たちを取り上げてみよう。早々と結婚して子どもを二人か三人もうけ、本人たちは一五歳の頃のままのようだが、攻撃性だけは増している。とくに普通の仕事を探しているわけでもないらしく、ストライプのジャージに白いタンクトップ姿で歩き回り、ひげも剃らず、怠惰だ。一日の半分は酒瓶のことを考え、あとの半分は淀んだムランカ川の岸辺で酒瓶を握りながら、〈ホンダ〉と〈ヤマハ〉のどちらがよりイケているかを言い合っている。

その代わり、嫁さんは……。嫁さんに関しては連中が羨ましい。タフで、従順で、おそらく無限に我慢強い。ただ一つ悪い点は、早々と老けるということだ……。あのジームカ・グルシェンコフのところがまさにそうだ……。

〈ゴールデン・ヤーワ〉の煙草を買いに市場に行ったところ、やつの嫁さんのナターシカに会った。彼女は二歳くらい年下で、つまり三〇近くということになる。感じがよくてそそる女の子で、ミニスカートが大好き、ディスコではきれいに踊り、新鮮な藁の色をした髪をお下げに編んでいたのを覚えている。それが今では、髪は薄くなり、ふっくらした顔はカサカサ、そのくせ肩から下は膨らんでいる。暑さのなか傘に隠れて売り場に座り、燻製にしたサバとシシャモから蠅を追い払っている。両脇には、痩せて、耳の大きな――ジームカ似だ――子どもたちがいる。一〇歳くらいの女の子と、就学前の小僧。「やあ、調子はどう?」と僕は挨拶した。「ああ、こんにちは!」彼女はただぽかんと座っているところに変化がついたことを喜んだ。「べつに変わりないわよ、何も。そっちはどう?」「同じく」と調子を合わせて答える。「そこそこだね。ところで、旦那はどこ?」「そこら辺でしょ」ナターシカはトマトやキュウリやキャベツが並んでいるカウンターの列や、人でごった返している露天やキオスクに向かってうなずきかける。「どっかほっつき歩いてるんでしょ」しかしその言い方に棘はなく、むしろ、そうは言ってもほっつき歩いてばかりいられないぐうたら亭主に対する同情がこもっていた……。「そうか」僕はため息をつき、自分でも思いがけず驚きを声に出していた。「どうしてそんな男に耐えられるんだ、ナターシカ?」「仕方ないでしょ」彼女は従順な笑みを浮かべた。「どこに行けばいいのよ、潜水艦の中にいるようなものなのに……」

五分後、僕は彼女の旦那を見かけた。上半身裸で、緩いスウェットパンツを穿き、髪型は地元で流行っているやつ――三ミリカットで、額の上で前髪が逆立っている。ビール店のそばに立ち、右手にはビールのコップ、左手には周りを囓った一尾三ルーブルのカワスズキ。幸せそうなツラ。

ナターシカのことはずっと昔から知っていて、一七くらいの頃から市場に出ていた。ここでジームカはどうにかして彼女をたぶらかし、結婚したのだ。僕はある中編でナターシカを、丈夫で、健康で、魅力を失ってはいないが、まったくそれに相応しくない暮らしを送っている娘の典型として描いたことがある……。近頃では、誤って過ぎ去った青春を嘆くことになるのは、彼女ではなく、僕の方だという気がしはじめている。

孤独に倦み、そこからの出口を見つけようとしながら、ナターシカみたいな娘に出会えたらと夢想する。そうしたら、首都のことなど歯牙にもかけず、故郷の町かチュフロマ（コストロマ州北西部の都市）だかに百姓家を買って農場を経営しながら生活するか、あるいは、従順で働き者の妻を首都に連れていくかしよう。映画でアフォーニャ（一九七五年のソ連のコメディ映画の主人公。やさぐれた性格で、仕事もせず一日中ほっつき歩いている）が幻に見たような妻を……。だが、それから妻がどうなるかを、いかに早くでっぷりした女に変わってしまうかを想像して、願望はしばし失せる。そして今度は、どこぞのモスクワっ娘が僕に食いつき、愛するようになり、作家の忠実な友になるという希望が現れる。二人で金を集めて貯め、ローンでマンションを――将来の子どものことを考えて部屋は二つがいい――買い、普通の家族になる。夏はマラホフカ（モスクワ郊外の有名な別荘地）に別荘（ダーチャ）を借りよう……。

女の子をめぐる考えにすぐさま心が掻き乱され、僕はベンチでごそごそしはじめ、瓶を振った。空っぽだ……。どっかのクラブに行って、ビリヤードをやって、地元のカワイコちゃんにカクテルでも奢ってやりたい気分になった……。行くか？　最近、地元に悪くないクラブがオープンしたという話だが……。ジームカ・グルシェンコフを連れていこう――低脳で貧乏だが、人と知り合いになるのは得意だ、やつにはその才能がある。ひょっとしたら、僕もやつと……。そこで自分の運命を見つけるかもしれない。スリムで内気ないい娘を……。モスクワが何だ？……。七年経ったが、この分野じゃちっとも進展がないじゃないか。

そして、馬鹿なことをするなという合図のように、地平線上にわが町の典型的な地元女性が現れる。四〇歳（モスクワ基準ではいちばんの盛り）になったばかりだが、すでにぶくぶく太り、脚は大根、つねに不安げな面持ちで、鐘を思わせるワンピースを着ている。ふらふら歩きで、職場からの家路を急いでいる。緊急の用があるのだろう。畑に必ず水をやるとか、豚の餌を混ぜるとか、雑草を抜くとかしないといけないのだ。もっとも、彼女の地位は下っ端ではなく、郵便局長だ。うちと同じ通りのお隣さんで、ほとんど子どもの頃から見かけているが、名前と父称だけは思い出せない。正直言って、知人が山ほどでき、皆が名前と父称を持っているので、すべてが頭に収まりきらないのだ……。

並ぶところまで来て僕の姿を認めると、近づいてきた。

「こんにちは、ロマン・ワレーリエヴィチ！」そう言って、バッグをベンチの端に置く。

「こんにちは！」

「戻ってきて長いの？」

「ほぼ二週間です」

彼女は幾度かうなずき、恒例の長いため息をついた。新たな質問をする——去年も、一昨年もした質問を。

「それで、創作活動の調子はどう？」

僕もいつものように答える。

「ぼちぼちです。どうも……。そちらの生活はどうです？」

「うちもべつに、何も……。まあ、昨日だけは大変なことが起きて、すっかりへとへとになっちゃったんだけど」

「へえ……」

「ほらあなた、ロマン・ワレーリエヴィチ、信じられないようなことが起きたのよ。いまだに体中が震えるわ……」

彼女の愚痴を聞く気はもちろんなかった。ひげを剃って着替え、クラブに行ってみようという気になっていたのだからなおさらだ。だが、郵便局長はすでに柵の薄板に大きな図体を凭れ掛からせ、口を開いていた。

「何て言えばいいのかしら……。でも、これはとんでもない事件で……」上唇や額に浮かんだ汗のしずくをハンカチで拭き、またもやため息をつく。「はぁ、要するにね、昨夜、第三郵便局の女性配達員が駆け込んできたわけよ。息を詰まらせて、泣いて、言葉を話すこともできない。私は言った。『いったいどうしたの？』コルヴァロール（精神安定剤）を飲ませたら正気に戻ったみたいだったけど、さもなきゃ救急車を呼ばないといけないところだったわ」

そう言って一息ついたが、まるで彼女自身が息を詰まらせているかのようだった。僕は間をとらえ、礼儀上勧めた。

「お掛けください」

「いやねえ、いいのよ！　すぐに話して走っていくから。夕食を作らないといけないの。そこでコイを

買ったから、焼き魚にしたいのよね、とんと魚を食べてないし……。でね、彼女は正気を取り戻して、こう言うわけよ。家を回って年金を支給したり、為替を渡したりしていた。とある家まで来て、台帳を取り出してみたら……」

即座に、〈為替は自分で受け取らないといけないのでは〉というツッコミがパッと脳裡に閃いたが、話を遮ろうとはしなかった。

「台帳には、二人の別々の人のところに〈一五〇〇〉と〈一万五〇〇〇〉が並んでたの。彼女はちゃんと〈一五〇〇〉にチェックを入れたのに、数えて取り出したのは一万五〇〇〇。主婦はサインしてお金をもらい、配達員は先へ行く。もう何軒か支給してから、一万五〇〇〇が必要な家まで来た。見ると、手元には何もない。小銭がいくらか残ってるだけ……。恐怖のあまり路上でそのまま倒れそうになったそうよ。彼女のお給料は二、三〇〇。彼女にとってはものすごい支払い額だわ！……　誰に一万五〇〇〇を渡したか思い出して、その家に駆け戻った。「こうこうこういう訳で、間違って一五〇〇の代わりに一万五〇〇〇渡してしまいました。どうか返してください！」ところがその主婦ときたら、「渡したのは渡したんだから。ありがとさん！」「いったいどういうことですか?!」相手はただ肩を竦めるばかり。「それはお宅の問題でしょうが。覆水盆に返らずだよ……」そして木戸をバタンと閉め、閂を掛けてしまった」

タイヤの空気が抜けた連結車を引く〈ベラルーシ（〈ミンスク・トラクター工場〉が製造するトラクターのシリーズ）〉が、轟音を立て、煙をしゅうしゅう吐き出しながら道を通り過ぎた。お隣さんの声がやんだ。時計を見ると、六時半だ。

「ひどい話でしょ……。どうすればいい？　私のところに駆け込んできて、事情を洗いざらい話して、

泣いたわ。台帳と、鞄に残った小銭を見せてくれた。私が台帳を見てみるとね、彼女がお金をやった人の苗字に見覚えがあったのよ。カンダコフ。通りを調べてみると、やっぱり！　それはね、私のお友だちのゾーヤの家だったの。一緒に育ったと言ってもいいくらいよ。その後で私は夫の家に引っ越したんだけど、彼女はそこに残った。私は配達員に言う。「仕度して、その家に行くわよ」「でも、あの人たちは聞く耳を持ちません。お前の問題だ、で終わりです」「大丈夫。それって私の友達の家みたいだから、返してくれるわよ」それで、二人して出かけたわけ。配達員は何とか少し元気を取り戻したわ」

　僕は〈ヤーワ〉の箱を取り出し、煙草を一本振り出すと、ライターでカチッと火をつけた。話し手の気まずいほど悲しげな眼差しと目が合ってしまい、わなわな震えている蒼ざめた唇に飛び移ると、機械的にうなずきかけ、額をじっと見つめた。まるで、彼女を見ながら、実際にはほとんどその脇を見ているかのように……。

「たどり着いて、扉をノックするでしょ。ゾーヤの母親が出てくる。私は挨拶をして、事情を説明しはじめた。「こうこうこういう訳で、だからこうなったんです」向こうはもう最初の言葉の後で、「だから何さ？　あげたもんはあげたんだから、それでおしまいでしょ」「オーリャおばさん、ひょっとして、私のことがわからないんですか？　私です、イリーナです、ほら、ここの向かいに住んでた。今は郵便局長なんですよ」「ああ、気づいたよ、気づいた。決まってるじゃないか……」だけど、声の調子はどことなく和らいだ。「ただね、そのお金はうちにはもうないんだよ。ゾーヤが弟に送りに行った。あの子はちょうど車を買うところでね」「どうやって送ったんですか？　いつそんな時間があったんです？」「まあね、時間はあったんだよ」配達員が呻きだすのが聞こえて、そこで私はオーリャおばさんの良心

に訴えることに決めた。「彼女は何年も、どんな天気だろうと新聞や年金をお宅に届け、これまで一度も休暇を取らず、旦那は工場を馘になって……」するとお婆さんはまた、「それは彼女の問題だよ。働くのだって、そんなことじゃなくて給料のためだろ。旦那と言えばね……。ゾーヤは怠け者の旦那をひと思いに追い出したけど、正解だよ。どうってことない。だけどお金ってのはね、諺で言う通り、覆水盆に返らずなんだよ」

この物真似を交えた詳細な話に頭が重くなりはじめ、ベンチに座っているのがさほど心地よく思えなくなった……。とはいえ、最後まで聞く妨げにはならなかった——ひょっとしたら、役に立つかもしれない。どこかに挿入するとか、あるいは別個に短編を書くとか。

「それで私たちは引き返したんだけど、まるで唾でも吐きかけられたみたいだったわ。この上どうすればいいのやら、皆目わからない。警察に訴えたいくらいよ……。恥ずかしい話だけど、配達員にも腹が立つし、あのカンダコフ家の人たちのことはなおさら腑に落ちない。家も庭も問題ないようだし、お婆さんは礼儀正しそうで、とてもはした金のために人殺しができるような飲んだくれには見えない。なのに、棚ぼたで急にあの一万五〇〇〇を手に入れたら、もうおしまい。死んでも放さない……。はぁあぁあぁ……」局長はため息をつき、悲しげに首を振った。僕はそれに劣らず長く複雑なため息で応じた。

「うぅぅんむ……」

「ほとんど通りの突き当たりまで来たところで、ここにカンダコフ家の息子のお友だちが住んでるのを思い出したの。家具工場の技師よ。彼ならきっと、息子のクラスノヤルスクの電話番号を知ってるはず。私は配達員に言う。「そこで待ってて、この家にちょっと寄るから。何かわかるかも」彼女を連れて行くのは怖かった。だって、誰もがびっくりするような顔をしてるんだもの。まあ、それでノックしてみると、犬っころがキャンキャン吠えだした。ノックしながら考える。どうしてノックしてるの？　きっと職場だわ。ちょうど真っ昼間だもの。いいえ、木戸が開いて、本人みずからのお出まし。ひげもじゃで、生気のない感じ。「何の用ですか？」私が自己紹介すると、相手は思い出して、ちょっとだけ生きしたわ。彼ともそこで一緒に育ったのよ。「こうこうこういう訳で、ヴィクトル・カンダコフのクラスノヤルスクの電話番号が必要なの。ひょっとして、あなたのお家にないかしら？」「どっかにあったな、どっかにメモした。でも、ゾーヤのとこで聞けばいいだろ。あいつなら正確に知ってる」「行ったけど、家にいなかったの」嘘をつくしかなかったってわけよ、いやはや……」

僕はまたも同情的にうぅむと唸った。フィルターまで吸った煙草を足元に捨てた。哀愁を込めてビール瓶を一瞥する。

「それでまあ、家の中に入って一〇分くらい出てこなかったわ。ひどい暑さで、悪寒がしそうなくらい。うちの配達員は炎天直下で突っ立ってふらふらしてる。このうえ卒倒するなんてごめんだわ。技師を待ちながら、もし電話番号が見つからなかったらこの先どうしようか考える。彼女の過ちを帳消しにするには、全職員から一〇〇ルーブルずつ徴収しないといけない。だけど、その上、みんながうんと言ってくれる保証はどこにあるの？　みんな、かつかつの生活なのに……」

「まさにその通り」と僕は口を挟んだ。

お隣さんの最後の言葉が、思いがけず僕にアイディアを思いつかせたのだ。

こういうのを書いてみることは充分可能で、内容はラスプーチンの『マリヤのための金』（ソ連の農村派作家ワレンチン・ラスプー

チン（一九三七～二〇一五）の中編。コルホーズの売店の売り子マリヤが多額の不足金を出し、夫が金集めのために奔走する）』に近いものになるだろう……。そう、ほとんど同じだが、もちろん今日の時代を考慮に入れる。よし……。そして、三十余年を経ても何一つ変わらず、むしろひどい有り様に、無慈悲になったことを示す……。大丈夫だ、ラスプーチンの中編に似るのはいい――今はリメイクが大流行りで、完全な百パーオリジナルよりも、そっちの方が食いつきがいいのだから。

「立って待ってると、やっと戻ってきた」郵便局長の声が僕を夢想計画から連れ出した。「メモ帳を持って。「どっかに書いたはずなんだが、まだ見当たらない」一緒に一ページずつ見はじめたんだけど、これがものすごくゴチャゴチャしてるの。「ああ、これじゃ一週間かかっても全部調べられない」そんな考えが浮かんだ途端、おやまあ、〈ヴィーチカ・カンダコフ〉って名前が見えるじゃないの！　クラスノヤルスクの六桁の番号も。私が書き写すと、この技師は私の耳に囁いた。「〈ジグリョフスコエ（ロシアのビールの銘柄）〉代を貸してくんない？　頭が痛くてよ、ちっとも力が出ねえんだ」あげたわよ、もちろん。仕方ないでしょ……」

　僕は理解を示してうなずいた。

「でまあ、電信局に駆けつけて、申し込んだわけよ。奥さんが言うには、今は不在で、職場だって。帰るのは八時以降。私は配達員に、「いいわ、あなたは家に帰って横になりなさい。私が一人で連絡をつけるわ。上手くいけばいいけど、ダメなら、他にどんな手が打てるか考えましょう」彼女ときたら、まるで私に牢屋にでも送り込まれるような目をしてる。でも、帰ったわ。私は自分の職場に戻った。もう仕事どころじゃない。自分が震えちゃって、いろんな考えが山盛り。カンダコフ家のこと、あのアル中になっちゃったらしい技師のこと、そしてその他諸々……。時計から目を離さず座ってる。私自身の勤務時間は六時までで、旦那は七時頃に帰ってくる。帰ってくると私はいない、夕食もない、イライラ、大げんか。そう考えて六時に家に駆け戻り、娘とさっとジャガイモを茹で、そこに肉の缶詰を流し込んだ。旦那が帰ってきて、私が洗いざらい話すと、旦那はひどくびっくりして言うのよ。「なんでお前が心配するんだ？　お前に何の関係がある？　悪いのは完全に配達員じゃないか」「どうしてなの？　三〇年間ひとりの人間が働いて、にっちもさっちもいかなくなったのよ。今に裁判にかけられるかもしれないのよ？」「たとえ裁判にかけられるとしてもだ。他の連中の方がよく気がつくさ。それに、今は裁判なんて関係ないだろ、ちょっとびっくりするじゃないか……」はぁ、要するにね、危うく喧嘩になるところだったわけ……」

〈あと一五分はしゃべる気だな〉僕は横目で時計を見て思った。〈また喧嘩になるぞ。きっと旦那が帰るまでに魚を焼く時間はないだろうし〉

「もうけっこう、私は電信局に駆けていった。電話を掛けながら、まるで間違いをしでかしたのが自分みたいに震えてる。長いブザーが長いこと鳴って、一つ一つの音がまるでナイフのよう……。やっとのことで出た。男の人で、とっても低い声よ。私はすかさず言う。「こんばんは！　ヴィクトル？」「そうですが」と受話器の向こうから。「ヴィクトル、こちらはこうこうこういう人間。覚えてる？」「まあ」即座に警戒したのが聞き取れたわ。「ゾーヤが今日、あなたにお金を送ったでしょ？」向こうはまた、「まあ。だから何なんですか？」「それはあの子のお金じゃないのよ！」私は洗いざらい説明を始め、向こうは遮ることなく黙って聞いてる。「それでね、配達員は中年の女性で、三〇年間非の打ちどころのない仕事をしてきたのに、それが今、裁判にかけられてもおかしくない状態なのよ。そんな金額を支払う

ことは生涯できっこないから」ヴィクトルは私に、「仕方ないでしょう、それは彼女の問題です」またこのいまいましい〈問題〉。ほんとに腹が立つわ。ちょっとしたことで、「あなたの問題だ」、「彼女の問題だ」って。上手い言い方を覚えたものだわ……。「ヴィクトル、でもそんなの良心に反するわ。そんなのダメよ、誰かの過ちを犠牲にするなんて」それで、人と人との関係について、ありとあらゆることについて話しはじめたんだけど、彼ったら急に、まるで鎖を切ったみたいに、いきなり私を罵りだしたのよ、いきなり！「クソッタレが、まだ口出しする気なら、こっちから出向いてやる、このアバズレ、ケツをボコボコに蹴って、てめえは便所を逃げ回ることになるぜ！いいカモを見つけやがったな！こっちから出向いて、その金を工面してやらあ！痛い目を見ることになるぞ！」受話器を放り投げたかったけど、そこでパッと頭に浮かんだの。「いいえ、痛い目を見るのはそっちよ」そして、嘘で脅かすことに決めたってわけ。はぁあぁ……」お隣さんは自分に向かってそっと何か短くささやき、そして続きをべらべら話しだした。「「さて」と私は堅苦しい声で言う。「お隣さんのよしみで友好的にいきたかったけど、どうやら上手くいかないようね。私が電話したのは、あなたの友達か何かとしてじゃありません。何と言っても、私は町の中央郵便局の局長です。電話はテープレコーダーに繋がれており、この会話は録音されています。これからカセットを地区内務課に持っていき、向こうで処理してもらいます。あなたの母親は詐欺師になり、あなたは脅迫罪に問われます。さようなら、ヴィクトル」そして受話器を掛ける振りをすると、そこから叫び声が、だけどもう粗暴ではない声が聞こえてきたの。「待って！　待ってくれ！」「まだ何か？」もうすっかり冷淡に答える。「あの、謝ります、ついカッとなって。職場で嫌なことがあったもので」「それは理由になりません」「それはわかってます」ため息。「要するに、明日、母があなたのところに行って、話します」ここで態度を軟化させたらダメだと感じて、同じ調子で、「何について？　もう話すことはありません」すると、彼の声は逆にすっかり哀れっぽくなったわ。「母がすべてお返しします。これから電報を打ちますから。あなたに会えるように、住所を教えて下さい、時間も」」

あたかもこの会話の緊張を改めて味わったかのように、お隣さんは重々しく呻き、ハンカチで顔の汗を拭い、足を踏み換えていた。

「どんな電報を打ったのか知らないけど、翌朝一〇時にお婆さんがお金を持って駆け込んできたの。「一万四三〇〇です。これで勘弁してください。貧乏で分別がつかなくなったんです。七〇〇ルーブルはすぐに使ってしまいました。電気代と地租を払って。ゾーヤは自分に香水を買いました……。私が年金から返します。それか、息子が送ります。それでいいですか？」「いいえ。ここにまだ八〇〇あります。一五〇〇はあなたの年金ですから。すでに台帳にサインもありますので」そんなことを厳しい口調で言いながら、嬉しくてならなかったわ。お婆さんが帰るなり私は配達員のもとへ駆けつけ、彼女はすぐ、この不幸な一万五〇〇〇を受け取るはずだった人たちに自分で届けに行った。彼女を休暇に出す必要があるわ――普通に休息させてあげないと……。というわけなの……。ロマン・ワレーリエヴィチ、人生は何という筋書きを与えてくれるのかしらね」

僕も「ふぅむ」とため息をつき、そして言った。

「哀れな連中だ……。あんまり馬鹿になりすぎて、「いいえ、私たちはちゃんと一五〇〇受け取りましたよ、後は何も知りません」と言うだけの想像力もない。それで終わりで、誰も証明なんかできっこないのに。厚かましさは掃いて捨てるほどあるくせに、おつむの方は……。連中め、とことんまで畜生に成り下がったな」

ひょっとすると、僕はまだ反応を続けたかもしれないが、お隣さんの視線に出くわした。彼女は当惑と何やら嫌悪らしきものが込められた目で僕を見ていた。僕の方を。僕は口を噤み、何かよくないことを口にしたと悟ったが、目は逸らさなかった。数秒間、僕たちはお互いの瞳のまさに一点を見つめ合っていた……。

「まあいいわ」郵便局長はハッとして、わざとらしくせかせかしだした。「すっかりおしゃべりに夢中になっちゃった」ベンチからバッグをつかみ、僕の方に顔を向けずに会釈する。「さようなら」そして、太い脚をさっささっさと動かしながら歩きだした。

僕は肩をすくめ、煙草に火をつけた。散歩したくなくなり、ましてやクラブに行く気など失せた。またどこぞの酔った低脳にからまれることだろう。何しろ、ここではよそ者は好かれないのだ。できることと言えば、売店まで行って、〈クリンスコエ〉の瓶を買うことだけ……。

話は全体として気に入った。これをもとに悪くないものが書けるかもしれない。そうとも、悪くない。ただ、問題はディテールだ。ディテールを知る必要がある、さもないと嘘臭くなる。それは間違いない……。ほら、たとえば、あの一万五〇〇〇は何だったのだろう——本当に為替だったのか、それとも別の何かだったのだろうか？　郵便局はどう分類されているのか？　本局の定員数は？　他にも疑問がある。もう一度話すことができればいいのだが。

僕は木戸のそばでお隣さんを待つようになり、彼女は二度、六時過ぎにそばを通り掛かった。話をしようと僕は大声ではっきりと挨拶したが、彼女はあの時と同じように別れの会釈を返し、顔も向けなかった……。僕の言葉がそれほど気に障ったのだろうか？　何かそんなことを言っただろうか？……。奇妙だ。少なくとも、何だか素朴で滑稽だ。

訳者解説

一九七一年生まれのセンチンは、二〇〇〇年代に台頭した「新しいリアリズム」の潮流では年長世代に当たる。地方に移り住んだ平凡な一家の破滅を描いた長編『ヨルトゥイシェフ家』（二〇〇九）が話題を呼び、国内の有力な文学賞に相次いでノミネートされた。受賞こそ逃したものの、〇〇年代ロシア文学を代表する一作であることは間違いない。同じ「新しいリアリズム」の作家でも、過激な政治的アジテーションを好むプリレーピンなどとは対照的に、センチンからはあくまでストイックな文学の求道者という印象を受ける。

短編「よそ者」（二〇〇四）は、著者の分身的な語り手を通して自身の来歴を伝える半自伝的な作品だ。地元を飛び出してモスクワで作家として成功した「僕」は、結果的に都会でも田舎でも居場所を失い、根無し草的な存在となる。安易に救済や解決を描かず、出口なしの状況を冷厳に見据える眼差しこそ、センチン文学の真骨頂と言えよう。

戯曲

四人のナース（抄）

Сестра четырех

エヴゲーニー・ヴォドラスキン

松下隆志 訳

二幕の戯曲

登場人物
フンギ、三五歳
作家、六四歳
議員、四三歳
医者、四一歳
ナース、年齢不詳の女性
精神科医、エイジレスな婦人
警官、壮年の男性

［第一幕のあらすじ］

未知のウイルスのパンデミックに見舞われた世界が舞台。〈アルベール・カミュ記念隔離病院〉の一室に、菌類を意味する〈フンギ〉という名のピザ配達屋の男が入院している。病室のラジオは世界のウイルス情報を伝えつづけ、壁の外では不気味な斧の音が響いている。

そこに、とある有名な〈作家〉が〈医者〉と〈ナース〉に伴われてやって来る。作家は実は先日妻と別れたばかりだと告白する。それに対してフンギは、結婚前の妻が、配達予定のピザの箱にピザの代わりに作家ゴーリキーの『母』をこっそり仕込み、何も知らない彼はそのまま箱を依頼人に配達してしまったが、その出来事がきっかけで二人は結婚することになった、というエピソードを披露する。

その晩、二人は酒を酌み交わす。フンギは作家の助言を受けながら、ウイルスの中国起源説に基づいた陰謀論めいた物語を考え出す。それによれば、ある正体不明の破壊分子がウイルス入りのフナを天安門広場で人々に配り、ウイルスの残りを川に流した。その後、スンという中国人の男が、落とした妻のヘアピンを拾うためにまさにその川に入り、ウイルスに感染する。同じ頃、スンの妻バオジェイは天安門広場でウイルス入りのフナを受け取っており、こうして感染は夫婦から周囲の人々へ爆発的に広がっていった。酔ったフンギと作家はこの荒唐無稽な小話を〈伝染性の笑い〉と名づけ、非常事態省はじめその他の官庁や企業にメールで送りつける。

翌朝、新たに〈議員〉が病室にやって来る。議員は相部屋に入れられたことに不満を漏らしたり、作家に教育論を吹っ掛けたりする。ラジオのウイルス報道にうんざりした作家はラジオを床に投げつけて壊す。続けて、今度は医者が新たな患者として病室に加わる。四人の病人はひとしきりウイルス談義をした後、酒盛りをする。ウォッカを探しにベッドの下に潜り込んだフンギは、そこに大きな鎌があるのを発見する。宴もたけなわ、ナースが病室に入ってくる。彼女は、鎌は自分のもので、自分は四人に死をもたらしにきた死神だと告げる。

第二幕

四人の患者が自分のベッドに座っている。彼らの前ではナースが椅子に跨がって座っている。

フンギ　あなたは本当に死神なんですか？

ナース　ええ。本当よ。死神。

作家　実に不条理演劇さながらだ……。しかし、どうしてそんな……（鎌を指し示す）アイテムを？　われわれを怖がらせたいのか？

ナース　あなたたちときたら、まるで私なんていないかのように生きてるでしょ！（泣く）死のことが頭にあれば、あなたたちみたいな生き方はできないはずだから。

議員　君がわれわれに何を求めているのかさっぱりだ！　たえず死について考えるなどできるわけがない！　真っ先に考えるべきは生だ――そうですな、皆さん？

ナース　死は生の一部よ。ごめんなさい、鎮静剤を飲むわね……。（服用する）

作家　（ナースに近づき、彼女の頭を撫でる）まあ、落ち着いて、落ち着いて……。（彼女の脳天にキスする）さよう、われわれが俗悪な生き方をしているのは同意するが、どうすればいいのかね？

ナース　あなたたちは私に、これっぽっちの敬意も（声が弱々しくなる）……払ってくれない！　暮らし向きがよくなればなるほど、私のことは奥深くに隠してしまう！　ヨーロッパではもう棺を開けたままお葬式をしないってご存じ？

医者　初歩的な衛生だ！

議員　ひょっとして、君は死体を公衆の面前で焼くことをお望みなのかね？　それなら、どうぞインドへ！

フンギ　みんなインドへ！

ナース　あなたたちは私のためにいちばん暗い片隅を探してる。隠すのね、家族パーティーのおばあちゃんみたいに！（鎌を床に放り出す）だけど今は、このウイルスが死をあなたたちの家に連れ戻してくれた。いちばん裕福な国々で、毎朝、数千人の死者が伝えられている。そしてもう、生者がそこから逃れることはできないのよ！

作家　それで、われわれはこれから……どうすればいい？

ナース　最初のお願いは、私に携帯電話と時計を渡すこと。邪魔になるだけだから。

皆がナースに携帯電話と時計を渡す。

議員　失礼だが、われわれはこれからどうやって最新ニュースを知るのだね？　それと、時間は？

ナース　これから私たちが向かうところには、そんなものは何一つないわ。

議員　例外という印象を生むのは望ましくないが、つまるところ私は議員で、任期の終わりまで働かねばならない。

ナース　ご心配なく、私たちが任期を見直します。（メモ帳に何か書き込む）

フンギ　どちらにしても、あなたが死神だなんて信じられない……。

ナース　それは私たちがまだお互いをよく知らないからよ。仲よくなりたい？　今ならできるわ。どうか、あなたが抱擁を避けないことを望むわ。

フンギ　抱き合う前に一〇回は考えないと。

医者　ちょっと待った。アルベール・カミュ記念病院に君はナースとして登録されているのに、さっきから死の話ばかり……。どうも職務規程とあまり一致しないぞ。

ナース　その規程には死神っていうポストがないだけ。

議員　それならなぜ君は、まさにわれわれの病室の――どう表現すればいいかわからんが――世話をしているのだね？

ナース　便利なように一つの病室に集められた瀕死の人たちに私がつけられた。それだけのことよ。

医者　誰がつけたのだね？

ナースは片目で上を示す。

作家　どこか舞台裏で道に迷ったという確たる印象がある。で、他の人々はどのように振る舞うのかな、こういう……役を与えられて？

ナース　色々ね。ある人は自分の子どもの頃を思い出す。信じてくれるかしら、時には胸が詰まるような話も聞くのよ。（目を拭う）またある人は祈る。絶望しちゃう人だっているわ。起きずに寝てるの。涙がこめかみを伝って枕に流れる。時には耳にまで流れ込む。それは耳の形と、耳がどこにあるかによるけど。

議員　私の観察では、耳はみんな同じ位置にあるようだが。

フンギ　必ずしもそうではありませんよ。僕が兵役についていたとき、その、要は、ある大佐がいたんです。耳がこんなすごく高いところについていました。すごく。ほとんど脳天の位置です。耳をぴくぴく動かすことだってできました。

医者　実に貴重な性質だ。

フンギ　軍隊では貴重です。何しろ、あそこには普通の方法では言い表せないことがたくさんありますから。時には耳を動かさないといけないこともあるんです。

医者　それはイソップの言葉（寓意や比喩に富んだ表現のこと）のようなものですか？

フンギ　まあ、そんなところです……。ただ、舌じゃなくて、耳を動かすんです。

議員　教訓的な話だ。（ナースに）ねえ君、どうしてわれわれ皆を集めたのか、尋ねてもいいかね？

ナース（肩をすくめる）対話するためよ……。

作家　それこそ、われわれが一生かけて真面目に取り組まねばならないことだった。

医者　正直言って、大喜びで彼女をここから追い出したいところですがね。結局のところ、私は彼女を解雇する権利を持っている。

ナース（脇を向いて）そんなことは不可能だって、わかってもいない。

壁の向こうで斧の音。それを聞いた作家は咳き込み、嘔吐(えず)く。皆があたふたしはじめ、彼の背中を叩くが、咳は止まらない。彼は何か言おうとするが、言えない。

ナース（皆に）もうやめて！（作家の肩甲骨の下に注射し、彼をベッドに寝かせる）

作家はじっと横たわっている。

医者　恐ろしい。私の考えでは、彼は死にかけている。

ナース　この人が死ぬのは、私たちの会話が終わった後よ。（作家に）お願いだからしばらく死なないでね。（皆に）ねえみんな、どうして固まってるの？　何か話してよ。そうすればこの人もよくなるから！

フンギ　手短に言えばですね、首都から大将が来るんです。点検ですよ。で、うちの大佐は、すべての物が所定の場所にあり、問題ないと報告します。そう言いながら、耳をぴくぴく動かすんです。つまり、問題はないが、すべてがではない、というわけです。もちろん、大将は軍用資産が二束三文で売り払われていることをたちまち見抜きました。

医者　それを——耳の動きで？

フンギ　それだけじゃありません。（声を落として）大将は他にも見抜いたんですよ、たとえすべてに目を瞑ったとしても……。まあ、わかるでしょう。

医者　その話の結末は？　大将はまだ他に何を見抜いたんだ？

フンギ　たいしたことじゃありません。だって、これは大将の洞察ではなく、耳がいかに多くを語るかという話ですから。

議員　ふむ……。有益な情報だ。（ナースに）君はわれわれと何を話したいのだね？

ナース　目の前のことではない、本物の事柄について。

フンギ　世界に本物はとても少ない。偽物ばかりだ。

医者　それなら、本物ではない事柄についてはただし具体的に、ありきたりな文句は抜きで。

ナース　そうね、どうぞ、具体例があるわ……。数日前、フンギと作家が電子メールでとある手紙を送ったの。まったく荒唐無稽な内容よ。全部でたらめなの！　（フンギに）あなたはバオジェイに対して恥ずかしくないの？

フンギ　どうして僕が彼女に対して恥ずかしく感じないといけないんです？

ナース　だってあなたは、女の人に天安門広場を歩かせたりとか、旦那の食事を作らせたりとかしてるでしょ。そんな女の人はいやしないのに。

フンギ　でも僕は、毎晩彼女を夢に見るんです！　現実に見ていると言ってもいいくらいだ！
作家　彼は自分の主人公を感じている。われらがフンギは、作家になるためのすべてを備えている！
フンギ　みんな、僕が一生ピザの配達を夢見ていたと思ってるんだ！
ナース　だいたいがよ、このスパイだとか、陰謀論だとか……。（作家に）死を前にしてこんな馬鹿げたことをやっていて面白いの？
作家　細部が面白い。サワークリームであえた焼きたてのフナ、川面に立つさざ波。スンという名の素晴らしい青年について物語るのが面白いのだ。
（咳き込む）
フンギ　彼は歩いて家に帰った——すっかりずぶ濡れで！　靴の中では水がちゃぷちゃぷ音を立てていた。
作家　そしてこのフナの分配！　整然かつ入念な動き。正確な心理的計算、すべて捌けるという満々の自信。（咳き込む）一匹残らずすべて。
フンギ　配った魚の数を計算しながら、濡れた淫らな唇が動く。きらきら輝き、触角のように震えている。数えながらささやいている。
作家　力強く、際立っていて、やるせない！
議員　これぞ作家の言葉だ。文学の機関車としてのパンデミック。
ナース　あなたたちが考え出した人々は死ぬことすらできない！
作家　まさしく。本物であるわれわれはいなくなるが、彼らは、虚構は残る！
フンギ　わし鼻、細い、まるで鋭いメスのような目、帽子の下からちらっと覗く眼差し。
作家　だが、実際のところ、われわれのどこが本物なのだ？
ナース　まあ、謙遜なんてしないでほしいものね。あなたは本物の作家でしょ、有名人よ。

作家　ところで、知っているかね、この一五年間私が何も書いていないことを？

医者　私はつい最近あなたの本を買いましたよ。まだ読んでいませんが、買いました。今年の日付が入っていました。

作家　それはどれも昔のやつか、昔のやつの焼き直しだ。腰を据えて何かを真剣に書くことはもうかれこれ一五年もやっていない。（咳き込む）不思議だが、死を前にすると、そんなことを告白するのも恥ずかしくない。

議員　そんな何年も書いていないのなら、どこが作家なんです？　ただのフェイクみたいなものじゃないですか。なぜ読者はあなたを――何て言うんでしたっけ？――そう、人心の支配者（詩人プーシキンに由来する表現で、社会に大きな影響力を与える人のこと）と見なしているのですか？

作家　なぜなら、読者は読まないからだ。君が言うように、彼らもまたフェイクなのだ。

フンギ　思うに、すべて論理的ですね。作家は書かず、読者は読まない。ほら、医者は本を買った、でも読んでいない！

医者　ああ、読んでいない。そして、そのことを恥じてもいない。一日二五時間も働いているのだから。

ナース　書かない、読まない、恥じない。

議員　実際のところ、諸君、私は本日の行事のプランを知りたいのだが。

フンギ　教育的性格の行事ですね。参加者一人一人に自分のことを話させるんです……。その後は、チキン・ダンスを踊ります。最後は、焚き火を背に班生活の寸劇を行います。

作家　悪くない考えだ。いちばん面白いのは、自分を演じることだからな。第三者的な視点から自分を見る。実に有益ですらある。

医者　思うに、自分をどう演じようと、善人らしくなってしまうんじゃないかな。私たちはずっと自分を演じている。ずっと善人を。

作家　それなら、課題を難しくしよう。逆に演じるのだ。

医者　それはどういうことです？

作家　つまり、悪人らしくするのだ。ここでは無論、告白が求められる。

ナース　プランについて尋ねたのはあなたよ、議員。あなたから始めることを提案するわ。

フンギ　素晴らしい臨終行事ですね。

議員　仕方あるまい……。先日、信号無視をしてＤＰＳ（〈道路パトロール部〉の略称。ロシアの交通安全監督機関）の監視員に目をつけられたことを告白する。頻繁に信号無視をすることも告白する。いつもは議員証を提示すれば充分で、それで放免されるのだが。

フンギ　そこでは上手くいかなかったのですか？

議員　実は、熱があることがわかったのだ。無論、信号無視なら許されただろう。だが、熱は決して許されない。警官どもはひどく動揺し、私についてくるよう命じた。私はついていった。そして、諸君、私はここにいるというわけだよ！

ナース　フンギはＤＰＳの職員を演じられるわね。議員は議員を。

フンギ（手を叩く）さあやりましょう！

議員　時速約二〇〇キロで爆走中。

作家　どんな気持ちだね？

議員　スピードに酔い痴れている！

作家　もっと！

議員　ＤＰＳの全職員に唾を吐きかけてやりたい！

ナース　信号が見えるわよ……。

議員　信号が見える！

作家　だが、われわれには見えない！　われわれには見えない！　描写して！

議員　前方に赤信号がある。それは地平線に夕焼けのように広がり、空全体を覆う！

作家　フンギ登場！　君は秩序を守っている。彼のように朝食に向かう人々の。

フンギ　そう、もちろんこの赤信号は見えていて、僕たちはDPSの監視所にいる。議員の車も目に入った。彼の目には、交通規則の軽視以外のものは何もない。「何だありゃ、病気かな？」と相棒が僕に尋ねる。「すぐ調べよう」そう僕は答える。

議員　警官どもに止められ、熱を測るよう命じられた。「三八度六分」そう言われた。私は議員証を見せ、連中は確認したが、放免は認められなかった。向こうは二人で、私は三〇〇ドルを提示した。ポケットに入っていた全額だ。諸君にこのことは話したくなかったが……。

ナース　でも、それって賄賂じゃない！

議員　私にもそう思われる。

ナース　それで、彼らはどうしたの？

議員　連中か？　声を揃えて「いけません！」と叫んだ。そして、目を潤ませていた。

作家　冗談を言っているのか？

議員　冗談だとも……。私は連中に三〇〇ドルを提示した。連中は相談し、「それぞれにだ！」と言った。私は、今は払うことができる状態にないと答えた。

作家　というわけで、議員は要求された額を払える状態にはなかった。（フンギに）君の行動は？

フンギ　僕は彼に穏やかにこう言います。そんな状態では行きたいところに行けませんよ。

議員　では、私はどこに行けばいいのだ？

フンギ　あなたが行きたくなさそうな場所に。

ナース　つまり、アルベール・カミュ記念隔離病院ね。

議員　まさしく……。（額の汗を拭く。ナースに）体温計は持っているかね？

ナース　あなたはもう熱を測ったでしょ。まだ測りたいの？

議員　ああ。何だか熱くて。

議員は熱を測り、体温計をナースに渡す。

ナース　わかってたけど、三九度五分。（鞄から錠剤を取り出し、水の入ったコップを持ってくる）解熱剤を飲んで。これは効くわ。

フンギ　一時的に。

ナース　フンギ、ところで、あなたはもう何も話すことがないの？

フンギ　いや、どうしてですか？　僕たちだって何かしら演じることはできますよ。たとえば僕は、賞味期限切れのピザを配達しています。うちの会社はそれをスーパーマーケットから格安で仕入れてるんですよ。（手品師の真似をしながら）ハム一切れとキノコを何かしら載せ、ソースを振り掛けたら、窯へ入れる。

医者　それから？

フンギ　それから、僕が配達します。正直に言うと、僕と未来の妻との衝突を引き起こしたのは、まさにこの件なんです。妻はこのビジネスを気に入っていなかった。

ナース　待って！　それは教訓的なシーンに違いないわ。私、あなたの未来の妻を演じてもいいわよ。（ヒステリックにげらげら笑いだす）

フンギ　いや、今はもう現在の妻ですよ。あるいは、僕たちがもう会えない場合は、過去の妻ということになりますが。

作家　未来は過去の中にあり、だよ。衝突はどのように起きたのかね？

フンギ　いつものように、何でもないことからですよ。その晩、妻はピザの再包装をしていました。そして僕に言いました……。

ナース　こう言ったのね。質の低い製品からあなたは……。

フンギ　いいえ、そんなことは言ってません。これが正確な言葉です。「あなたは糞から弾丸を作りたがってる。そろそろこんなことからは足を洗うべきよ」「なあ、聞けよ、これが最後だから」と僕は提案しました。「仕入れたからには、どうにか捌かないと」妻は落ち着いたらしく、こう言いました。「いいわ。これで最後にしましょう」僕は依頼人の家へ行きます。中年の資産家です……。

ナース　ちょっと待って。（議員を指し示して）こんな感じ？

フンギ　もっと威厳のある感じでしたね。でも、全体としては似ています。同じように人を見下したような話し方でした。

ナース　議員殿、私たちの舞台に参加してくださるかしら？

議員　それはあなたの個人的な頼みですかな？

ナース　そうお考えなら、それで結構ですわ。

フンギ　（議員に）気を悪くさせるつもりはありませんでした。ただ、何となくあの人の方が議員らしかったので。

議員　つまり、君は私が議員だと信じていないのかね？

ナース　カッカするのはやめましょう！　あなたたちに、その、敵意のようなものが現れたのはすぐにわかったわ。ただの死を前にした反目のようなものよ！

作家　感情を抑えたまえ、議員。彼に扉を開けてやって。挨拶して。緊張をほぐすために何か質問してもいい。

議員　（想像の扉を開ける）こんばんは。どこのごみ捨て場でそのピザを見つけたのかな？

ナース　待って、待って。どうやってピザの品質を判断したの？

議員　臭いで。

フンギ　でっち上げないでください。だって、そこにピザはなかったのですから。あったのはゴーリキーの『母』です。

議員　それが臭ったのだ。おいおいおい！　変だぞ……。今、臭いを感じない気がする。

ナース　それは病気の兆候で、そこからあらゆる結果が生じるのよ。でも、どうやってにおいを感じないことがわかったの?

議員　ほら、彼は（フンギのにおいを嗅ぐ）いつも酒臭いから……。

フンギ　そんなの嘘だ！

議員　だが、今は何も感じない。

フンギ　ただこのシーンを最後まで演じたくないだけでしょう、自分が嘘つきだとわかってしまうから。

議員　黙りたまえ！　主義として私は最後まで演じるぞ、たとえ死ぬとしてもな！　その先はどうなった?

フンギ　あなたが私にチップを渡しました。

作家　渡して。

議員は胸ポケットから紙幣を取り出し、フンギに渡す。

フンギ（紙幣をズボンのポケットにしまいながら）ありがとうございます、これは余計ですが。

議員　余計なら、どうして受け取るのだ?　余計なら、返したまえ！（作家に）そうではありませんか?

作家　いいかね、これは逆説の論理だ。フンギは矛盾の人なのだ。そう、彼は金を受け取るが、同時に金に対する無関心を強調する。

フンギ　それから、僕の強い要求で彼は箱を開けました。

作家（議員に）開けて。君の顔には興味が浮かんでいる。好奇心をそそられているのだ。

議員（好奇心をそそられた様子で想像の箱を開ける）何やらまったく食べられないものだ。

作家（フンギに）君は家に帰る。ここで君の未来の妻とのラストシーンが演じられる。君は彼女にどんな質問をした?

フンギはナースの耳元で何か言う。

ナース　なるほど。痛ましい言葉だったのね。全体の意味はこうよ。これが最後だと約束しただろ！　それに対して彼女は答えた。だから、これが最後になるように気を配ってあげたのよ！

作家　そしてこの後、君は彼女と結婚した。

フンギ　いいえ、この後じゃありません。懺悔として言いますが、僕はまず彼女を殴りました。

ナース　やっぱりね。最初あなたがこの話をしたときから、この人は殴りかねないと思ってたの！（フンギに）そんなのあなたにとって美談にならないわよ。

医者　誰にとっても美談にならないと思うがね。たとえば、作家がそんな風に振る舞うのを想像できるかい？

ナースがどっと笑いだす。

議員　作家が？　あり得ん。

作家　仕方ない……。懺悔を続けるとしようか？（咳き込む）私だってそれに近い振る舞いをしたことがある。ただしそっちは結婚で終わり、うちは離婚で終わった。

医者　いやはや……。

ナース　異存がなければ、私があなたの奥さんを演じるわ。

作家　ああ、面倒でなければ……。事の次第はこうだ。われわれ夫婦は隔離に入って二週目。気が張り詰めている。私は次の長編を書く気にならない。もう一五年も何も書いていない。そこで妻が私に尋ねる……。

ナース（作家の妻を演じながら）また靴箱にブーツがないんだけど？

作家　私は静かに答える。何だ？……。

ナース（叫ぶ）ブーツがまた元の場所にないんだけど？

作家　妻の言い方はずっと静かだった。だが、それが最後の一滴となったのだ。私は靴箱から靴を残らず振り落とし、それから棚という棚を倒し、そこに妻を押し込んだ。（ナースに）これを演じるのは容易ではない。

ナース　全体の状況はつかめたわ。それに、ここにそんな家具はないし。

医者　廊下からロッカーを持ってくることはできる。向こうに一つ大きなのがある。

作家　その必要はないと思うね。芸術においては、多く言いすぎるより、言い尽くさない方がいい。それに、正直言って、演じるのはもう飽き飽きだ。

医者　それなら、演技なしというのは？　ただ単に懺悔するのは？

ナース　拝聴させていただくわ、ドクター。

医者　私が医者の家庭に生を享けたところから始めるとしよう。したがって、私は医大を卒業しなければならなかった。先生、私は明瞭に話せていますか？

作家　申し分ない。では、君は医大に通い……。

医者　通ってはいません。まさに卒業したのです。

作家　医大に通わずに、どうやって医者になれたのかね？

フンギ　この人が医長だということをお忘れなく。医長の仕事は運営することです。

医者　ところが今は、事情により自分で患者を診なくてはならなくなった。

ナース　実はね、指定薬剤のレパートリーが少ないのはそれが理由なの。ビタミンB6とB12だけ。言っておくけど、医長の決定は人道的なものだった。どちらの注射も激しい害を与えることはないわ。

医者　害を与えないのは明白だ。私はビタミンに関しては幅広い指導を行ってきた。

議員　それはつまり、この間ずっとわれわれはここで治療を受けずにいたということか？

医者　公式には、そうです。

フンギ　公式には、とはどういう意味ですか？

医者　つまり、治療を受けないおかげで、あなたたちは自分の体に不当な措置が取られるのを避けられたわけだ。それは深刻な害をもたらしかねないからね。

フンギ　告白コンクールではあなたが一等賞ですね。

ナース　ブラボー、ドクター！　ひょっとすると、これと比べられる話はもう聞けないかもしれないわ。

皆が拍手する。

議員（間を置いて）ところで、私は本当は議員ではない。

医者　それなら何者なんだ？

議員　今はそんなことには意味がない。この場合、重要なのは私が議員ではないということだ。

医者　でも、あなたは自分の議員証を見せたじゃないか。

議員　私はいつも自分の議員証を見せることにしているのだ。

作家　いいかね、君が最初にそれを取り出したとき、私はなぜか君が議員ではないと思った。議員が自分の身分証を見境なく見せる必要はないからね。

フンギ　ちなみに、僕はすぐこれが安い偽造品だと言いましたよ。

議員　身分証がいちばん上手くいったものではないことは認めよう。もっとできのいいものも持っていたがね。これを提示するたび、背中を冷や汗が流れたものだ。

ナース　どうして提示するの？

議員　それが私のビジネスだからだ。私は身分証を提示し、いいポストの獲得に協力してやってもいいと言う。

作家　そして、君が世話を約束した人はどうなる？

議員　何も。そこがミソなのだ。向こうは私に金を渡し、われわれは永久に別れる。たぶん、いちばんの要は、タイミングよくずらかることだ。この種の仕事は、国中を活発に転々とすることが求められる。

ナース　明らかに果たせない約束をしておいて、人からお金を取るなんて！　死を前にしてそれを恥じることになるとは思わなかったの？

議員　もし寿命を延ばしてくれるなら、そんな約束、タダでしてやる。

ナース　すぐ戻るわ。（鎌をつかんで出ていく）

医者　結局のところ、誰も彼に賄賂を渡すことをその人たちに強要しなかった。渡されたら、誰だって受け取るさ。

作家　あの大将は拒んだだろう。私の理解は正しいかね、フンギ？

フンギ　ええ、大将はその賄賂を拒みました。

議員　まあいい、わが国の軍にそんな大将がいるのは喜ばしいことだ。

フンギ　大将は大佐に別の賄賂を要求したんです。その額を聞いて、大佐の耳は動かなくなりました。永久に。

ナースが入ってくる。白衣姿ではない。黒いロングドレスを着て、先の尖ったハイヒールを履き、髪はきれいに撫でつけられ、手には鎌を持っている。鎌には黒いリボンが結んである。

フンギ　こりゃ美人だ！

ナース　頑張ったわ。今夜はあなたたちのために、何か愉快なことをしてあげたくなったの。（鎌を置き、椅子に座る）もう悲しい話はおしまい。あなたたちが和やかに逝けるようにしてあげたいの。いいことを思い出しましょう。いいことだけよ、皆さん！

議員　わが人生の最良の記憶は幼少期だ。休日の朝早く、私は祖母と市場に出かけた。買い物をすませると、祖母は毎回私におもちゃの笛を買ってくれた。そして、それが幸せだった。

医者（ナースに）なんだか呼吸がつらい……。窒息しそうだ……。

議員（ナースに）彼を装置につないで！

ナース　もう限界！　ある者は助かり、ある者は……。もう飽き飽きでしょ？　どうやら、私には別の任務があることをお忘れのようね。まったく正反対の任務と言っていいわ。つまるところ、彼がこれから死ぬとすれば、それはごく自然なことなのよ。（号泣する）

フンギ　彼らはあなたの善良さを利用しているだけですよ。

ナース　あなたたちは自然な方法で死なないといけないの。私のシナリオに沿って、私たちの会話のすぐ後で。あなたたちは懺悔し、これからいいことを思い出す――どうしてその後で死んじゃだめなの？　何よ、そのうえ斧で斬り殺せと言うの？

作家　君は看護師だろう！　看護が仕事だ。

ナース　私の看護は、あなたたちを死に備えさせること。（医者をベッドに横たえ、彼を人工呼吸器につなぐ。皆、息を呑んで見ている。ナースがフンギに話しかける）ねえ、何か話してよ、どうしてこんなタイミングの悪いときにだんまりなの！

フンギ　おもちゃの笛の話ならできますが。

ナース　何でもいいわよ！

フンギ　その昔、要するに、モスクワにとある人民職人が住んでいて、おもちゃの笛作りに従事していた。ソヴィエト政権は天賦の才の持ち主を支援していて、笛職人にゴーリキー通りの巨大な工房をプレゼントした。

作家　なぜ彼にそんなものが必要なんだね？

フンギ　まったく不必要です。彼は笛以外のものは何も作れなかったので、大きな工房で大きな笛を拵えはじめた。こんな風な……。（示す）

議員　私が持っていたすべての子どもの笛のうち、人生で残ったのは一つだけだ（ポケットからおもちゃの笛を取り出し、吹く）

作家（ぞっとして医者を指し示す）彼も……吹いている……。

皆、医者の掠れ声とひゅーっという呼吸音に黙って耳を傾ける。

フンギ　僕は初めてピザを食べた日のことを覚えている。おごってくれた女の子は、僕のクラスメイトだった。放課後、僕らは彼女の家に行って、ピザを食べた。

ナース　キノコ入りの？

フンギ　キノコ入りの。僕たちは卒業まで仲よくしていた。どっちの親も、僕たちが一生一緒にいるものだと思っていた。でもその後、彼女は上京し、文字入れ師と結婚した。

議員　誰とだって？

フンギ　墓石に碑文を刻む人ですよ。

医者は身振りで装置を切ってくれと理解させ、ナースは切る。

医者はベッドの上で身を起こす。浮かんだ涙を拭く。水を頼む。飲む。

医者　私の夢は、医者にならないことだった。私の家族は全員医者だったから。

議員　医者というのは高潔だ。その職業を愛そうとはしなかったのか？

医者　したとも。一度、ある著名な病理解剖学者の講義に出たことがある。彼は、医者が闘わねばならぬ重要なもの、それは潔癖さだと述べた。彼の前の教壇の上には、計量カップに入った尿が置いてあった。彼はそこに指を一本入れ、それからその指を舐めた。そして、これと同じことができる者こそが真の医者だと言った。私は進み出て、同じことをした。

作家　思うに、それは小さな偉業だな。

医者　病理解剖学者は私を抱きしめて言った。「そう、医者は潔癖であってはならない。だが、加えて医者は注意深くあらねばならない。私はカップに指を一本つけたが、舐めたのは別の指だったのだよ」教室は大爆笑に包まれた。

ナース　悲しいわね……。ところで、幸せなことはあったの？

医者　ちょっと考えさせてくれ……。たぶん、私が幸せを感じたのは、列車の中だ。列車は深夜にコノトープ（ウクライナ北東の都市）駅に停車した。私は上段の寝台に寝ていた。遠くで汽車の汽笛が響き、私と同じ車室の二人は小声でのんびり話をしている。そして私は悟った——世界が居心地よく静かであり得ることを。世界を愛せることを。

ナース　教えて、作家さん、あなたの夢は何と結びついていたの？　そして、死を前にして幸せだったと言える？

作家　私が世界のために見つけ出したかったのは、それによって人が号泣し、その涙がその人の穢れを残らず洗い流してくれるような、そんな言葉だった。そして、自分がその言葉の近くにいると思えたのだ。あとほんの少しで私はそれを見つけ出し、世界は私の空想に泣き濡れるだろうと。

フンギ　見つけたのですか？

作家　見つからなかった。そして、書くのをやめた。つまり私は、メロドラマや、ミステリーや、シットコム（状況設定で観客や視聴者を笑わせる喜劇。アメリカのホームドラマ『フルハウス』がその典型）の脚本を書いてはいるが、私の言葉に涙する者は誰もいない。

議員　笑うことすらないと思う。掛け合いの後に笑いが自動的に組み込まれているからな。

作家　字幕に私の名前はない。名前を出すことを自分で禁じたからだ。しかし時折、夢の中で、とうとう発することのできなかった金言が聞こえることがある。聞こえるのはごくたまにだが。けれどもこれは、正真正銘の幸福の瞬間なのだ。

医者　もし死ななくていいなら、私は准医師の課程を受けに行くのだが。

窓の外にパトカーのサイレンが聞こえる。自動車のドアがバタンと閉まる音。

フンギ　（窓の外を見ながら）車が二台。パトカーと救急車だ。

議員　緊急の質問なのだが、諸君。裏口の鍵は誰が持っている？　（医療用マスクをつける）もっとも、今やこれももう意味がないが。

病室に警官と精神科医（女性）が仲良く入ってくる。微笑みながら、病室を斜めに横切る。

精神科医　こんにちは、皆さん。手遅れにならなくて本当によかった。（ナースに）でしょう、トーネチカ？　（鎌の柄に手を置く）刃物を渡してくれる？（ナースの手から慎重に鎌を引き抜く）

警官　やあ、議員！　（議員に手錠を掛ける）ここに議員が入れられたと聞いて、すぐにこれは貴様のことだとわかったぞ。マスクを取りたまえ。

作家　どうしてそんな口の利き方をするのかね？

議員　われわれは旧知の間柄なので、構わん。

警官　マスクと取れと言ってるだろ！

議員　（マスクを外す）こういう取り決めだったのだ。

フンギ　ウイルスとの取り決めも残ってます。（警官に）あなたが真っ先に感染しますよ。

警官　そのウイルスとやらはもう飽き飽きだ！

もうないんだ。あるいは、なかったのかもしれん。

精神科医　パンデミックは収束したのよ……。ご存じない？

医者　作家がラジオを壊したのでね……。偶然。彼女は（ナースを顎で示す）私たちの電話をすべて取り上げた。

フンギ　それも偶然。

精神科医　私たちの方から話していいかしら、トーネチカ？

議員　つまり、彼女は……死神じゃないのか？

精神科医　まあ、それは見方次第ね。前回トーネチカが精神神経症患者の収容施設から脱走したときは、死体が三体出たわ。

ナース（号泣しながら）二体よ。

精神科医　三体よ。一人は後になって集中治療室で亡くなったの。

ナース　そう、それなら三体ね。

精神科医　トーネチカは自分が死神だとあなたたちに信じ込ませたの？

医者　今となってはそんなことを信じることは不可能だが。大の大人が四人、しかも一人は高度な医学的教養の持ち主だというのに……。

ナース　医学的教養の持ち主って誰のこと？

警官は議員をラジエーターにつなぎ、部屋の点検を行う。ベッドの下や隅をくまなく覗く。

精神科医　あのね、精神的偏向を持つ人たちはよく、催眠術的な能力を持っているのよ。このメカニズムはまだ充分に研究されていないけれど。

警官　斧がない。鎌はあるが、斧がない。

精神科医　前回、トーネチカは斧で殺したの。

ナース　誰も殺しちゃいないわ。ステュクスの川を渡らせてあげた、それだけのことよ。もちろん、懺悔の後にね。

精神科医　ごめんね、お嬢さん、忘れてたわ。ただ、あなたは斧の方が好きだと思ったの。

壁の向こうから斧の音が聞こえてくる。

フンギ　どうします、ドクター？　これから准医師の学校に行きますか？

医者　ああ、もちろんだ。病院の片付けをしてから……。その後で必ず行くとも。

警官　議員、貴様はまったくついてないな。（ナースを指し示す）この女のことで俺たちは来たんだから。貴様のことは途中で知っただけだ。

ナースはげらげら笑う。

議員　大尉、あなたは少佐になりたくはなかったので？

警官　さあてね、なぜか考えなかったな……。（精神科医に）どうします、ダストシュートからずらかりますか？　この女はパック詰めするおつもりですか？

精神科医　パック詰め？

警官　あなたの拘束着はどこにあるんです——そうやって搬送するんじゃないんですか？　何なら、手錠を貸しましょう。（議員にうなずきかける）こいつのを外します。信頼していますので。

精神科医　何を言うの、どうして？　トーネチカをご覧なさいよ、彼女が誰を襲うというの？

警官　まったくです。しかし、三体のホトケの話は？

精神科医　ああ、それは雰囲気作りの話よ。何の関係もないわ。

フンギはナースに近づく。

フンギ　僕は本当にあなたが死神だと思いました。でも、懺悔したことは悔いてません。

ナース （彼の肩に頭を置く）フンギ、私も懺悔していい？　私はあなたたちみんなを騙した。死神はいない。ただ、そのことを理解するには、死ななきゃならないの。

フンギ　あなたがこれを考え出してくれたことが嬉しいくらいですよ。

作家　私も嬉しい。パンデミックのことも嬉しい。もしパンデミックがなかったら、やはりそれを考え出さなくてはならなかっただろう。パンデミックでわれわれは皆、すっかり変わった。

議員　これよりわれわれは違う人間になるのだ！

医者 （作家に）あなたはこれからどうするんです？

作家　私か？　元気になったら、ピザを配達しに行くかもしれんな。

医者　あの、どうして無駄口を叩くんですか？あなたはどこにも行かないでしょう。

作家　行かんよ。（フンギに）君はどうするのだね？

警官が電話を運んできて、持ち主たちに配る。医者の電話が鳴る。片手で受話器を覆いながら話す。

フンギ　作家になろうと思います。

医者　今しがた電話がありまして、プレス用に一言欲しいとのことです。上の誰かに出てほしいと頼まれたんですが。私は気が進みません。質問が出るし、ほら、わかるでしょう……。

議員　今は私も控えるとしたい。

ナース　それなら、私が言う？

精神科医　そう？　トーネチカなら上手くいくと思うわ。

ナースが舞台の前部に進み出る。群衆の喧噪。ナースは片手を上げ、皆に静粛を求める。

ナース　さっき誰かが、これから私たちはみんな違う人間になると言った。議員は言った……。何だっけ……。そうそう、ちなみに、議員は議員じゃなかったんだけど、それでもやっぱり堂々とした男性だとか何とか。ああ、思い出したわ。これまでだって私たちは違う人間だった。みんな。本物は一人もいなかった。それが今度は、また違う人間になるの？　何なのあの人……。おかしいんじゃない？

幕

訳者解説

新型コロナウイルスのパンデミックは人々の生活様式に大きな変化をもたらし、世界各国でいわゆる「コロナ文学」が書かれているが、ロシアではヴォドラスキンが先鞭をつけた。彼はもともと中世ロシア文学の研究者で、作家としては遅咲きだが、中世の聖者伝風の長編『聖愚者ラヴル』（二〇一二）は国内の有力な文学賞をダブル受賞し、日本語を含め世界二〇か国語以上に翻訳されるという、一〇年代ロシア文学最大のベストセラーの一つになった。

戯曲「四人のナース」（二〇二〇）は著者が得意とする中世ではなく現代、それもコロナ禍真っ只中の世界を舞台にした戯曲だ。「死神」を自称する女の出現によって人々が否応なく死に直面させられ、虚飾を剥ぎ取られる。このような筋書きはトルストイの『イワン・イリイチの死』を思わせるが、はたして人はそんな簡単に改心できるのだろうかという著者の疑念も作品には響いている。

論考

現代ロシア文学の諸相

クラッジ

＊クラッジ［Kludge］とは、プログラマーの隠語で、理論的には動くはずがないのに、なぜか動いているプログラムのこと。

レフ・ダニールキン
笹山啓 訳

「自由」の失墜

ときとして、自分が育てたわけではない作物を収穫しなくてはいけないときがある。それはそういうものだとしても、しかしゼロ年代は、想像されていたものとはまったくかけ離れたものとなった。

一九九九年の時点で、そこから一〇年後には自明かつ自然になっている文学プロセスの光景の出現を予見できた者はまずいなかっただろう。たとえば、毎週のように新しい国産小説、つまり「思想を持った本物の小説」が製造ラインから送り出されてくる。作家がまだ書いてもいない小説に対して一〇〇万ドルの前金を受け取るチャンスを理論上は持っている。人気ランキングを国内作品の新刊が占め、翻訳物の需要は増すどころか減る。あるいは、絶対的アウトサイダーであるプロハーノフの成功。[*] ペレーヴィンに対するセンセーショナルな関心がさらにもう一〇年持続していること。札つきの異端者ソローキンの完全なる主流化。ベストセラーの棚に並ぶオリガ・スラヴニコワの小説。国家、帝国、独裁、オプリーチニナといった観念への文学の執着。『輪舞』や『独学者』で将来を嘱望された若き作家アントン・ウトキン[**]が視界から完全に姿を消してしまうこと。総じて、ひとりふたりの例外を除いて、現代ロシア作家のトップ10が、一九九〇年代には聞いたこともなかったような名前から構成されていること。つまり、メンバー交代というわけだ。それ以外にも、ゼロ年代の中頃までのロシア文学がずっとそうであったところの変わり種のパレードが終わりを迎えるのが、共産主義イデオロギーへの対敵協力によって評判を落とし明らかに先が無さそうだったのに、それでもなお崩れた墓から掘り起こされたリアリズムが主流になることによってだったなどということを、誰が想像できただろうか。その作者にこの一〇年間でもっとも急速な文学的出世を可能にした小説が、褒め言葉として、ゴーリキーの『母』と比較されるなどということを。[***]

*アレクサンドル・プロハーノフ（一九三八〜）。ソ連期から愛国的な作品を執筆し高い知名度を得、作家同盟の書記を務めるなどしたが、ソ連崩壊直後にはその地位を保てず、反民主主義的思想に傾倒。その後自身の刊行する極右系新聞「明日」に二〇〇一年に掲載した『ヘキソーゲン氏』によって一躍現代ロシアを代表する作家となった。そのほかの代表作に『我が道を行く』（一九七一）、『カブール中心部の木』（一九八二）、『「第五帝国」のシンフォニー』（二〇〇六）など。

** アントン・ウトキン（一九六七〜）。『新世界（ノーヴィ・ミール）』誌に一九九六年に掲載された、一九世紀ロシアを舞台とするロマン主義的長編『輪舞』が成功し、一九九〇年代ロシアの重要作家のひとりと見なされるように。そのほかの代表作に『独学者』（一九九八）、『疑いの要塞』（二〇一〇）など。現在ではドキュメンタリーフィルムの監督としても活動。

*** 二〇〇〇年以降のいわゆる「新しいリアリズム」を先導した作家ザハール・プリレーピン（一九七五〜）の二作目の長編『サニキャ』に対する評価のこと。

一九九〇年代には、文学に今後決定的な影響を与え続けるだろう主たる時代の特徴とは、ペレストロイカの時期にはすでにほんの少し味見することができた「自由」だと思われていた。自由の空気を吸え、自由を体験しろ、そして自由に書けというわけだ。ソヴィエト的イデオロギーによって課せられていた、ある特定の傾向を持って現実を描くべしという義務からの解放は、ほぼ丸々一〇年かけて、文学プロセスへの名だたる参画者たちの手によって盛大に祝福された。しかしゼロ年代になって、プロハーノフやマクシム・カントール*ならずとも理解したのは、ソヴィエト的イデオロギーの代わりに社会に押しつけられたこの「自由」とは、第一によく販売前の準備が行われた商品であったということ、第二にこれもまたイデオロギー的な製品であったということだった。二一世紀初頭の文学においては、俗物となりプチブル的価値観を称揚する自由以外の自由などないという話がかつてないほど頻繁に繰り返された。なるほど多くの人間がこの機会を利用しはしたのだが、この種の消費賛歌の俗悪さを、自身の思い違いに誰よりも長く固執していた人々でさえ、遅かれ早かれ感じ取った。ゼロ年代の文学に生じた葛藤の最たるものは、自由の拒絶、自由の危険性、「不自由」の優位などの経験であった。そうなったからには、「外からの反乱は何も生まない。反乱は、内からきて内に向けられたもの、腸が真っ直ぐになるほどの力を持ったものでなければならない。そのときはじめて、我々は自分の子供、自分の思想の子供になるチャンスを得ることができる」。これから話題に上ることになるある小説**ではこのように語られている。

＊マクシム・カントール（一九五七〜）。画家として一九九七年のヴェネチア・ビエンナーレへ出品するなど世界的な知名度を誇る一方で、作家活動も行う。代表的な小説作品に『デッサンの練習』（二〇〇六）、『赤い光』（二〇一〇）など。

＊＊ アレクサンドル・イリチェフスキー（一九七〇〜）の『マチス』（二〇〇七）のこと。イリチェフスキーは『マチス』で「ロシア・ブッカー」賞、『ペルシア人』（二〇一〇）と『ニュートンの図面』（二〇二〇）で二度の「ボリシャヤ・クニーガ」賞を受賞するなど、現代ロシア人が抱える茫漠とした生への不安をもっとも巧みに切り取る作家のひとり。

「リアル」か「様式美」か

一九九九年に見えていた未来のイメージに関して言えば、それは実際に起こったこととは根本的なところで一致していなかった。大真面目に（散文の状況は、どのような文章であれ「ブロツキー*の尺度」によって自動的に測定されていた一九九〇年代末の詩の状況とは異なっていたとはいえ）、今後あらゆる文学は「ソローキン以後の文学」になるだろうと、多くの人に思われていた。つまりメサイア・コンプレックス、および救世主たらんとする野心を撲滅するための強制措置が取られたのちには、「人生について」の分厚い伝統主義的な小説を書く者はいなくなり、読者はもはや「小さな黒い文字」が現実となんらかの関係を持っているなどという錯覚に陥ることはなくなる、ということである。そしてロシア文学のトーンを規定するのは、アクーニンと彼の庇護の下で花開く「物書きクラブ」になる、そんな風に思われていた。そこには、ますます啓かれていくヨーロッパの国に住むブルジョアジーたちの余暇に熟練の技で奉仕するプロフェッショナルな作家たちが所属している。あまりジャンル的遊戯を志向せず、「英国スタイル」のコピーを体得している作家たちは、イデオロギーをきれいに取り除かれ、輸入品のプロット・モーターを装備した、洗練されたヨーロッパ的心理小説を構築する。一方で、リモーノフ**ばりに想像力の欠如に悩む作家の小説は、生まれたばかりのロシア的世界市民の意識や存在の皮肉を、そして西洋化やフラットな世界や境界の透過性の魅力を読者に示す。

＊一九八七年にノーベル文学賞を受賞した詩人ヨシフ・ブロツキー（一九四〇〜九六）のこと。

＊＊ エドゥアルド・リモーノフ（一九四三〜二〇二〇）。一九七

四年のアメリカへの亡命後発表した自伝的長編『俺だ、エージチカだ』（一九七六）は、スキャンダラスな性描写やあけすけなアメリカ批判などによって特に亡命ロシア人コミュニティ内で大きな反響を呼んだ。帰国後は作家・詩人としての活動のかたわら、「ナショナル・ボリシェヴィキ」党党首として政治活動も行った。

まさにこのようなシナリオが実現する可能性はかなり長い間残されていた。二〇〇二年ごろにはまだ、どのラインに力線が整列するのか、どれが「イン」でどれが「アウト」ということになるのか、主流になるのは、洗い方の悪いシーツのように灰色がかった地方のハーレム地区の日常についての自然主義的な証言であるウラジーミル・コズロフ*の『ヤンキー』なのか、あるいは手の込んだ文学的ファンタジーであると同時にロシア文学のオルタナティブな歴史たらんという自負を持った、緻密さの際立つ様式化でもあるオレグ・ポストノフ**の『ハーレクインに接吻を』なのか、まったくはっきりしていなかったからである。仮に「ポストノフ的」（あるいはオトロシェンコ的***、チェルチェソフ的***）とでも呼ぶべき装飾華美な散文の持つ見通しが明るいどころの騒ぎではなく、文学にとっての主題としての「文学」はどんなものであれ、あっという間に周縁に追いやられ、「美文字荘（ベル・レトル）」（「文学（リテラチャー）」という単語のアナグラムで作られた登場人物の殺害事件について、複数の作家が「捜査」するアラン・チェルチェソフの同名の小説の舞台）の所在地はどこかの僻村になるだろうということが明らかになるのは、しばらくしてやっとである。しかしゼロ年代の前半には、オトロシェンコ『信頼のおけない人たち』のような作品が登場すればいつでも拍手で迎えられ、乾杯の声が上がったものなのだ。

* ウラジーミル・コズロフ（一九七二〜）。『ヤンキー』（二〇〇二）、『学校』（二〇〇三）などで、アンダークラスの人々をリアリスティックに描き出す作風は、批評家からは「ダーティーなリアリズム」とも称される。

** オレグ・ポストノフ（一九六二〜）。ナボコフにも比される凝った文体で、ゴーゴリやポーを彷彿とさせる幻想的作品を多く物す。代表作に『恐怖』（二〇〇一）、『ハーレクインに接吻を』（二〇〇二）など。

*** ウラジスラフ・オトロシェンコ（一九五九〜）。国内外で多数の賞を受賞。自身も受賞した「ヤースナヤ・ポリャーナ」賞の選考委員を務める。国外ではゴーゴリの伝統を引き継ぐ作家とも評価され、実際ゴーゴリをモチーフにした作品を書いてもいる。代表作に『信頼のおけない人たち』（二〇〇〇）、『ゴーゴ

リアーナ、あるいはそのほかのストーリー』（二〇一三）など。

** アラン・チェルチェソフ（一九六二〜）。ナボコフ的なスタイルの継承者とも評される。代表作に『美文字荘』（二〇〇五）、『ドン・イヴァン』（二〇〇八）など。

二〇〇〇年代初頭、ミハイル・シーシキンの小説『イズマイル陥落』の登場人物の「我々は言葉という存在が形を取ったに過ぎず、言語とはすべての実存の創造者であると同時に肉体でもある」という言明は、「ヴォルガ川はカスピ海に流れ込む」という言葉と同じくらい自然に響いた。しかし時間が経つにつれ、こうした物言いは突飛なものに思えてくる。これはつまり、生きた人間の代わりに、言語があると？　彼は、言語が生命に優先するなどということを信じているとでもいうのか？『巨匠とマルガリータ』のイワン・ベズドームヌイにこれとほとんど同じような印象を与えたのが、「神は存在する」という言明だった。「言語」というものをなにか至上の、他に優先する、自立的な価値を持つものとして崇拝することが、一種の現実逃避、つまり葛藤や嘘、矛盾を抱えた現実の生活から自身を遮断する方法と受け取られ始めたのである。そういった心性は、罰せられるべきとは言わないまでも、やはりどことなく奇妙なものなのだ。

さて、「緻密さの際立つ様式化」とは？　これに関してふたつの時代の間に走る断絶については、たとえば一九九六年のウトキン『輪舞』と、二〇〇七年のスタニスラフ・ブルキン*『トミ川のほとりのファウヌス』という作品がどのように受け取られたかを見てみることで判断できよう。どちらのテクストも際立った様式化であり、これらの意味とは……いや、意味などない、様式のタイムマシンに乗っているだけなのである。『輪舞』は分厚い文芸誌の沼を掻き回してロシア・ブッカー賞のショートリストに入り、解釈の雪崩を誘発した。一方、ブルキンの『ファウヌス』のほうは、戸惑いと著者の疑いのない機知への敬意を引き起こすのみである。この類のファンタジーにどう反応したらいい？　著者は何を言いたかったんだ？　まあ、たとえばボリス・アクーニンやアントン・チジュ、レオニード・ユゼフォーヴィチのレトロな推理小説とか、時代の言語的な色彩を伝えるための「ジャンル小説」のなかでならまだいいが、ただ舌をぺろっと出して「古めかしいディスクール」を真似ているだけとなるとどうなんだ？　といった具合だ。

* スタニスラフ・ブルキン（一九八三〜）。一四歳で父ユーリーと著名なＳＦ作家であるルキヤネンコと共作した『ルーシ島』（一九九七）がデビュー作とされる。単独デビュー作の『魔法の

肉挽き機』（二〇〇六）は、ストルガツキー兄弟のスタイルを踏襲しているとも評された。そのほかの作品に『トミ川のほとりのファウヌス』（二〇〇九）など。

とはいえ、石鹸箱のようにみすぼらしい演台に上がって、「ポストモダニズムのプロジェクトの失敗」とか「ロシア文学におけるナボコフ＝サーシャ・ソコロフ路線の完全なる周縁化」とかいった事態を鐘でも打ち鳴らすように厳粛に宣言しても詮無い。理屈としては、そうした言明を例証することは（特にアンドレイ・ビートフ*『シンメトリーの教師』などを参照すれば）できるだろう。ただごまかしをやめれば、ゼロ年代にはシーシキン『イズマイル陥落』、スラヴニコワ『２０１７』、セルゲイ・サムソーノフ**『カムラーエフ氏の異常』など、モダニズム的・ポストモダニズム的散文の非常に重要な模範、ここ一〇年の文学史にとって基礎となる長編が登場したことを認めないわけにはいかない。特に何年経っても興味深いのが『イズマイル陥落』だ。シーシキンは、言語の存在している間じゅうずっと書承文芸・フォークロア双方に蓄積されてきた文体の母型を抽出することに成功した。ただ彼がやったことは文体の百科事典を編纂するに留まらない。ＳＦ小説の遺伝学者のように、彼は自分の伝記的事実に文体のバクテリアを感染させ始めた。すると試験管の中から、作者のプロット――文体的分身たちがこの世に這い出してきて、影響力の観点から言ってまったく前例のない小説に住み着いたのだった（ちなみに『イズマイル陥落』はロシア・ブッカー賞を二〇〇〇年に受賞した）。

*アンドレイ・ビートフ（一九三七～二〇一八）。一九七八年にアメリカで発表され、一九八七年にようやくソ連でも出版が可能になった『プーシキン館』は、ソ連期におけるポストモダニズム文学の大きな達成とされ、その後の世代に大きな影響を与えた。他『かくも長き幼年時代』（一九六五）、『シンメトリーの教師』（二〇〇八）など作品多数。

**セルゲイ・サムソーノフ（一九八〇～）。世界最高峰のサッカーチーム「バルセロナ」に入団しようと奮闘するも巨大な陰謀の犠牲になる男を描いた『両足』（二〇〇七）でデビュー。その次作の『カムラーエフ氏の異常』（二〇〇八）が「ナショナル・ベストセラー」賞の最終選考に残り、筆名をさらに高めた。

しかし、一九九〇年代に「上層部の美文家たち」が文学界の紛れもないエリート階級を、ある種のオリンポスを構成していたとすれば、これは今むしろ変人貴族たちのクラブのようなものになってしまっている。これは文学的な「潮流」ですらない。

市場原理の機能不全

しかし不思議なことに、「市場の見えざる手」がもっぱら「ジャンル小説」を要求したという状況にあって、なにもかもがうまくいかなかった。我々は理論上では、推理小説が欠乏していた世界から、推理小説が豊富に存在する世界に移動したことになっていたのだが、実際のところはそうではなかった。結局アクーニンを除けば、良質のロシア産推理小説は見つからない（もっともアクーニンにしたところでもう何年も、彼を模範的作家だと触れ込むのは難しくなっているのだが）。一九九〇年代の間じゅうくすぶり続けていた「高度な」文学と大衆文学の対立は見たところ、後者の勝利と伝統的なヒエラルキーの崩壊へと行きつくはずだったのだが、そんなことはひとつとして起こらなかった。大衆文学の枠組みの中で、それなりに注目すべき作品がいくつか生まれてはいる。レオニード・ユゼフォーヴィチの歴史小説（『カーサ・ロッサ』『ハーレクインの衣装』『逢引の家』『風の公爵』）やアレクセイ・イワーノフ*の歴史小説（『タイガの心臓』『反乱の黄金』）、アクリーナ・パルフョーノワの婦人小説（『アマどものブルース』『痩せぎす女たちのクラブ』）。オレグ・クルィレフ、マリーナ&セルゲイ・ジャチェンコ、オレグ・ジヴォフ**、スヴャトスラフ・ロギノフ、ヴャチェスラフ・ルィバコフ、アンナ・スタロビネツのファンタジー小説、ヴェロニカ・クングルツェワ、ダリヤ・トルスキノフスカヤらのお伽噺的叙事詩、セルゲイ・コスチンのスパイ小説、アントン・チジュのレトロな探偵小説、アレクサンドル・ブシュコフの冒険小説、アルセン・レヴァーゾフのスリラー（『孤独12』）などだ。しかし文学が全体として「反省的」なものから「筋書き重視」のものへと変化したわけではなく、暗黙の価値のヒエラルキーにおいては今に至るまで、ロシアの作家が伝統的にその分野で力を発揮してきた、もっとも無価値で筋書きらしい筋書きもないリアリズム文芸が、もっとも洗練されたエンタメ小説よりも高く評価される。批評家連からの共感という意味でも、賞レースの展望という意味でもである。市場が開放されれば、競争力のない生産者は摘発され、より品質の高い海外の類似品に自然と取って代わられるはずだった。しかし結果的に我々が手にしたのは、ザハール・プリレーピンの、社会的に焦眉の問題を扱ったという評論集がベストセラーのひとつになっている書店だった。あきれたものだ、「最終的には普通のエンタメ作品が登場するといいんだが」と皆で夢見ていたのに、まるで映画『キャプテン・ピルグリム』のネゴロが斧をコンパスの下に置いて方角を狂わせたみたいなことになってしまったのだから。

＊アレクセイ・イワーノフ（一九六九〜）。現代的な都市生活を描写する『地理学者が地球儀を飲み潰した』（二〇〇三）や『血の上の寮』（二〇〇六）、ウラル地方を舞台とした歴史小説『タイガの心臓』（二〇〇三）、あるいは『コミュニティ』（二〇一二）のようなスリラーなど、様々なジャンルの作品を巧みに描き分け、数々の賞を受賞してきた人気作家。

＊＊オレグ・ジヴォフ（一九六八〜）。一四歳からジャーナリスト、コピーライター、軍人などの職を転々としたのち、一九九七年に『犬の達人』でデビュー。代表作に『選別』（一九九九）、『フラバル』（二〇〇六）など。

「モザイク」から「リスト」へ

文学のプロセスを観察する人間がよく頼るのが、モザイクの比喩だ。個々の重要なテクストは色ガラスの断片であり、それらはある程度距離を置いて見たときになんらかの意味を成す図像を形成するように互いにはめ合わせることができる、といった具合である。この批評メソッドは長い間、不変の効力を発揮していた。ある種の知的器用さがあれば、たとえば「リベラル」（ゲオルギー・ウラジモフやウラジーミル・マカーニン*）と「愛国主義」（アレクサンドル・プロハーノフやウラジーミル・リチューチン）といったふたつの絵をお好みで並べることだってできたのだから。ただある時から全体像に押し込めない「ピース」の数が増えてくると、この手法の妥当性には疑問が投げかけられるようになってきた。

＊ウラジーミル・マカーニン（一九三七〜二〇一七）。一九六五年に『直線』でデビュー。生活圏が地上と地下に階層化された近未来を舞台とする『抜け穴』（一九九一）や、ソ連期のアングラ文化のその後の顛末を描く『アンダーグラウンドあるいは現代の英雄』（一九九八）、チェチェン紛争を扱った「ボリシャヤ・クニーガ」賞受賞作『アサン』（二〇〇八）などで知られる。

高い効果を発揮する文学賞（「ロシア・ブッカー」「ナショナル・ベストセラー」「ボリシャヤ・クニーガ」）というのは、出来事としてのテクストの大部分を蓄積するように設計されたメカニズムである。ただ仮にこれらのメカニズムが作動している（年によって働きが悪い場合もあれば良い場合もあるが、概して三つの賞のロングリストから文学的なプロセスの大まかなイメージを掴むことはできる）として、いずれにせよ出力されるのは単なるリストなのであって、ウラジーミル・リチューチンとオレグ・ジヴォフ、マクシム・カントールとスヴャトスラフ・ロギノフ、ウラジスラフ・クラピヴィンとロマン・センチン、ウラジーミル・ミクシェヴィチとアレクサンドル・プロハーノフ、エドゥアルド・リモーノフとオレグ・ザイオンチコフスキー、パーヴェル・クルサーノフ[*]とヴェロニカ・クングルツェワらがその内部でランクづけされるヒエラルキーなわけではない。これらの作家たちのために何かひとつ共通の平面を発明することが可能だとして、それはスポーツ的な興味によるものでしかない。ペッペルシテイン[**]『カーストの神話生成的愛』、センチン『ヨルトゥイシェフ家』、カントール『デッサンの教科書』、シーシキン『イズマイル陥落』、ドミトリー・ブィコフ[***]『正書法』が一時に共存する「モザイク」がどう見えるというのか？　気になるところではある。これらのテクスト群がひとつの均質な塊となって、二一世紀初頭の文学の典型例と受け取られるようになるまでにどれほどの時間がかかるのか、想像するのは難しい。金属同士の拡散接合のような現象は間違いなく存在するが、このテーマについてそれを目で見て確かめるのは難しいのである。

*パーヴェル・クルサーノフ（一九六一〜）。ロシア・ポストモダニズムの重要作家。歴史改変風ファンタジー『天使に噛まれて』（一九九九）が雑誌『オクチャーブリ』の賞を受け、全国的な知名度を得る。ほか『鐘の音』（二〇〇二）、『死せる言語』（二〇〇九）など。

** パーヴェル・ペッペルシテイン（一九六六〜）。モスクワ・コンセプチュアリズムの著名な芸術家であるピヴォヴァーロフのもとに生まれ、自身も絵画・小説を中心に幅広くアーティスト活動を行う。代表作に『カーストの神話生成的愛』（一九九九、二〇〇二、抄訳を本書に収録）、『スワスチカとペンタゴン』（二〇〇六）など。

*** ドミトリー・ブィコフ（一九六七〜）。数多くの文学賞を受賞する実作者としての活動のかたわら、評伝の執筆やマスメディアへの出演など、文学の普及活動も幅広く手掛ける。代表作に『正書法』（二〇〇三）、『ZhD』（二〇〇六）など。

そして共通の分母がないとなれば、「中庸」も中心もないことになる。派閥、潮流、傾向間の競争というものはなくなり、あらゆるテクストがあらゆるテクストと競合し、個々のテクストはそれぞれに与えられたニッチの中で生きている。現在では広義のリアリズムとして連想されるいわゆるメインストリームの文学でさえ、実際には極めて多様なのだ。国家も「市場の見えざる手」も企業支配権を持たない状況で、我々の手元にあるのはそれ自身の放恣に委ねられた文学であり、とりもなおさず、無葛藤の文学プロセスである。それはラディカルなポストモダニズムと昔ながらのリアリズムの、オレグ・ジュラヴリョフ『乳首』とザハール・プリレーピン『血管』の、つまり古い世代と若い世代の、平和な共存である。文学に独自の「統一ロシア」はない。正典もない。あるいは、両陣営から等距離にあり一般に認められる中間地帯すら存在しない。ソ連時代のロシア文学は、フランス式の整形庭園を思わせた。自由化によってそれは、理論的にはイギリス式の庭園のようになるはずだった。しかしもはや庭園がどうのこうのという話ではない。ロシア文学が何に似ているかというと、ジャングルである。植物たちは、どれがどんな種別に属すのかを判別するでもなく互いに圧迫し合い、下には濃い影が落ちていて、生き残るためには上へ上へと、不自然な速度で伸び上がっていかなくてはならない。

手法的に異なる様々なテクストに、反目し合う諸々のイデオロギーのいずれかが味方しているということはもうない。存在しないのはイデオロギー的な評価基準だけではなく、美的な評価基準もである。たくさんのセリフ、複雑なシーン、輪郭がくっきりとしていきいきしたキャラクターという保守的な戦略はアクチュアルなものだろうか？ 形式の実験の不在、これはなんだ、進歩的なことなのか、そうでもないのか？ 散文の質、その「良さ」とは、野心のなさ、実利主義を裏づけているのか、あるいは作家の技術がある程度のレベルに達していることを示して、はい終わり、ということなのか。最終審級が存在しないこと、そしてそれゆえ規範的中心がないこと、これがゼロ年代の文学的景観の重要なファクターである。

ここから導き出される事柄の非常に単純な例が、ペッペルシテイン『カーストの神話生成的愛』（第一巻はセルゲイ・アヌフリエフとの共著）のようなテクストをめぐる状況である。さてこの小説は、どのような看板のもとでゼロ年代の見取り図に書き込まれるべきなのだろうかと問うてみたい。文学的・歴史的言説に対するコンセプチュアリズム的実験の継続？「ソ連体験のトラウマ」の克服作業の続き？ そこを過ぎればあとは自然に衰退していく、ロシア版ポストモダニズムの絶頂？ ロシアへの愛を描いたシュルレアリスム的著作？ 叙事詩というジャンルの拡張実験？「コロボーク」*をロゼッタストーンにして、ソ連の歴史を解読する独自の方法？ ソ連の集合的無意識の底にある古層、基底の探求？ ペッペルシテインが示したのは、譫妄状態を模倣する能力か、それとも二〇世紀ロシアのふたつの主要な文学的実践、すなわちモダニズムと社会主義リアリズムの文章法を、そしてそれらを「スイッチング」するコンセプチュアリズム的（「ソローキン的」）方法を、見事にマスターしたということなのか。ペッペルシテインとは何者なのだろう？　タイミングよく立ち止まることのできなかった道化、ポストモダニズムのピエロ、はたまたロシアのトールキン、二〇世紀前半の歴史的対立を神話化し、自民族のフォークロアに基づいた独自のパラレルワールドを描いた作家的叙事詩の創造者？　『カーストの神話生成的愛』という作品は、文学プロセスに変化をつける珍品なのか、あるいはふたつの世紀の狭間に現れたロシア文学の「最高傑作（オーパス・マグナム）」であり、小説や叙事詩、前線で歌われる叙情歌や退役軍人の回想録などを含む「ソヴィエト文学」が、世界文学におけるブラックホールやぽっかり開いた空き地ではなく、れっきとした世界文学の一領域であるということを説得力を持って証明する、確立された総合的な文学的所産なのか。

＊東スラヴの民話に登場する、丸いパンの姿をしたキャラクター。『カーストの神話生成的愛』ではドゥナーエフという登場人物がこのコロボークに変身する描写がある。

これらすべての問いに対して最終的な回答があるわけでは今のところないが、それでもこれらは重要である。お分かりのように、あなたがたの頭の中でこの一〇年間の見取り図がどのように描かれるかがここにかかっているからだ。そして「ペッペルシテインあり」か「ペッペルシテインなし」かというのは、唯一の問題ではまったくない。

以上のことは対象そのものについてというより、諸テクストの流れを整理する能力を失った観察者の無能さについて証言してくれているとも思えるが、しかしながら事実として、文学はあまりにも大きく、あまりにも多様になった。いくらありえそうにないように見えても、これほどの多様さは未だかつてなかったと確信できるくらいには。単純に計算すると、ベリンスキーの時代、一年に出版されていたのは語る価値のある小説二〜三冊、チュコフスキーの時代になると七〜八冊、だが今となっては五〇〜六〇冊にもなる。多くの文学外の要素が作用して、文学にはいわゆる「ロングテール」＊（アメリカのジャーナリストであるクリス・アンダーソンが記述した、現代の文化市場が機能する際の現象で、極めて多様な角度からはっきりと出現するものである）が形成された。好むと好まざるとにかかわらず、ゼロ年代の文学を描写するうえで素材に唯一適したモデルは、一〜二通りのモザイクではなく、その項目の間に、ある特定の期間に登場したこと以外には何の共通点もないリストであることを認めざるを得ない。

＊ビジネス上の用語で、長期的なスパンで見たとき、単体で売れ行きの良い主力商品の売上額を、売り上げの悪い複数の商品の総売上額が上回ること。

出版社たちの思惑がもたらす事態

ゼロ年代末のロシア文学が誇り得る悪名高い「ロングテール」は、多くの点で文学外の要因によって大きく成長した。

今ではこんなことを思い出す人もあまりいないが、一九九〇年代末の状況は現在とは劇的に異なっていた。この時代、国内の新しい散文作品を書籍の形で出版する事業を、ある出版社（ヴァグリウス）が事実上独占していた（もちろん、力強い現代的テクストの代わりに、ブッカー賞委員会にコネのある有力なロビイストたちをずらりと揃えた分厚い雑誌[*]もあった。しかしオープンな電子版が普及する前は、雑誌も「共同墓地」などという評価を受けていて、それも必ずしも根拠がないわけでもなかったのである）。一九九〇年代に分厚い雑誌が世間にひき起こし、部数の下落という形を取った苛立ちは、文化への関心の低下と関係していただけでなく、一九八〇年代末にまさにこうした分厚い雑誌が二〇世紀の禁書を出版する機能を担っていたことにも関係している。つまり、一方ではとりわけ今日的な問いには答えられていないテクストを「デミアンのスープ」[**]よろしく読者にうんざりするほど与え、他方では、実際には劣等感を植え付けられた現代文学を無意識のうちに殺害するという役割を果たしたということに、である。それもそうだ、プラトーノフやらブルガーコフやらパステルナークに現代の誰が敵うというのか。ヴァグリウス以外に現代ロシア文学を扱う出版社がないわけではなく、ありはしたのだが、これらの出版社は自分たちの使命に対しての誇りを強すぎるほど感じていて（「他の出版社が紙くずを刷っているときに、我々は赤字を背負ってでも「文学」を出版するんだ」といった具合に）、この「文学」というものをどう扱うのか、つまりいかに新進の作家を軌道に乗せ、パッケージングするのかということについて、あまり想像が及んでいなかった。市場の飽和状態、読者獲得競争が、出版社としてだけではない行動力を求めていたにもかかわらずだ。「テクスト」という出版社（素晴らしい出版社だったが、なぜかエヴゲーニー・ヴォイスクンスキーの『ルミャンツェフスキー広場』という小説を一〇年近く書類カバンの中で塩漬けにしていた）があった。ヴォロネジのシャタロフスキー地区にある特徴的な出版社「グラゴール」や

変わり種を追い求める「アグラフ」、そして「グラント」という出版社（アントン・ウトキンを、出版したというよりも葬ったと言ってもいい。出版社の選択を誤ったがために事実上彼は文学へのアクセスを丸一〇年間絶たれた）があった。ウラジーミル・シャロフ、マリーナ・パレイ、ドミトリー・バーキンらを、象徴的とでも言ったほうがいい部数――サミズダートの時代でももっとコピーが売れていた――で発行していた「リンブス・プレス」があった。三年もの間、「ボリス・アクーニン」というブランドの金脈にどう手をつけたらいいのか分からず、一九九九年になってようやく「文学プロジェクト」という決まり文句とそれに基づく新しい宣伝戦略をひねり出した「ザハロフ」という出版社があった。こうした出版社は、著者と読者とを結びつけるという自身の機能を果たし切れずにいた。こう言ってよければ、「市場」ではなく出版社の無能さこそが、国内文学を破壊したとは言わないまでも、長い間地下に閉じ込めていたのである。

＊一般的にロシアでは、インテリ層を主な読者とする文芸・批評誌がこう呼ばれる。

＊＊一八〜一九世紀の作家クルィロフの寓話集のエピソードのひとつ。過剰なもてなし、ありがた迷惑を意味する。

ペレーヴィン、アレクセイ・スラポフスキー、リュドミラ・ウリツカヤ、シーシキン、スラヴニコワ、ブィコフがほかならぬ「ヴァグリウス」に巡り会ったのはいいことだった。しかしながら、編集者エレーナ・シュービナのセンスがどれほど抜群のものだったとしても、九九％の作家、特に新人は蚊帳の外だった（これは特徴的な例だが、クルサーノフやイリヤ・ボヤシェフ、アレクサンドル・セカツキー、イリヤ・ストゴフ等々のサンクトペテルブルグの作家の一団は、彼らを抜きにして一九九〇年代後半からゼロ年代の文学を語ることはできないような面々であるのに、ヴァグリウスに無視されたため事実上存在しないことになっていた）。「ブラック」、それから「グレー」へと続くシリーズ（および「女たちの手稿」）を抱えていたヴァグリウスは、作家と読者のコミュニケーションを媒介する重要なパイプラインだったが、それは「チェックポイント・チャーリー」[＊]のような一種の検問所であり、限られたサークルのメンバーの嗜好や知識、人脈に非常に強く依存してしまうという、そういったステータスを持つ組織につきもののあらゆる欠点を持っていた。

＊東ベルリンと西ベルリンの間に存在した国境検問所。

しかし、二〇〇〇年から二〇〇一年にかけて、作家たちは徐々に本の出版に手が届くようになってきた。「ザハロフ」「アド・マルギネム」「アンフォラ」「アズブカ」「ＯＧＩ」「エニグマ」「イノストランカ」「ヴレーミャ」などいくつかの中小出版社がたちまちのうちに、いろいろな形で現代ロシア散文の路線を開拓し始めたのである。このような出版社の出現は、ゼロ年代後半に続いた文学ブームの非常に重要な要因となった。「リンブス・プレス」では、ヴィクトル・トポロフの音頭により「ナショナル・ベストセラー」賞が考案された。この賞のメカニズムは意図して民主的に組み上げられ、これによって文学の祭司たちだけでなく、外部の人たちの関心も現在の文学の流れに引きつけることができた。これは出版社にとっても、文学全体にとっても良いことであった。間もなく、国内の作家が避けられるということがなくなり、彼らは追いかけ回す対象になり始めたのである。

　ゼロ年代も三分の二が過ぎ、「自前」の作家が持っているドル箱としてのポテンシャルが国外の作家よりも大きいことが明らかになると、小規模な出版業界に「エクスモ」「ＡＳＴ」「ＯＬＭＡ」といった大手コンツェルンが参入し、手始めに招聘編集者による特集シリーズを作り始めた（記憶に残っているところで言えば「規格外」*や「オリジナル」など）。それから、並行して彼らはあるひとつのマス・マーケットから別のもの（例えば、「黒猫」シリーズ**からウリツカヤ）へと専門を変えつつ、現代文学の独自の小区分を展開し、徐々に市場を支配し始め、ちっぽけな競争相手を圧し潰したり、そこから作家を買い漁ったりし出したのである。もっとも、これはもはや文学ではなくブックビジネスの歴史と言ったほうがいい。

*「ＡＳＴ」社が二〇〇四年に開始したシリーズ。ロシアにおけるポストモダニズム評論を先導した批評家ヴャチェスラフ・クーリツィンが責任編集を務める。

**一九九三年に「エクスモ」社が開始し現在まで続く、推理小説を中心とする国産の娯楽小説のシリーズ。

「安定」の対価

出版事業につきまとう困難にもかかわらず、ある意味で一九九〇年代は作家にとっては比較的楽な時代だった。社会の対立は明らかだったし（古いものと新しいもの）、混乱（混沌、戦争、恒久的な過渡期、終わるのを待つしかないなにか）は、常に足元にある高カロリーな文学の餌であった。

　ミレニアムの到来とともに「安定」の到来が宣言された。

紛争や矛盾がどこかに行ってしまったわけではなかったが、値上がりした原油がもたらす収入によってその拡大は凍結された。突如として明らかになったのは、根本的に異なる未来などもはや計画されていないということである。小説『除名者』の著者ヴィコフが定式化したように、「起こらなかったこと。これが今のジャンルである。テロは予言されたが、実現せず、自由化も実現せず、戦争も停止中であり、再び皆がゼリーのなかに漂いながら、何を決断することもできないでいる」。以前ならこうした状況が、それがどんな形で発露するにせよプチブル的なものに生理的に耐えられない作家たち（有名なところでは、リモーノフ、ペレーヴィン、プロハーノフ）だけをうんざりさせていたとするなら、今日の時代は、その公的な消費主義イデオロギーと相まって、大多数の人を当惑させ始めた。なにかを本当に変えることができた「英雄的時代」が決定的に失われてしまったことがはっきりと感じられ、プロジェクトやユートピアは、それがどんなものであれ、不足していた。

「実際に」現実を変える可能性を持てぬまま、作家たちは尾ひれをつけ足し、スコアボードの数字をいじり始めた。ゼロ年代を、革命の時代、テロルの時代、社会的大変動の時代、新帝国主義プロジェクトの誕生の時代、恐ろしい危機の時代として描いていったのだ。ベルリンの壁崩壊や、チェルノブイリ、あるいは九・一一のような、時代の鍵となるような現実の大事件の代わりとなるような大事件を、作家たちは発明しようとした。ある種の埋め合わせとなるようなプロジェクトを、と言ってもよい。

終末論的な空気が本当に社会に存在していて、文学は単に社会を鏡のように映していただけだったのか、はっきりしたことは言いづらい。ただ当の文学の内部では、カタストロフィというのはしばらくの間ナンバー1のトピックだった。二〇〇四年から二〇〇六年にかけて、ミハイル・ヴェレル『B・バビロンスカヤ』、アンドレイ・ドミートリエフ『劇場の亡霊』、ヴィコフ『避難者』、プロハーノフ『クルーザー・ソナタ』、セルゲイ・ドレンコ『２００８』、ユリア・ラトゥイニナ『ジャハンナム』、スラヴニコワ『２０１７』といった、文字通り黙示録的終末を叫ぶ一連の小説が出版された。ここで共通して見られた表現とは、もっぱらロマンティックな筋書き、主人公の私的なストーリーを、たとえば戦争や革命、大掛かりなテロ行為などといった、背景となる（架空の）社会的変動に投影するというものであった。実のところ、メインストリームの文学に流れ込む「ファンタスチカ」の奔流（これは文学プロセスの観察者がしばしば注目してきた現象なのだが）は、見るからに容認できない状況下での「大事件」や「対立」の不在とまさに結びついている。思想を持つ作家が、オルタナティヴな歴史や、あるいはさほど遠くない未来に先送りされたヴァリエーションを上演し、今のうちに前もって対策しているのは、単にやむを得ずそうしているのである。

現代へと通ずる鍵を拾い上げるふたつ目の方法は、現代と、それと似た時代とが踏む韻を見つけ出すよう試みることである。後になって分かった興味深い点は、もっとも気の利いた供給物があったにもかかわらず、この時代は何とも韻を踏むことがなかったということだ。アレクセイ・イワーノフ『反乱の黄金』におけるプガチョフの乱以後の時代とも、アレクサンドル・カバコフ『逃亡者』における一九一七年の危機とも、ヴィコフ『正書法』の一九一八年（これもまた、インテリたちを余計者と化す呪われた日々）とも、アクーニンの作品に登場する一九世紀末の政治的テロルとも、あるいは（マリヤ・ガーリナ『小ぶりな梨』における）ブレジネフ期の息苦しい停滞の時代とも。こうした題材の長編群が印象深いものだった場合もあったが、そういった類のものは、それが本当に重要であるならば、むしろぎこちなく、不格好で、作り物じみていた。

「九・一一以降の世界」、「我ら」と「彼ら」の世界の代わりに、ロシアでは不定形の「プーチン時代」が延々と続いた。要するにそれは、ついぞ発生しなかった大事件の時代、不首尾に終わったテロの時代、実現しなかった理想的な資本主義の時代、勃発しなかった戦争の時代、頓挫した新帝国主義プロジェクトの時代、失敗したソヴィエト復興の時代、起こらなかったカタストロフィの時代、発生しなかった危機の時代である。「息が詰まりそうな安定」、不条理なゆとりの時代、常に支払いを猶予される、金融業界の用語で言うところの「グレース・ピリオド（猶予期間）」と呼ばれる時代。「特殊なジャンル、純粋にローカルなもの。私たちはカフカの内部で快適に存在することを学んだ、これが問題なんだ。皆が理解しようとしている、とはいえこれはとてもシンプルなことだ。いわゆる特殊性とは、住めないものの中で快適に存在するということに存する。人間はこんなことには耐えられないが、特別で個別的な者ならばできるし、幸福なのだ」（ふたたび『除名者』より。やはりヴィコフは優れたフライトレコーダーである）。

「プーチンの電話」

ゼロ年代の同義語のひとつが「プーチン時代」である。「ジ

ェネレーション〝P〟」という象形文字じみた不可解な文字列が、まずは自然に「ペレーヴィン世代」と解読され、その後、大した熱狂はひき起こさないにせよ、「プーチン世代」という一般に受け入れられるもうひとつの意味を獲得していったのも故無きことではない（Pが女性器を表す卑語の頭文字であるという『ジェネレーション〝P〟』作者本人のバージョンについては、誰も指摘しなかったのだが。のちにこのP／Pの弁証法はペレーヴィン『妖怪の聖典』のテーマのひとつとなり、プーチンに投影される灰色の狼は、いつしか破滅の犬*に変貌を遂げる）。高い緊急性を持ったドラマツルギーの戯曲集『プーチン.doc』（二〇〇五）のタイトルもまた特徴的だ。

* 原文はPyos-Pizdec（メス犬）。『ジェネレーション〝P〟』（一九九九）や『妖怪の聖典』（二〇〇五）といったペレーヴィン作品に登場する、五本の足を持ち、破滅をもたらすとされる伝説の犬。

実際には、同義語という言葉は必ずしも正確ではない。「プーチン政権下の文学」は「ゼロ年代の文学」と同じものではあり得ない。現象の中の現象、とでも言おうか（とはいえこれはサンプルとしては非常に多くを語ってくれるものなので、詳細に検討しよう）。「プーチン政権下の文学」とは、特定の意味的倍音を持つ領域であり、この時代に書かれたテクストのすべてがそこに該当するわけではまったくない。たとえばアレクサンドル・イリチェフスキーの『マチス』、アレクセイ・イワーノフ『放蕩と市営補習教育機関』、ブィコフ『正書法』などは、プーチンとはいかなる関係も持っていないが、この政界の大物の存在に彩られているテクストの分厚い層がそこに存在しているということが興味深い。これは第一に、ゼロ年代の、たとえば中央集権／黒字の石油・ガス予算／孤立主義的傾向といった「プーチン時代」の主だった「トレンド」を何らかの形で反映している文学であり、第二に、「ブランドの顔」となったプーチンのイメージが浸透した文学である。文学はすぐにプーチンの中に小説の主人公としての資質を嗅ぎ取り、まさにこの点において彼を搾取し始めた。プロハーノフ『ヘキソーゲン氏』と『クルーザー・ソナタ』における「選ばれし者」と「幸福な者」、ペレーヴィンの『妖怪の聖典』における灰色の狼、または肩章をつけた妖怪*アレクサンドルなどがその例だ。我々は至るところにプーチンを見出す。アンドレイ・クルコフ『大統領の最後の恋』で（氷の穴の中での入浴）、プロハーノフ『ポリトローグ』（ヘロデ王）や『ヴィルトゥオーゾ』で（国家指導者ドルゴレートフ、通称ロ

ムルス）、ブィコフの短編で（アメリカ大統領になる）、『プーチン.doc』所収のヴィクトル・テテーリンの戯曲で（自分こそがもっとも彼を愛しているのだと論争していた役人たちを好意的に受け入れる。彼らはあらゆる手段が尽きると広場に出、ある者はプーチンの肖像画に祈りを捧げ、またある者は自慰をする）、ユーリー・ドゥボフ『より小さな悪』で、ウラジーミル・ソロヴィヨフ『ソロヴィヨフによる福音書』で、そして丸ごとプーチンに捧げられた小説であるドレンコ『2008』で（実質この小説は、作中でベレゾフスキーの分身となっているプーチンの心理的ポートレートである）。振り返ってみるに、実は文学は「プーチン」という人物を「搾取」しているというよりも、解き明かそうとしているのだと結論づけることができる。プーチンはなによりもまず、謎めいて半ばタブーと化した権威として魅力的なのであり、説明しがたい政治活動だけでなく、もっとも意外な文化的対象、たとえばヤン・ファン・エイクの絵画「アルノルフィーニ夫妻像」に描かれる人物、『ハリー・ポッター』の妖精ドビー、ジェームズ・ボンド役のダニエル・クレイグなどとの、不可解な類似が魅力的なのである。セルゲイ・ノーソフの小説『カラスたちは飛び去った』では、ある小柄なオランダ人の絵についての言及があるのだが、そこに描かれる脇役たちのなかに「プーチンのそっくりさん」が描かれている。概して、プーチンが彼自身として文学に登場することはあまりないのだが、彼の投影は直接的にも間接的にも印象に残る頻度で登場する。この幻影的な人物は、間違いなく文学者たちに印象を与えており、彼が存在するということそれ自体が彼らに催眠術のような効果をもたらしている。時代の文学的ポップ・スターたちは、自らの感覚を開かれたテクストの形で中継する。たとえばオクサーナ・ロブスキ[**]の描くヒロインのひとりは、「プーチンと寝る」ということについて思いを巡らせる。「私ならOK。喜んで。権力ってほんとセクシーだし」。セルゲイ・ミナーエフ『メディア・サピエンス』の主人公は、「三期目」の問題をまるで自分事のように憂えている。編集者A・イヴァーノフ（「アド・マルギネム」）の、かつて抱えていた作家ウラジーミル・ソローキンに関わる観察は特徴的だ。「最近ウラジーミルが五〇歳になって。お祝いの電話をしたんですよ。それまでは長らく連絡を取っていませんでした。彼は喜んでいたし、明らかに感動していたし、とても楽しく会話したんですが、その間私はずっと、彼が緊張していて、ほかになにか重要な電話を待っているような感じがしていました。プーチンからのだ

とは言いませんけど、誰にもわかりゃしませんね」（『プライベート・コレスポンデント』紙上でのインタビュー）。

＊二〇〇三年から二〇〇六年にかけて発生した、ロシアの非常事態省と内務省における汚職事件の被告人たちに、内務大臣ボリス・グリズロフがつけたあだ名。

＊＊オクサーナ・ロブスキ（一九六八〜）。六度の結婚を始めとするスキャンダラスな私生活を背景に、いわゆる「グラマー」なセレブ達の姿を描き出す『カジュアル』（二〇〇七）、『このシータ』（二〇〇八）などが人気を博した。

ゼロ年代の文学について言えるのは、それが明らかにこの「プーチンの電話」を待っていたということに、その明白な特徴のひとつがあったということである。社会的・政治的文脈を無視して市場の現実に適応する代わりに文学は、自らは標準的なショービジネスとは異なっているのであり、「要求に応じて停止する」準備ができており、ある意味では動員に応じることも可能であるというシグナルを発していた。プーチン政権の側にも言及しておくと、そちらは少なくとも個々の作家たちから出る「私の作品はクレムリンで読まれている」という趣旨の発言に反論したことはない。ときにはむしろクレムリンのほうから作家たちに対して、何らかの共同プロジェクトに関する問題を検討する準備がどうやらできているらしいと取れるサインを発しているのである（そうしたシグナルのもっとも顕著な例が、ミハイル・シュヴィドコイの「オーダーメイド小説？」という論文である）。そしてプーチン自身が、ポスト・スターリン時代の支配者の中で、自分との直接の接触が可能であることを知らしめた最初の人物であり、すなわちよく知られた「芸術家とツァーリ」というプロットを演じるよう促した人である。見たところ、まさにこのことによってほとんど定期的とも言える「作家との面会」について説明することができる。これらすべての両義的な細部は、文学がなにかプーチン個人を動揺させるものであるかのような錯覚をもたらす。

文学のレーダーにプーチンの存在はある特定のポイントとしてだけでなく、諸々の意味の雲の全体として記録されている。ここでこの現象に関連するいくつかのテクストを簡単に取り上げよう。これらのテクストによって「プーチン時代」についてだけでなく、ゼロ年代の文学全体についての適切な見取り図を構築することができると思われる。

この時代の基調をなす作品（不当に陰に追いやられているが）は、大衆文学と純文学、ファンタジーとメインストリームを非常に巧みに融合させた、一九九九年出版のオレ

グ・ジヴォフの小説『選別』である。これは（アンチ）ユートピア小説で、混沌とした一九九〇年代ののちに発生した「一月クーデター」の結果、ロシアで「強い手」という特殊機関が権力の座に着いたという状況がシミュレートされている。そこでは「政令第一〇二号」が可決され、人民の敵は「選別」されることになっている。向精神薬を使った尋問を受け、裁判も審理も抜きでその場で銃殺されるのである。この「意識的に残酷な祖国」、一五〇〇万人以上を選別した理想的な国家は「スラヴ連合」と呼ばれている。そこには闇経済も街頭での犯罪もなく、スラヴ系マジョリティの特権が法的に保障されている（さらには国家が「非ロシア人からの不買」キャンペーンを公式に支持している）。時は二〇〇七年。選別員のグーセフとヴァリュショク――保安官とその助手――は社会保安庁の職員だ。面白いのは、もっとも苛烈な選別員であるグーセフが、インテリ出身であると判明するところである。外面はコンクリートのようでありながら内面は傷つきやすい彼は、単なる殺人マシーンではなく、苦しみ、考え、疑う存在である。ひとつの悪が別の悪に対して差し向けるいわゆる「拳を持った善」*を扱ったプロットが、あらゆる方向性で実現している（たとえば、概して好感を持てる人間といってよいグーセフとヴァリュショクが、障害を持った幼児を選別する場面。ふたりは子供を守ろうとする母親からその子を取り上げ、殺処分のために連れ去る）。『選別』は、非常に力強く、スマートで、ポリティカルコレクトネスには則っておらず、挑発的で、重要なタブーの数々の耐久性を試すような、そんな小説である。『選別』においてジヴォフは皆に代わってすべてを話し切った。それはつまり、現代における無意識下のあらゆる集団的な「願望」をである。「整理整頓」といったとき念頭に置かれていたのがまさにこの選別であり、一九九九年にプーチンに実際に期待されていたのもまさにこれだった。つまりはオプリーチニナ、一九九〇年代の社会実験を中止し、現代ロシアの素材を使ってナチスの思想を巧妙に実現することである。ジヴォフのシナリオの魅力は、その実現しやすさにある。これは一九九九年だろうが二〇〇九年だろうが二〇一九年だろうが、いつでも到達可能なロシアなのだ。『選別』の主要な、そして驚くべき特徴は、このシナリオを支持する論拠ではなく（それはあまりにも明白だ）、それに反対する論拠を探すようジヴォフがけしかけている点にある。それを見つけるか、さもなくば人間であることをやめるか、というわけだ。

＊詩人スタニスラフ・クニャーエフの一九五九年の詩の一節「善

は拳を持っていなくてはならない／善とは厳格であらねばならない」に由来。

「芸術家」と「戦士」

今になって分かるのは、ペレーヴィンやソローキンが書いたのではない小説の中ではじめて成功した国産小説のひとつであるパーヴェル・クルサーノフ『天使に噛まれて』（一九九九～二〇〇〇）もまた、ある意味ではプーチンに関する小説だということだ。独裁者、反リベラル、反西欧主義者、帝国主義者にして復讐者の到来への期待が吐露される小説で、これは『選別』と同じだ。しかし空想的なオルタナティヴ・ヒストリーという別ジャンルの枠内で展開する。サハリンからチェコ、スピッツベルゲン島からツァーリグラードまで広がるロシアの皇帝となるのは、中国人女性とロシア人将校の間に生まれ、天使に噛まれた＝キスされた息子、イワン・ネキタエフ、通称「ペスト」で、彼は「モギ」と呼ばれる超自然的な冥界の存在に見出されている（モギはロシアのことを庇護してもいる）。イワン・ネキタエフもまたある意味では理想化されたプーチン像の投影であり、ロシアに超大国の地位を回復することのできる支配者にして復讐者についての、埋め合わせとしての神話の具現化である。『天使に噛まれて』は、かろうじて良い趣味の側にとどまっている作品だ。この荒々しくグロテスクなファンタジーの中では、ニーベルング族がシュトゥットガルトでクバンのコサックと戦い、赤子の血を吸うコウモリの大群がサラトフを襲い、ヘカテの地獄犬がヨーロッパに送り込まれるのだが、にもかかわらず、時代の特徴をよく捉えている。

プロハーノフの『ヘキソーゲン氏』（二〇〇二）は、一九九九年のロシアの秘められた生（住宅爆破を伴う陰謀、プーチンの就位、第二次チェチェン紛争の始まり）を描いた小説で、続く時代の悪名高い「安定」の基礎を形成した九〇年代末の混沌、血まみれの原形質、ヒエロニムス・ボス的な恐怖を描いている。ほかのどのような小説もこれほどまでに明瞭に、時代の産みの苦しみを、そしてこの国の表玄関と土台の間にある根本的な相克を、描き出しはしなかった。まさにこのことによって『ヘキソーゲン氏』は、アウトサイダーだったプロハーノフが社会から定期的に意見を求められる作家のクラブに出入りするための通行証となり、そしてそののちに、メディアによって展開された「土壌主義者」*たちに対するアパルトヘイト政策の廃止に決定的な役割を果たすことになったのである。『ヘキソーゲン氏』が世論を再起動して以降、先行する一九九〇年代という時代の鍵となっていた文学的「リベラル」と「愛国者」の対立はその鋭さを失った。この小説におけるプーチンは、彼の名前と結びついた奇妙で果てしなく嘘に満ちた時代を理想的なまでに体現していた。彼（有名な例え――「象牙で彫られたビショップのような」）はここで一人の人間として現れているのだが、それは「機械仕掛けの神（デウス・エクス・マキナ）」ばりの仕方で出来事に介入するためではなく、メタファーを効果的に実現するために、つまりフィナーレで色彩のスペクトルへと拡散し、自らのキメラ的な本質を示し、光学的な錯覚へと姿を変えるためにである。そう文字通り、虹へと。

＊土壌主義は、一九世紀中頃にアポロン・グリゴーリエフやドストエフスキーなどの作家たちが担ったとされる保守思想。ロシアの後進性を批判しつつ、西欧主義の立場もブルジョア的と見なして拒否し、民衆の寄って立つ「土壌」へロシアのインテリたちが回帰することを説く。

ペレーヴィン『妖怪の聖典』（二〇〇四）は、売春婦と肩章をつけた妖怪、狐と灰色の狼のコンタクトを描いた小説である。あるいはまあ、もったぶるのをやめれば、大文字の「P」を持つふたり、ペレーヴィンとプーチンの、だが。

ここで重要なのは、『妖怪の聖典』が明確に再現しているのが、ソロモン・ヴォルコフの著書『スターリンとショスタコーヴィチ』などで詳細に研究されているロシアの文学的生のよく知られた母型である「芸術家とツァーリの邂逅」であるということだ。ペレーヴィンがこの架空の「プーチンの電話」を題材にしたことは、「プーチン」という存在が政治的なショーケース、政治技術者によって構築されたブランドであるだけでなく、ある種の「ゲザムトクンストヴェルク＝総合芸術」＊、文学の総合的な具現化だということを証明している。

＊ロシアの哲学者・美術批評家ボリス・グロイスは論文「スターリンという様式」で、スターリンの権力下で唯一公的な芸術と認められた社会主義リアリズムが、ロシア・アヴァンギャルド芸術の衣鉢を継ぎ、芸術による「生（生活）の創造」という理念を達成したと逆説的に説いた。この論文が一九八八年に、ロシア国内での出版に先んじてドイツで翻訳出版されたときの題名が“Gesamtkunstwerk Stalin”であった（ボリス・グロイス『全体芸術様式スターリン』亀山郁夫・古賀義顕訳、現代思潮新社、二〇〇〇）。

ブィコフの人騒がせな作品『救助者』（二〇〇五）に反映されているのは、ゼロ年代中頃の終末論的感覚、つまり一九九〇年代の「偉大な夢」は実現せず、そればかりか逆にカタストロフィや黙示録的終末へと転じるだろうという認識である。『救助者』は当の著者本人には、たいしたことのない、走り書きのような、その時限りの作品に思えていたようだ。しかしこれは時がたつにつれ立派なものに見えてくる。ゼロ年代中頃の気分、プーチンの背後になんのプロジェクトもないことへの失望が、非常に正確に捉えられているのである。そして時が経てば経つほど、「助けてくれ！　危ないぞ！」というブィコフの叫びをかき消す怒涛のフィナーレは正当なものに見えてくる。結局のところ、主人公たちが大惨事によってぼろぼろにされたモスクワに戻ってくるのは偶然ではない。「この先何もないだろう」、これが『親衛隊士の日』（二〇〇六）で定式化された、この時代の最大の特徴である。ソローキンが描く未来のロシアは、「要塞ロシア」プロジェクトの作者たちや、「新オプリーチニナ」に関するアレクサンドル・ドゥーギンの空想を実現したものだ。国家は中世をモデルに組織されている。君主制、階級制、体罰、教会の公的な地位が復活し、国は壁で西側と隔てられており、国民は自発的にパスポートを燃やした。これは、アンチ・ユートピアや小説による警告というよりも、プーチン的国家のグロテスクな描写であり、現行の権力に対するあまり隠しきれていない風刺である。

重苦しい状況（「現代についての憂鬱な小説」というのはほとんど固有のジャンルと言ってよい。スラポフスキーの『彼ら』や『再審』、クラピーヴィン『ダギー・ティッツ』、センチン『足下の氷』や『ヨルトゥイシェフ家』、最近のペレーヴィン作品すべて）は同時に好ましいものでもあった。生の新しい祖型たる資本主義は時代からの挑戦となり、文学は新たな条件下での自己の確立の問題を解決するヒーローたち、またある種の立場（これは権力のプロジェクトへの不参加、体制へのオープンな非順応主義、現実逃避、距離を置くこと、社会的関係の最小化などといった形を取り得る）を提案することでそれに応えた。この際、おかしなのは次のような点だ。もう何年も前から、文学に導入される「現代の英雄」ときたら、管理職、独立した中小企業のオーナー、銀行家、石油商、オリガルヒ、上流階級のジゴロ、反抗者の顔を持つ事務員、ダウンシフターの事務員、プロの革命家、政治技術者、広告マン等々で、少なくともこの範囲の中から誰かひとりお好きに選んでくださいという具合だったように思えるのである。しかし新世紀の最初の一〇年間の文学をバックミラー越しに見ると、そうではなかったと判明する。つまり、経営者を題材にした小説ももちろんあったにはあったのだが、文学史に残る見込みのあるようなものはそんなにはないということである。

では誰なのか？　実際のところゼロ年代には二タイプの主人公が存在し、どちらも少なくとも目立たない存在だった。ひとつ目のタイプは、仮に言えば、広義の芸術家、アーティストである。サムソーノフ『カムラーエフ氏の異常』の作曲家カムラーエフ、カントール『デッサンの教科書』の画家パーヴェル・リヒテル、イワーノフ『放蕩と市営補習教育機関』の画家モルジョフ、ノーソフ『カラスたちは飛び去った』の画家、スラヴニコワ『２０１７』の石切職人クルィロフ、イリチェフスキー『マチス』の物理学者コロリョフ、スラポフスキー『彼ら』の作家ゲラン、ザイオンチコフスキー『幸福は可能である』の作家、センチンのいくつかの作品に登場する作家、ユゼフォーヴィチ『鶴と小人』に登場する詐欺師、クルサーノフ『鐘の音』『アメリカの穴』『死せる言語』のボヘミアン的人物たち、ジャチェンコ『ヴィータ・ノストラ』で品詞に変身してしまう女子学生、『見知らぬ人』『火葬』でアドリフィチが描く山賊、ペレーヴィン『妖怪の聖典』やコズロフ『泣き虫』の娼婦。

二つ目は、戦士である。彼らは意識的な対敵協力者（コラボ）であり、多くの場合インテリであり、自分を取り巻く世界の低俗さに嫌気が差している（その世界は、ずいぶんと貧相なイデオロギーのメニュー表を提供してくれている。ブルジョア性／消費、抽象的なサッカー的愛国主義と騒乱／チェ・ゲバラと『アメリカン・サイコ』風の革命。これらも本質的には、イデオロギーのスーパーマーケットの商品である）、そのために、これももちろん広い意味でのだが、「君主の僕」となっている。ジヴォフ『選別』のグーセフ、アクーニンのファンドーリン、ナターリヤ・クルチャトワ&クセニヤ・ヴェングリンスカヤ『ダニイル・アンドレーエヴィチ式の夏』のダニイル、アンドレイ・ルバーノフ『人生は成功した』のスヴィネツ大尉、そしてラトゥイニンのヴォドロフ、ソローキン『親衛隊士の日』のコミャーガ、テレホフ*『カーメンヌイ・モスト』の主人公、ブィコフ『ZhD』のグロモフとヴォロホフ、プロハーノフの描く退役軍人ベロセリツェフ、さらにはマカーニン『アサン』のジーリン少佐。細部を捨象するなら、次のように言うことが出来るだろう。つまりこれらの登場人物は皆、もし自らの人生が管理職になるよう提案してくるのであれば、他の人とは違って、給料や特権のためではなく、思想のために国家に仕える、と決めているのだと。こうした思想は、アーティストにとってのアートのようなものというわけではないが、しかしこれもまた思想ではある。

＊アレクサンドル・テレホフ（一九六六〜）。六〇年前、第二次世界大戦の時期に起きた謎の殺人事件の真相を、元ＦＳＢの男が追う『カーメンヌイ・モスト』（二〇〇九）で「ボリシャヤ・クニーガ」賞を受賞。

なぜ「管理職」ではなくこうした主人公たちが文学の主役になったのか。それはおそらく、自らが属する時代を克服するという究極課題*を己に課す文学というものは、常に一種のユートピアであり、人生の低俗さ、ペレーヴィンの言葉を借りれば「魂の消費者ども」に立ち向かうある種のプロジェクトであるということと関係があるのだろう。ゼロ年代の生は俗悪なものだった。それはとりわけ、この時代、公的／世間一般のイデオロギーが商店主向けのプチブル的なものだったからだ。そうしてこの公的イデオロギーに喚起された主人公のタイプ（「喋る事務用家電」からオリガルヒ、反逆者に至るまでのあらゆる「管理職」）が数多く発生したが、ここに不足していたのは、このイデオロギーに芸術を突き付け対抗する人々（芸術家タイプ）か、あるいは自分自身の偽物ではないイデオロギー、自分自身の（ユートピア的な）プロジェクト、日常を変革するためのプロジェクトを意図的かつ断固と植えつけることができる人々（戦士タイプ）だったのである。

＊演出家コンスタンチン・スタニスラフスキーの用語。戯曲の作者が設定し、登場人物がそのために作られている、創作の最終的な目的のこと。

このどちらのタイプも特別であるのは、単に現実と共存するのではなく、現実を作り変えようとするからこそである。戦士は膝蹴りで破壊し、自らのプロジェクトに力、暴力で従わせる。芸術家は現実をアートに昇華し、世界における美の総数を増し、無意味で植物的な単なる命を意味で飽和させる。

つまりゼロ年代の英雄であるということは、時代に適合するということではなく、その時代の理想的な反映となることでもなく、何らかの方法でそのつまらない、何の葛藤もない、技術的な操作で操られ、定まった消費の通路（それは必ずしも物だけでなく、思想も含めて）に沿って動くことを求めてくる時代を克服することを意味していた。それはユートピアを、思想を、意味を生産することであり、「デザイン」や装飾に取り組むこと、つまりエリートに実質的に奉仕することではない。あるいは、戦士タイプの場合には、イデオロギーを持たない劣化した国家に自発的に奉仕することでもある。これは個人的に国家にイデオロギーを提供することであり、奉仕を芸術として、それも意味の生産として理解することであり、無条件の体制順応が、このような侵犯的方法で、最高の非順応主義へと変わるように奉仕することである。

一方「計算ずく」で作られた主人公が登場する小説は、たとえそれが最良の部類のものであっても、概して寿命の短いものであった。

したがって、ゼロ年代の文学が病みつきになっていたテーマのひとつは、「事務員と上司」ではなく、「芸術家と国家」(あるいは「知識人と帝国」)の衝突である。このことについては、エリザーロフの重苦しい『図書館大戦争』から、文学のみならず社会における価値観の転換についての綱領的な作品となることを狙った、野心的で洗練されたブィコフの小説『正書法』まで、数多くのテクストで書かれている。ブィコフは一九一八年の知識人を描くストーリーの中で、いずれにせよ帝政の、ただはるかに堅固に組織されているそれの復古によって終わることになる自由のカオスの中で死なないために、帝国の中で多少の不自由に甘んじざるを得ないインテリの進む道のメタファーを現実化している。『正書法』は、新しい、非自由主義的で新保守主義的なインテリのための活動のプログラムがまとめられたテクストとして読むことができる。ブィコフによれば、そうした知識人たちは、帝国の構造の内部で、正書法とともに、つまり制限された自由のシステムと共にのみ、存在することができるのである。

実はマカーニンの『アサン』(二〇〇八)でも同じような衝突が描出されている。ここではチェチェン紛争はチェチェン紛争であるにとどまらず、インテリが置かれてしまっている状態の比喩になっている。それはあまりにも自由で、不条理なまでに市場化された(戦時中でさえも)社会で、そこでは正直な人間が本当に誰かを救いたいと願うのであれば、単に身綺麗な状態にとどまっているのでなく、ふたつの悪のうちどちらかを選び、悪に加担し、名誉の概念と妥協せざるを得なくなる。つまり、新しい限界を受け入れなければならないのである。買収された裏切り者であるジーリンの戦略は、それが両陣営のモラリストからどれだけ蔑視されようと、他の誰よりも多くの命を救う。こういった意味合いにおいて力を発揮できるということは、騎士道小説の主人公たちの重大な責務でもある。倫理について知識人が持っているマキシマリスト的な考え方を再考しようと試みれば常にそれは裏切りに思え、こういったことについて語るには大きな勇気が必要だ。『アサン』の発表以後、

マカーニンが「ボリシャヤ・クニーガ」賞の候補となっただけではなく、厳しい批判の対象ともなったのも、驚くにはあたらない。

もうひとつ、ゼロ年代文学の中から印象的なエピソードを挙げるとすれば、それはアレクセイ・イワーノフの小説『放蕩と市営補習教育機関』(二〇〇七)の失敗である。ここでも本質的には同じ話題、つまり現代社会における知識人の行動戦略が扱われている。本作の主人公である芸術家モルジョフは、伝統的な誠実さのイメージに固執すると自動的に無能になってしまうような状況にあって、騎士としての機能を果たすために極めて奇妙な方法を選択する。彼は、純粋に知識人的な行動モデルと純粋に市場的な行動モデルの両方を拒否し、独自のそれを考案するのである。社会の危機を何よりもまず伝統的な家族の危機と認識した彼は、自分の周りに「ファミリオン」という新しい社会単位を構築する。その意味とは、リーダーが、さまざまな理由で独立して生活したり考えたりすることができないある具体的な人々のグループを庇護するというところにある(彼らの意識は、単純な技術の助けを借りて誰かに初期化される)。「ファミリオン」のメンバーは親戚同士というわけではまったくないが、家族的なモデルに従って組織されている。

伝統的な家族に対するこうした代替モデル(これはリベラルなモデルや国家主義的なモデルとは関係がないし、正教的な共同体のモデルにも、個人の責任に基づいて構築されるプロテスタント的なモデルにも当てはまらない)は、ほかのどれよりも多くの人々を保護している。

手短にこうしたテーマを概観してきたその締めくくりにあたって指摘しておかねばならないのは、知的で思慮深い作家たちが、知識人のための独自の行動モデルを提案しようとした試み、つまり諸々の状況に照らして、もし全体の利益になるのであれば知識人は「非倫理的」に振る舞うことができるという思想を提起しようとした試みは、どれもあまり成功しなかったということである。

リアリズムの復権

国家も、様々な種類の「御用学者フランシス・フクヤマ」――「公共の知識人」――も、この「よくわからない何かに勝利したものの文体」(ふたたびブィコフ)が何を意味するのかを説明できなかった。そして「説明」が不足しているからには、作家が生み出す意味が求められることになったのである。このことと、ゼロ年代の終わりごろにかけて「ポストモダニスト」に対する「リアリスト」の優位性が明らかになったことには関係があるようだ。文学に奉仕している人々にとってそれが、ずいぶん前に克服された病が弱々しく再発してきたかのように見えたのだとしても、リアリズムはゼロ年代には状況理解のためのもっとも便利なシステムだと判明した。文学は一般に通用する意味をコード化し、過去（歴史）と未来のなかにそれを探り出し、プロジェクト、ユートピア、偉大な夢物語を社会に提供している。それは単に資本主義の家畜小屋のデザインとデコレーションのみにかかずらっているわけではないのである。国家が抽象的な愛国主義と消費信仰以外のなにものをも推し出せない状況にあって、文学は「国家理念」の発生と検証のための媒体となる（手近で済ませるために、プロハーノフの小説『丘』を参照してみよう。主人公はプスコフ州の様々な思い出の場所から一握りずつ土を拾い集め、ひとつの象徴的な丘にすることで、一般的な意味を統合しようとする）。

期限切れのポストモダニズムとゼロ年代的「リアリズム」

「ソヴィエト文学供養」*は、言語実験、既存のテクストとの戯れにもっぱら身を委ね、表面的な現象の世界で生活を楽しむことの可能性を想定していた。また、現実を模倣する試みを放棄することを想定してもいた。ところがある時点で、テクストからの現実の消失が問題となったのである。一九九〇年代末の文学で人為的に作られた九〇年代の「リアリティの欠乏」が、その代償として「リアリズム」への要求の飛躍的な高まりを招いたと言ってもいいだろう。そうした要求を聞き入れたい作家にとってもっとも効果的な戦略は、現実を皮肉ることでなく、真面目に向き合うことだったのである。

＊作家・批評家ヴィクトル・エロフェーエフ（一九四七〜）の一九九九年のエッセイ。

「だいたいポストモダニズムなんてのは、とうの昔に期限切れなんだよ」

「なんですその、ポストモダニズムって」訝しげにスチョーパは尋ねた。

「きみが人形の人形を作るとするだろう、それがポストモダニズムだよ。このとき君自身も人形なわけだ」

「そうなんですか？　で、何の意味が？」

「人形が金になるうちは、アクチュアリティがある」

（ペレーヴィン『どこからでもなくどこへでもない過渡期の弁

証法』所収「数」)

かくしてリアリズムは回帰する。しかも「帝国の逆襲」とでも呼ぶべきものがハリウッドばりの勢いで戻ってくるのである。もっとも広い意味でのリアリズム、何でもありのリアリズムだ。社会性、矮小な人間のテーマ、自伝的方法。生き生きとした生命、自然で極限的な生の環境にある心理的に血の通った人間のキャラクターを、小説の中で再現すること。一九九〇年代に『オモン・ラー』や『チャパーエフと空虚』のようなグロテスクな幻想譚を書いただけでなく、実際には風刺じみた社説や大衆小説のような政治報道も書いたペレーヴィン。かなり高い確率で著者自身に帰すことのできる言葉が判別できる最初の「誠実な」、一〇〇%コンセプチュアリズム的ではない小説『氷』を書いたソローキン。アイロニー含みで不条理な大衆小説的寓話(『カネの日』『アンケート』)から、現代社会への厳しい批判(『彼ら』『再審』)へと移行したスラポフスキー。アレクセイ・イワーノフ『地理学者が地球儀を飲み潰した』、センチン『足下の氷』『ヨルトゥイシェフ家』、アレクサンドル・クズネツォフ=トゥリャーニン『異教徒』、ミハイル・ギゴラシヴィリ『悪魔の車輪』、イリヤ・ストゴフ『マッチョは泣かない』、オレグ・ザイオンチコフスキー『幸福は可能である』、イーゴリ・サフノフスキー『死者の切羽詰まったニーズ』といった、人生を描いた小説。世代ごとのマニフェストの氾濫、そしてガロス・エヴドーキモフ『灰色の粘液』からワシーリー・アフチェンコ『右ハンドル』まで、大量に撒き散らされる「現代性のメタファー」。「父親」たる一九九〇年代のポストモダニストたちの頭越しに、サーシャ・ソコロフやビートフとはまったく別の一九六〇〜七〇年代の「祖父」たちに忠誠を誓う若手たち。文学とジャーナリズムの生産的な共生(リモーノフ、ストゴフ、プロハーノフ、アレクセイ・ツヴェトコフ=ジュニア、アレクサンドル・テレホフ、アンドレイ・ルバーノフ)。文学がドキュメンタリー、記録物、ルポルタージュ、ジャーナリズムへと継続的に変化していくこと。トム・ウルフの言う「ニュージャーナリズム」のような一派はついぞ現れなかったものの、文学は時事ネタを効率よく自分のものとする方法を習得した。彼らは非常に生々しい話題性のある素材を用いて、膝の上で「下塗り」段階の小説を制作している(そこから将来的に、より意義のあるものが生まれる可能性はあるが)。こうした効率のよさを示す良い例が、二〇〇八年秋の危機である。この年の金融危機がストーリ

ーに組み込まれた最初の小説が、二〇〇八年の一〇月にはすでに登場していた。オクサーナ・ロブスキの『このシータ』は、証券取引所の崩壊時に不運にもルブリョフカ*に着陸してしまった異星人に降りかかる災厄を描いた小説だ。さらにその一年後、マクシム・カントールの『彼岸へ』が出版された。この本では、危機が単に「反映」されるだけでなく、この一〇〇年の歴史的コンテクストに書き加えられた歴史的事件として説明され、描かれている。今日では自明のことのように思えるが、一九九〇年代にそうした未加工の原料で生計を立てていたのは、パルプ・フィクションの作家か、あるいはプロハーノフのような悪名高いアウトサイダーであった。「本物の作家」と呼ぶべき人々は、シーシキンのような「メガ・マスターピース」を作ろうと試みるか、あるいはすでに終わってしまった時代に取り組むかしていた。大雑把に言うと、一九九〇年代に文学（文学プロセス）はそれ自体としてあり、人生や社会もそれ自体としてあったのである。そこからすべてが変わった。こういう言い方が許されるなら、一九九〇年代に世の中を変えようとしたとき、リモーノフにとっては政治家のポジションを取るほうが簡単だった。二〇〇〇年代後半に近づくにつれ、奇妙なことに、政治家として成功するためには「統一ロシア」に加入せねばならなくなったので、作家として世の中を変えていくほうが都合がよくなっていったのである。結果として、政治家のリモーノフよりも作家のペレーヴィンのほうがはるかに強い影響力を持つという状況に我々は至っている。

＊モスクワの郊外に位置する高級住宅街。

これらの出来事や状況すべてがリアリズム、ゼロ年代的「リアリズム」である。

「リアリズム」的パラダイムのなかでは、デザインではなく意味を語るほうが都合がよくなった点は別として、重要なことがまだある。支配的なタイプの文章は、個人と国家、個人的な歴史と集団的な歴史のどちらが優先されるべきかという、相も変わらぬ相克を現実時間の条件内で解決することと結びついていた。一九九〇年代にはその勝敗は誰にとっても明らかというには程遠かったのが、ゼロ年代には誰の目にも疑いの余地は無くなった。であるから、海外の流行の「変換」が頓挫し、ジャンルとの戯れが脇に追いやられたのも驚くにはあたらない。文学は人生に比肩しようとしているのである。最近になって実現した方向性は明白だ。一九九〇年代末、文学はむしろソファーを飾るアクセサリーであり、現実を遮断するための手段、つまり衝立、イリュージョン、幻覚、パロディ、失われた原稿、テクスト内テクスト、コンピューターの迷路等々の世界に逃避するための手段であった。しかし年を追うごとに我々は、逆に読者と現実との距離を縮め、読者を現実に引きつけ、現実についての真実を伝える文章を数多く目にするようになっていく。そうした真実を知ってしまった読者は、ソファーに座っている自分に居心地の悪さを感じざるを得ないし、「私人」の殻から抜け出したくもなるだろうし、運命の公共性を感じ、来たるべきカタストロフィを未然に防ごう(あるいは逆に早めよう)と動かざるを得ない。こうして、一方では規模の大きい長編群が時代を修正するものとして(『デッサンの教科書』、アレクサンドル・アルハンゲリスキー『カットオフ値』、アレクセイ・イワーノフ『放蕩と市営補習教育機関』など)登場し、また他方では、メディアの嘘に対する反応として、(特に若い文学者にとっては)唯一世界について誠実に語れそうな方法であるところの、自分自身の経験についての主観的なルポが生まれてくる。

ついでに述べておけば、まさに上記の点と、若き文学者たちがリモーノフを文学における象徴的な「祖父」として、そして彼の『俺だ、エージチカだ』をヒーローのいる現代的小説の祖型として受け取ったこととが関係している。概してリモーノフの経験(正確には、彼の作家戦略)は、新しい世代の作家にとって非常にアクチュアルなものとして現れた。信頼できる語り手の声、はっきりと表明される非文学的性格、直接行動の支持、ブルジョア性や消費者的イデオロギーへの厳しい批判、愛国心(抽象的・サッカー的なものではなく、具体的で計画性のあるもの)、最新の歴史の修正。本当のところを言えば——そして、誰がこんなことを想像できたろう?——「ポスト・リモーノフ的」という形容詞は、「ポスト・ソローキン的」よりもはるかに現代ロシアの散文(ストゴフ、デニス・グッコ、ルバーノフ、ガロス＝エヴドーキモフ、コズロフ、プリレーピン)にぴったり当てはまっている。

歴史の修正は、ゼロ年代のロシア文学にとってもっとも本質的な内的衝動のひとつであったと言っても過言ではない。おそらく、我々が関心を抱いている時代の半ばに起きたビッグバンは、この修正の必要性を社会が痛感したこととまさに関係しており、だからこそ人々は再び新しい自国の小説を読み始めたのである(もう言わないでおくが、歴史の永続的な修正が、ロシア的な生とロシア文学の持つ意味だということもあり得ないではない)。ここではポストモダニズムでさえ、かなりの程度文学的な言説よりも歴史的な言説に結びついていたが、それは新しいテクストへの「跳躍台」として他のテクストではなく歴史が使われたという意味においてである（ここではシャローフ、クルサーノフ、ユゼフォーヴィチ、テレホフ、アクーニン、クングルツェワを思い出されたい）。

「本物」の喪失と再創出

文学が歴史へ向ける好奇心は、二通りの形で現れる。一方では文学は今日の現実と過去との関係を明らかにし、誤った解釈によってレタッチされ、捏造され、歪められた過去のなかに、現在の物事が置かれている状態の根源を見つけ出そうとする。他方、歴史学とは異なり文学は、単に出来事の記録を現実に即した形で構成しようとするのでなく、何よりも歴史のなかの意味を識別し、過去に向けられた独自のプロジェクトとして提示しようとする。判で押したような「大衆向け歴史小説」ではなく、まさにそうした点にアレクセイ・イワーノフ（および彼の作品である『タイガの心臓』『黄金の反乱』『聖ヨハネの暦』）がやっていることの本質がある。文学的雇われ楽士としての活動ではなく、幻のロシア風ヴィクトリア朝文化を発明するというプロジェクトと紐づけて連想されるように将来的になるのがアクーニンである。二〇世紀の歴史における大文字のプロジェクトの模索と結びつけられるのが、マクシム・カントールの小説『デッサンの教科書』で展開された歴史哲学である。

ゼロ年代にクルサーノフ、ブィコフ、A・イワーノフ、ストゴフ、スラヴニコワ、ユゼフォーヴィチ、テレホフ、プロハーノフといった作家たちの心を特にとらえたのは、ロシアの領土で帝国的プロジェクトが一貫して実現されているという現象だった。もっと言えば、この現象の説明と、それが帝国意識の担い手であるロシア人に与える明らかなダメージがであり、この根本的かつ殺人的な矛盾がである。ロシア人の国益と帝国的野心の伝統との間で、いまだに本質的な解決がなされていないこの矛盾を、文学は痛切に体感していて、文学のなかでは単なる歴史の修正ではなく、さまざまな出来事の影響を受けて変化してきたナショナル・アイデンティティの修正もまた行われている。

多くの人が、文学の過去への執着を歴史的トラウマによって説明しようとしている。その傷を見出すのは自然とスターリン時代や、もう少し広く、ソヴィエト体験一般ということになっている。不思議なことに、政治技術者たちが世論を操作して、今日的な問題を「スターリンは札付きの極悪人だったのか、それとも「有能な経営者」だったのか」

というテーマのディスカッションにすり替えることに成功したにもかかわらず、文学にはこの手が通用しなかった。文学のエネルギーはこうした方向には送電されなかったのである。ソ連へのノスタルジーも、もったいぶった憎悪も、「ソ連的」なものとの関係一般も、ゼロ年代の主要なテーマではなかった。想像上のソヴィエト的な過去は、プロジェクト―内―存在のモデルとして、悪いものだとしてもとにかく意味はあった生活として、ロマンティックな戦争の時代、何かが本当に起こった壮大な時代として受け取られており、現在のように単に模倣されているだけではなかった。このような思弁的なロマン主義化のある種のコミカルさやグロテスクさは、パーヴェル・ペッペルシテイン『戦争物語』という短編集にはっきりと感じられる。この作品では、ゼロ年代に受け入れられていたソ連の歴史に対する社会の態度が思いのほか正確に伝えられている。

ブィコフ『弁明』は、帝国へのノスタルジーという現象に、より広い意味ではソ連との関係に丸ごと捧げられた、ゼロ年代の最も重要なテクストであるが、これはむしろ例外である。事実この小説でも、ブィコフの分身である主人公のロゴフは、スターリンの行動に意味があったかどうかを真剣に解き明かそうとしているわけではなく（この問いに対する答えの探求を、冒険的で半ばファンタジー的な音域に転換することで、この小説は洗練された物語を持つクエストとなってはいるが）、むしろ、イデオロギー的な根っこを持たないまま取り残された若者のアイデンティティ・クライシスを経験している。彼は過去に目を向けることでこれを解決しようとしている。解決とはつまり、彼にトラウマを与えた出来事を説明すること、説明しそこから自由になることである。『弁明』で言われていることとほぼ同じことを、テレホフの『カーメンヌイ・モスト』は書いている。それはつまり、スターリン時代の歴史の意味を見つけ出す試み（この場合は、あるプロジェクトともうひとつのプロジェクトとの、国家建設と人間個人が不死を獲得するという思想とのつながりを通して）であり、なぜならそうでなければ、この過去とともにどう生きるべきかが分からないからである。にもかかわらずこの小説は、基礎のない建物のような印象を与える。なぜなら、神経症的な主人公が調査する一九四三年の謎の殺人事件のエピソードは、著者がそう見せかけたがっているソヴィエト史の隠れた中心というよりは、珍奇なハプニングに近く見えるからだ。

とはいえ、歴史的トラウマはもちろん存在していた。た

だしそれはなぜか一般にそう考えられているようにソ連の歴史の中にではなく、一九九〇年代の現代史にである。文学は、キーポイント、帝国の最終的な滅亡の日、そこを通り過ぎたあとにはプロジェクトとしての歴史が終わり、不定形の現在がやってくる歴史的な回帰不能点を探り当てた。それが一九九三年である。ロシア文学を本格的に魅了する事件、これが一九九三年一〇月*であり、このテーマは「数あるうちのひとつ」ではなく「中心的」なものだと断言できる。一九九三年は、歴史を「以前」と「以後」に分ける、文学にとって鍵となる出来事であり、それは近年書かれたテクストの中に、何らかの形で一九九三年の出来事と関連しているものが非常に多いことが証拠となる（アレクサンドル・プロハーノフ『赤茶色』、イワン・ナウーモフ『一〇月四日』、アレクサンドル・イリチェフスキー『マチス』、パーヴェル・ペッペルシテイン『カーストの神話生成的愛』、ユーリー・ボンダレフ『バミューダ・トライアングル』、ウラジーミル・リチューチン『九三年……』、レオニード・ユゼフォーヴィチ『鶴と小人』、ウラジーミル・マカーニン『驚愕』、ヴェロニカ・クングルツェワ『ジトニーおじさんの冒険、あるいは魔法のチョーク』、アレクセイ・ツヴェトコフ『私の人生のバリケード、九三年』、ヴィクトル・ペレーヴィン『チャパーエフと空虚』、ウラジーミル・ミクシェヴィチ『第三のローマにおける復活』、エヴゲニー・チジョフ『未来人の暗い過去』、アレクセイ・ワルラーモフ『誕生』、セルゲイ・アレクセーエフ『カインの帰還』、ウラジーミル・〝アドリフィチ〟・ネステレンコ『知らない女』）。一九九三年一〇月の事件が、作家たちの一団を目覚めさせた。そしてその全員がモスクワのホワイトハウスに登場人物を送り込んだのである。ペッペルシテインのコロボーク＝ドゥナーエフでさえ、最後のシーンではカリーニングラードのソヴィエト・ハウスの近くにいることがわかる。なぜならまさにここで彼の時代が終わり、また別の時代が始まるからだ。一九九三年一〇月は現代史のブラックホールであり、現代の神話を生む母胎である。一九九三年の出来事は、スラヴニコワからペッペルシテインまで、作家たちの頭に絶えず湧き上がってくるゼロ年代の強迫観念、「本物の喪失」と結びついている。そこで失われているのは、ナショナル・アイデンティティやオリジナリティであり、オリジナルの現実は、グローバルな偽物に取って代わられた。

＊一〇月政変のこと。当時のロシア大統領エリツィンに対しハズブラートフ最高会議議長、ルツコイ副大統領が反旗を翻し、

ロシア最高会議ビル（ホワイトハウス）に籠城。エリツィンが差し向けた軍隊により会議ビルは炎上し、多数の死者・負傷者が出た。

資本主義に順応する文学

ゼロ年代のロシア文学が予測に反して奇妙な姿を取ったことに対する「責任」は、歴史だけでなく経済にもあり、社会の赤字処理への取り組み方や黒字の利用方法にもある。問題は、ゼロ年代のロシアにはここ数世紀ではじめて、高い市場価値を持つ換金可能な商品が余るほどあったということだ。それは麻でも木材でもなく、穀物でもなく、イデオロギーでさえなくて、石油である（しばらくの間は一バレル一〇〇円という満足のいく価格帯だった）。原材料の輸出で成り立っている経済は批判を浴びがちだが、「石油の呪い」に起因するあらゆる問題はあれど、たとえ間接的なものであっても恒常的な資金の注入は、文化に恩恵をもたらさないはずがないということは考慮せねばならない。社会における「余分な」お金の循環は、「野生の資本主義」（そこに陥ってしまうことが一九九〇年代的な筋書きだった）を意味するだけでなく、新しい社会関係、家族の危機、社会の階層化の過程で放出されるエネルギーをも意味する。社会を循環するお金は、とりわけ時間の余剰、平凡で単調な労働生活の枠外への脱出、冒険を意味し、しかもそれらは必ずしも貧困や国家的な惨事の経験とつながるわけではない。お金はある種の文学、特に長編小説にとっては良い潤滑剤である。人は標準的な「通路」を通るだけでなく、「誤った道を行く」こともあり、それがプロットの材料になる。こうした余剰は大衆のなかから、歴史を語る術を学び、『ゴア・シンドローム』（アレクサンドル・スホチェフ）、『カジュアル』（ロブスキ）、『メディア・サピエンス』（ミナーエフ）といった作品を出版するアマチュア作家たちを機械的にリクルートしてくることになる。こうした作品群は、自然淘汰の第一段階を経て自己反省のレベルにまで進化し、今度は文学を通じて所有財産と地位を適法化しようとする新たな社会階層の生活ルポである。実質、ロブスキやミナーエフのような作家たちは、一九九〇年代の出来事によって名誉を損なわれたエリートのリブランディングに取り組んでいるのであり、すでにそうした階級に属しているか、これからそれに加わろうとしている読者たちを当てにしているのだといっても、あながち無根拠というわけでもあるまい。もちろん、今のところこれは「文学」のというよりも「彼ら」の内輪の事情だが、理屈としては、もし一八世紀初頭のイギリスとのアナロジーが正しいなら、スホチェフやロブスキ、ミナーエフのような人たちのなかから、いつかは我々にとってのデフォー、フィールディング、リチャードソンが登場してくるに違いない。ここでは非常に高い蓋然性を示す「違いない」という言葉を使ってもよいだろう。なぜなら、文学の内部になんらそうした必然性がないとして、経済学や統計学にはそれぞれに法則があり、成長しているトレンドがあるときは、いわゆるティッピングポイント*を過ぎればそれが実現することは明らかだからである。もちろん、今のところ「こういう人たち」の書くストーリーは、最低限許される品質を下回っているのがお決まりだ。しかし「こういう人たち」はよく訓練されてはいる。この種の作家の文章に親しむとしたら当然、彼らが腕を磨き終えたとき、もう少しいうと、何百、何千というアマチュアのなかから、長い道のりを耐え抜いた三〜五人のプロが残ってからのほうがずっといいだろう。今のところそういった作家は見あたらないし、文学史に記録する意味もない。とはいえ、このような生産的な環境、なぜか作家の地位が高く評価されている環境の出現は目に留めておくべきだ。一〇年後に彼らがどうなっているか、誰にも分からないのだから。

＊ビジネス上の用語で、それまで小さく変化していた事象が、ある一時点を過ぎたときに急激な動きを見せる、その境界となる点のこと。

若返る文壇

これには色々と考えさせられるが、現代文学のもうひとつ面白い特徴に、生物学的な意味での急激な若返りがある。一九九〇年代末に、四〇代に差し掛かっていたペレーヴィンが「若手」と見なされていたとするなら、今では「若手作家」といえば二〇代のことを指すのだ。たとえばだが、「デビュー」賞の候補で、二〇〇八年の最優秀作品（少なくとも巷ではそういう話になっていた）『カムラーエフ氏の異常』の著者であるセルゲイ・サムソーノフは、出版時に二七歳だった。しかもこれは彼のデビュー作ではないのである。ブッカー賞受賞者のほとんどは、受賞時に四〇歳以下であった。グツコ、イリチェフスキー、エリザーロフ。同世代には、センチン、アンナ・スタロビネツ、コズロフ、エヴドーキモフ、プリレーピンなど、重要な作家たちをもう数名簡単に挙げることもできる。現代のロシア文学において、一九二〇年代や六〇年代のように、若い作家たちが支配的であるという事実をどう解釈すべきだろう。それもソヴィエト的な様式を色濃く残す「老人」作家たちを、文学のプロセスから人為的に切り離すようなことは誰もしていないのに、である。これは、文学のメインストリームがリアリズムであることの結果なのか、それとも原因なのだろうか？　ひょっとすると、単にリアリズムが要求する文学への精通度合いが低いから、文学への参入の敷居が低いのだろうか？

文学の「若返り」には、文学外の要因も作用している。一九九〇年代には、新人のテクストが「事件」になる可能性は低かった。それは単に若手をサポートするリソースがなかったからだ（アクーニンすら軌道に乗るまでに数年かかった）。イワーノフの小説『地理学者が地球儀を飲み潰した』は、この数十年のベストセラーになる可能性があったが、すぐには注目されず、『タイガの心臓』や『反乱の黄金』の出版に対する関心に人為的に火がつけられてのちに、やっと注目を引くようになった。逆にゼロ年代末には、新人だとしても若い作家のほうが、立派な執筆歴を持つ作家よりも、野心的な小説を掲載しやすかった。そうデザインされているのではないにせよ、本質的なところで、文学においてもＴＶ番組『スター工場』と同じモデルが機能しているのである。たとえ出版とショービジネスの比較が牽強付会に見えたとしても、ともかく新しい素材により能率的に反応するシステムは構築されている（一五分間の名声が保証されていることの裏返しとして、関心が急速に薄れていくこともあるのだが）。システムが興味を持っているのは「若いスター」だ。ある意味では、売るのに都合がいい。プリレーピン、イワーノフ、イリチェフスキー（ミナーエフやロブスキは言うに及ばず）は、「若くて将来有望な新人」から二〜三年でスーパースターになった。以前なら臨界量の蓄積の後に、功績の合計に応じたステータスを受け取っていたものが、今は、むしろ前金で受け取っているわけである。

こういった特徴は様々に解釈できるが、現代のロシア文学が老人支配に染まっておらず、健全な若い下生えを持っていることは事実である。他の多くの活動分野とは異なり文学では、そのプロセスにそれぞれの世代がどの程度参加しているかを反映する人口統計のグラフに上がり下がりがない。つまり、駆け出しの新人も、成熟した作家も、長老級の作家も、かなり均等に見られるのである。このことは、基礎科学や軍隊が迎えた危機が文学にはなかったことを示唆している（あるいは、その危機はすぐに克服された。出版ビジネスが国内の新進作家のほうを向いたこと、インターネットの普及、半官半民の財団による若手作家奨励のための投資、たとえば「デビュー」賞、「規格外」賞、リプキで開催された若手作家向けセミナー等々が間違いなくそれを可能にしたのである）。

＊二〇〇八年に作家ドミトリー・リプスケロフの財団「きみの時代」により創立された若手作家のための賞。「ＡＳＴ」社の同名のシリーズとは無関係。

ロシア文学の「光栄ある孤立」？

よく知られたオプティミズムをイメージさせる「若返り」や、「死」や危機に代わる爆発的な成長は、不思議と鬱屈した挫折感につながっている。この点については触れずに済ませられればよかったのだが、誰の目にも明らかな、気がかりな状況がひとつある。要するに、現代ロシア文学は国際的に通用していない、ということだ。この惑星における主たる文学市場である英米市場では、もっとも深刻な局地的地震すらも地震計にまるで記録されていない。アクーニンとルキヤネンコというふたりの例外は、特徴的なジャンル小説の書き手であって、あまり事態に変化を及ぼさない。ロシアの作家は誰にも必要とされない――以上。何も考えず、こうした状況は受け入れがたいものだと評価すべきということになるのだろうか。

現状を多少なりとも包括的に把握しているのであれば、この状況をたとえば「光栄ある孤立」という言葉で表現すべき理由も少なからず見つかるだろう。現代のロシア文学は固有種のようなものであり、それにはプラス面もマイナス面も様々付随している。それは世のほとんどあらゆる場所で機能している法則に従っては進化しない。そう、我が国のバージョンにおける「高尚な文学」は、欧米のサロン的・装飾的文学が主として行っているように、表象の戯れを記録したり、ユニークな個人の「心理」をモデリングしたりするのではなく、社会の研究、国家のイデオロギーのコード化、未来のイメージの設計に主眼を置いているのである。傑出した（そして絶対的に国内向けの）小説であるウラジーミル・ミクシェヴィチ『第三のローマにおける復活』（二〇〇五）の例を借りるなら、秘密の知識、神の叡智たるソフィア、聖杯の保存に取り組んでいるとも言える。そんなテーマ設定をしてくれと国から注文が下りてきているわけでも、そういう方向性が推奨されているのでもないのにだ。

また今回に関しては、ロシア文学を他の世界から隔てるバリアーが人工的なものではなく、自然とできたものであ

り、理論的には完全に通り抜け可能なものであるため、固有種であることにはプラス要素のほうが多い。事実上全世界で差異の平準化が進行しつつあるなかで、ロシア文学は独自性を保っており、グローバルな文学的流行に対する自然な免疫力が獲得されつつある。もしこの「バリアー」が突如として崩壊したとしても、ここでは皆が手当たり次第にダン・ブラウンや『ハリー・ポッター』を真似するということはないだろう。

事態は進行しているが、しかしながらまだ懐疑的な人も相変わらず多く、ソ連時代に比べると社会における自国の文学の内在的な権威は極端に低下した。自分たちはあまり成功していない、田舎じみている、訴求力がないといった(あまり根拠のない)感覚を克服するために、言うまでもなくロシア文学は『ロリータ』や『巨匠とマルガリータ』や『ドクトル・ジバゴ』や『収容所群島』のような世界的ヒット作を切実に必要としている。ロシア人作家のヒット作と/またはノーベル賞。もちろん、過度に閉鎖的な市場に打って出るのは至難の業である。もちろん、ノーベル賞は政治的な道具だ。だが、文学がより変わった、よりローカルな、より民族的な(「全人類的」でない)ものになればなるほど、グローバルな成功の可能性は大きくなっていく。また、もし「ブラック・スワン」がとにかく一羽でも飛び立てば、あとに大群が続く可能性はあるのだ。劣等感を抱かなくていいほどには、ここ一〇年、十分によいテクストが書かれたのだから。

「偉大な国民的小説」の功罪

概してゼロ年代には、ただ単に良いテクストを、それも「良い文学とはかくあるべし」という想定に当てはまるのではないものを探していた人たちが、最も大きな可能性を持っていた。一〇年経っても当初と同じ「リスト」を持ったままでいるには、よほど視野が狭く、偏っていて、頭の固い人でなければならない。もちろん、古典的な規範に当てはまらないものも数多く登場したが、普通とは違うテクストを無視するよりは、規範のほうを変えるのが正しいふるまいだった。

おそらくゼロ年代文学の最大の特徴とは、中央集権化や集約に向いていないことだろう。ゼロ年代の文学には、新作を出すたび、ジャガーノート・トラックの車輪のように他のテクストを力で押しつぶすような作家は現れなかった。カントールの『デッサンの教科書』は、近年の文学としては世界的にも例のない壮大な思想小説であり、その時代の

「典型」や「特徴」を何も含んでいないからこそここでは論及しないのだが、このような作品ですら、他のすべての文学を「葬った」わけではなかった。ゼロ年代の文学には、誰もが認める中心は存在しなかった。ある人はペレーヴィン周辺で、ある人はプリレーピン周辺で、またある人はウリツカヤ周辺で、あるいはイヴァーノフ周辺で、ゼロ年代の絵図を描こうと思えば描けるが、これらはすべて観察者の個人的な好みか知識不足を露呈させるに過ぎない。

　我々が語ることができるのは、そして文学がそうする理由を与えてくれたのは、「偉大な国民的小説」の定義を適用することができるテクストがいくつか出現したことについてである。これは何を意味するのか？　偉大な国民的小説は、テクストのなかで加工されているのが、誰かしらの心理的葛藤でも、アネクドートでも、人間性の発展の物語でもなく、なによりもまず、国家に存在する空間の巨大なエネルギー、異常、悪であるときに現れる可能性がある。これはつまり、空間が本質的に人間の性質を飲み込んでしまうとき、小説のなかで「国民精神」とでも言うべきものが屹立するとき、小説が「精神的故郷」を提供し、今後ほかのどんな時間でもどんな場所でも暮らすことはできないのだと説くときである。例えば、偉大な国民的小説とは、二〇〇七年にロシアでブッカー賞を受賞した小説のことだが、もちろんその後、税関で足止めを食ってしまった。欧米の優秀な文学エージェントが、形而上的隷属からの脱出をテーマにした小説の梗概を見たとしよう。彼はすぐに、何の疑いもなく、その作品をゴミ箱に送るだろう。夢うつつで幻を見ている物理学者コロリョフは、科学にも、不愉快な一九九〇年代／ゼロ年代にもほとほと疲れ果て、すべてを投げうって彫像と婚約し、秘密の地下鉄の地獄のような迷宮を何週間も彷徨い、ホームレスと一緒に放浪の旅に出、レヴィタン的風景に歓喜して死にかけながらロシアの風景に溶け込んでいく、文字通りに。これはアレクサンドル・イリチェフスキー『マチス』である。「内なる反抗」をテーマにした小説であり、支配的な「トレンド」や市場の発展の理屈には当てはまらない小説であり、前時代の潮流から判断するとゼロ年代には決して書かれるはずのなかった小説であり、「光栄ある孤立」のなかで創作された小説であり、国外の文脈に変換される可能性が少しもない小説であり、あらすじが馬鹿げているように見える小説であるが、それと同時に、偉大な国民的小説でもある。

　ロシア文学は、「偉大な国民的小説」を生み出すはずではなく、変化した状況により即した別のプログラムを遂行

するはずだった。至極率直に言えば、ロシア文学というものはそもそも機能するはずがなかったのだ。なかったのだが、なぜだか知ったことではないけれども、にもかかわらず機能したのである。

訳者解題

レフ・ダニールキン（一九七四〜）はヴィーンヌィツャ（ウクライナ）出身の批評家。今回訳出した「クラッジ」は二〇一〇年に文芸誌『新世界（ノーヴィ・ミール）』一月号に掲載され、その後若干の修正を経て二〇一六年に同名の評論集に収録された。「クラッジ」という語については著者が簡単な注記を冒頭に付しているが、より詳しくは、本来相互に関連性のない複数のプログラムを組み合わせて作った不格好なプログラムのことを指すようである。著者は現代のロシア文学をこのクラッジになぞらえているということになろう。著者の見立てによれば、ソ連崩壊後の一九九〇年代にはそれまで主流を占めていたリアリズム文学は古びて影響力を失い、市場に適応したジャンルもののエンターテインメントや、様式の洗練度合いを追求するポストモダニズム的な言語遊戯が文学の中心となっていくと考えられていた。しかし著者が「偉大な国民的小説」と呼ぶような、国家や民族のアイデンティティを問うタイプの文学は二〇〇〇年以降復権し、「機能するはずがなかった」のになぜか機能している。「文学のプロセス」の全体像を描き出すという試みの意義が失効しかける中で、まさに「ジャングル」の様相を呈する現代ロシア文学の世界を該博な知識をもとに活写する本稿は、日本の読者にはなじみの薄い固有名詞が頻出するため読みにくさもあるが、今日のロシア文学の独自の生態系を理解するためには必須の論考である。今回は読者の理解を助けるため、原文にはない小見出しを適宜追加した。

ディプティク

ワレリヤ・プストヴァヤ
越野剛 訳

とある「分厚い」雑誌[*]のひとつで言い聞かされたことだが、「若い作家」というのはちっとも誉め言葉ではないので、そんな線引きは避けたほうがよいそうだ。とはいえ、今日では明白な文学の若さや新しさへの郷愁のおかげで、どこかに載せたり、貼りだしたり、背中を押したりと——要するに導いてやる必要のある、筆が未熟でくちばしの黄色い弟たちに関するたるんだ偏見は打破されている。今日の若い作家は自分で案内人の役割を務めるのだ。その文学の若さの神秘、哲学的な深奥は、作家が単に新しいものを見出すとか、先達の老化した目から遊び半分にちりをほじくり出すのではなく、万丈と無辺際に開かれた自分の新たな世界を構築し、未知の生というフィールドで処女地を耕すところにある。これまで何十年も住民の世界観と視覚を歪めてきた梁（はり）の陰気な都市からは遠く離れて。[**]

＊「分厚い雑誌」は一九世紀中ごろに起源を持ち、文芸に重点をおいた総合雑誌を指す言い方。現代ロシアでも『新世界（ノーヴィ・ミール）』『十月』『ズナーミャ』などが存続している。

＊＊「偽善者よ、まず自分の目から梁を取りのけるがよい。そうすれば、はっきり見えるようになって、兄弟の目からちりを取りのけることができるだろう」（『マタイ伝』七章五節（口語訳））

現代文学の若さの主な特質は、過去に対する反省の絶対的な欠如である。一九九〇年代には新しさが全体として寄生的な性格を帯びていた。それが新しかったのは、従来のもの、ソヴィエト的なもの、古来のもの、思想的なもの、圧政的なもの等々に対抗することによってだった。「あんたらがそうするのなら、おれたちは別口でヤラせてもらうぜ」という風に、反駁の上に自己を確立していた。古いものは全て異議を唱えられて破壊され、祝福できるものは何もないとでもいうかのようだ。まさに屍の上の酒盛りである。戦いに浮かれるあまり、偶像ごと少なからぬ生者を滅ぼし、プロパガンダの虚偽やイデオロギーのいやらしさと一緒に、あのもっとも輝かしいもの——いつものように、それは未来である――への信仰や、夢というお守り、理想という護符を彼らから奪ってしまったのだから。魂の一切が破壊され、追い払われた。

開け放たれた地下から飛び散る疫病――ペストの時代の酒盛りがなされるだろう。私たちの国にはセックスも市場もアル中もぐうたらも存在しない、そんなふりをしようとソ連のイデオロギーは長いこと試みてきた。人間の本性と自由に対して振るわれるどんな暴力もそうであるように、そんな試みはみじめな結果に終わった。満足ゆくまで飲んで歌って遊ぶことを許さなかった体制という継父につきつけられた勘定書きは、大勢の若者が自分の生命を代償にして支払った。不健全に理解された自由という細菌を糧にするペストの猛威は、若者の魂のために創造と生命の天使と闘っている今日の主たる悪魔のひとつである。

時世が求めたのは祝祭ではなく、そう、労働だったのだ。創造の仕事である。時代は瓦礫の山の上で凍りついてしまった。

だからこそ今日の若者には、何かに反応したり、非難したり、反対したり、といった生き方はできないのだ。何を出発点とすればよいのか。空虚だろうか。セルゲイ・シャルグノフ*が『ウラー！』＝存在のプロジェクト**で示したように、それは純粋に無鉄砲な創造の企てに等しい。

＊セルゲイ・シャルグノフ（一九八〇〜）。「新しいリアリズム」を代表する作家のひとり。

＊＊小説『ウラー！』（二〇〇二）はシャルグノフ自身が主人公として登場する「新しいリアリズム」のマニフェスト的小説。シャルグノフは二〇〇四年から二〇〇七年にかけて若者による政治運動「ウラー！」を主導している。

私たちの世代とは、客体化された信仰である。

たとえ前世紀初頭にベルジャーエフ*が新しい中世、つまりロシア・メシアニズムを旗印にした精神の時代に夢中になり、一方でシュペングラー**が大胆不敵かつ論証的に二〇〇〇年がロシアの文化的な生の始まりになると予言したことを知らないとしても（世界を救う刷新された精神的衝動という理念がお気に入りだった、ブローク***、メレシコフスキー****、フェドートフ*****などといったその他の人たちについては言わずもがな）、繰り返しになるが、たとえそうしたことを知らず、記憶していないとしても、一目見て明らかなことを否定はできない。すなわち、今日の文学の「青年」は、自らのテクストの内に、新しい文化時代のカウントを象徴的に反映させている。新しい文化意識とは単にモードの新風、オルタナティヴな音楽、性の革命といったものではない。それは世界観の総体を丸ごと入れ替えることであり、その枠内においては、善とは何か、悪とは何かについての認識（倫理と伝統）が刷新されるだけでなく、人間と宇宙の関係（宗教、哲学、創作）が新たに明らかにされるのである。

＊ ニコライ・ベルジャーエフ（一八七四〜一九四八）。宗教思想家。『新しい中世（邦訳　現代の終末）』（一九二五）。

＊＊ オスヴァルド・シュペングラー（一八八〇〜一九三六）、ドイツの哲学者。『西欧の没落』やその他の著作において、ヨーロッパに代わる未来の文化としてロシアを挙げている。

＊＊＊ アレクサンドル・ブローク（一八八〇〜一九二一）。後期象徴派の代表的詩人。

＊＊＊＊ ドミトリー・メレシコフスキー（一八六六〜一九四一）。前期象徴派の代表的作家。

＊＊＊＊＊ ゲオルギー・フェドートフ（一八八六〜一九五一）。宗教思想家。

若い文学の「新しいリアリズム」とは、現代の文芸の単なる潮流以上のものである。それは、新しい人間、新しい文化の時代の英雄による現実認識である。昔のリアリズム（かつては若い批評家だったピーサレフ＊を見よ）は、人間の心を肉体の単純な機能のひとつに、心の活動を肉体の自然な作用になぞらえ、人間の認識の果ては塵芥であり、人間の関心の範囲は部屋の壁の幅木と同じだと信じさせ、ペットの鼻面を糞に突っ込むように、人間の顔を地上に押しつけたりしたものだが、新しい人間とは、そうした意味とはまったく異なる、生のリアリストなのだ。

＊ ドミトリー・ピーサレフ（一八四〇〜六八）。文芸評論家。農奴解放後の大改革期である一八六〇年代に活躍した急進的知識人のひとり。

「新しいリアリスト」は一九世紀のカエル好きな六〇年代人＊ではなく、二〇世紀の銀のゼロ年代人＊＊に近い。潜在的に、その刷新されたリアリズムは、現実の象徴的な認識に基づいた地上的な洞察力の証拠であり、直接的で、生の認識を介さない神秘的な問いよりも、時には真理に近いこともあり得る。「地面にねじ伏せられながら、私はまなざしを天に向ける」、イリヤ・コチェルギン＊＊＊の短編小説「オオカミ」のこの一節は、「新しいリアリズム」の象徴的なエピグラフになり得る。以前のものと違って、そこには、物質とイデア、現象（フェノメノン）と物自体（ヌーメノン）、地球の引力にねじ伏せられた身体と天空を仰ぐ眼差しの弁証法が存在する。リアルよりも高みにあるリアリズムである。地面を蹴って跳び、天空にぶら下がり、トルコ石のような真理や、雷のように轟く真理のドアをノックするのだ。

＊トゥルゲーネフ『父と子』（一八六二）の主人公バザーロフのように、ニヒリズムや唯物論に立つ一八六〇年代の急進的知識人は、しばしばカエルの解剖を好む者として戯画化された。

＊＊「銀の時代」は象徴派、アクメイズム、未来派の詩人が次々と現れた一九世紀末から二〇世紀初頭の時代を指す。ここでは主として象徴派が念頭に置かれている。

＊＊＊イリヤ・コチェルギン（一九七〇〜）。モスクワ出身だが、一九九〇年代の多くをバイカル湖やアルタイ地方などのシベリアで過ごした。作品集『中国人の助手』（二〇〇三）は最初の単行本。短編「オオカミ」は雑誌『新世界（ノーヴイ・ミール）』（二〇〇一年六月号）に掲載された。

これから意味と誠実さで満たさねばならない冷たい世界に投げ落とされたアダムとイヴのように、あるいは信仰好みによっては、罪の意識と創造に初めて目覚めた猿のようにといってもよいが、若い作家たちの主人公は、同時代の荒廃した世界に対して公然と反対の立場にある自分を発見する。節操のなさ、価値の不協和音、文化的な無定見のせいで、私たちの社会は原初の混沌にも似た状況となり、新しい文化の秩序を築くところから始めねばならない。シャルグノフとコチェルギンの主人公は、新時代の最初の人間の形象と最高度に合致している。その人物たちは神秘的なほどの原始のシンプルさ、あきれるほどのマッチョな野蛮さを示す。主人公が切実に感じているのは、宇宙から切り離されたという自覚を持つ人間にとっての一番の問題、すなわち、世界の圧倒的な巨大さ（コチェルギンが描写する針葉樹林（タイガ）の自然）や、まだ覚醒していない群衆の身勝手な横暴さ（シャルグノフとコチェルギンが描写する現代社会、およびそこで流行している生活スタンダードのイメージ）に接しながら、自分を貫く意思と勇気を奮い起こすことである。

存在の自己防衛の問題は、もっと高いレベルにおいて、自分の個性を保つという問題、そして最終的には、独創的で自分だけに適するような生の意味を問うことに変わっていく。少し前の文学では出口のない状況に茫然自失する人間という形象が特徴的だったが、若い世代の散文が提示するのは、無意味さと絶望を克服した主人公なのである。

シャルグノフの小説『ウラー！』は、生の創造＊における実験を行っている。いま流行りの、生に対して意志薄弱で、演技的で、危機的な姿勢から脱却することができた、激しいほどポジティヴな主人公を見せてくれる。コチェルギンの『中国人の助手』に収められた中短編の数々は、出世とマネーという一般的な人生設計のスタンダードへの隷属から、現代の人間が解放されるさまを描き出す。首都の出身の主人公がタイガでの仕事に赴き、そこで自己と真実の世界を知る。とはいえ、コチェルギンの読者は、解放された主人公がせっかく見出した自己をどうしても実現できなかった点を指摘し、新しく手に入れた現実感覚がモスクワに戻った後に失われてしまう展開を予想するかもしれない。

そうした意味であれば、アンドレイ・ゲラーシモフ**の「自尊心の感覚」（インタビューからの引用）にあふれた主人公たちの形象はもっと完成度が高い。結末ではいつも生のハーモニーという輝かしい認識の瞬間が勝ち取られる。チェチェンから顔にひどい傷を負って帰還した中編小説『渇望』の主人公は、世界の明瞭なヴィジョンを次第に獲得し、終盤ではまるで初めて自分自身を知ったばかりとでもいうように、戦争前の自分の本当の顔を紙に描く。長編『ラヒリ』の主人公は生の現実と折り合いがつかずに多くの点で心に傷を負った人間で、長きにわたる歳月を絶望と復讐心に費やし、やっと物語の最後になって人生の流れの中ですべてのもめごとが解決して、望みがかなえられると、警戒心が強くて疑り深い自らの現実認識の虚しさを悟る。

*「生の創造zhiznetvorchestvo」。生活／人生を芸術作品のように構築することを意味する言葉で、一九世紀末から二〇世紀初頭の象徴派の作家がしばしば用いた。

** アンドレイ・ゲラーシモフ（一九六五〜）。イルクーツク出身。『ラヒリ』（二〇〇二）は二〇一三年に映画化されている。『渇望』（二〇〇三）。長編『ステップの神々』（二〇〇八）は日本人捕虜とロシア人の交流を描いている。

若い文学では創作に関するポストモダニズム的な問題の代わりに、生の創造というリアリズム的な問題が立てられている。様式の搾取ではなく、人間の生存がその闘争の目的なのだ。前々世紀の六〇年代のそれとは違う「新しいリアリスト」にとって、アクチュアルなのは創作の問題ではない。形式を犠牲にして内容を培うというものではないのだ。それはまさに銀の時代的な所与、形式の生得性であって、そのとき言語は作家にとって第二の魂（第二の天性ではなく）となるのだ。

若い散文に世代的な規格化がないことは喜ばしい。論文や口頭の発言ではギルドのように群れることを避けるシャルグノフだが、実際には創造的世代の指導者および代弁者としての才能がある。まさに歩くマニフェストだ。彼の論文「喪の否定」*が、新しいリアリズムの宣言というより、むしろ文学の価値、個性、創造力、まばゆさ、独自性の復活に捧げられていることは示唆に富む。うんざりするような文体の中立性はなく、音の響きへの無関心さもなく、標準的な言葉によるむき出しの正しさもない。時事評論的な記事（独立新聞のEx libris）＊＊でさえ、彼が芸術的な意味で独創的で、天賦の才を有する作家だということをわからせてくれる。

＊『新世界（ノーヴィ・ミール）』の二〇〇一年一二月号に掲載されたシャルグノフの論文。ポストモダニズムの文学を否定するマニフェスト的な文章。

＊＊『独立新聞』は現代ロシアの主要日刊紙のひとつ。「Ex libris」は文芸記事を中心とした別冊付録。

ゲラーシモフはその名前の通り、＊優しくて人がいい。彼の作品は、主人公たちも、彼らのために設定された生の在り方も、驚くほど善良だ。ゲラーシモフの主なプロットは人々の運命であり、それを通じて「神がそのアイロニーの仕掛けを作動させようと決めた」（長編小説『ラヒリ』からの引用）という。とはいえ、そのアイロニーは従来の文学では恒例だったような、どこに当たるか分からない跳弾のようなナンセンスな性格を帯びてはいない。それはむしろ道先を示す矢であり、傷口から人生の毒にあてられた余計な血を放出してくれるのだ。ゲラーシモフの文体の特徴はストロボとレンズフレアであり、言い切らないフレーズの短さであり、諸々のイメージ、テーマ、モチーフを反射するように繰り返すという構成原理である。彼の言葉は隠喩（メタファー）ではなく換喩（メトニミー）に富んでいる。イメージや事件は論理的にではなく、ディテールや音の響きの個別の近接性をもとにして組み立てられる。

＊ゲラーシモフという作家の姓はロシア人に多いGerasimovではなく、Gelasimovという珍しいつづり（rではなくl）になっている。ギリシア語の「笑う」が語源と考えられる。

デニス・グツコ＊は戦争のテーマで文学を始めた。しかし現時点で最もよい小説『バビロンの川辺のあの場所で』を軍事物の棚に分類するのは、上っ面の判断によってしかできないことだ。魂を喰らうカオスとしての今日の世界に立ち向かう個人という、現代の若い散文で好まれるシチュエーションは、グツコの小説の中で文字通りに響いている。「ここはカオスの領域では……、万事が不安定で、明確な輪郭がなく、流転し、砕け散る。人間も。むしろ人間がまず最初だ。その内側に支点はなく、倒れてもつかまることのできるものは皆無だ。人間は液体のように流動的で、ひとつの形式からまた別の形式へと流転する……。人間が受け入れる形式は多くのものに依拠しているが、自分自身に拠ることだけはない。カオスが人間を形作る……」。この小説におけるカオスである軍隊は、人間に及ぼす影響の破壊性という点で、コチェルギンが描く現代の文明社会とも比べられる。このようなカオスの中の生とは虚偽であり、生き残るための役割演技（ロールプレイ）であり、分刻みで時間割の決まった仮面のパレードだ。コチェルギンの主人公と同じように、グツコの主人公は軍隊という群れのマリオネットのような世界を通り抜けて、本物の世界に到達することを望む。コチェルギンの作品では、自然を通して人は生きた世界に接触するが、グツコの場合は自分の根を過去に求めることによって、そして自らの文化的なアイデンティティを選択することによって（作中での歴史や民族のモチーフはそのため）である。彼らの作品には、社会的な隷従に反旗を翻すような独立した個性の描写が少なくない。グツコの主人公は、（なるべく愚鈍で安楽に時間が過ぎてほしいというような）「軍隊流の麻痺」との妥協から、そして気弱さと恐怖から出発し、自尊心の獲得を通じて、自らの内にある秘密の孤独、軍社会の秩序の束縛からの自由という境地までの道をたどる。

*デニス・グツコ（一九六九〜）。グルジア（ジョージア）のトビリシ出身で、現在はロシア南部のロストフ・ナ・ドヌー市在住。『バビロンの川辺のあの場所で』（二〇〇四）の次に書かれた長編小説『道の跡もなく』（二〇〇五）がブッカー賞を受賞。二部作『ロシア語話者』（二〇〇五）としてまとめられている。

ドミトリー・ノヴィコフ*は、今のところ他に例のない驚くような創作上の鮮やかな進化を示している。なぜか若い作家の集まりや巻頭推薦文などでは、彼の短編「琥珀の中のハエ」だけが褒められることが多い。しかし、この作家にとって最初の短編小説は、文体にかなり未成熟なところが目立ち、作者の世界観に基づいた関心の可能性をただ示唆しているだけだ。紋切型でほとんど滑稽なくらいの表現だが、時間のモチーフを生かそうとする最初の試み（琥珀の中のハエ）だったものが、その後に書かれた短編では、巨大で緊張をはらんだ断章や哲学的な奥深さに急な成長を遂げた。とりわけ驚くべき作品「スマ川にて」はあらゆる点で新しく、よく練られている。恋愛のメタファーとして繰り広げられる漁労の豊かな描写、恋人の執拗な思い違いと運命を前にした主人公の無力さの細やかで寓意的な表現、血による復讐に抗する彼の自己説得、そして晴れやかな結末。ノヴィコフの散文は、主人公の造形についていえば、気高さと信念の勝利であり、「身の回りのあらゆるものへの優しい配慮に満ちて生き生きとした心」（短編小説

「引き潮（クイポガ）」からの引用）の持ち主である登場人物に体現された善良なリアリズムなのである。作品世界についていえば、哲学的な内容に満たされた時空間への没入、そして、人を浄化し、賛美し、口うるさい私的なものの境界の向こう側に連れ出してくれるような自然力への理解が特徴だ。

＊ドミトリー・ノヴィコフ（一九六六〜）。カレリア自治共和国のペトロザヴォック市出身。「琥珀の中のハエ」（二〇〇二）、「スマ川にて」（二〇〇三）、「引き潮」（二〇〇三）。これらの三編は作品集『琥珀の中のハエ』（二〇〇三）に所収されている。『外海の炎』（二〇一六）。

ペテルブルグの才媛クセニヤ・ブクシャ＊の文体には、どこかブルガーコフ的なところがある。世紀の境目の「銀の時代」の種まきが輝かしく響きのよい芽を結んだ二〇世紀前半こそが、もっぱら彼女の源泉となっている。その芽生えは、実現した（そして幻滅をもたらした）夢想という気分の中にあるポスト革命期のものであり、創作の技量の点では見事だが、あらゆる（精神の）貴族階層の残滓と同じく、過剰で、作品を届ける先がなく、何十年もの長きにわたってあり得ないものだった。あえてブクシャは、まだソ連だったころのロシアの散文の最良の伝統を軽やかに継続してみせる。彼女の作品のプロットは象徴的リアリズムの精神と二つに分かれた世界という秩序のもとで展開する。それらのおかげで作品に描写される二〇〇〇年代の現実は、気まぐれなグロテスクを交えた突飛な幻想という外観が付与されている。しかも、作者の想像力の気紛れ（あまり重要ではないイメージさえ鮮やかに描かれることから分かるように、ブクシャの想像力はきわめて豊穣である）はひとつとして紋切型にならない。マックス・フライ＊＊は短評で中編『パルチザン隊員アリョーンカ』を「ある種の新世代のマニフェスト」と呼んでいる。この小説のプロットは、現実の事件の意味付けが、不穏な予感の幻想化と結合している点で、一九二〇年代のブルガーコフやザミャーチンの芸術構想に近い。ブクシャは『パルチザン隊員アリョーンカ』で、スラヴの帝国と自由の束縛に拍車をかける新しい変革を設定している。自分の力で自由に生きてきた若い女性、主人公のアリョーンカは、「もし成し遂げられないなら――彼女は考えた――どうでもいい、自分がゴミのような存在だってことだ！」という真に若い人間にとって唯一可能な決断をする。ブクシャは賢明にも歴史上の革命の経験を考慮し、自分の描く革命を、シンボリックで、だからこそよりいっそう真にせまるものに作り上げた。ブクシャの革命が明らかにするのは、美しいもの、神聖なもの、自由なものを求める若い意思、すなわち青春の永遠の詩情と悲劇、そして「若さ」（カッコ書きにしたのはそれがどんな年齢でも手に入れられるものだから）の衝動に、いつでも飢え、病気、恐怖というお決まりのノルマを対置させようとする老いぼれた生が抱く、ネズミのように意地悪な喜びだ。アリョーンカたちのパルチザン対帝国——真実は誰のところにあるのか。もしかすると、どちらの党派でもなく、ひとりの人間、「この個人主義にして資本主義者、この中産階級の代表者」であるカジミール・オレイカのところかもしれない。思想的には未成熟だが、アリョーンカを政治的な理念の担い手ではなく「ひとつの人格」として死から救う唯一の登場人物である。これこそが精神の若さと古来の人間性の「マニフェスト」であり、そうしたすべての背景には、リズミカルな会話、ロシア的自然（英雄叙事詩（ブィリーナ）や昔話風のものであり、タチヤーナ・トルスタヤの『クィシ』みたいなパロディではない）の風景と感覚、久しく見なかったような心を揺さぶるドラマ性があるのだ。

＊クセニヤ・ブクシャ（一九八三〜）。ペテルブルク出身の作家。『パルチザン隊員アリョーンカ』（二〇〇二）。長編『工場〈自由〉』（二〇一三）がナショナル・ベストセラー賞を受賞。本書に短編の翻訳を収録。

＊＊マックス・フライ。スヴェトラーナ・マルトゥインチク（一九六五〜）とイーゴリ・スチョーピン（一九六七〜二〇一八）の二人組による作家のペンネーム。異世界エコーを舞台にしたファンタジー小説のシリーズで有名。

私は現時点で自分にとって発見となり、文学的・精神的・文化的な刷新のシンボルとなった人についてのみ語った。

もしもし、私たちは才能を探しています。なにをこせこせすることがあろうか。私たちは天才を呼び招くのだ。多様な声の天才たちの出現を信じている。「天才性とは……異なる存在に向けられた熱烈な意思である」、ベルジャーエフのこの言葉は様々な意味に解釈できる。前世紀には、暴力によって世界を物質的に変容させる革命において、異なる存在への志向を実現することが夢見られた。私たちにとってこの経験は、うわべのみの政治的な手段では楽園を築くのが不可能なことを理解するのに不可欠だったようだ。そもそも、何かを築くということではない。価値があるのは結果ではなく、欲求なのだ。異なる存在を作り出すのではなく、それを求める意思なのである。世界が何かによって変わるとしたら、それは職人のから騒ぎやら、乱暴を働く手やらによるのではなく、心の包括的な運動と転移によるのだ。新しい作家、詩人、音楽家、教育者だけでなく、なんということだろう、ただ単に新しい人間が、甦った文化的な自覚を持って、意味に満たされた新しい精神的な現実を本当に築き上げてくれるかもしれない。

訳者解題

ワレリヤ・プストヴァヤ（一九八二〜）はモスクワ出身の文芸評論家で、「新しいリアリズム」の論客として知られる。評論「ディプティク」は二〇〇五年に雑誌『コンチネント』に掲載され、後に単行本『分厚い評論』（二〇一二）に収められた。ディプティクは二枚の板をつなぎあわせた二つ折りの絵画や書字板を意味するが、この論文も主要な作家をとりあげた前半部分とデビューしたばかりの新人作家を論じた後半部分の二つの文章に蝶番の役割を果たす短い序文を組み合わせている。しかしここでは「新たな存在への意思」と題された前半部分のみを訳出した。プストヴァヤが「新しいリアリズム」の作家にとって重要とみなす特質が、独特のレトリックで力強く表現されている。彼女のいうリアリズムがトゥルゲーネフやトルストイのようないわゆる一九世紀のリアリズム文学ではなく、一九世紀末から二〇世紀初頭の象徴派に重なるものとして主張されているのも興味深い。

アレクシエーヴィチと現代ロシアのノンフィクション文学

越野 剛

文芸評論家ピョートル・ワイリはアレクシエーヴィチがまだノーベル賞を得る前に書いたエッセイで、彼女の創作はジャーナリズムではなく、これまでのロシア文学にはなかった新しいノンフィクション文学だと喝破している。過度にイデオロギー的な言葉で書かれた二〇世紀のフィクションは信頼を失い、現代ではノンフィクションが人気を集めるようになったという。[1] アレクシエーヴィチは日本でも早くから紹介されていたが、それはアフガン戦争やチェルノブイリ事故に関する優れたドキュメンタリー作家としてであり、その作品が「文学」として認識されるのは二〇一五年のノーベル賞受賞がきっかけのようである。ロシア文学ではノンフィクションというジャンルは明確に位置づけられてこなかった。「オーチェルク」というエッセーに似た散文は古くから存在したが、フィクションとノンフィクションの中間のような曖昧なジャンルだった。ソ連期には、あるべき現実を読者に提示するという目的をもったリアリズム文学が、ある程度までノンフィクションの役割を果たしていたともいえる。

アレクシエーヴィチの最初の二作、『戦争は女の顔をしていない』(一九八四~八五)と『最後の証言者』(一九八五、邦題『ボタン穴から見た戦争』)は、第二次世界戦争(独ソ戦争)の記憶をとりあげた。戦争に関する回想や記録の類はソ連時代に数多く出版されていたものの、女性兵士や子供の視点からみた戦争というそれまで誰も目を向けたことのない情景を描き出したところがノンフィクションでありながら文学として読める要因かもしれない。直接の体験者ではない作家が戦争を描くのも、この時期にはまだ新しい試みだった。

同時代の出来事を取り上げた『亜鉛の少年たち』(一九八九、邦題『アフガン帰還兵の証言』)は、刊行されてすぐにソ連が解体消滅するという大きな出来事があった。失われた祖国への憧憬は戦場で死んだ近しい人の記憶に重ねられる。

当初の取材では過酷な戦場の体験におびえる息子の等身大の身振りを語っていたはずの母親が、作家を裁判に訴えて息子は英雄だったと主張した事件は、アレクシエーヴィチがソ連というユートピアに生きた人々に関心を向けるきっかけになった。[2]『チェルノブイリの祈り』（一九九七）と『セカンドハンドの時代』（二〇一三）には、ソ連がなくなった世界でなおもソ連の記憶を抱いて生きる人々がしばしば登場する。[3] 初期作では戦争という出来事に外側から取材する立場だったアレクシエーヴィチも、後期の作品では自分もまた同じ時代を体験した当事者として証言者の語りに寄りそう姿勢がみられるのも特徴である。これらの作品がソ連に生きた小さな人々の「ユートピアの声」という、ひとつながりの連作として意識されるのもこの時期になってからである。

ソ連解体と冷戦終結の過程で文学に生じた変化は、しばしば大きな物語から小さな物語として説明される。アレクシエーヴィチは戦争や原発事故などのエポックメーキングな大文字の歴史を枠組みとして選びながら、一貫してその中で生きた小さな人間の声に注意を向けてきた。そうしたアレクシエーヴィチの作品を軸にして、ソ連末期から現代にいたるノンフィクション文学の流れを概観したい。

歴史とオーラルヒストリー

一九八〇年代後半には、ゴルバチョフの進めた改革の目玉となったグラスノスチ（情報公開）政策のもと、それまで語ることのできなかったソ連の過去の歴史への関心が呼び覚まされた。スターリンの大テロルや強制収容所の実態を描き出したワシーリー・グロスマンの『人生と運命』『万物は流転する』、ソルジェニーツィン『収容所群島』の禁止が一九八〇年代後半になってようやく解けると、作品が掲載された文芸誌は争うように読まれた。

文書には記録されず、人々の記憶の内にだけ痕跡を残す過去の事実は、オーラルヒストリー、証言者の直接の語りを聴取することで掘り下げられる。一九八七年にソ連体制下での抑圧や犠牲者の記憶の収集と保存を目的とする団体「メモリアル」が活動を始め、歴史家ユーリー・アファナーシェフ、人権活動家アンドレイ・サハロフ、作家アレシ・アダモーヴィチなど多くのリベラルな知識人が加わった。[4] アファナーシェフが学長を務めていたモスクワ歴史公文書大学（現ロシア人文大学）では、一九八五年にオーラルヒストリー・クラブが設立されている。学生を中心とするメンバーは、政治犯を収容する有名な刑務所があったウラジーミル市で最初のインタビュー調査のひとつを行った。[5] メモリアルはソ連体制下で迫害にあった人々、および第二次大戦中にドイツの捕虜となったり、労働力として連行されたりした人々のインタビューを精力的に収集しており、その多くがホームページ上で公開されている。[6]

アレクシエーヴィチのデビュー作『戦争は女の顔をしていない』が出たのはソ連でオーラルヒストリーが導入されたのとほぼ同じ時期のことである。しかし、アレクシエーヴィチ自身は証言者の語りという様式を同郷のベラルーシの作家アレシ・アダモーヴィチから文学作品として学んだとしている。[7]あるインタビューでアレクシエーヴィチは「オーラルヒストリー」と自分の創作を区別して、素材を羅列しただけの証言のデータベースは読んでもらえないので、文学として読んでもらうために素材を選り分け、切り取り、編集することが必要だと述べている。

アダモーヴィチは仲間の作家との共同作業により、ベラルーシの農村でナチ・ドイツによる虐殺を生き残った住民の記録『炎の村から来た私』(一九七五)、レニングラード包囲による飢餓の地獄を体験した人々の『封鎖の書』(一九七七~八一)を刊行している。一九六〇年代後半から七〇年代にかけて普及したテープレコーダーは、メディアが国家によって統制されたソ連において、私的な空間で個人の声を複製するという重要な機会を生み出し、今日のオーラルヒストリーの隆盛を準備したといえる。同じころにモスクワ大学の文学研究者ヴィクトル・ドゥヴァーキンは、マヤコフスキーと銀の時代やロシアの文化史に関する数百のインタビューをテープに記録している。[8]また非公式芸術家のアンドレイ・モナストゥイルスキーと〈集団行為〉のグループは、個人のアパートや都市郊外の野原といった場所で行ったパフォーマンスアートにテープレコーダーを利用しており、それ自体がアートでもある貴重なアーカイヴを作り出した。[9]

社会批判とチェルヌーハ文学

グラスノスチ政策のもとでは、ソ連のネガティヴな過去だけでなく、同時代の社会の否定的な側面もまた積極的に暴き出されるようになった。ポジティヴな解決法を示さずに現実の汚点ばかりを強調するという批判的な意味で、そのような作品はしばしばチェルヌーハ(暗黒もの)と呼ばれた。[10]例えばセルゲイ・カレディンの小説『建設大隊』(一九八九)は、軍隊での汚職やいじめ問題の実態を描き、ウラジーミル・クーニンの『インターガール』(一九八八)は売春をテーマにした(一九八九年に同名の映画化)。スタニスラフ・ゴヴォルーヒン監督は、現代社会の貧困と犯罪を暴いたドキュメンタリー『そのように生きてはいけない』（一九九〇）を撮り、チェルヌーハ映画の代表作となった。『時は夜』（一九九二）で知られる作家リュドミラ・ペトルシェフスカヤは、望まない妊娠、病気、住宅問題、アルコール中毒などに悩まされる不幸な女性の生活を赤裸々に描き出し、やはり「チェルヌーハ」という非難を浴びた。孤独な人間の一人称の声が「テープレコーダーに録音された」ような語りの文体で表現されているところに、[11]フィクションとはいえアレクシエーヴィチの作品との共通性が感じられる。ペレストロイカ期のチェルヌーハは隠されていた現象を可視化して公的な議論の俎上に載せる一方で、卑小で等身大の人間を描きだすという重要な役割を果たしたといえる。

しかし一九九〇年代以降、このジャンルは次第にセックスと暴力を売り物にする大衆小説に吸収されていく。文学研究者リポヴェツキーによると、希薄化したイデオロギーの代わりに虐げられる肉体の身体性を物語の軸にしているというジャンルの特徴を保ちながら、チェルヌーハはやがて「小さな人間」ではなく、新興成金（新ロシア人）を対象とするようになった。例えば、ウラジーミル・トゥチコフは、一九世紀文学の農村を再現するため購入した領地で「農奴」を雇用して暴虐を尽くす男など、新ロシア人の異様な犯罪を描いた短編連作『死はネットからやってくる』（一九九八）を書いている。[12]

ソ連の記憶と個人の回想

一九八〇年代末から九〇年代にかけて、日記や回想録などの個人の生活史を記録したテクストが盛んに出版されるようになった。[13]粛清で失った夫の詩人の記憶を守りながら国内で流転の生活を送ったナジェージダ・マンデリシュタームや、コルィマの収容所を体験したエヴゲーニヤ・ギンズブルグの回想録が八〇年代末に国内で初めて出版されたのはグラスノスチの成果のひとつといえる。作家や文化人などの著名な人物だけでなく、ソ連を生きた無名の「小さな人々」もこの時期に多くの回想録を残している。「メモリアル」各地の支部や、一九八八年に開設されたモスクワの「民衆アーカイヴ」は、そうしたライフヒストリー文書の収集を積極的に行った。この時期に『新世界（ノーヴイ・ミール）』『十月』『諸民族の友好』などの代表的な文芸誌が回想録のための枠を設けるようになった。七〇余年続いたソ連の歴史はちょうど人の一生と同じくらいの長さになっており、回想録や日

記の刊行ブームには社会主義体制の歴史を自分の人生に重ねて考えたいという欲望を見ることができる。

東ウクライナに暮らした農民女性エヴゲーニヤ・キセリョワの生涯（一九一六〜九〇）は、ちょうどソ連が存続した期間に収まる。彼女は映画の脚本に採用されることを期待して、自分の生涯をふりかえる三冊のノートをまとめて投稿した。著者の生前に日の目をみることはなかったが、一九九一年になってその一部が文芸誌『新世界（ノーヴイ・ミール）』に掲載された。その自伝的な文章には、ナチ・ドイツ占領下という大きな歴史における過酷な体験と、二重結婚で別れた最初の夫や酒癖が悪く喧嘩の絶えない二人目の夫との日常の暮らしが重ね合わされ、普通の人々の視点からソ連の生活が描かれたことが注目を集めた。

社会学者コズロワと言語学者サンドミルスカヤは、素人による創作行為であるナイーヴアートとのアナロジーから、キセリョワの作品を「ナイーヴレター」と名付け、一九九六年に詳細な解説付きの完全版を刊行した。[14] 標準的な綴りや文法から逸脱したロシア語で書かれていることもあり、知識人である編集者が文学的な規範に合わせて校正することの是非や、最終的なテクストの作者が誰なのかが問われることになった。アレクシエーヴィチの作品の証言者の声がどのように「文学」として構成されたのかを考える上でも、キセリョワの自伝は興味深い事例となっている。

自伝文学

出版された自伝の中には文学作品として高く評価されるものもあった。例えば、チェーホフ研究で知られる文学者アレクサンドル・チュダコフの自伝的な小説『古い階段に霧が降りる』（二〇〇〇）は、スターリン期の粛清を逃れるため北部カザフスタンの町シシュチンスク（作中ではチェバチンスク）に移り住んだ家族の物語が作者をモデルにしたらしい少年の視点で描かれる。流刑囚や強制移住させられたチェチェン人や朝鮮人が暮らす土地はソ連史の裏面を映し出す背景になっているが、物語のジャンルは皮肉にも「牧歌」とされており、異郷の土地でロシア風の生活を作り上げていく過程がロビンソン・クルーソーの物語にも喩えられている。

出生時に脳性麻痺の診断を受け、孤児院を転々とした体験を持つルーベン・ガリエゴの自伝『黒の上の白』（二〇〇三）はロシア版のブッカー賞を受賞している。ルーベンの祖父はスペイン内戦でフランコ政権に追われてソ連に移住したスペイン共産党員だったことも興味深い。一方、ロシア正教会から分かれた古儀式派教徒で、中国の新疆地方に生まれて南米に移住したダニーラ・ザイツェフの自伝（二〇一五）も読書界の注目を集めた。口に出して語りながら書かれたというテクストは、方言的な語彙や標準ロシア語から外れた発音・アクセントをできるかぎり保存するように編集されており、言語的にも貴重な資料となっている。

レヴァダセンターの二〇二〇年の世論調査によれば、独ソ戦争やスターリン時代の抑圧を直接覚えているという人の数はこの二〇年間で激減して、いずれも一％程度になっているという[15]。直接的な当事者ではない作家が、こうした事件の記憶に取り組む事例が増えているのは自然な流れであろう。詩人マリヤ・ステパノワの『記憶の記憶』（二〇一七）は日記、手紙、写真など家族の私的な文書を引用しながら、ユダヤ系である彼女の一族の歴史をさかのぼる。過酷な体験を生き残った親の世代に対して、その子孫が抱える追記憶（ポストメモリー）の問題を論じる哲学的な随想がはさみこまれた重層的な構造が作品の特徴となっている。

評伝

二〇〇〇年代以降には歴史上の人物についての評伝のジャンルも盛んになった。とりわけ一〇〇年以上の歴史を誇る「偉人伝シリーズ」から刊行される評伝が文学賞を受賞する事例が目につく。作家ドミトリー・ブィコフの『パステルナーク』（二〇〇五）、ドストエフスキー研究者のリュドミラ・サラースキナの『ソルジェニーツィン』（二〇〇八）などがボリシャヤ・クニーガ賞を獲得している。どちらの作品も、ノーベル賞に選ばれながら（パステルナークは辞退）、ソ連時代には正当な評価を受けられず、自由に作品を読めるようになったのはペレストロイカ期になってからという作家を題材にしている。

パーヴェル・バシンスキーの『レフ・トルストイ――楽園からの逃亡』（二〇一〇）は、文豪の没後一〇〇年の年に出た新しい評伝で、それまでタブーとされてきたトルストイの愛人アクシーニャや夫婦の性関係についても踏み込んだ描写を行い、私生活に焦点を置いた新しい作家像を提示してベストセラーとなった。偶然の一致だがその前年に出たペレーヴィンの小説『T』（邦題は『汝はTなり――トルストイ異聞』）の主人公もトルストイだ。大作家の正体がオカルト風味のバーチャル空間に作り出された虚像とされている点でノンフィクションの要素は少ないが、神格化されたトルストイのイメージを解体／再構築するという方向性は共通している。

評論家レフ・ダニールキンが「偉人伝シリーズ」から刊行した『レーニン──太陽の塵の全能者』(二〇一七)も話題書となった。ロシア国内外のレーニンが滞在した場所を訪ねて歩き、レストランでレーニンが味わったビールの銘柄まで調べあげた結果は八〇〇ページ近い大著に結実した。トルストイ以上に神格化されてきた革命の指導者の人物像をタブーから解き放ち、ユーモアを交えて描きながら、著者の主人公に対するシンパシーを常に感じさせる適度な距離感が、いまだにレーニンを尊敬する人の多いロシアで広く受け入れられる要因になったようだ。

歴史とフィクション

一九九一年に完結したソルジェニーツィンの『赤い車輪』は、ロシア革命が起きた経緯を膨大な歴史資料を渉猟しながら書かれた壮大な歴史小説である。こうした作品はフィクションとノンフィクションとノンフィクション文学との境目に位置付けることができる。

リュドミラ・ウリツカヤ『通訳ダニエル・シュタイン』(二〇〇六)はユダヤ人であることを隠してドイツ軍の通訳として働き、多くの同胞の命を救った実在の人物を主人公にした小説で、もともとはノンフィクションとして構想されていた。できあがった作品は書簡、回想、日記、録音テープなどを模したテクストを組み合わせたまさに記録文学の形式になっている。ウリツカヤが出版エージェントに書いた手紙もその一部として組み込まれており、事実と虚構をつなげる橋渡しのような役割を果たしている。

ナターリヤ・グロモワは、手紙、日記、裁判記録など公的・私的なドキュメント、生き残った人々の証言を元にして、アーカイヴ小説とも呼ばれる一連の作品を書いてきた。代表作『鍵。最後のモスクワ』(二〇一三)では、一九三〇年代の苦難の時代を生きた作家や知識人が主たる登場人物だ。引用される記録文書は本物だが、それらを調査する一九九〇年代の語り手の視点が導入されるところはウリツカヤの小説にも似ている。

「新しいリアリズム」の旗手ザハール・プリレーピンの長編『僧院』(二〇一四)は、ソルジェニーツィンの『収容所群島』と同じように、ソ連の最初期の収容所である極北のソロフキ島を舞台にしている。政治犯ではない受刑者を主人公として、刑務官の愛人とのロマンスという特異な物語性が従来のラーゲリ文学とは異なっている。一九二〇年代にはなかった言葉が使用されているというような批判も多いが、それは直接の体験者ではない作家が書いた作品ではしばしば言われることだろう。著者の政治的な立場は全く異なるとはいえ、やはり強制収容所体験の語りを多く含むアレクシエーヴィチの『セカンドハンドの時代』と同じ年の「ボリシャヤ・クニーガ」読者賞を同時受賞したことも興味深い符合といえる。

　現代ロシアの文学においては、ペレストロイカから一九九〇年代にかけての時期とは違い、ソ連という大きな物語へのノスタルジーと欲望が目立つようになっている。例えば、現代の作家アルチョーム・ドラブキンは第二次世界大戦の数少なくなった元兵士から貴重なインタビューを集めて公開しているが[16]、それはアレクシエーヴィチが提示する「小さな人間」の戦場体験を踏まえながら、なおかつソ連的な戦争の英雄像を蘇らせる試みのようにも見える。約七〇年のソ連の歴史は偶然にもひとりの人間の寿命とほぼ同じ長さで終わった。社会主義体制下で生まれた人間は自分の人生をソ連の発展と凋落に重ねて想起することができた。それはよいところのまったくない失敗したユートピアの暗黒の歴史（チェルヌーハ）のように見えたが、偉大な戦争の勝利とロシアを長兄とする巨大な帝国の栄光の物語のようにも思えた。ソ連の解体から三〇年を過ぎた現在では、

社会主義の時代を直接には知らない世代が父祖の記憶というポストメモリーの問題と対峙するようになっている。『セカンドハンドの時代』はそうした人々の意識の変化を記録したドキュメンタリー文学なのである。

1　*Вайль П. История устная и частная.* Радио свободы. 31 Мая 2008. ワイリはオーラルヒストリーという言葉を適用しているが、アレクシエーヴィチ自身は後述するようにオーラルヒストリーと文学を違うものとみなしている。

2　裁判については以下が詳しい。鎌倉英也他『アレクシエーヴィチとの対話――「小さき人々」の声を求めて』岩波書店、二〇二一年、一二五～一三七頁。

3　その意味ではソ連解体後に自殺を試みた人々を取材した『死に魅入られた人々』（一九九三）が先駆的だが、その内容の多くは再構成されて『セカンドハンドの時代』に取り込まれた。したがって「ユートピアの声」五部作には数えられていない。

4　立石洋子『スターリン時代の記憶』慶應義塾大学出版会、二〇二〇年、二六～二九頁。

5　Daria Khubova, Andrei Ivankiev, Tonia Sharova, “Oral History in the Soviet Union,” in Luisa Passerini, ed., *Memory and Totalitarianism* (Oxford University Press , 1992), pp. 89-101.

6　https://www.memo.ru/en-us/

7　Светлана Алексиевич беседует с Альмирой Усмановой. // Беларусь в мире. 1998. №3. С.8-17.

8　ドゥヴァーキンの記録は以下のサイトにまとめられている。https://oralhistory.ru/members/duvakin

9　生態源一『ソヴィエトの破片と生きる：「集団行為」の半世紀』博士学位論文、北海道大学、二〇二一年。

10　Eliot Borenstein, *Overkill: Sex and Violence in Contemporary Russian Popular Culture* (Cornell UP, 2007), pp. 1-22.

11　ペトルシェフスカヤ『時は夜』群像社、一九九四年、訳者吉岡ゆきの解説を参照。

12　*Липовецкий М.* Растратные стратегии, или Метаморфозы «чернухи». // Новый мир, №11, 1999. С.193-210.

13　この節は以下の研究を参考にしている。松井康浩『スターリニズムの経験：市民の手紙・日記・回想録から』岩波書店、二〇一四年。Irina Paperno, *Stories of the Soviet Experience: Memoirs, Diaries, Dreams* (Ithaca: Cornell University Press, 2009)

14　*Козлова Н. Н. Сандомирская И. И. Я* так хочу назвать кино. «Наивное письмо»: опыт лингво-социологического чтения. М., 1996.

15　https://openmedia.io/news/n3/41-molodyozhi-rossii-ne-informirovany-o-stalinskix-repressiyax-11-o-sobytiyax-vtoroj-mirovoj-vojny/

16　以下のサイト「私は記憶する」に公開されている（https://iremember.ru/）。ドラブキンはオーラルヒストリーをまとめた著作も多く出しており、中にはアレクシエーヴィチを意識するかのように、女性兵士の証言を集めた『ここの朝焼けは騒がしい。戦争の女の顔』（二〇一二）もある。

ロシア現代文学における「女性文学」の系譜

高柳聡子

「女性文学」とは何か

ロシア語で執筆する「女性作家」といわれてまず思い浮かぶのは誰だろうか。邦訳で読めるとすれば、ウリツカヤか、あるいは、ベラルーシのアレクシエーヴィチだろうか。では、「女性」と限定せずに「ロシア文学の作家」と問われたらどうだろう。おそらく、ドストエフスキーやトルストイ、ゴーゴリ、チェーホフなど一九世紀から二〇世紀初頭の文豪たちの名が挙がるだろうし、ソローキンやペレーヴィンなど現代作家の愛読者もいることだろう。ロシア文学で時代を代表する作家を挙げるときに女性作家の名が登場するのは、わずかな例外を除けば、ようやく一九八〇年代になってからのことだ。それは新たな潮流として文学史的事象となっている。今では過去のこととなった「女性文学」の登場と、その後の発展の四〇年間をここで振り返ってみたい。

一九八〇年代のソ連は、「新しい波」「もうひとつの散文」と呼ばれる新しい文学の時代だった。重くるしい思想やイデオロギーとは一線を画し、純粋に文体や言語表現の可能性を探ったり、個人の内面世界を描き出すことに重点を置いた良質の作品が執筆された時期で、そこに非常に才能ある女性作家たちが含まれていたのである。

「女性文学」の登場がいかに新しいものであったかは、一九八九年二月八日付けの『文学新聞』上の論争に集約されている。ごく一部だが紹介しよう。論争のきっかけとなったのは、プロコフィエワという読者からの次のような投稿だった。

> 『青春（ユーノスチ）』の八月号に掲載されていたワレリヤ・ナールビコワの中編を読み、『新世界（ノーヴィ・ミール）』に載っていたリュドミラ・ペトルシェフスカヤの『身内』やタチヤーナ・トルスタヤの多くの短編を思い出し、今に至るまで冷静になることができません。

この女性たちは明らかに才能があり、彼女たちの作品を読むこと自体はおもしろいのです。しかしその印象は、バケツの汚水をかけられるとか、精神病院に押し込まれるようなものです。深い思想も、美しい感情も、魅力的な主人公も、一筋の希望の光もありません。ただ闇だけ、汚れだけ、取るに足らない憐れな人びとだけ、ほかには何もないのです!

やや興奮気味に書かれた女性作家たちへの批判は、〈このような真実から何かためになるものがあるのでしょうか? 彼女たちは、文学とは人を高め啓発するもので、人を地に這わせるものではないということを忘れたのでしょうか〉と締められる。この投稿者が、彼女たちの作品を「真実」と言ってしまっている点はおもしろい。社会主義リアリズムの果てに到来したのは真実の文学だったのか。これを契機にはじまった「女性文学」論争は、このあと一〇年も続くのである。

当の女性作家たち自身にもそれぞれの見解があり、トルスタヤのように「女性作家」と呼ばれることを拒む人もいた。同時に、国内外で女性の文学をめぐる出版が相次ぐ。女性作家だけの作品のアンソロジー『恨みを抱かない女』『清らかな生活』(一九九〇)、『新アマゾネスたち』『禁欲主義の女たち』(一九九一)、『ロシア女性文学史』(二〇〇二)、『ロシア女性作家事典』(二〇〇四)などが登場し、これまで歴史に埋もれていた女性たちに光を当てるとともに、同時代の女性作家たちの創作も記録されたのである。

「女性文学」など存在するのかという問いに対し、『恨みを抱かない女』に収められたマニフェストは、〈はっきりとお答えしましょう——女性文学は存在します〉と返したのである。さらに、文学をジェンダーによってわける必要があるのかという批判もあったが、そもそも性によって文学は切りわけられ「女の書いたもの」は軽視されてきた。だからこそ彼女たちは、「男性並みの作家」としてではなく、「女性作家」として自分たちを認めよと主張したのである。

女性文学の系譜

一九八〇年代からの「女性文学」の流れは一〇年ごとに変化が見られ把握しやすい。時系列に沿って時代ごとの特徴とおもな作家たちを紹介していくことにしよう。

一九八〇年代

まずは「女性文学」論争の発端となったあの投稿で名指

された三人の作家たちが、この時代の代表だ。六〇年代から執筆していた**リュドミラ・ペトルシェフスカヤ**（一九三八～）は、小説、戯曲、おとぎ話、詩とジャンルを横断して創作する作家で、不遇の時期を経て、ユーリー・ノルシュテインの映画『話の話』（一九七九）の脚本や戯曲『音楽のレッスン』（一九八三）などで劇作家として名が知られるようになった。八〇年代には小説も人気となったが、不幸な女性の生や死をテーマとした陰鬱なものが多い初期の短編は、ロシアの古典文学に通じる「チェルヌーハ」（暗部を強調して描くもの）の復活と評された。

　それと対照的なのが**ワレリヤ・ナールビコワ**（一九五八～）だ。ナールビコワの作品世界はグロテスクさを孕みながらも陽気だ。性行為を描くのではなく、言葉そのものに性行為を行わせているという彼女の実験的なテクストは、文体が主人公の吐息や震えの具現のように絡み合い、波のようにリズムを刻んでゆく。デビュー作『昼の星と夜の星光の均衡』（一九八八）が『青春（ユーノスチ）』誌に掲載される際には、著名な作家で恩師のアンドレイ・ビートフが序文を添えて〈意識の流れの織物〉だと紹介した（無名の女性作家がデビューする際に、社会に信頼のある有名な男性が序文を添えるのは伝統的な手法だった）。主人公の主観的な知覚によって描き出される情景は、プロットの因果関係を断ち切り読者を戸惑わせる新しい才能の瑞々しさに満ちた作家だった。

　それから**タチヤーナ・トルスタヤ**だ（一九五一～）だ。一九八三年に「金色の玄関に座っていたのは…」（『金色の玄関に』沼野充義・沼野恭子訳、白水社、一九九五所収）でデビューしたトルスタヤは、非常に芸術性の高いメタファーに満ちた短編の名手として評価された。肯定的主人公を求めてきたソ連の社会主義リアリズム文学の果てに、ゴーゴリやドストエフスキーの系譜に連なるロシア文学の「小さな人間」を主人公にカムバックさせ、繊細な夢想の世界を構築する手法は見事としかいいようがない。

　もう一人、八〇年代の新しい作家として忘れてならないのが、**ニーナ・サドゥール**（一九五〇～）だ。七〇年代後半にシベリアの地方誌でデビューしたサドゥールは、モスクワに出て劇場の床磨きの仕事をしながら執筆を続け、八九年に戯曲集『不思議なバーバ』で人気を得た。日本でも上演されたこの戯曲は、コルホーズのじゃがいも畑に突如として現れるバーバ（おばさん）と行きずりの人物との会話を中心とした連作短編で、サドゥールの不条理文学の代表作だ。その他の短編小説『魔女の涙』などでも、人生の中でわたしたちがふと出会う不条理な出来事が、研ぎ澄まされたプロットと文体でリアルな幻想へと仕立てあげられている。

一九九〇年代

現在、世界でももっとも愛読されているロシアの女性作家は**リュドミラ・ウリツカヤ**（一九四三～）だろう。八〇年代に児童文学作品でデビューしたウリツカヤは、九三年に『ソーネチカ』で一躍人気作家となり、毎年ノーベル文学賞候補にも名前があがるほどの大作家になった。しかしこうした作家は突然に現れるわけではない。八〇年代に動き始めた「女性文学」の波が、九〇年代以降のダイナミズムを用意したのだろう。ソ連崩壊とその後の混乱の中で出版界の状況も悪化したが、それでも検閲のない文壇には才能ある女性作家たちが次々に登場した。ウリツカヤの作品は、ことに長編は、時間的にも地理的にも壮大な物語が多い。そしてある種の成功譚とも読める。「小さな人間」たる主人公が、過酷な歴史を生きながら、みずからの精神的美を決して失わないという意味では「ハッピーエンド」ともいえ、読後の充実感はひとえにここに起因しているのではないかと思わせる。

また、九〇年代に登場した作家たちの中でもひときわ際立っているのが**マリーナ・パレイ**（一九五五～）だ。元医師だったパレイは、八九年に『エヴゲーシャとアーンヌシカ』でデビューし、その鋭利なナイフのような文体で「文体のプリンセス」とも呼ばれた。九五年からはオランダに移住し、現在も精力的に執筆活動を続けているが、プーチン政権への不信やクリミア問題へのプロテストからロシア市場での出版・販売を拒否し、一見したところロシアの文壇から消えたように思われているが、ヨーロッパで寡黙に筆を走らせている。

この時代の作家には雪どけの時代に生まれた人たちが多い。八〇年代の作家たちが、社会主義リアリズムの枷から逃れるかのようにソ連の「小さな人間」を描いた時よりもさらに自由に、九〇年代には、ときには奔放にみずからの生を生きる主人公も現れた。パレイの代表作『バイパス運河のカビリア』（一九九一）の主人公モニカのように、重い病を抱えながらも生涯にわたって自分の性的欲求に愚直に生きるヒロイン像などはこの時期だからこそ生まれたのだと感じる。

また、**アレクサンドラ・マリーニナ**（一九五七～）や**タチヤーナ・ウスチーノワ**（一九六八～）、**ポリーナ・ダーシコワ**（一九六〇～）といった、現在ではすっかり貫禄のついた推理小説のベテラン勢もこの時期の賜物だ。

さらに、ゼロ年代以降に多くの読者を得る**マックス・フライ**（デビュー時は夫との共著だったが、後に**スヴェトラーナ・マルトゥインチク**一人の筆名となった、一九六五〜）や**オリガ・スラヴニコワ**（一九五七〜）なども登場し、幻想性の強いジャンルも充実していく。人文学の研究者として大衆の心理や歴史の教養に満ちた**マーイヤ・クチェールスカヤ**（一九七〇〜）の正教信仰を基盤にした作品が登場するのも九〇年代後半だ。作家の人数もジャンルの多様性も充実度を増して二一世紀へと向かう。

二〇〇〇年代

タチヤーナ・トルスタヤのアンチユートピア長編『クィシ』で明けたゼロ年代は、ロシアの現代文学にとって豊穣な時だ。既出の作家たちは中堅や大御所となって充実した作品を書き続け、あるいは**ヴィクトリア・トーカレワ**（一九三七〜）のようにジャンルを変更して恋愛小説で成功する作家もおり、なにより新たにデビューした女性作家がロシア文学史上もっとも多かったのではないだろうか。イデオロギーの枷がなくなり自由な執筆が可能になったことに加え、九〇年代の社会的混乱も収束し、とりわけゼロ年代前半はロシア経済も上向きになったことが大きかろう。

ゼロ年代の一〇年間にデビューした作家は非常に幅広い世代にわたっている。ジャンルを横断して幻想小説から歴史小説まで手掛ける**エレーナ・アルセーニエワ**（または**エレーナ・グルシコ**、一九五二〜）や、児童文学も多く子どもも大人も大好きな**マリーナ・モスクヴィナー**（一九五四〜）のように四〇代後半の作家たちも多いが、七〇、八〇年代生まれの二〇代、さらに一〇代の若い面々もいる。この世代の多様性の理由は、①ソ連時代には受け入れられなかったテーマ（ユダヤ人の運命、性の問題、恋愛小説など）での執筆が可能になり、遅ればせながら出版を果たした作家がいたこと、②ソ連崩壊も含め二〇世紀後半に体験した社会の大変動の中で書くべきテーマが豊かにあること、③経済が安定し出版事情が好転したことなどが挙げられる。また、文学賞なども充実してきて社会だけでなく文学界の雰囲気も明るくなったことも影響しているだろう。

それを象徴するのが、作家のザハール・プリレーピンが選んだゼロ年代を代表する一四人の女性作家のアンソロジー『14　ゼロ年代の女性の散文』（二〇一二）だ。ここに収められた作家の中ですでに邦訳で読めるのは、ロシアの作家としては稀有なホラーを手掛ける**アンナ・スタロビネツ**

（一九七八〜）と、本書でようやく抄訳が紹介される**クセニヤ・ブクシャ**（一九八三〜）だけだが、その他にも、オリガ・スラヴニコワと同じウラル出身で、やはりマジック・リアリストの**アンナ・マトヴェーエワ**（一九七二〜）や、同じマジック・リアリズムでもカザン出身の**イリーナ・ボガトゥイリョワ**（一九八二〜）など出身地の文化や民俗的なモチーフを活かした作家たちも少なくない。そういう意味では、ダゲスタン出身の**アリサ・ガニーエワ**（一九八五〜）の存在は抜きんでている。ガニーエワはまず若い女性三人で文芸批評グループ「PoPuGan」（エレーナ・ポゴレラヤ、ワレリヤ・プストヴァヤとガニーエワの名前から成る）を結成し話題となったが、その後すぐに**グッラ・ヒラチェフ**という男性名の筆名で『サラーム、ダルガート！』（二〇〇九）という保守的なダゲスタンの男性社会を描いた中編で作家デビューを果たす。二〇一五年にはイギリスの『ガーディアン』紙の「モスクワでもっとも影響力のある三〇代以下の三〇人」にも選ばれている。

そのほか、決して大きな流れとはいえないが、プリレーピンが「女性的な形而上学」と評価する**アンナ・コズロワ**（一九八一〜）のリアリズムや、イスラエルとロシアを本拠地とする詩人で、散文、子ども向けの絵本、哲学コミックなど多彩な創作をする**リノール・ゴラーリク**（一九七五〜）もいる。ゴラーリクは二〇一三年にロシアで同性愛プロパガンダ禁止法が成立すると、反ホモフォビア運動を支持し、ＬＧＢＴ運動の支援も行っている。

また、本書で初めて抄訳を紹介できた**ローラ・ベロイワン**（一九六七〜）は、カザフスタン出身で極東の海獣保護センターの所長を務めながら画家や作家として創作活動も行うパワフルな人で、二〇〇三年からブログを開設し、それが人気を得て二〇〇六年に中短編集『小さなフニャ』で作家となった。極東のマジック・リアリズムともいわれるベロイワンの作品は、日本に近いウラジオストクや沿海州という日本海を隔てた対岸の土地が文学的幻想性を孕んだものであることを教えてくれる。同じく二〇〇五年からブロガーとして人気を得た**マルタ・ケトロ**（一九八一？〜）は二〇〇六年に最初の本を出版以降おもに短編を発表し続けているが、インタビューでの不可解な回答や生年の疑惑など神秘的な雰囲気のせいで、作品だけでなく作家自身にも関心が向けられ、ロシアのネット界では一種の「レジェンド」と言われたりもする。肩書に作家やブロガーだけでなく、ロシアでは非常に珍しく「主婦」と入れる彼女は都市部で暮らす既婚女性の内面世界というテーマで女性たちの支持を得ているようだ。デビュー作の『ぴょんぴょんカタツムリ』は、モスクワで暮らす「普通の主婦」の心理を、わが家を背負ってゆっくりと這うことしかできない無力なカタツムリに喩えつつ、それでいて鋭い文体と語りで読者を圧倒する。

また、小さな現象だが、アルメニアの詩人**ニーナ・ガブリエリャン**（一九五三〜）が、二〇〇一年に中短編集『草の主』を出版し散文作家として二一世紀の始まりを飾ったことは、個人的に嬉しい出来事だった。彼女は優れた文芸評論家でもあり、八〇年代以降の女性文学を歴史に位置付けるために尽力した人物のひとりだ。また一九九三年にフェミニズム雑誌『変容』を創刊し、女性たちの人生の質の向上を創作行為を通じて実現しようとしたフェミニストでもある。ガブリエリャンはその後、アルメニア詩の翻訳や朗読会を活動の中心としているが、この小さな一冊の意味はいずれしっかりと考えてみたい。

それから、二〇〇九年に出版された**マリアム・ペトロシャン**（一九六九〜）の長編『ある家の出来事』も忘れてはならない。舞台は障害をもつ子どもたちが暮らす「家」。スモーカー、盲人、スフィンクスといったニックネームで呼ばれる彼らの身にはさまざまな出来事が起きる。一九九一年に執筆を開始し一〇〇〇頁に及ぶ大長編となったこの作品は、推理小説とファンタジーの魅力を併せもつプロットに、おとぎ話かと錯覚しそうな語彙と詩的なリズムが満ち読者を魅了する。

ソ連崩壊という歴史的な変化の最中を生きる彼女たちは、生まれた時がほんの五年、一〇年異なるだけで、生きる環境や条件、自由の享受の度合いにも差が生じる。加えて、出自などの影響もあり、とにかく多様なのである。

二〇一〇年代

ゼロ年代に引き続き人気ブロガーが作家となることも当たり前になってきた。二〇一〇年に自伝的中編『マニューニャ』で作家となったアルメニア人のロシア語作家**ナリネ・アブガリャン**（一九七一〜）もそうした新しいタイプの作家の一人で子ども向けの明るい作品や長編など幅広く執筆を行っている。また、二〇一八年にモスクワで起きた「ハチャトリアン三姉妹事件」（アルメニア人の家庭で父親が娘三人を奴隷状態で軟禁し性暴力もふるっていた結果、三姉妹が父を殺害した事件）の際には逮捕された三姉妹を擁護するなど若い女性たちを支援する社会的な活動も行っている。

そして現在、大御所となったウリツカヤと並んでロシアでもっとも読まれている実力派の女性作家が**グゼリ・ヤーヒナ**（一九七七〜）だ。カザン出身で三歳までタタール語しか話せなかったというヤーヒナは、二〇一四年に短編『ズレイハは目を開く』でデビュー、翌年には長編『パピヨン』で複数の賞を独り占めした。一九三〇年代の富農撲滅と女性の人生をテーマにしたこの長編はすでに二〇か国語以上に翻訳されており、世界中で読者を得ている。二〇二一年に発表された長編『サマルカンド行き軍用列車』も一九二〇年代にヴォルガ川流域で起きた大飢饉と子どもたちの運命を描いた大作で、アレクセイ・ウチーチェリ監督による映画化も決まっているようだ。

その他にも、サラトフ出身で正教をテーマにした作品や児童文学を手掛ける**オリガ・クリューキナ**（一九六〇〜）や、新聞記者をしながら執筆を続ける硬派の社会派作家**ポリーナ・クリューキナ**（一九八六〜）などは、ロシア文学にこれまで欠けていたジャンルの隙間を埋めているし、**タチヤーナ・ソロマチナ**（一九七一〜）のように（彼女もブログから登場した）、産婦人科医としての経験を生かし、妊娠、出産をテーマにしたものや、出身地オデッサを舞台にした作品で固定ファンをつかんでいる作家もいる。

こうしてロシアの「女性文学」の四〇年の歴史を追ってみたが、いうまでもなく、一年一年、一人一人の作家たち、作品たちの積み重ねがあり今に至っている。ソ連時代の末期、ソ連の崩壊、経済発展時、そして再びの経済危機とコロナウイルスによるパンデミックまで、それぞれの時代に困難な状況があり、そして喜びや愛、信仰がある。現代文学を見つめる者として嬉しいことは、ここに挙げた作家たち全員が今もお元気で執筆を続けていることだ。

文学を男性／女性にわける必要があるのかと問われた八〇年代に、自分にしか書けない世界があるのだと筆をとった女性たちの中からはノーベル賞作家**スヴェトラーナ・アレクシエーヴィチ**（一九四八〜）が登場したし、ウリツカヤもそれに続くかもしれない。個人的な話で申し訳ないが、私が大学院に入る時には女性作家の研究など軽いと批判もされたし、留学中、モスクワ大学の講師に「女しか読まない小説など本物じゃない」と言われ、反論すら拒まれたが、そんな批判はもはや過去のものなのだ。

ソ連時代の一九七九年、レニングラードの地下活動で起きたフェミニズム運動は、作家や詩人たちが文集を作ることから始まっている。「女性に男性と同じ創造の力がある」ことを示したかったのだと。これは小さな非合法活動だったが、「女性文学」前夜の出来事としてはあまりにも象徴的ではないだろうか。おそらくこの時期に、ソ連の女性たちの、自分の言葉で自分の物語を紡ぎたいという欲求が沸点に達したのだろう。

そして二〇二〇年代に入ったいま、ステージはもう新しい段階へと進んでいる。フェミニズムやジェンダー、ＬＧＢＴＱ運動なども活発になり、新しい物語が今日も書かれている。二〇二一年には、**マリヤ・ステパノワ**（一九七二〜）が『記憶の記憶』（二〇一八）で英国のブッカー賞にノミネートされ、ショートリスト入りを果たした。さらにフェミニスト詩人として知られる**オクサーナ・ヴァシャキナ**（一九八九〜）が長編『傷』（二〇二一）で小説に着手し、本格的なフェミニズム文学の地平が開けてきた。現代性と永遠性を併せもつ彼女たちの記憶の詩学がいずれ日本で紹介される日もあることを願う。

ロシア現代アートと文学

鴻野わか菜

美術と文学

詩人ホラティウスの言葉「詩は絵のごとく」(『詩学』)や、詩人シモニデスの一節「絵は黙せる詩、詩は語る絵」が、詩と絵画の親近性を指し示していたように、古今東西、美術と文学は親密な関係を結び、挿画、アーティストブック、絵本、視覚詩などの融合的なジャンルはもちろん、文学にインスピレーションを受けた芸術、芸術家と文人の交流のうちに生まれた詩や彫刻など、実に多様な表れとして作品が生み出されてきた。また、詩人であると同時に画家でもあったジャン・コクトー、ウィリアム・ブレイク、瀧口修造、高村光太郎など、多くの作家が文学と美術双方の領域で創作してきた。

現代ロシア文化においても、美術と文学は密接に関わっている。その歴史的背景には、文学が文化全般において重要な位置を占めていた「文学中心主義」の伝統や、ロシア・アヴァンギャルドの時代に培われた文学と美術のコラボレーションの実験がある。アヴァンギャルド期には、未来派詩人ヴェリミール・フレーブニコフ、アレクセイ・クルチョーヌィフの詩と、ミハイル・ラリオーノフやナターリヤ・ゴンチャローワらの版画の競演として生まれた『終わりからの世界』(一九一二)等の珠玉のような詩画集が作られ、一九二〇年前後にはアヴァンギャルド詩人ウラジーミル・マヤコフスキーがテクストとイラストを描いた革命宣伝ポスター「ロスタの窓」が街を飾った。マヤコフスキーの詩「君たちはできるか?」(一九一三)も、文学と美術の蜜月の始まりを宣言するマニフェストだった。

僕は日常の地図を塗り込めた
コップから絵具を跳ね上げて
煮こごりの皿の上に
大洋の斜めの頬を出現させた
ブリキの魚の鱗に

僕は新しい唇の呼び声を読み取った
でも君たちはできるのかな
水道管のフルートでノクターンを奏でることが？

ロシア未来派は文集『社会の趣味への平手打ち』（一九一〇）において、過去の文学を「現代の汽船から放り出す」ことを宣言したが、一九歳の未来派詩人マヤコフスキーがこの詩で声高らかに述べたのも、日常から乖離して神秘的世界を追求した象徴主義文学に対する挑戦だった。ロシア文学研究者ジーナ・マゴメドワが分析するように、音楽は深淵への扉を開くと書いた詩人アンドレイ・ベールイをはじめとするロシア象徴主義文学が音楽を重視していたのに対し、未来派の文学は美術とより親密に関わり、この詩に登場する美術にまつわるモチーフは未来派を表し、音楽にまつわるモチーフは象徴派を指している。象徴派は「水道管でノクターンを奏で」られない、つまり、日常に根ざした芸術を創造することができないが、未来派は「コップから絵具を跳ね上げて」「日常の地図を塗り込め」る力を持ち、この新しい文学は美術と手をたずさえて日常を変革していくのだと、若き詩人は語ったのである。

文学と美術の融合というアヴァンギャルドの実験は、現代ロシア文化にも継承されている。以下では、芸術と文学の双方の分野で活動する三名の現代ロシア・アーティストを取り上げ、彼らの作品において美術と文学はどのように補完しあい、彼らが文学と視覚芸術によって何を表現しようとしたかについて考えていきたい。

イリヤ・カバコフ——全体空間芸術と文学

イリヤ・カバコフ（一九三三〜）は、旧ソ連、現ウクライナ生まれのユダヤ系アーティストである。一九五〇〜八〇年代は、社会主義リアリズムを規範とするソ連の文化統制下で、公的には絵本の挿絵画家として活動する一方で、一九七〇年代初頭にモスクワで興隆した非公認アーティストや詩人のグループである「モスクワ・コンセプチュアリズム・サークル」のアーティストとして「自分のため」の作品を発表のあてもなく描きためていた。検閲を前提とした挿画制作は不自由なものであり、カバコフは、自分は絵本画家という「社会的な役回りを演じ」[1]ていたのだと述懐しているが、約一〇〇冊のそれらの絵本を丹念に見ていくと、カバコフが時に驚くほどに実験的な挿画を試みていること、公認芸術であった絵本の挿画と、同時期にカバコフが制作した非公認芸術のドローイングの間に主題や形式の点で多

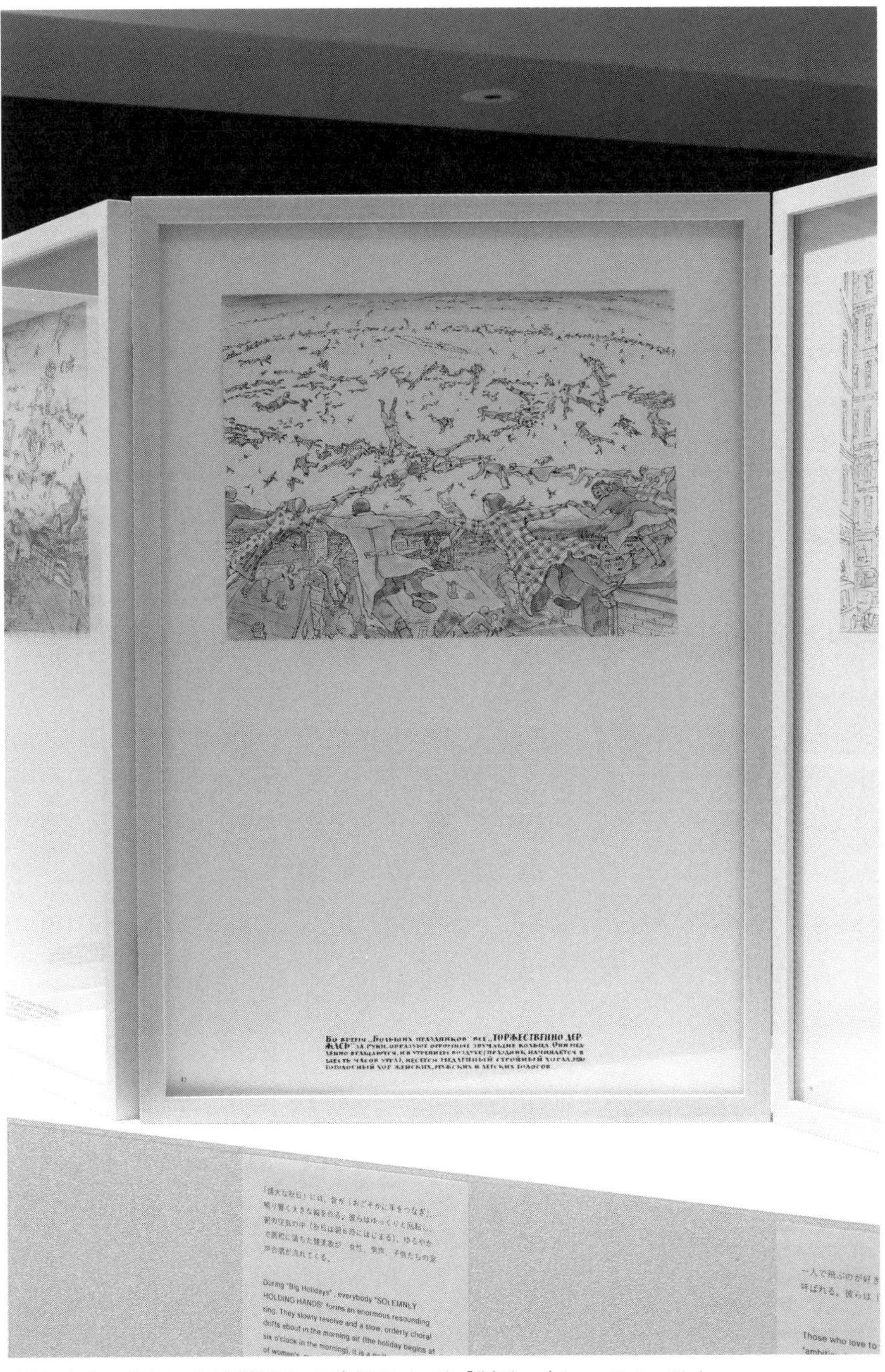

イリヤ・カバコフ《10のアルバム》(1970～74) 2021 まつだい「農舞台」／photo Keizo Kioku

数の共通性が見られることが分かる。
カバコフが一九七〇年に制作を開始した「アルバム」というジャンルも、同時期の絵本制作の体験が源泉のひとつである。カバコフ自作の短編小説とドローイングで構成される紙芝居のような「アルバム」は、選択の権利なく与えられた他者のテクスト（それらは芸術性の高いテクスト、イデオロギー的で無味乾燥なテクストなど、玉石混淆だった）に検閲を前提に挿絵を描くという絵本制作の制約を補填するかのように生まれ、カバコフは思うままに物語を紡ぎ出し、絵を描いていった。この時期の「アルバム」の代表作は、一〇人の夢想家を主人公とする《一〇のアルバム》（一九七〇～七四）である。つらい日常から離れて空で生きることを夢みる男、平穏を求めてクローゼットに閉じこもって生活し、誰も気づかないうちに姿を消していた男、会議中に資料の余白に絵を描くうちに、真っ白な紙があっても端にしか絵を描けなくなった男、役所で人材登録のリストを作ることに飽き飽きして、想像上の人物のリストを作り始める男など、風変わりな人物たちをめぐる幻想的な物語が展開される。

彼は語る

でも今となっては、僕たちが会うことは、苦しい悪夢のようだ……

夜遅くまで僕たちは、見えない目で見つめあい、非難で苦しめあい、はてしない攻撃の応酬で取り乱し、涙は叫びに変わった……

今日も他の日々と同じだったが、なぜかとくに絶望的で耐え難かった。完全に錯乱してしまわないために、僕は立ち上がってバルコニーのドアを開け、外に出た。すると、僕のまわりでたくさんの人が灰色に暮れかかった空に浮かんでいるのが見えた……

〔中略〕

ルーニナのコメント

私は、彼のヴィジョンの中に、私たちが永遠に失ってしまった天国の光景を見出しました……

平穏と喜びが君臨し、すべてが永遠の至福に包まれている幸せな世界……

そこでは人々は手をたずさえ、陽の光に満ちた緑の自然の中で暮らしている……

（《一〇のアルバム》所収「飛び立ったコマロフ」）[2]

主人公や他の登場人物の言葉だけでなく、物語の外部にいるコメンテーターの言葉を含む断片的な言説で構成された《一〇のアルバム》は、ポストモダン的な小説であり、既存の文学や架空の文学からの引用の豊富さは、「すべてはすでに書かれている」と述べたモスクワ・コンセプチュアリズムの詩人レフ・ルビンシュテインの作品にも通じている。

ペレストロイカの訪れと共に八〇年代半ばに海外に拠点を移し、不特定多数の観客に作品を見せる機会を初めて得たカバコフは、ソ連社会を知らない観客には作品の意味が伝わらないのではと危惧し、作品を取り巻く社会の雰囲気を再現するために、ソ連的空間を模倣した全体空間芸術(トータル・インスタレーション)を作り始める。それは、普通の立体作品やインスタレーションとは異なり、「天井、壁、床、オブジェ、光、色などのすべての要素が結合」した総合芸術であり、テクストも重要な役割をはたしていた。最初のトータル・インスタレーションである《一〇の人物》(一九八八)のために、カバコフは、ソ連の共同住宅(コムナルカ)で暮らす一〇人の夢みる人々を主人公とする短編小説を書いている。

一方、旧ソ連に住む人々のプロジェクトを保存する博物館として構想された《プロジェクト宮殿》(一九九八)は、夢みる六五人の架空の人物をめぐる、すぐれた長編小説である。「この世界は、実現された計画(プロジェクト)、なかば実現された計画、まったく実現されていない計画など、実に多くの計画でできている」という考えのもとに、人間の夢や計画を人々の生きた証と捉えて、挫折、失敗した夢も含めて保存するこの博物館では、高いはしごに昇って自らを危険な状況に置くことで天使に迎えに来てもらおうとする計画、性能の良いポンプで雲を地上に手繰り寄せ、給水や乾燥地帯の加湿に使う計画、木や石、動物たちとの共通言語を見出す計画といったユートピア的なプロジェクトが、物語、ドローイング、オブジェで表現される。

カバコフにとって文学テクストは、総合芸術の重要な要素であると同時に、「記録」、「記憶」するための媒体でもある。カバコフは、ゴミを捨てることは記憶を捨てることだと考えてあらゆるゴミにメモをつけて取っておく男を主人公とする《決して何も捨てなかった男》(《一〇の人物》より、一九八八)、ソ連の共同アパートで交わされた言葉をカードに書いて天井から吊り下げた《共同キッチン》(一九九一)、ゴミと日常的な会話を記したカードをロープに吊した《一六本のロープ》(一九八四)など、市井の人々の言葉を書き留める作品を多数制作している。

「今夜出かけるところはあるかな? なにもかも退屈で、

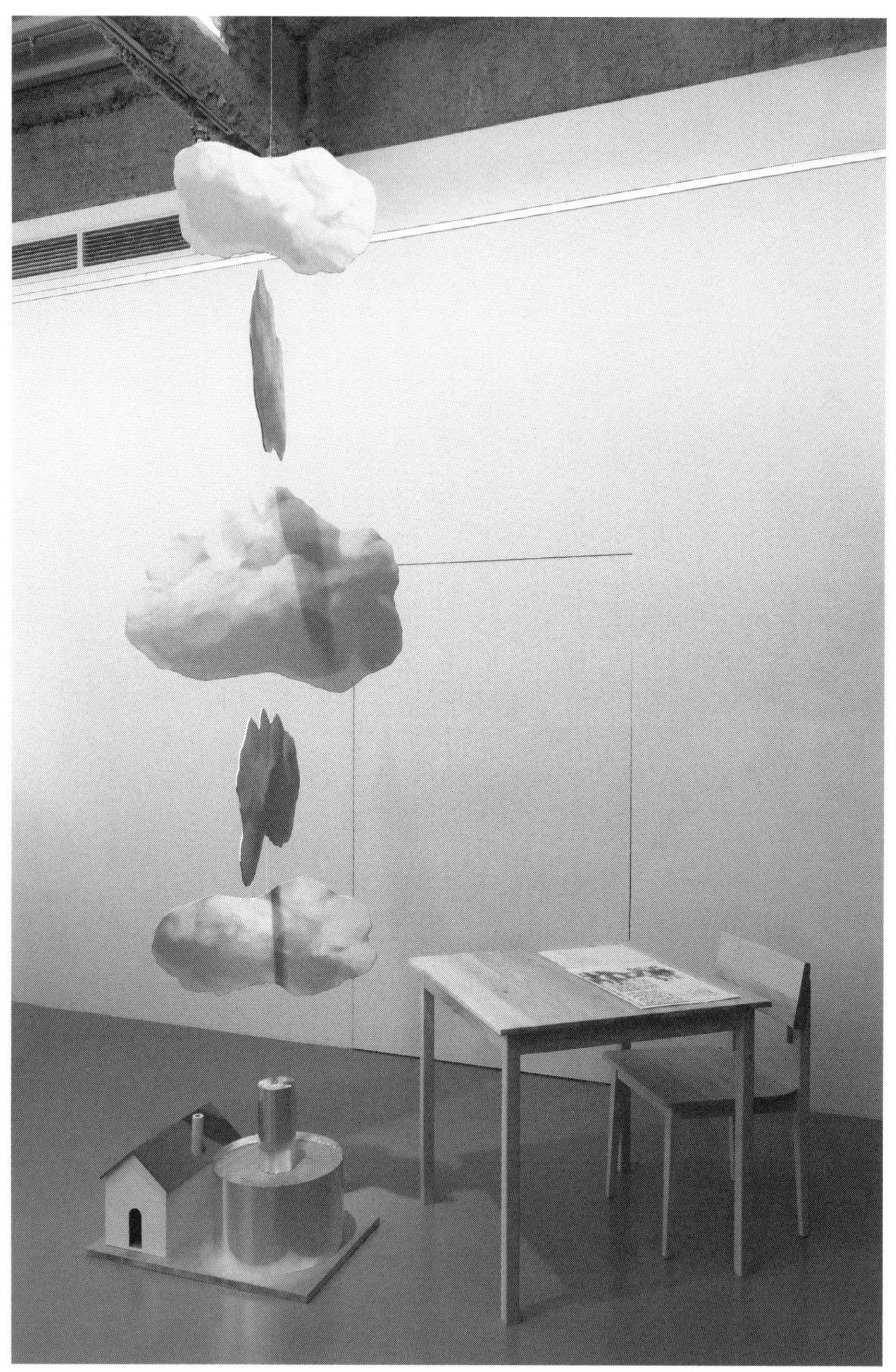

イリヤ＆エミリア・カバコフ《プロジェクト宮殿 》(1998) 2021 まつだい「農舞台」／photo Keizo Kioku

なにをしたらいいか分からない」
「もしスープを飲むなら温めるわ…… 手を洗っていらっしゃい」
「あなたもうすぐ去っていくのね。ほら、みんな行ってしまった」

《一六本のロープ》

カバコフは自伝において、「一九八三年、あの「声」を記録しはじめる。私をとりまくソヴィエト社会の無名の叫び声、私の頭の中でたえず響きわたっているあの叫び声を。だれかの耳に届く機会をその声たちに与えてやるために」[3]と書いているが、ソ連の市井の人々の生活空間、あるいは夢想の空間を現出させるトータル・インスタレーションにおいて、テクストは、人間の夢や記憶を記述し永遠化する役割を担う必要不可欠の要素だった。

カバコフの創作において、図書室や古文書館が、人々の人生や文化の営みを記録し保存する場所として、つねに創作の重要なテーマであり続けてきたことにも注目したい。共同キッチンにしつらえられた図書室で本を読むすべての人の姿に天使の羽が生えている光景を描いたドローイング《共同キッチンでの五二の対話》（一九九五）からも分かる

イリヤ＆エミリア・カバコフ《16本のロープ》（1984）2021 MonET ／photo Keizo Kioku

ように、カバコフにとって図書室は、読者が天使のように時空を超えて様々な世界と出会うことができる特別な場所であり、文学テクストはまさにその旅の鍵となっている。

ニキータ・アレクセーエフ——箒木を求めて

ニキータ・アレクセーエフ（一九五三〜二〇二一）は、六〇年代末からモスクワの非公式芸術界で活動し、七〇年代半ばからは、アンドレイ・モナストゥィルスキーらと共に郊外でパフォーマンスを行う〈集団行為〉の中心メンバーとして活躍し、八二年から八四年にかけて、モスクワの自宅のワンルーム・マンション全体をインスタレーションに変える展覧会〈APTART〉（〈Apartment〉と〈Art〉から成る造語）を展開し、アンダーグラウンドの芸術界に新しい潮流を生みだした。

同じく非公認アーティストだったグリーシャ・ブルスキンは、「六〇年代とは、インテリたちがソ連のプロパガンダの欺瞞を感じて、偽りの現実のかわりにキリスト教、仏教、ユダヤ教、芸術、政治的自由主義などの価値体系の探求に没頭していった時代だった」と述懐しているが、アレクセーエフはジョン・ケージなどの現代音楽に傾倒すると同時に、本人が語るように「生来の活字マニア」として文学の世界に没頭した。中でもこの時期にアレクセーエフが夢中になったのが日本文学であり、仲間たちからは「ロシアの日本人」と呼ばれていたという。

> 当時、『万葉集』、『古今和歌集』、清少納言、兼好法師の『徒然草』、芭蕉、そして他にも数多くの日本の古典文学がロシア語に翻訳されました。ロシアの日本文学翻訳者は優秀であると言われています。私は日本語が分からないのでそれを判断することはできませんが、それは本当ではないかと思っています。ところで、ずっと前に『徒然草』を私に贈ってくれたのはレフ・ルビンシュテインでした。あの頃、多くの人が中国と日本に熱中していました。[4]

二〇世紀初頭の「ジャポニスム」の時代に続き、一九六〇〜七〇年代は日本文学への関心が高まり、日本文学・文化の書籍が多数刊行され、現代詩人や芸術家にも影響を与えたが、アレクセーエフもまさにその一人だった。アレクセーエフの代表作となった連作ドローイング《箒木（ははきぎ）の宮殿》（一九九二〜九三）は、信濃の伝説で『万葉集』や『源氏物語』等の古典文学にも登場する「箒木」の物語を主題としてい

ニキータ・アレクセーエフ《ちかく・とおく・ちかく》(2017) 北アルプス国際芸術祭 ／photo Wakana Kono

る。遠くから見ると見えるのに、近づいていくと見えなくなってしまうというその伝説の「箒木」は、アレクセーエフにとって、手に入らない理想や美の象徴であり、創作の最後の約三〇年の主要なテーマとなった。二〇一七年、アレクセーエフは長野県大町市の「北アルプス国際芸術祭」に《ちかく・とおく・ちかく》と題するプロジェクトで参加するにあたって、次のように書いている。

私は何十年も前から、『源氏物語』や日本の他の古典文学に登場する「箒木」というイメージに深い関心を抱いてきました。「箒木」とは、到達できないものというイメージです。箒木を目にして、近づいていき、触れることができるほど近くにきたと思っても、木はいつのまにか遠くにあるのです。また近づいていくと、木はまた消えてしまいます。これが永遠に繰り返されるのです。[5]

アレクセーエフは一〇八枚のドローイングを二組制作し、一組を「風に飛ばされて消えていく絵」として大町の商店街に貼り、もう一組を商店街の空き店舗に展示した。果実や木などの様々なオブジェを近くと遠くから描き出したこの作品も、近寄ると見えなくなってしまう箒木伝説に着想を得たものだった。

同年、アレクセーエフは、千葉大学附属図書館で、宮沢賢治の『銀河鉄道の夜』へのオマージュとしての《岸辺の夜》を発表した。本作は、アレクセーエフ自作の詩のようなテクストとドローイングで構成され、それらが日本的な巻物と屏風の形状に仕上げられている。本作には、作家が病を押して六三歳にして初めて訪れた日本の旅の印象も投影されている。『銀河鉄道の夜』は友達を救うために川に落ちた少年カンパネルラの死出の旅を描いた童話だが、《岸辺の夜》もまた、死を予感するアレクセーエフの最期の旅の物語だった。本作のテクストには、『銀河鉄道の夜』だけでなく、宮沢賢治の『よだかの星』、多和田葉子の『容疑者の夜行列車』、アレクサンドル・プーシキンの詩、ロックの歌詞など、古今東西の多様なテクストの引用がちりばめられている。静謐な空間のうちに様々な文学作品の言葉が浮遊し響き合う《岸辺の夜》は、図書館という場の特性を映し出すと同時に、文学作品によって時空も死も超えるその作品は、アレクセーエフの創作の本質を映し出していた。

時が来た、友よ、その時が……

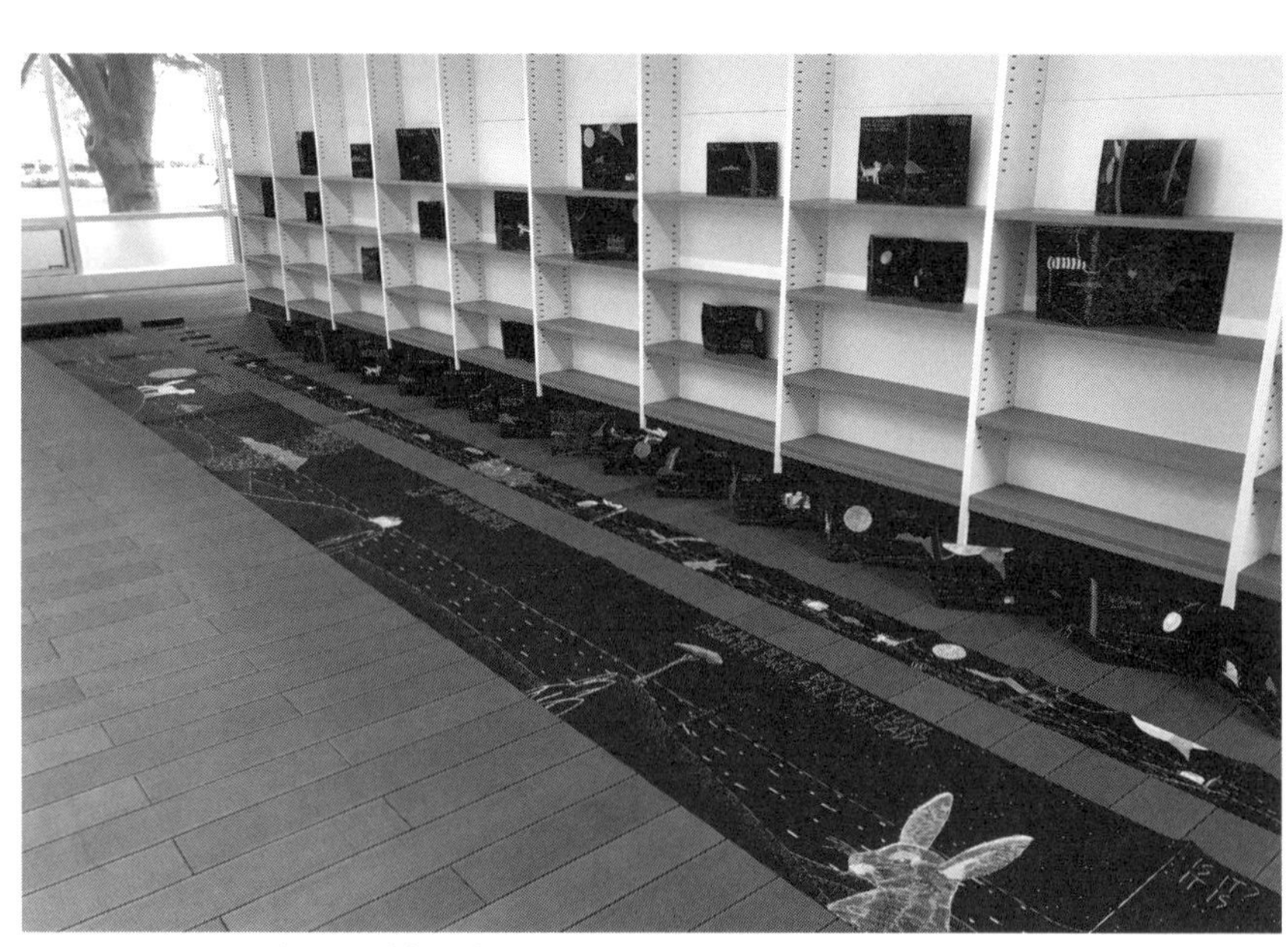

ニキータ・アレクセーエフ《岸辺の夜 》(2017) 千葉大学附属図書館 /photo Wakana Kono

そこ、はるかな高みで
よだかの星が明るく輝く

そよ風が吹いている

そしてあらゆるところに幾百万の砂糖鷺

ゆっくり飛び去っていく

〔中略〕

月は大きな鏡のようだ

終わりは近い
もう手が届く

見て
星が落ちていくよ
こんなにも穏やかに
こんなにも激しく

凍ったプラムはもう熟すところだ

今日は光がこぼれる夜だ

アレクセーエフは晩年、詩的なテクストを描きこんだ楽園のような海辺の風景を描いたドローイングを制作しながら、日常の出来事をユーモラスに綴った日記や辛辣な政権批判をフェイスブックで日々発表して人気を博した。それらの日記をもとに日本の旅をめぐる二〇一七年の思い出をまとめた単行本『箒木を求めて』（二〇一八）は、アレクセーエフの世界観や文学観を映し出す珠玉の随筆となった。そこには、箒木のモデルとなった木が長野県阿智村の山中に実在することが分かり、はるばる訪ねていったエピソードも収められている。しかし現地に着くと、アレクセーエフは、この坂道は足の不自由な私には登れないと言い、谷を見下ろす展望台に一人佇み、同行者たちが箒木を訪ねて、古樹から地面にこぼれ落ちた樹皮を拾って作家に渡したのだった。たしかに最初の坂道は険しかったが、箒木は道からさほど遠くない場所にある。アレクセーエフは、長年夢想した箒木を、「見ることができない」夢幻の木のままにしておきたかったのかもしれない。

二〇二一年二月一三日、アレクセーエフから届いた最後のメールは、次のように締めくくられていた。

実はわたしは今、村上春樹を読み直しています（いつだったか彼について一緒に話したことがありましたね）。一〇年以上、彼の作品から遠ざかっていましたが、素晴らしい作家だと思います。日本、とりわけ日本の地方都市を見てから、そのことがよく分かるようになりました。羊、鳥、満州についてのマニアックなほどに詳細な描写が好きです。時間や愛についてもとても聡明に描いていると思います。彼についてどう思いますか？

翌月二六日、アレクセーエフは末期がんで世を去った。死の間際まで日本文学を語り続けた彼は今、ようやく箒木にたどり着き、大樹に抱かれて夢の続きをみているだろうか。

レオニート・チシコフ――詩人たちとの連帯

レオニート・チシコフ（一九五三〜）は、アレクセーエフと同年生まれ、ウラル山脈の麓の小都市で育った。家には小学校教師だった両親の蔵書があふれていたが、町に三つある図書館すべてに登録し、いつもたくさんの本を借りてきては家や湖のほとりで読みふける読書好きな少年だったという。チシコフは、医大卒業後にアーティストになり、イリフ＝ペトロフの風刺小説『十二の椅子』（一九二八）の挿絵（一九八六〜八九）などによって、瞬く間に人気の挿絵画家となった。ソ連崩壊後、検閲は廃止されたが、急速に商業化された出版界では実験的なアーティストブック等を既存の出版社から刊行することが難しく、チシコフは自分で小規模な出版社を作り、書籍の出版に熱心に取り組んだ。ロシア・アヴァンギャルドの作家ダニイル・ハルムスの不条理小説『出来事』（一九三三〜三九）を幻想的な挿画と共に一九九三年に出版する一方で、チシコフ自身が物語と絵を描いた一連のアーティストブックも盛んに発表している。奇妙な生物（人間の足の形をしているが、これで独立した生命体である）を主人公とする『ダブロイド』（一九九一）をはじめ、幻想文学、風刺文学、SF的世界が混交する文学作品を書き続けた。

チシコフの幻想小説の代表作の一つは、潜水服を着たダイバーの姿をした不思議な生物をめぐる物語『ダイバーたち』（二〇〇五）である。彼らの生活、誕生、感情、死、家族観、宇宙、人間との関係を、文章と絵を通じて描きだし

レオニート・チシコフ《ラドミール》(2007) 2019 市原湖畔美術館/photo Hideto Nagatsuka

た本作は、ロシア宇宙思想（コスミズム）にも通じる壮大なファンタジーである。「人とは変わった姿」をしている彼らは、善良で心優しい存在であり、その性質ゆえにしばしば自己犠牲的な死を迎える。儚くも誇り高い「類」をめぐる抒情詩であると同時に神話的な叙事詩のようでもある本書は、生きるとは何か、人間とは何か、真の多様性とは何かについて問いかける。

ぼくが最初にダイバーを見たのは、湖の岸辺だった。彼らは水からあがってきたところだったが、ホースの先は湖の底まで続いていた。ダイバーたちの皮膚である黒いビロードのような潜水服は、ぬいぐるみのクマに似ていて、長いホースは、さながらへその緒だった。この無限のへその緒は、一生ぼくたちにくっついたまま、大地と永遠を結びつけている。ダイバーたちが重い靴をはいて、ゆっくりと歩いていく様子は、人間そっくりだった。ダイバーたちは、ぼくたちのことでもある。じつのところ、ぼくたちの体は、潜水服のような入れ物にすぎない。なかにいるのがどんな生き物なのか、だれも知らない。この入れ物のなかには、ひょっとしたら、黒いからっぽの空間か、まぶしい光があるのだろうか。それとも、新しい可能性がつまったファンタジーの世界があるのか。そこでは翼を使わずに空を飛んだり、大洋に潜るように自分の深みに沈んでいけるのかもしれない。[6]

レオニート・チシコフは、自分の祖先の古い衣服を再利用した《編み男》（二〇〇二）や、死者の復活を夢みた思想家ニコライ・フョードロフに捧げた《祖先の訪問のための手編みの宇宙ロケット》（二〇一〇）にも表れるように、死者への共感、死者の記憶という主題も追求してきた。チシコフは有名無名にかかわらずあらゆる死者を記憶しようとする傍ら、過去の詩人やアーティストに同志として強い共感を寄せる。《ラドミール》（二〇〇七）は、ユートピア的な世界を夢みながら失意のうちに世を去ったロシア未来派の詩人ヴェリミール・フレーブニコフへのオマージュである。フレーブニコフが長詩「ラドミール」で謳いあげた理想郷的な未来都市を、チシコフは、パンとパスタを用いたインスタレーションで制作したが、パンは、「フレーブ（ロシア語でパンの意）」という綴りが含まれているフレーブニコフの名を記念するものであり、パスタは「ロシアのどの家庭にもある食材で夢の宇宙都市を作ることで、日常の中にも宇宙やユートピアがひそんでいることを示している」

という。
　青年期から日本文学を愛読してきたチシコフは、日本の歌人に寄せる作品を二点制作している。「瀬戸内国際芸術祭二〇一九」では、柿本人麻呂の短歌「天の海に　雲の波たち　月の船　星の林に　漕ぎ隠る見ゆ」に捧げるインスタレーション《月の船》（《月と塩をめぐる三つの作品》、二〇一九）を展示し、「中房総国際芸術祭いちはらアート×ミックス」では、満月を伐りたての白い切株に見立てて松尾芭蕉の句を視覚化した《芭蕉の月》（二〇一四）を制作した。チシコフは自伝で次のように書いている。

芸術家は創作によって、ありふれた物の中にひそむ詩情を明らかにすることができる。普通の人にとって、普通のものは普通にしか見えない。月を見れば、ああ、月が出ているから夜道が明るくなり、転ばなくてもすむと感じるに過ぎない。でも詩人なら、たとえば松尾芭蕉であれば、月を見れば詩が生まれる。

木を切りて本口見るや今日の月

私たちは、月だけでなく、りんご、コップ、デッサン用

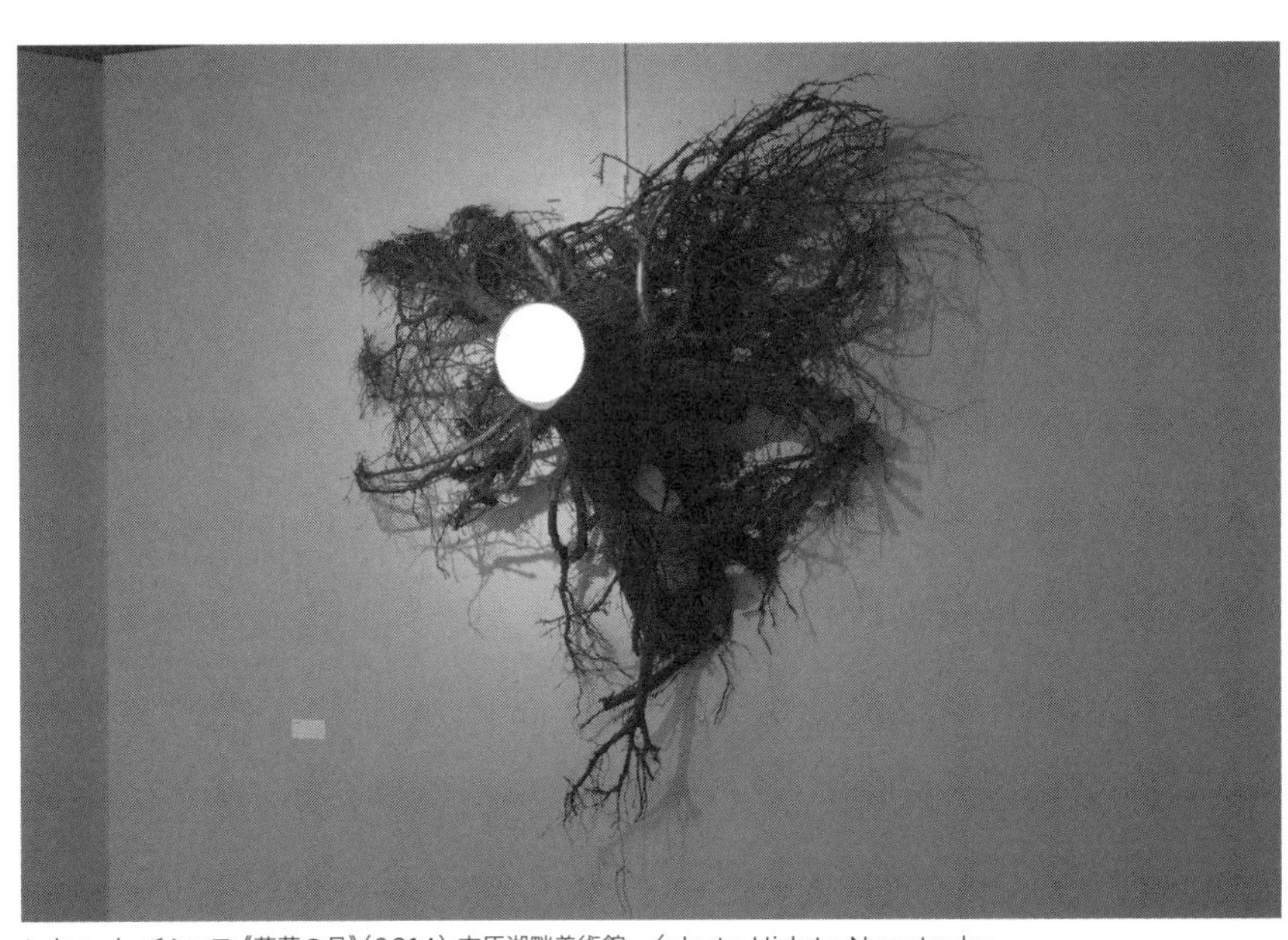

レオニート・チシコフ《芭蕉の月》（2014）市原湖畔美術館　／photo Hideto Nagatsuka

の石膏像の鼻さえ、本当はこんなふうに詩的に捉えることができるはずだ。[7]

ありふれた切り株に月を見出し、空に星の林を想う日本の詩人たちは、日常の中に詩情や宇宙を見出そうとするチシコフにとっては近しい友のような存在である。

カバコフ、アレクセーエフ、チシコフにとって、文学は補助的、副次的なものではなく、視覚芸術と同等の価値を持つ根源的なものであり、人類の記憶や歴史に連なるための道標でもあった。また、ここでは取り上げられなかったが、現代ロシア・アートの世界では、作品のマニフェストを詩で書くアレクサンドル・ポノマリョフ、独自の視覚詩を展開したドミトリー・プリゴフ、アンナ・アリチューク、彫刻的なアーティストブックを制作した老ブカシキン、詩のようなテクストを用いたストリート・アートや光のオブジェを制作する若手アーティスト、チモフェイ・ラジャなど、多数の作家が各々の方法で文学と芸術の融合を追求してきた。彼らを貫く総合芸術の夢は、社会や時代の新しい問題系を取り込みながら、終わりのない海練（うねり）を生み出していく。

1 『イリヤ・カバコフ『世界図鑑』絵本と原画』東京新聞、二〇〇七年。八頁。

2 鴻野わか菜編著、北川フラム監修『カバコフの夢』NPO法人越後妻有里山協働機構／現代企画室、二〇二一年、二八～二九頁。

3 沼野充義編著『イリヤ・カバコフの芸術』五柳書院、一九九九年、三〇二頁。

4 鴻野わか菜「ニキータ・アレクセーエフ　日本についての書簡」『千葉大学大学院人文社会科学研究科研究プロジェクト報告書』三二〇号、二〇一七年、三四頁。

5 「ニキータ・アレクセーエフ　日本についての書簡」三二頁。

6 *Леонид Тишков*. Водолазы. Москва: Гаятри, 2005. С.4.

7 *Леонид Тишков*. Как стать гениальным художником, не имся ни капли таланта. М.: Гаятри, 2007. С.23.

編集委員
座談会

私の本棚——二一世紀のロシア文学

岩本和久
越野剛
鴻野わか菜
高柳聡子
松下隆志

――編集委員の皆さんは、文学研究者として、ロシア文学の全体的な動向に目配りをしながらも、ご自身の興味によって特に注目してきたジャンルや潮流、作家がいると思います。そんな「私的文学史」あるいは「私の本棚」を、今日は開陳していただきたいと思います。

高柳聡子　私は修士課程に入ったのが二〇〇一年で、それ以来二〇年間ロシア文学、特に女性文学の研究をしてきました。最初は一九世紀のロシア文学を勉強したくて大学に入ったのですが、入ってすぐに、沼野恭子先生が訳されたタチヤーナ・トルスタヤ（一九五一〜）の『金色の玄関に』（白水社、一九九五）という短編集を読んでほれこんでしまいました。以降、博士論文までずっとトルスタヤをメインの研究テーマにしました。

　女性作家に絞った理由ですが、ある時、私の知らない女性作家がロシア文学にはどのくらいいるのだろうと思い、ロシア文学史、ソヴィエト文学史と名のつく本を英語、ロシア語、日本語で全部チェックし、過去の女性作家をリストアップしようとしたんです。そしたら、一人も女性の散文作家が出てこないものがほとんどで、たまに出てきても、聞いたこともない、今はロシアでも全然読まれていない作家しかおらず驚きました。それで、文学史に残らなかった女性作家たちを見つけ出したいと思ったのです。

　実感として、ロシアでは二〇〇〇年代の後半に女性作家たちが一気に増えたという印象です。大学院に入って最初の数年間は女性作家の作品をせっせと集めていたのですが、ゼロ年代の後半になったら膨大な数になってきて、全部を買って読むなんて不可能になってしまいましたから。

　私の研究は女性作家の興隆の基盤を作った、八〇年代のトルスタヤ、リュドミラ・ペトルシェフスカヤ（一九三八〜）、九〇年代のリュドミラ・ウリツカヤ（一九四三〜）、マリーナ・パレイ（一九五五〜）という人たちから始まりましたが、五〇年後一〇〇年後も文学史に名を残すこうした作家以外の人たちも陽の当たるところに置くというスタンスで取り組んでいます。資本主義体制に変わって、良い作家だけれども埋もれていく人たちに肩入れしてしまうところがあって。

松下隆志　私はウラジーミル・ソローキン（一九五五〜）の翻訳をしているのでよく誤解されるのですが、ロシア文学との出会いは、高校生の時に読んだドストエフスキーです。ドストエフスキーを研究したいと思って大学に入り、全集まで読破したのですが、次第にもういいかなという感じになって、次にチェーホフに行って、どこをどう間違ったのか、最終的にソローキンにいきついてしまった。

　ソローキンは今では現代ロシア文学を代表する作家の一人ですが、私が知った当時はカルト的な作家であまりまじめに扱われていなかった。今でもソローキンの作品は文学じゃないと言う人もいますが、私は初めて読んだ長編『ロマン』（日本語訳―国書刊行会、一九九八）に衝撃を受けました。これは一九世紀リアリズムの世界を精巧に再現したポストモダン的な作品なのですが、欧米のポストモダン文学にはない過剰な暴力性やプリミティヴさがあって、こういう文学作品はそれまで読んだことがなかった。当時は思想家の東浩紀さんがオタク文化を対象にして日本独自のポストモダン論を展開していた時期で、私もロシア独自のポストモダン文学の可能性を探っていけば面白そうだと考え、ソローキンを手掛かりに現代ロシア文学の研究を続けてきました。

ロシアでポストモダン文学が流行したのはソ連崩壊後の一九九〇年代ですが、その起源はスターリン死後の後期ソ連の非公式文化に遡ります。当時モスクワにはコンセプチュアリズムと言われる非公式芸術家たちのサークルがあり、ソローキンも七〇年代後半にそこに加わり、その美学に多大な影響を受けて創作活動を始めました。

欧米のポストモダニズムは資本主義の発展が背景にありますが、ロシア版のポストモダニズムは、ソ連の社会主義社会や共産主義イデオロギーにポストモダニズムの特徴を見出しました。たとえばエプシテインは、イデオロギーという記号によって形作られていたソ連社会は、ボードリヤールが言うところのディズニーランドのようなハイパーリアルな社会だったと主張しています。当時ソ連で唯一の公式芸術だった社会主義リアリズムは現実を社会主義の理念と一致するように描くことを定めましたが、スターリン死後の後期ソ連社会ではそれは完全に形骸化してしまい、結果として本来描かれるべき現実が消滅してしまった。それを頭に入れてソローキンの『ロマン』を読むと、やはりこれは単なる文学実験ではなく、当時の社会の空虚な現実というものと深くかかわっているということが見えてきます。

私はソローキンを軸に現代文学を読んできましたが、おそらくは彼にも影響を与えた、ロシアのポストモダン文学の先駆者とも呼ばれるユーリー・マムレーエフ（一九三一～二〇一五）という作家がいます。マムレーエフはソ連の非公式文学の伝説的な作家で、「ユジンスキー・サークル」と呼ばれる有名な地下文芸サークルの創始者です。オカルト的な傾向のある作家で、七〇年代半ばに亡命するまでに数多くの短編や長編を書いています。ソ連という集団社会において個は否定されていましたが、マムレーエフの作品の中では集団の中でゆがめられた個が怪物的な姿をまとって現れます。もちろん当時のソ連ではそのような作品は公にできず、サミズダート（地下出版）の形で密かに読まれていました。ネオユーラシア主義者のアレクサンドル・ドゥーギンもマムレーエフのサークル（ただしマムレーエフが亡命した後ですが）に属していたこともあり、現代ロシアの文学や思想の源流の一つと呼べるような作家かもしれません。

若い世代では、「ポスト・ソローキン」とも呼ばれるミハイル・エリザーロフ（一九七三～）という作家がいます。二〇〇〇年代にデビューした作家で、出身はウクライナですが、インタビューでは自分の祖国はウクライナではなくソ連なのだと言っています。「新しいリアリズム」（後段で解説）の作家と交流があり、そういう文脈で紹介されることもありますが、作風はまったくリアリズムではなく、ソローキンやマムレーエフ、ペレーヴィンなどからの影響を感じさせるものです。日本でも『図書館大戦争』（河出書房新社、二〇一五）が訳されました。忘れられたソ連作家が書き遺した七冊の本に不思議な力が込められていて、その力をめぐって各地の「図書館」と呼ばれる組織が抗争を繰り広げるという話です。ソローキンやマムレーエフの世代にとってソ連は否定的な過去ですが、若い世代であるエリザーロフは違っていて、現実のソ連は破綻したが、その理念は美しいものであって、その理念をぜひとも文学の力で現実にすべきだと語っています。こうした発言もどこまで真面目に受け取っていいのかわかりませんが、没入とアイロニーの感覚がないまぜになった作品世界が魅力的です。

鴻野わか菜　私はもともと文学と美術の双方に興味があり、美術と文学の接点から生まれる作品に関心を持ってきました。アーティストの書いた文学作品ですとか、アーティストブックやヴィジュアルポエトリーなどです。松下さんのお話からも分かるように、ソローキンが属していたモスクワ・コンセプチュアリズムのサークルも文学や美術が出会う場所で、イリヤ・カバコフ（一九三三〜）などのアーティスト、ソローキンのような作家、グロイスのような批評家が集う場になっていました。二〇世紀初頭のロシア・アヴァンギャルドも同じで、文学と美術は密接にかかわっていました。ロシアはもともと文学中心主義だと言われますが、美術においても文学が重要な要素を占めています。アーティストとして美術の領域で活動をしている作家の中にも、詩や小説や回想記などを書く人が多数出ています。

　カバコフを例に見ましょう。一九五〇〜八〇年代はモスクワで、公式には絵本の挿絵画家として生計を立てていた一方で非公式な芸術活動も続けていました。八〇年代半ばには拠点を海外に移して、ソ連的な空間を再現した立体作品であるトータル・インスタレーションを制作しているのですが、ソ連時代の作品も今の作品も、美術作品でありながらかなり長いテクストを伴っていて、それは短編小説のような物語で面白いんですね。カバコフの文学作品はロシアのユートピア文学やＳＦ文学の系譜を引いていると言われますし、彼は立体作品を作る前に基本的にアーティストブックを作る、つまり書籍を作るところから始めるので、創作において非常に文学的なアプローチをしていると思います。

　九八年の『プロジェクト宮殿』という作品があって、これはテクストの分量が非常に多くて、書籍として刊行されています（日本語訳—国書刊行会、二〇〇九）。アート作品の設計図という感じではなく、イラストのはいった長編小説という感じの書籍です。「プロジェクト宮殿」というのは、ソ連に住む人々の夢や計画を保存する博物館＝宮殿、という物語なんですが、六五人の架空の人物のささやかな夢が文章とイラストと、作品ではオブジェで表現されていて、これがユートピア文学的な性格を持っていて、文学作品としても面白いと思います。

二〇〇〇年代の作品としては、日本の越後妻有（新潟県十日町市）に設置された『棚田』ですとか、同じく妻有に設置された二〇〇九年の『人生のアーチ』という立体作品があるのですが、それもそれぞれ文学的なテクストを伴っていて、とりわけ『棚田』はカバコフが書いた詩が作品の一部になっていて、文学と美術が融合した自然の中の絵本のような作品形式として面白いと思います。

同じくモスクワ・コンセプチュアリズムに近いところにいたアーティスト、文学者としてニキータ・アレクセーエフ（一九五三～二〇一一）という作家がいます。もともと、モスクワ・コンセプチュアリズムに限らず、世界のコンセプチュアリストのアーティストはテクストを用いることが多いので、アレクセーエフも自分のドローイングの中に短い詩のようなテクストを書き込んでいて、哲学的で美しいです。その一方で死の直前までFacebookを頻繁に更新して、プーチンや政治の批判、日常生活の色々な出来事を全部書いていたんですけど、その落差のあるテクストが面白いです。「北アルプス国際芸術祭」に参加するために日本を訪れた時のエッセイは秀逸な文化論になっていて、書籍としても出版されました。

アレクセーエフの作品でとくに注目したいのは、二〇一七年に千葉大学の図書館でアレクセーエフの個展を開いたときの作品です。屏風とか巻物風の日本的な形式をとったドローイングを描いてくれたんですが、そこに長い詩のようなテクストがついていて、それがとても面白いものでした。『岸辺の夜』というドローイングとテクストは宮澤賢治の「銀河鉄道の夜」にささげられていて、ガンを患っているアレクセーエフの、自分が死に向かって旅をしていくというイメージが込められているんですが、「銀河鉄道の夜」が引用されていると同時に、図書館で展示されているということを考えて、古今東西の色んな文学を引用しているんです。多和田葉子、エミリー・ディキンソン、プーシキンとか、ロックの歌詞とか仏典とかですね。そのことによって、時空を超えて言葉が響き合うような空間が作られていました。

いろいろなものを引用するという手法はコンセプチュアリズムに共通する傾向でもあって、アレクセーエフは自分はコンセプチュアリストではないと言っているのですが、あの時代のアーティストや文学者に共通する傾向が今でも受け継がれていると思います。

もう一人アーティストで文学者の作家を挙げるなら、レオニート・チシコフ（一九五三～）に関心を持っています。初期の頃から絵とテクストを組み合わせた物語を作っています。もともと医者だった

こともあって、人間の体に関心があって、胃とか足が主人公だったり、奇妙な生物を主人公にした物語、小説や戯曲を書いてイラストもつけるというタイプの不思議な本をたくさん作っています。「奇妙な生物」シリーズの一つ、二〇〇五年の『ダイバーたち』という本がとりわけ面白いです。潜水服を着た人間の形をした生き物が主人公で、チシコフの作品の主人公は不気味な姿をしていることが多いんですが、それがやさしかったり、人間よりずっと善良だったり、普通の生活を営んだりいろんな感情を体験したりということで、人とは変わった姿をした者たちの存在を描くことで、共生、多様性が通底するテーマになっています。ファンタジーであると同時に現代的な意味もある作家だと思います。

岩本和久　皆さんの話を面白く聞いていました。特に高柳さんの、女性のいない文学史に驚いた、という話。私の世代になると、女性が文学史にいないのが当たり前なんですよ。文学史だけの話ではなくて、映画の歴史、あるいは美術でも同じようなことが言えるかもしれないですが、要は女性が表現をするというのが登録されないわけですね。日本映画をみても女性監督は本当に少ない。女性が差別されている世の中というのは、そういうものだと思っていたわけです。高柳さんが驚いた一方、私には当たり前のことだった、そういう状況をどう変えていくか、ということでいうと、ヘレナ・ゴスチロという研究者が、沼野恭子先生の仕事などと並行しているんですが、女性文学というものをどう打ち立てていくか、ということに尽力していました。そういう動きから始まって、注目されている作家のほとんどが女性、といういま現在の状況にまで移行していく時期に高柳さんがそういう疑問を持った、というのが、時代の転換点のような気がして非常に興味深いです。

私自身も、時代の変わり目で現代文学を読みだしたのかなという気がします。もともとそんなに現代文学が好きだったわけではない、ソローキンも最初注目されたころはピンときてなかったんです。高柳さんがピンときてしまったのはトルスタヤでしたが、私の場合は一九九七年のポンピドゥーの展覧会（東京都現代美術館）で見たカバコフの『宇宙に飛び出した男』でした。それまで写真で見て知っていながら、全然わからなかったのが、本物を見たらピンときちゃったわけです。この作品は、すごくバカバカしいんですよ。泣けるほどバカバカしくて笑うしかないような、なんとも不思議な雰囲気がある。いろんな理屈をいくつも積み重ねているんですが、その積み重ねているものが、すべて天井の穴で崩壊してしまう、不思議なバランスのある作品で、この微妙なバランスがアートなんだな、現代文学もそういうものなんだなと思ったら、現代文学も面白くなってきました。

それで九〇年代末ごろにいろいろ読むようになったんですが、その頃手引きとなった批評家がレフ・ダニールキン（一九七四〜）で、当時『アフィーシャ』という日本でいえば『ぴあ』みたいな情報誌で文芸欄を担当していた人なんですが、そこにメインストリームとは違う人がいっぱい出てくる。エンタメ系の、ラノベみたいのがいっぱい出てくる。出版界の変化がリアルに感じられて、二〇〇〇年代はそういうものをいっぱい読んでいました。

そのなかで特に好んでいたのは、パーヴェル・ペッペルシテイン（一九六六〜）です。やはりモスクワ・コンセプチュアリズムの系列の作家ですが、ちょっと胡散臭くて、セックスと麻薬でエクスタシーに浸っていたらそれでいい、という感じもする。死やコスミズムを自分なりに考えている人で、セックスだったり麻薬だったりは、ニルヴァーナの世界にたどり着くための入り口なわけです。ニルヴァーナや空虚というものにたいするアプローチが、ペレーヴィンやソローキンと違って、記号の世界で考えているのではなくて、もっと生身の身体をどう超えていくか、といったことをリアルに考えているのだと思います。楽しく死ぬにはどうしたらいいかということを常に考えている作家でしょうか。

もう一人は、オリガ・スラヴニコワ（一九五七〜）。ウラルの出身で、現代の女性文学を代表する作家の一人なんですが、文章がとにかく難しくて、メタファーがすごく多い。テクストの重さに対する意識が高い。一方で書いている内容はポップで、その組み合わせが面白い人です。

それからエレーナ・チジョーワ（一九五七〜）。『女たちの時』（二〇〇九）というソヴィエト時代を回想した作品が有名です。ソヴィエト時代を回顧するという、ある意味トレンドにそった作家ではあるんですが、ものすごく繊細な感じがあって、ノスタルジックな性格が非常に強い。嫌みがなく、あったかい感じがして好きだなって思います。

越野剛　私はスヴェトラーナ・アレクシエーヴィチ（一九四八〜）とＳＦの話をしたいと思います。大学の卒業論文のテーマに選んだのがソ連のＳＦ作家であるストルガツキー兄弟の『ストーカー（原題：路傍のピクニック）』でした。当時ＳＦは真面目な研究の対象とはあまりみなされていなかったこともあって、大学院に入ってからしばらくＳＦから離れていました。九〇年代終わり頃にベラルーシに何度も行く機会がありました。ベラルーシは、チェルノブイリ原発事故の影響が大きかった国だったので、それが文学作品にどういうふうに描かれているのかを現地で聞いたら、九九％の人が挙げたのがアレクシエーヴィチの『チェルノブイリの祈り』（日本語訳―岩波書店、二〇二一ほか）でした。この作品はベラルーシでは出版できなくて、ロシアで出たのですが、みなどうにかして読んでいたのですね。原発事故自体を描いているのではなくて、事故の影響のもとに一〇年近くの年月を暮らしてきた人の体験談を集めたものです。日常と非日常が接した空間を描いたという点に、ある意味でＳＦの文法とつながるところがあると思いました。

ストルガツキー兄弟の『ストーカー』

は、放射能事故を扱ったものではないですが、未知の存在の作用によって、ある地域が全く想像がつかないようなことが次々起こるような空間に変容してしまい、そこに冒険者のような人たちが入り込んで、いろんな体験をする、というストーリーです。認識を超えた未知のものに向かい合った人間はどのようなふるまいをするか、ということがテーマの作品だったのですが、これがまさにチェルノブイリ事故で放射能に汚染された地域と重なって見える。たまたまストルガツキー兄弟のＳＦでも、現実のベラルーシやウクライナでも、そうした空間は「ゾーン」と呼ばれます。ロシア語では「収容所」という不吉な意味合いもある言葉です。原発事故で汚染された地域であえて生活したり、あるいはその中に勝手に忍び込んで何らかの活動をする人たちは、小説との連想から「ストーカー」と呼ばれるようになりました。私にとっても、アレクシエーヴィチとストルガツキー兄弟が出会って、一つの世界がひらけた、ということは大きな発見でした。

『チェルノブイリの祈り』は、アレクシエーヴィチの中でも大きな契機となっています。自分では体験しなかった過去の戦争についての証言を集めるところから彼女の仕事は始まっていたわけですが、この作品で初めて取材する対象である「小さな人々」の中に自分自身を見出すようになる、つまり「自分もまたチェルノブイリ人の一人である」と彼女が書いているように、積極的な当事者という意識をもって作品を書くようになりました。それがその後『セカンドハンドの時代』（日本語訳―岩波書店、二〇一六）まで続く、ソ連人の世界を描き出すという大きな仕事につながっていると考えています。

　ＳＦについてもう少しだけお話しすると、ストルガツキー兄弟に大きな影響を受けた弟子と呼ばれる世代の作家たちが、その後のロシアのＳＦ界でも大きな力を持っています。例えば、ヴェチェスラフ・ルィバコフ（一九五四～）という人は、九〇年代から〇〇年代にかけて流行した歴史改変小説の第一人者です。ロシア革命が失敗したり、あるいは逆にソ連の解体が起きなかったら現代の世界はどうなっているかを想像するこのジャンルはロシアですごく流行りました。

ＳＦと現代文学ってもう本質的には区別する意味がないと思うんですが、お互いに影響を与え合っている側面があって、歴史が改変されたパラレルワールドはそのひとつです。ソローキンやペレーヴィンの一部の作品はまさにそうですね。

ただ、歴史のｉｆを想像するということは、かつては強大であったかもしれない帝国的なロシア（あるいはソ連）を現在に呼び出したいという欲望と容易に結びつくところがあります。現代ではかなり多くのＳＦ作家が、極端なナショナリズムに共鳴するようになってしまいました。ルィバコフはそのはしりのような存在だといえます。こうした傾向はどこかで「新しいリアリズム」と呼ばれる作家たちの政治性と重なるところがあると思います。現代ロシアの右翼思想やナショナリズムは、ユーラシア主義という側面もあって、単純なロシア民族主義ではありません。ルィバコフはSF作家でいながら、ペテルブルグの東洋古文書研究所に勤める中国研究者であって、中国語も堪能です。ルィバコフがやはり中国文学者でSF作家のアリモフと組んで書いた『ユーラシア・シンフォニー』シリーズは、中国とロシアが融合した超巨大帝国を舞台にしています。現在の中露関係をグロテスクに肥大化させたものとも、ある種のユーラシア主義の変化球ともいえますが、ルィバコフ本人は本気でユートピアとして描いているところが面白いです。

——日本に紹介される作家・作品には、どうしても偏りが生じてしまうと思います。一度売れた作家の本は次も出るけれど、なかなか新規なものは出づらいといった意味で。日本には紹介されていない傾向のもの、日本からは見えていないロシア文学の部分という意味で、あえて触れてみたい作家・作品はありますか？

松下　日本ではソローキンやペレーヴィンのようなポストモダン文学は比較的人気があり、あるいはアクーニンやウリツカヤのように何冊も作品が翻訳されている作家がいます。その一方で、ゼロ年代に台頭した「新しいリアリズム」の作家たちはあまり紹介が進んでいません。

九〇年代末にポストモダニズムの流行が終息を迎え、それと交替するような形で「新しいリアリズム」が現れました。この潮流を代表する作家の一人がセルゲイ・シャルグノフ（一九八〇〜）です。彼はまだモスクワ大学の学生だった二〇〇一年に雑誌『新世界(ノーヴィ・ミール)』に「喪の否定」という評論を発表しています。そこで彼はソローキンとペレーヴィンをやり玉に挙げながら、ポストモダン文学はもはや断末魔の状態にあり、自分たちのような若い世代には現実をパロディ化してやろうというような考えは全く頭に浮かばない、新世代のリアリズムはパロディではなく、ロシアの確固たる現実を描くのだ、と宣言しています。これを読んで、一〇〇年前に未来派の作家たちが、プーシキンやドストエフスキーといった古い作家を「現代の汽船から放り出せ」と言った未来派宣言を思い出しました。未来派はリアリズムを否定してアヴァンギャルドという新しい表現に進みましたが、二一世紀の「新しいリアリズム」の作家たちはポストモダニズムを否定することで新たなリアリズムの表現を開拓しようとした。一方の極から反対の極に一気に移行するというのは、ある意味ですごくロシア的な現象かもしれません。

「新しいリアリズム」の批評を担ったのは、ワレリヤ・プストヴァヤ（一九八二〜）という女性批評家です。彼女も「新しいリアリズム」はポストモダニズムの超克であるとして、「新しい人間の現実認識」だとか、「新しい文化時代の英雄」だとか、かなり仰々しいスローガンを掲げました。もっとも、旧来のリアリズムとの違いは明確に示されず、「新しいリアリズム」が理論的に成功したとは思えません。

それはともかく、「新しいリアリズム」

からは先に述べたシャルグノフのほか、ザハール・プリレーピン（一九七五〜）、ロマン・センチン（一九七一〜）など実力のある作家が数多く輩出しました。「新しいリアリズム」が日本であまり積極的に紹介されなかった理由はおそらく、彼らの多くが愛国的で、ときにナショナリズム的な主張を展開したからでしょう。たとえば、プリレーピンは公然とスターリンを礼賛し、リベラル批判を繰り広げ、「ドネツク人民共和国」では暗殺されたアレクサンドル・ザハルチェンコの「顧問」となり、自身の大隊まで結成しました。一方で作家としての力量は広く認められており、ビッグ・ブック賞を受賞した歴史小説の『僧院』（二〇一四）は非常に評価が高いです。

　あまり紹介されていないと言いましたが、数年前に極東の作家のワシーリー・アフチェンコ（一九八〇〜）の『右ハンドル』（群像社、二〇一八）という作品が訳されました。彼は「新しいリアリズム」の作家で、本書でもセンチンやクセニヤ・ブクシャ（一九八三〜）の短編、そしてプストヴァヤの評論を掲載しています。

岩本　今の話に大きな枠からコメントをしたいんですが、ポストモダンから新しいリアリズムへ、という大事な動きが紹介されないというのは、ロシア内部の文壇とかロシア文学史的な発想なわけですよね。他方で世界文学という空間があります。世界文学の観点から言ったら、今そこに登録するに値する作家がアレクシエーヴィチかウリツカヤくらいしかいないわけですよ。たとえば、シンボルスカとかトカルチュクとか、ノーベル賞をとるような作家だけが翻訳されるポーランド文学とは対照的です。ロシア文学はポーランドとは違って、これ紹介しなくても、ってものもいっぱい翻訳される。好きな人は読めば、みたいなものが。翻訳点数も多いし、ロシアに対する関心は高いんだけど、その文脈づくりみたいなものが、日本の編集者や翻訳者の趣味に合った形で進んでいる。それでカオスな感じがするのかもしれないです。

高柳　まあ、岩本さんの言う通りなんですけど（笑）。色んな出版社にロシア語を学んだ方が編集者として入られて、ロシア文学の翻訳紹介にはとてもいい時期になっていると思いますが、私たちを見ても分かる通り、自分の好みというのが軸になっているので、本来であれば「銀の時代」（一九世紀末から一九二〇年頃までにロシアの芸術が開花した時期で多くの才能ある詩人が登場した）のもっと重要な詩人や作家、一九世紀のもっと重要な作品なども訳さなければいけないのです。

　話を戻しますと、私の関心の中心は最初はモスクワにありましたが、その後、ペテルブルグに移りました。その頃は好きな作家がみんな五〇、六〇年代にレニングラード（現ペテルブルグ）で生まれた人たちで、彼女たちの感性が自分に合うと思っていましたが、最近はそれに加えて大都市でないところ、マージナルなロシア語文学に惹かれています。

　一人がウラジオストク在住のローラ・ベロイワン（一九六七〜）です。本書で

作品を翻訳しています。もう一人、同じく極東の作家でアレクサンドル・ベルィフ（一九六五〜）という作家がいます。もともと詩人ですが、日本に留学していたことがあって日本語ができる。短歌、とくに藤原定家が好きで、彼自身も俳句や短歌を作り、ロシアで和歌の教科書を書いたり、松尾芭蕉や三島由紀夫の翻訳もしています。彼の最初の長編小説が『フロベールの夢』（二〇一三）です。舞台は一九九〇〜九二年くらいのウラジオストクと日本で、ソ連崩壊前夜に極東から日本に短期留学でやってきた少年が、滞在中にソ連が崩壊し、ソ連のパスポートしか持っていなくてどこにも行き場がなくなるという話。前世は人間の詩人だったフロベールという犬がでてきて、その犬の見る夢というのがテクストになっています。そこに源氏物語などがサブテクストになっていて非常に複雑な作品です。

　ウラジオストクや極東と聞いても、私たち日本人はあまり幻想性を見出せないですよね。極東の幻想性だけでなく、土佐犬を飼っているといった日本のモチーフがちょこちょこ出てきて、モスクワやペテルブルグよりも近く、比較文学的にも面白い作家たちです。

　あとは有名どころですけど、アルメニア出身のナリネ・アブガリャン（一九七一〜）とか、カザフスタンのミハイル・ゼムスコフ（一九七三〜）などもいます。ゼムスコフはカザフスタンの文学を、モスクワで賞が取れるレベルにグレードアップさせると言って、作家養成スクールを作ったり、文学賞を立ち上げたりもしている人です。

　あとウズベキスタンの作家で、エヴゲーニー・アブドゥラーエフ（一九七一〜）。『タシケント・ロマン』（二〇〇六）という作品を書いています。もともと詩人ですが、この人もタシケント派というグループを作り、タシケント在住の作家たちのコミュニティを作って盛り上げようとしています。モスクワでも有名で、書店に彼の本が平積みになっているのですが、あえてタシケントで書き続けている人です。中世のロシアや、一九世紀ロシアと日本などが交差する壮大な作品を書いています。

——非常に多様な世界ですね。こうした極東なり中央アジアなり、周縁の文学を追う楽しみというのはどういうことにありますか。

高柳　ロシアの見え方が変わってくるんですよ。はじめて中央アジアに行ったときに本当に反省したのは、モスクワ経由、ペテルブルグ経由で中央アジアなどを見ていたことで、ダイレクトに見たら全然違った。中央アジアの人から見たロシアやロシア文学、ソ連、極東から見えるロシアなど、違う角度からロシアを見ることができて多面性が得られるので、そこが面白い。それから語彙がまったく変わってきますから、言語的にも新しい世界と出会えるという喜びがあります。

——カザフスタンの作家もウズベキスタンの作家も、ロシア語で書いているわけですよね。どこにいるのであれ、ロシア語を読める人を読者として考えているということですね？

高柳　そうですね。アレクシエーヴィチもそうですが、ロシア語で書かなければ世界で読まれる可能性が低くなる。他方で、カザフ語で書いたらロシア語に訳すという作業と経費が必要になるから、文学はロシア語に占拠されてしまってカザフ語で書く作家が消えていくことが問題だという話も聞きました。

岩本　カザフスタンとベラルーシというのはロシア語話者が多く特殊です。旧ソ連圏全体が同じだというわけではないです。カザフスタンは母語がロシア語の人とカザフ語の人はざっくりいうと半々。母語でないほうの言葉を学校で「第一外国語」として学んでいて、カザフスタンはロシア語が通じる世界ということです。ウクライナやウズベキスタンになるとまた違った世界になってきます。

鴻野　私の方では詩についてお話ししたいと思います。ロシアの現代詩に加えて、詩の朗読会や詩人のグループ、詩壇がどう形成されてきたかに関心があります。ロシアの現代詩は、鈴木正美さんが『どこにもない言葉を求めて――現代ロシア詩の窓』（高志書院、二〇〇七）という珠玉のような著書を出されて以来、あまり紹介が進まない分野です。詩と詩人はロシアの文学史において、つねに大きな位置を占めてきましたし、現代文学においても詩は大切な要素です。詩と散文の両方を書いている作家も多数います。

現代詩人の中で注目しているのはドミトリー・クズミン（一九六八～）です。ペレストロイカ末期から、批評家、出版者、詩人、翻訳者として多彩な活動を繰り広げてきた人です。自分の出版社を創立して現代詩人の作品集や文芸誌を数多く出版し、ソ連崩壊前後の混乱した状況下で現代ロシア詩の復興に努めてきた人物です。一九八八年にはスタニスラフ・リヴォフスキーなどとともに二五歳以下の作家や詩人がつどう「若き文学者の同盟　バビロン」を創設して詩の朗読会を開催したり、文集を刊行したり、現代文学の情報をまとめたサイトをつくって大きな効果があったと思います。二〇〇二年には一連の活動を認められてアンドレイ・ベールイ賞ロシア文学に対する特別な貢献部門を受賞しています。

彼は自分で出版社を持っていて、自身も詩人でありながら、現代ロシア文学には私のレベルの詩人は数百人はいる、ただ文学的なプロジェクトを実現できる人間は五人もいないだろう、という立場から、数百冊の他人の本を出版していながら自分は一冊も出そうとしなかったんですが、二〇〇八年にクズミンの第一詩集『生きているのはすばらしい』が出版されています。

同性愛者であることをカミングアウトしていて、ＬＧＢＴＱをテーマにした詩を多く書いています。愛についての詩が多いのですけれど、同様に母親をめぐる詩が多くて、幼年時代の思い出であるとか、自分が子どもを持てないことで母親に与える失望について書いています（のちに特別な方法で子どもを授かっていますが）。クズミンが書いているテーマは親の期待

に沿えないと思い込んだ時に子どもが感じる罪悪感や悲しさというもので、普遍的なテーマとして胸を打つものだと思います。

ワレリー・レジニョフ（一九八五〜）も同性愛者であることをカミングアウトしたうえで、詩人、美術史家として活躍しています。LGBTQのアーティストについての評論もすごく面白いです。詩の分野では、しばしば身体やジェンダーを主題としていて、二冊の詩集『印刷所のにおい』（二〇〇八）、『存在より甘く』（二〇一九）を出しています。性愛や人間についてミニマリズム的な文体で書いています。息遣いが聞こえてくるような肉感的な詩で、それでいて哲学的な世界を展開しています。

アンドレイ・ロジオーノフ（一九七一〜）は人気のある詩人で、酩酊、乱痴気騒ぎ、荒れた郊外の風景などをマート（卑語）、俗語を交えて書くんですけれど、猥雑な日常の中にきらめく聖性をとらえるような稀有な詩人です。カオスから始まって、抒情におわる、という作風に特徴があります。彼は音楽的な要素を取り入れた朗読も独特で、人気があり、詩集もCD付きで出版されています。

ロシアには無名な人を含めて星の数ほど現代詩人がいて、総体としての世界が魅力的だと思います。詩の朗読会も盛んで夕方七時になると地区の小さな図書館とか文学サロンなどで詩人の朗読会が行われて、予約も入場料もいらなくて仕事の帰りにふらっと行って朗読を聞くことができます。一日の終わりに詩を聞くことができるというのは素晴らしいことだと思います。

——文学史的に重要といったこととは別に、気になる、個性が際立つ作家、作品というのはあるでしょうか?

岩本　みんなが読まないようなものをあえて挙げますが、修道院長チーホン（一九五八〜）の『聖ならざる聖人たち』（二〇一一）。現代の聖者列伝みたいなもので、修道院にこういう人がやってきてこういう人生を送りました、みたいな話が延々と書いてあって、ロシアでベストセラーになったんですよね。日本でいえばお寺のお坊さんが書いたというような本です。ロシア正教に興味のある人は読むわけなんですが、書いてある内容が結構俗っぽくて、泥棒が身を隠しにやってきて修道僧になったんだけどやっぱり泥棒してたとか。最近翻訳が出た『キエフ洞窟修道院聖者列伝』（松籟社、二〇二一）のような中世文学の現代版みたいなものです。結構大手の商業出版社から出ていて、こういうのも現代のロシアを知るためにはいいのかな、と思います。

もう一つは『ダニーラ・チェレンチエーヴィチ・ザイツェフの物語と生涯』（二〇一五）。著者のザイツェフ（一九五九〜）はロシアの旧教徒の人です。旧教徒というのは分離派とも呼ばれますが、一七世紀の典礼改革に反対し、ロシアの正教会から離れた一派です。ロシア国内では弾圧された歴史があり、世界各地に離散しています。ザイツェフは中国で生まれて、南米に暮らしていた人です。旧教徒のコミュニティで育ったのでロシア語ができるわけですが、そのロシア語というのが現代ロシアとちがう。極端に言ったら中世のロシア語なんですね。不思議な言語で書かれた伝記ということでノース賞（前衛的な文学に与えられる文学賞）を受賞しています。ロシア本国とは隔絶したところでロシア語を用いていた人のテクストが受賞したわけです。現代にいる同時代人なんだけど古文書のような、そんな本です。

高柳　私からは二冊。ソフィア・クプリャーシナ（一九六八〜）という人で、もともとは詩人です。非常に寡作な人でゼロ年代に文壇に登場して、二〇一二年に散文の短編集を出しました。ダニール・ハルムス的というか、マルグリット・デュラスみたいな雰囲気もある意識の流れ系の作家で、プロットと言えるものがほとんどない。テクストから不要な言葉は削除されて残された語だけがここにあるという設定で、一ページとか半ページとかで終わってしまう非常に短いテキストがたくさん収められている。主人公は、たまに「私」と出てくるんですが、それが同一人物なのか、何者なのかも最後まで全然わからないまま、ある意識の瞬間だけを記したような不思議な作品です。クプリャーシナは、登場人物の人間関係やジェンダー、年齢、職業など、社会性を帯びたものを一切付与せずに非常に緊迫感のあるテクストにしていくというストイックな創作をしています。読者の共感や感動、涙を一切拒む、非常にかっこいい作家です。今はロシアの作家たちも個人的に話していると、翻訳されることや、賞を取ることを意識していると感じることがよくありますが、こういう欲が一切感じられない作家は逆に魅力を感じます。

もう一人は、エカチェリーナ・シェルガー（生年不明）という人がいまして、ジャーナリストですが、二〇一〇年に『地中の船』という長編小説を書いています。ゼロ年代初頭のロシアが舞台になっていて、それを二〇一〇年代に回顧的に書いているんですね、ソ連時代ではなくてゼロ年代の初頭をあえて舞台にする時代が来たんだな、という感慨があって、現象として面白いと思いました。

越野　私は二人挙げます。松下さんが言われる「新しいリアリズム」の文学がどこまでを含むのかという射程の問題と、ポストモダン文学と新しいリアリズムの関係を考えるうえで面白い事例だと思います。まず一人はアンドレイ・ルバーノフ（一九六九〜）で、新しいリアリズムの潮流に位置づけられる作家です。もう一人はベラルーシの作家ヴィクタル・マルチノーヴィチ（一九七七〜）です。新しいリアリズムの作家とはいえませんが、世代的にも作風的にも共通した特徴があると思います。二人とも、中国化したロシアや麻薬のモチーフなどを組み合わせた、ある種のディストピア小説を書いているところに注目しています。

ルバーノフは『クロロフィリア（植物の国）』という小説で近未来のロシアを描いています。シベリアを中国人に貸してその地代でロシア人は働かずに暮らしている、麻薬的効果のある植物が生えていて、人々はそれを食べて飢えもせず気持ちよく過ごしているという怠け者の理想郷のような世界です。老舎の『猫城記』というＳＦ作品がソ連時代に翻訳されて人気を博したのですが、麻薬効果のある葉っぱを食べて怠惰に暮らす火星の猫人間が風刺的に描かれています。植民地時代の中国に流入したアヘンが意識されています。ルバーノフはこの設定を意図的に裏がえしてロシアに当てはめたといえるでしょう。

マルチノーヴィチは、ロシア語とベラルーシ語を交互にスイッチして書くという不思議な人で、どちらの言語で書いても、翻訳して二言語で出版する場合が多いです。『墨瓦（モーヴァ）』は中国化したロシアの中のベラルーシという入れ子構造の小説です。日常生活でベラルーシ語が使われなくなっているという状況設定は現実のベラルーシ社会をほうふつさせますが、ベラルーシ語の文学が麻薬のような効果を持つテクストとして密かに流通しているという面白い仕掛けになっています。

麻薬のモチーフやディストピアという舞台設定を見るとソローキンやペレーヴィンの世界に似ています。しかしいわゆるポストモダン文学と違うのは、二人ともはっきりした政治的・モラル的な立場があり、読者に向けられたメッセージ性が強いということです。ルバーノフの場合だと、人間は無目的に植物のように生きてはいけないという社会批判的な立場が前面に出ており、そこから本来の人間らしい生をどう取り戻していくかという物語が導き出されます。マルチノーヴィチの小説には、国民意識の希薄なベラルーシ人のナショナリズムを喚起しようとする啓蒙的なメッセージが読み取れます。ＳＦや幻想小説の要素が用いられていますが、現実の社会問題にコミットしようとする身振りが顕著なところが、新しいリアリズムのひとつの特徴ではないかと思います。

松下　「新しいリアリズム」はリアリズムといってもその範囲は結構広くて、ルバーノフは正統的なリアリズム作品を書いている一方で、ＳＦ的な題材も多い。プリレーピンも〇〇年代末の「新しいリアリズム」に関する記事で「純粋な意味でのリアリズムはなかった」というようなことを言っています。彼らにとってリアリズムというのは現実をそのまま写し取るというよりは、作家個々人の生々しい現実感覚を描くということだったと思います。だから理論化も難しかった。

私からはペテルブルグのパーヴェル・クルサーノフ（一九六一〜）という作家を紹介したいと思います。『天使に噛まれて』（二〇〇〇）という歴史改変小説は革命が起こらなかった二〇世紀のロシアを舞台に、強大な皇帝が中国と手を組んでアメリカに戦争を仕掛けるという話です。ポストモダン的な手法を用いながらも内容は帝国主義的で、ポストモダン文学の右傾化と言われました。レニングラードではロックなどモスクワとは異なる独自のポップカルチャーが発展しましたが、長編『アメリカの穴』(二〇〇五)は早世したカルト的な音楽家セルゲイ・クリョーヒンが現代によみがえって資本主義打倒を企てるという内容です。二〇二〇年に日本ではレニングラードの非公式文化を主題とする映画である『ドヴラートフ』と『LETO』が公開されましたが、ペテルブルグ独自の文化ももっと紹介されるとよいと思います。

鴻野　二人ほどあげたいと思います。まずドミトリー・ダニーロフ(一九六九〜)。二〇〇四年の短編小説「黒と緑」は、日常の細部の陰影を淡々と描いているのに、何か今にもとてつもないことが起こりそう、なのに起こらない、不穏な空気を漂わせていて味わい深いと同時に独創的な小説です。その後二〇一七年からは戯曲を書き始め、文芸誌の『新世界(ノーヴィ・ミール)』で二〇一七年から一九年にかけて発表した四編の戯曲でアンドレイ・ベールイ賞散文部門を受賞しています。「ポドリスクの男」「目撃者の証言」「おおまぬけのセリョージャ」「あなたは昨晩何をしましたか」です。

「ポドリスクの男」がロシアでは一番人気があって、いろいろな劇場で上演されています。普通の市民生活を送っている男が突然理由なく警察署に連行されます。男性は尋問を受けるんですけれど、その尋問の内容が、通勤の途中に電車から見える風景を順番に言ってみて、とか、あなたの町の人口はどれくらいですか、とか、そもそも意味がない。ただ、その質問を重ねることによって、その男が生活にも仕事にも愛にも何にも情熱を傾けられずに生きてきた、ということが明らかになっていって、それが結局罪なのか、みたいな話になっていきます。この作品もそうなんですが、理不尽な状況に突然に置かれて、自分の希望とは関係なく暴力的に対話が開始されて、その対話の中で他者とわかり合うことの不可能性、あるいは可能性が示される。あるいは、一見意味のないような対話を通じて、質問を受けた人間の本質とか、自分も気がついていなかった願望とか反省とかが露わになるという過程を描く戯曲で、それが今劇場関係で受けている作品であり、戯曲として読んでも面白いです。

ダニーロフはコロナの流行を受けて「三人を選べ」という新しい戯曲を書きました。二〇二〇年に初演されたZoom演劇です。コロナの流行を防ぐために、国によって、今後直接会うことができる人が三名に限られることになった、という設定で、それを事前に知った男がZoomで七人ぐらいで家族会議を行うんです。みんな別々の場所にいて、妻は、夫と子どもが二人いるので、夫と子ども二人を選ぶんですけれど、息子は両親のことは選ばないと言いますし、おばあさんのことは誰も選ばない。自分が選んでも相手に選ばれなければ一致しないので、家族のいろいろな関係が浮き彫りになっていく。さっきの戯曲と似たところがあると思います。夫は仕事で必要になるかもしれないから三番目の人物は予備として空けておく、というけれど、どうも愛人がいるらしい、とか。息子は実際に会うのと

Zoom や Skype で会うのとの違いがわからないから、こんな議論をしても無駄だ、と言ったり、コロナの時代の対面とかオンラインの問題も扱っており、時代に即した作品でした。

もう一人は、詩人のウラジーミル・ゲルツィク（一九四六〜二〇一九）という俳句を書いていた現代詩人です。俳句はロシアでも作られていて、時代を遡れば二〇世紀初頭の象徴主義文学の時代にも俳句や短歌が書かれていました。俳句や短歌がロシアで人気が出たのはヴェーラ・マルコワ（一九〇七〜九五）の功績が大きかったと思います。日本文学者で自身も詩人であったマルコワは、俳句の優れた翻訳を出版して、それが大部数で発行されたおかげでソ連時代に俳句熱が高まりました。その水脈が現代も続いています。

ロシアでは俳句や短歌は伝統的な詩の形式ではなくてミニマリズム的な、むしろアヴァンギャルド的な実験詩として受容されたと、ゲルツィクは語っていました。生涯にわたって千以上の俳句を書き、サイトや雑誌で公開していました。なかなか訪れない悟りを描いた「枝の向こうには見通しのきかない深い青」とか、「山の寺　廃墟に白いバラと蜂」「風と草野に舞い上がる蝶の嵐」とか白昼夢的な情景を描いたり、日常に潜む死の影を表現した人でした。

「地に触れず　雪片は飛ぶ　東へと」という俳句があります。ゲルツェクは東洋文化に没頭した人でしたが、一度も東洋に行ったことはなく、この俳句はまるで、東洋にあこがれ、惹かれ続けた詩人の魂を歌ったように思えます。彼の俳句の主題や変遷を分析していきたいと思っています。

——ここからは、ロシアの現代文学の社会的側面についてお聞きしたいと思います。ロシアでは古くから文学は社会性や政治性を持つものとされてきました。現在、帝政期やソ連時代のように検閲があるわけではないですが、今も様々な場面で文学者の活動には制限がかかることがあると思います。現状はどのようになっているのでしょうか。

岩本　ソヴィエト時代はロシア語がシンプルだった、というか、教科書的な言葉を使っていたわけですね。辞書に載っていないような言葉はあまり使われなかったわけですし、検閲もありました。ソヴィエトが終わったことによって、言葉がすごく自由になった。それまで使ってはいけなかった言葉、英語でいう四文字言葉みたいな卑語・猥語（マート）のたぐい、ロシア語はこの罵倒語がものすごく豊富なんです。もともとみんなそういうものを使ってしゃべってはいたが、公式の文書では使ってはいけなかった。それが全部、文学作品で使えるようになった。

ところがプーチン政権になって揺り戻しが来て、今マートは使えなくなったんですね。二〇一四年に出版物や映画や舞台でマートは使ってはいけないという法律ができています。上品にしましょうという話なので、公衆に受け入れられやすい部分だと思うんですが、二〇一九年には国家を侮辱してはいけない、という法律ができています。たとえばプーチンの悪口をネットで言ってはいけないとか。一番最近になってネット上でもマートを使ってはいけないという法律ができました。まあ、ネットでの取り締まりはなかなかできないですが、でもこういう法律があるということは、何かの時にナヴァーリヌイみたいな反権力の弾圧に使われる可能性があるということですね。

アクティヴィストのことにも触れないといけない。アートの世界でプッシー・ライオットとか、ヴォイナとかが投獄されたり指名手配されたりしています。あと、ピョートル・パヴレンスキーという人がいて、赤の広場で自分の体を釘付けにしたりしていた人なんですが、ロシアにいられなくなってフランスに移っています。近年はアクティヴィストのアートが権力とぶつかっている例が目立ちます。

松下　ソローキンの『青い脂』（一九九九、日本語訳—河出書房新社、二〇一二）はある意味でロシアの言語的な意味での自由を象徴する作品ですね。前半は近未来のロシアが舞台になっていますが、マートのほかに英語、ドイツ語、フランス語、中国語とかの外来語が入った、ある種のマカロニ言語のような、ロシア語話者ですら読むのが困難な混沌とした言語空間が展開しています。プーチン政権になってメディアの締めつけが強まってくると、おおっぴらに政権批判を行うのが難しくなり、作家たちはフィクションの中で「プーチンのロシア」の行く末を想像するようになりました。ソローキンの『親衛隊士の日』（二〇〇六、日本語訳—河出書房新社、二〇一三）、ドミトリー・ブィコフ（一九六七〜）の『ZhD』（二〇〇六）、ペレーヴィンの『S.N.U.F.F.』（二〇一一）など、いわゆる「アンチ・ユートピア（ディストピア）」と呼ばれるジャンルの小説が流行しました。

ちなみに、『青い脂』は「ともに歩む」という親プーチン派の青年団体からポルノだと訴訟を起こされています。また、『ナースチャ』というカニバリズム的な内容を含む短編が二〇〇〇年に発表された短編集『饗宴』に収録されているのですが、二〇一六年には正教徒の活動家がこの短編の反道徳的な内容を糾弾するという出来事もありました。

高柳　アレクセイ・ナヴァーリヌイの秘書・広報官でキーラ・ヤルムィシという女性がいます。ナヴァーリヌイが毒を盛られた時に一緒にいた人ですが、もともと作家志望で、デビュー作が二〇一九年に出版されました。自分が逮捕された時の経験をもとに書いた『女性監房No.3』という作品なんですが、翌年モスクワで開かれた「ノンフィクション」という書籍の見本市で、イベントの上層部からこの作品を展示しないようにと圧力がかかり、本が撤去されました。これには他の作家も怒って、自分の作品も引き上げるということをしたんですが、結局彼女の本は並べられませんでした。

鴻野　二〇一三年に同性愛宣伝禁止法が成立しました。今文学の分野で同性愛をテーマにした詩や小説はまだ盛んに出版されていますが、法律の制定を受けて国

内でホモフォビア（同性愛嫌悪）の傾向が高まっています。モスクワの詩人のワレリー・レジニョフは、先述のように同性愛者であることをカミングアウトして詩を出版していますが、モスクワで同性愛をテーマにした作品を出版することはできる、ただ、全国で同性愛者に対する襲撃などが増えているので、地方の、自分の顔が知られているような小さな街では出版できないだろう、ということでした。もっとも、文学にはインターネットがあるので、そういった人たちはペンネームで発表していくのではないか、とのことです。かれは美術史家でもありますが、美術の分野では同性愛をテーマにした作品を展示することに対する自主規制が明らかに行われていて、文学よりも美術の方がはるかに禁止法に影響を受けています。

越野　ベラルーシの話をします。独立後もかなりソ連的な体制が残った地域と言われていて、作家たちがソ連時代と変わらず国の支援を受けて活動してきたがゆえに、国に逆らって活動するのが難しい状況がずっと続いていました。アレクシエーヴィチも最初の作品はベラルーシで出版していましたが、『チェルノブイリの祈り』はベラルーシ国内では出版できず、その当時はずっとリベラル、出版が自由だったロシアで主要な作品を刊行していったという経緯があります。同じようにベラルーシ国内で活動できなくなった作家が事実上の亡命作家となるというケースが二〇〇〇年代に入っても見られました。ドイツとかスウェーデンとか。アレクシエーヴィチもあちこちに移り住んでいた時代があります。ただ、厳密にはこれは亡命ではなく、国籍を奪われて追放されたわけではないので、最終的には戻って来たり、選挙があるときは戻って来たりということができるという意味で、ソフトな形での亡命であったと言えると思います。近年また状況が逆転して来ているというんでしょうか、ロシアの状況も変わって来ましたし、アレクシエーヴィチはノーベル賞を取った後はロシアでは批判されるようになり、ベラルーシでは逆にベラルーシ人の偉大な作家が現れたということで持ち上げる傾向があります。ルカシェンコ大統領がアレクシエーヴィチにお祝いの言葉を述べたのがニュースになったくらいです。二〇一九年には大統領選挙の後反対運動が起きたりと、今後の動きは興味深いです。

——そんな状況の中で、今の作家たちの文学活動の動機はなんでしょうか。

岩本　今でも社会性に基づいて書いている人もいると思いますが、全体でいうと、文学は社会的な役割を果たすんだという考え方はソヴィエト時代のものであって、ペレストロイカから後になってくると、もっと違う文学が出て来たわけです。作家の関心や問題意識は多様なものになっているはずです。

　ただ、文学から政治性とか社会性が失われたというわけではありません。結局話題になっている作品は社会や政治について語っている作品が多いわけです。男女の恋愛だけをただただ語る小説はロシアで話題にならないので、そのあたりは伝統みたいなものがあるとは思います。

松下　九〇年代になって文学の社会的地位は低下し、有名どころの文芸雑誌も大幅に部数を減らしています。ミステリーやSFのようないわゆるエンタメ系小説も盛んになり、九〇年代のポストモダン文学も伝統的なロシア文学観を覆すようなものでした。

二〇〇〇年代に台頭した「新しいリアリズム」はそういった状態に対する強烈な反動であり、シャルグノフは作家が国家を統治すべきだというようなことを真面目に書いています。彼らには世界を覆う資本主義や西側的な価値観に対する不満があって、それに代わる新たな価値の探究が一つの大きなテーマでした。しかし、「新しい」価値の探究がソ連的な「古い」価値観への回帰となってしまった側面もあり、「新しいリアリズム」は「社会主義リアリズムの死後の勝利」だと揶揄されたりもしています。

ただ、一〇年代に入ると新しい潮流を作るような動きはあまり見られなくなり、「新しいリアリズム」の作家たちも創作から政治活動に重心を移していったように思えます。シャルグノフは国会議員になり、プリレーピンは先ほど申し上げたようにドンバス紛争に積極的に関与しています。かつてシャルグノフが書いたような作家が政治に関与するという世界が現実化しつつあるようでもあり、再び政治と文学の問題が問われることになりそうです。

鴻野　ロシアでは作家や詩人の役割として、「記憶者」というあり方があると思います。文学の言葉、書かれた言葉を記憶してとどめていく使命です。現代詩人のミハイル・スホーチン（一九五七～）は、文学研究者と協力して詩人のフセヴォロド・ネクラーソフ（一九三四～二〇〇九）の大部の詩集を編纂しています。他にもミハイル・ファイネルマン（一九四六～二〇〇三）という無名の詩人の詩集を散逸しつつあった草稿から編纂しています。背景にはソ連時代の検閲によって作品を発表できないまま老いていった世代への敬愛と共感や、詩人の言葉が時代を超えて記憶されるべきだという祈りのような思いがあるのではないかと思います。ドミトリー・クズミンも、膨大の数の詩人の作品をインターネットで収集して文集を発行したり、雑誌に掲載したりしています。彼自身の作品にも、亡くなった詩人に捧げる作品が非常に多くて、詩人の運命や魂に強い関心がある人だと思います。発表の機会がないまま亡くなった作家や詩人の言葉を保存して発表していくという、ある意味の社会性というのが、ロシアの文学のひとつの傾向だと思います。

――最後に、これから活発になっていきそうなジャンルや、将来が楽しみな作家はいますか?

越野　最近長編『サハリン島』が邦訳（河出書房新社）されたエドゥアルド・ヴェルキンを挙げたいと思います。近未来を舞台にしたSF小説なんですが、女性の主人公の描き方という点で新しいものを

感じさせると思います。ロシア語の特性から、語り手の男女はすぐにわかるものなのですが、あえてはっきりさせないような書き方をしている。主人公が戦う場面があるのですが、戦う女性の描写にありがちな、主人公を中性的に描いたり、あるいは男性的な特徴を強調したりといったことがない、そもそも主人公が男性であるか女性であるかが作品の展開にあまり重要ではなく、作者自身がそこにあまり関心を持って描いていない、という印象を持ちました。児童文学とかＹＡ小説で活躍していた作家で、今回がはじめての大人向けの小説ですが、今後どんな作品を書いていくのか、楽しみです。

高柳　新しいジャンルとしてＬＧＢＴＱをテーマにした文学に注目しています。カザフスタンの作家で、作品はロシアの出版社から出ていますが、ミキータ・フランコ（生年不明）という人がいます。VKontakteというロシア版のFacebookで非公開で書いていた作品が話題になり作家デビューしました。『私たちの人生の日々』という長編で、ロシアを舞台に、同性愛者カップルの家で育った少年を主人公にした小説です。シンプルな文体ですいすいと心に刺さってきる物語です。

もう一つは地誌学的な作品群です。ウラルや極東、オデッサ、タタールスタンなど、自分の出自や生まれ育った地域性を生かした作品がたくさん出て来ていて面白いと思っています。作家たちが、自分の育った地方に文学の素材があると気づいてきたのかなと思います。

鴻野　ここまであまり触れられてこなかったジャンルとして児童文学を挙げたいと思います。ロシアの現代の児童文学の特徴は、社会の矛盾や悪や不条理や人間の弱さを赤裸々に描きつつも、面白いファンタジーとして成立しているところにあります。たとえば、セルゲイ・セドフ（一九五五～）の『子どものデパートについての物語』（二〇〇八）という童話は、モスクワの子ども向けデパートを舞台に店内のおもちゃやぬいぐるみの夢や冒険を描いています。それぞれ自分を持ち帰ってくれるたった一人の子どもが現れることを夢見ている、という心温まる物語ですが、同時にぬいぐるみの視点から人間世界が描かれて、デパートの横暴な上司やさまざまな客の姿を通じて人間の権力志向や賄賂の習慣などの社会の腐敗なども描き出されています。こうした児童文学の伝統はソ連時代からあって、セドフの作品は一九七九年にコンスタンチン・セルギエンコが書いた『さようなら谷よ』を彷彿させます。

ロシアで最も人気のある児童文学作家の一人マリーナ・モスクヴィナー（一九五四～）もワクワクするような冒険を描きながらも、人間や社会を率直に描き出す作品を多数書いています。代表作『ぼくの犬はジャズが好き』（一九九七）は、一〇歳の男の子の視点から家族や学校の様子を描いた作品ですが、登場人物がみんな風変わりなんですね。主人公は夢みがちな劣等生だし、母親は人生の楽しさや世界の美に夢中なあまり、家事に集中できず、父親は新しい恋人と同棲するんですが、家に残してきた植木が心配で家に戻ってきて、そうかと思うとすぐ冒険に出ようとするとか。児童文学なんですが、人間の欲望を包み隠さず描き出していて、なおかつ、社会に押し付けられがちな抑圧的な役割から解放されて自由に生きることの大切さを伝えていて、ロシアですごく読まれている作品です。子どもたちを勇気づけるような本でもあり、今、翻訳しているところです。ロシアは今後も政治や社会が困難な状況が続くと思いますが、社会の矛盾を描きつつ子ども向けの物語を構築するというタイプのロシアの児童文学はいっそう発展していくと思っています。

松下　私は九〇年代から〇〇年代の文学プロセスに関心をもって研究をしてきましたが、一〇年代のロシア文学は特徴付けるのが難しいですね。とはいえ、個々に面白い作家はいて、たとえばアレクセイ・サーリニコフ（一九七八〜）というエカテリンブルグ在住の作家にはとても注目しています。出世作となった『インフル病みのペトロフ家』（二〇一八）は、地方の雑誌に載った後、ネットに無料で公開されて話題になった本で、賞もとって、キリル・セレブレンニコフ監督が映画化しました。エカテリンブルグのローカルな細部が詳細に描かれ、大げさかもしれませんが、書評ではジョイスの『ユリシーズ』と比較されたりもしました。一見すると平凡な家族の日常生活が物語られるのですが、話が次々に脱線し、日常の裂け目から急に狂気に満ちたエピソードが顔をのぞかせる。しかし、主人公のペトロフ家はみんなインフルエンザにかかっているので、それが妄想なのか現実なのかわからない。細部の描写力が抜群に面白くて、新鮮な驚きでした。若い作家なので、これから期待したいです。

岩本　私はドキュメンタリーや評論です。長いスパンで文学の流れを捉えてみると、物語やフィクションを語る、という一九世紀からの伝統があって、いまだにそういうものが残ってはいるんだけど、それとは違う、ドキュメンタリーみたいな「ファクト」のほうに変わっていったのが、たとえばソルジェニーツィンだったのかもしれない。ナボコフのようにフィクションをどんどん強めていく、『青白い炎』（一九六二）のゼンブラとか『アーダ』（一九六九）のアンチテラのようにフィクションが巨大化していく一方、ドキュメンタリーに近づいていくソルジェニーツィンみたいなものもあったのが二〇世紀のロシア文学だったのかなという気がするんです。今もドキュメンタリーは無視できないし、アレクシエーヴィチなどが世界的に読まれているのも同様の流れかな、と思います。

そう意味で、マリヤ・ステパノワがボリシャヤ・クニーガ賞を取った『記憶の記憶』という、世界中で翻訳されている小説を挙げておきます。自分の家族の記憶をたどっていく小説なんだけどそれが彼女のある種の文学論、読んできた本などの記憶とないまぜになっている。文学論的に自分の過去を語るという不思議なテクストです。ある種のエッセイのよう

なテクスト、ストーリーのある昔ながらの小説とは違うテクストが、世界中で読まれているのです。

松下　ロシアでノンフィクションがこれだけ盛んなのは、「ポスト・トゥルース」と呼ばれるような時代になって、現実と虚構を二分法で区別すること自体がもはや有効ではなくなっているせいもあると感じます。

映画の話ですが、二〇二一年に『DAU. ナターシャ』『DAU. 退行』という作品が日本で公開され、私はどちらでも字幕監修を務めました。これはイリヤ・フルジャノフスキー監督による「DAU」という壮大なプロジェクトの一部で、プロジェクトではウクライナのハリコフにソ連を「再現」した架空の研究都市を作り、二年間にわたって実際に人を住まわせるという社会実験のようなことが行われました。ソ連を「再現」したと言っても、それはモノの面であって、出てくる人は言葉などから現代人であることがすぐ分かります。ソ連空間に現代人を放り込むことによって、現実と虚構がないまぜになった新種のリアリティを生み出すことに成功しています。

＊　＊　＊

座談会後、二〇二二年二月二四日にロシアがウクライナへの侵攻を開始した。政治的にも文化的にも、国際社会におけるロシアの立場は激変した。ロシア国内では、この戦争に対する意見の相違により、国民の間に対立や軋轢が生まれている。

――戦争が始まって、皆さんの観測範囲でどのようなことが起こったでしょうか。注目している動きを挙げて、今回の戦争が、ロシアの文学や作家へ与えたインパクトについて、また、今後のロシア文学の展望について、コメントをお願いいたします。

鴻野　侵攻が始まり、文学界でも、演劇界や美術界など他の多くの分野と同様に、侵攻に反対する声明やテクストが発表されました。しかし、三月四日、ロシア軍に関する「虚偽情報」を広める行為に対して最大一五年の禁固刑を科す法案がロシア議会で可決されると、人々はSNSなどで公開していた過去の投稿（反戦のマニフェストなど）を削除し、その後は沈黙を守る人も少なくありません。ロシアの文化人の沈黙を責めることは誰にもできません。また、こうした危険な状況の中でも、SNSなどで様々な作家や詩人が戦争を批判する作品を公開しています。ドミトリー・ダニーロフなどが反戦を主題とする秀逸な詩を発表しています。

詩人で文学活動家のドミトリー・クズミンは、政治的な弾圧を避けるためにすでにラトヴィアに移住していたこともあり、戦争開始以降、SNSや様々なサイト、雑誌で、ベラルーシ、ロシア、ウクライナ、ラトヴィアなどの詩人の反戦を主題とする現在の作品や過去の作品を（作品によってはそれらの言語から自身でロシア語に翻訳して）発表し続けています。四月末には、ウクライナのブチャに住むべ

ラルーシの詩人セルゲイ・プリルツキー（一九八〇〜）が二〇一六年にミンスクで出版した占領や権力を主題とする詩集の抄訳を発表しました。反戦を主題とする様々な国の詩人の作品を紹介し続けることで、詩人や作家たちの国を超えた新たな連帯が生まれる場を提供しています。

言論の統制や弾圧が進むロシアの状況を悲観して、また戦争を始めた国に住むことを恥じて、多くの人々が国外に移住しました。文学研究に関して言えば、私の友人で二〇世紀ロシア文学の研究者であり国立高等経済学院の教授だったオレグ・レクマーノフ、文学新聞の記者を長年務め、今は同じ大学で教鞭を取っていたイリヤ・ククーリンらも国外に脱出しました。いずれもきわめて優れた文学研究者でした。こうした状況でロシアの大学の文学教育・研究の質や自由度が保持され得るのかということについても危惧しています。また、反戦デモに参加して逮捕された多くの学生が退学処分を受けました。ロシアの大学と交流協定を持つ日本の大学は数多くあり、こうした時こそウクライナだけでなくロシアの学生も受け入れ、自由な学究環境や外部との交流の場を提供することは、ロシアをいずれ内側から変えて平和の基盤を作ることにつながると思います。

直接的な反戦活動が危険であることから、ソ連時代の非公認文学を引用することで、体制批判や平和への思いを表現する手法も広まっています。権力による文化統制や恐怖政治が続く中でも、ロシアの詩人や作家たちは何世紀にもわたって、時には発表のあてもないままに作品を書き続けてきました。厳しい状況が続いても、文学の言葉は紡がれ続けていくと思います。しかし、五月一一日にBBCが報じたように、戦争や政権を支持して集会で発言する詩人たちが高額の報酬を受け取っている一方で、平和への願いや悲しみを描いた作品を発表できない詩人・作家たちはいっそう困窮し孤立していくでしょう。ウクライナやロシアの作家たちにライター・イン・レジデンスの場を提供するなどの支援も必要です。

松下　侵攻を受けて作家たちは素早く反応を示しました。ジャーナリストのミハイル・ズィガリが侵攻初日に発表した、今回の戦争は「恥辱だ」とする声明の署名には、アクーニン、ブィコフ、ソローキンらが名を連ねています。また、三月五日にはロシア語話者に向けてロシア語を対話の道具として用いることを呼びかける国際声明が出され、そちらにはアレクシエーヴィチやウリツカヤ、シーシキンらが署名しています。ソローキンは個人でも独自のプーチン論を発表し、プーチンを「モンスター」と呼ぶなど厳しい批判を行っています。アクーニンは仲間の知識人らと「本当のロシア」という慈善組織を立ち上げ、ウクライナの人々への支援を募っています。

その一方で、ロシア国内には政権を支持する立場の作家が数多くいることも忘れてはなりません。『文学新聞』では今回の「特別軍事作戦」を支持する作家たちの共同声明が発表されており、五〇〇人もの署名を集めたと言われています。プリレーピンは開戦以来、ブログやYouTubeで日々ロシアを正当化するメッセージを発信しつづけています。プリレーピンは過激な例ですが、彼に近い考えを持つ作家はたくさんいます。彼らもまた現代ロシア文学を構成する一部なのだということを認めた上で、愛国やナショナリズムの問題により真剣に向き合っていく必要があるのではないでしょうか。

それと同時に、体制/反体制といった二項対立的な図式にとらわれすぎないことも大切だと思います。「新しいリアリズム」の作家の多くに西側の文化に対する反発があるからといって、それ自体が即戦争につながるわけではありません。現在のロシア社会は明らかに病んでいると思いますが、たとえば先に挙げたサーリニコフの『インフル病みのペトロフ家』はそのような社会の病理を深く描き出しています。単純に言い表せないような社会や人々の心情の機微を扱うことこそ文学の役割ではないでしょうか。

二〇一四年のクリミア併合ですでにロシア文学の分断は深まっていましたが、二月二四日以降はソローキンやウリツカヤのようにそれまで国内に留まっていた作家も出国したと伝えられています。現在の情勢を見る限り、彼らが近いうちに再びロシアへ戻ることは困難に思えます。このまま分断がさらに分裂へと発展していくのではないかと危惧しています。

高柳　今回の戦争で私がいちばん注目したのは、フェミニスト詩人たちの動きでした。詩人で活動家のダリヤ・セレンコが、戦争が始まる少し前から、この事態を予測して何をすべきか模索していて、軍事攻撃開始と同時に、フェミニスト反戦レジスタンスという組織を立ち上げました。著名な作家たちが国外へ出て反戦を訴えるのと並行して、あくまでも国内に残り、内側から戦争をやめさせる方法を考え続けています。その活動の中で、反戦詩も生まれています。おそらく今後は小説も登場するでしょう(すでに予告もされています)。決して喜ばしいことではないですが、ロシア語文学には今後、この戦争を契機とした優れた作品が登場することになると思います。

越野　先に述べたように、近年のロシアのSF界では、ナショナリズムあるいはユーラシア主義的な立場をとる人が目立ちます。軍事SFが得意なフョードル・ベレージンという作家は「ドネツク人民共和国」で政府の要職について話題になりました。したがって今になって明らかになった傾向というわけではないのですが、SF作家のかなりの部分がウクライナ侵攻を支持しているのは残念なことです。たとえば、ルィバコフは、流血を喜んでいるわけではないですが、今回の戦争をアメリカ・EUとロシアの文明間対決の一環として肯定しています。その点では二〇〇〇年代のチェチェン戦争のときから立場は変わっていません。ただし、『メトロ2033』のグルホフスキーのように戦争反対の立場を掲げる人もいます。SFやミステリー、歴史小説といった大衆文化的なジャンルは、広範囲覚を示しています。

の読者に大きな影響を及ぼすと同時に、逆に読者の多くが抱いている潜在的な欲望を積極的に映し出すという側面もあって、作家と読者の共犯関係が見えるところがあります。しかしSFならではの柔軟な想像力で、ルィバコフのような二項対立的な世界観をひっくり返すような発想が出てくることを期待したいです。

ベラルーシでは先に述べたように、アレクシエーヴィチをはじめ多くの知識人が事実上の亡命状態にあります。それに追い打ちをかけるように、ロシア軍のキエフ侵攻ではベラルーシが領土の通過などの便宜を図り、ロシアとともに国際社会で多くの非難を浴びるようになってしまいました。最近のインタビューで、アレクシエーヴィチはベラルーシ政府のふるまいに強い恥ずかしさと罪の意識を感じると打ち明けています。「罪悪感が他者の痛みに対して私たちをもっと開かれたものにしてくれる」という彼女の言葉は、国を追われながらも、依然として当事者であり続けるという力強い作家の感

エッセイ

現在のロシア詩

鈴木正美

ロシアは詩の国である、と言っても過言ではない。古典主義の代表的詩人デルジャーヴィン（一七四三～一八一六）から数えると、現在までに一〇〇〇人を優に超える有名無名の詩人たちによる無数の作品がある。十月革命後のソ連時代、一九三三年に「詩人文庫」シリーズが刊行されて以来、ソ連邦解体後の現在までに七〇〇巻もの詩集がこのシリーズから出ている。多くの詩人と読者がいた／いる証左である。

プーシキン（一七九九～一八三七）が近代文章語を確立し、現在も国語教育の基本的テキストであり続けているだけでなく、彼のような詩人こそが人間の本質、自由、愛や友情の真実を語りえるのであるという詩人観は今も続いている。フルシチョフによるスターリン批判（一九五六）から一九六〇年代にかけての「雪どけ」の時代、各都市の大学生たちが次々と文学会を形成し、詩の夕べや朗読会を開催した。時には聴衆が一〇〇〇人を超えることもあった。政治やマスコミが嘘に満ちていても詩だけは真実であると誰もが感じていた。ヴォズネセンスキー（一九三三～二〇一〇）やアフマドゥーリナ（一九三七～二〇一〇）といった若い詩人たちが熱狂的に支持され、ギターを弾きながら自作の詩を歌う吟遊詩人のオクジャワ（一九二四～九七）やヴィソツキー（一九三八～八〇）などの詩を誰もが口ずさんだ。詩集は一タイトルで数万部も出版されたが、数日で売り切れることも稀ではなかった。

人気のある詩人ヴェーラ・ポロスコーワ（一九八六〜）のような例を除くと、ソ連邦解体後、詩集一タイトル毎の出版部数は激減した。ロシアの詩が新たなステージに入っていったのは詩誌『アリオン』が一九九四年に創刊されてからだろう。二〇一九年の終刊第一一一号まで四半世紀続いた。老若男女を問わず、幅広い層の詩人、さまざまな傾向の作品を選ぶ、実に目配りの利いた詩誌だった。最終号の発行部数は一二八〇部。この最終号の巻頭文「詩は続いていく」には「詩は生ける有機体である。それゆえにこそ不死であるということはない。その代わり、その創造的生の結果は長く生き残るのである。私たちは詩を変えることはなかった、しかし、詩を存在させ、交代させる手助けはできたと思う」とある。社会や生活が変わっていく中、詩を消滅させることなく、詩や詩人たちの世代交代に寄与したという自負だろう。ある統計調査によると、現在ロシアの詩の読者は全人口の約一割らしい。と言ってもその中には年に一度しか詩を読まない読者も含まれているので、一九六〇年代の詩の状況とは比べものにならないのだが、詩の創作者も読者もかなりの数になるようだ。これはインターネットによる詩の「創造＝需要」の場の変化によるものである。一九六〇年代にはクヴャトコフスキーの『詩の辞書』、エトキントの『詩のはなし』（札幌大学外国語学部紀要『文化と言語』）（一九八八〜九三に鈴木淳一による名訳がある）といった詩の参考書がいくつも出版されており、多くの読者がこれらで学び、自らも詩を書き、実際の詩人となっていった。それが今では文芸誌や新聞に詩を発表するのが詩人ということではなくなり、Facebook や Instagram、Twitter 上で写真や映像、音楽と共に詩を載せるオンライン詩人が主流となりつつある。YouTube で活躍している若い詩人も多い。

もちろん紙媒体の詩の発表の場も多くある。主要な文芸誌の他に詩誌として『ヴォーズドゥフ（大気）』があり、二〇〇六年から毎年四号を出版している。この詩誌と同名の単行本の詩集シリーズも刊行されている。毎回三〇〇部程度の発行部数とは言え、二〇二〇年には九〇タイトル目になるオレグ・シャトゥイベルコの詩集『invarid acid. きつい酸』を刊行している。

さらにこうした詩の選書シリーズとしては、新文学展望社の「新しい詩」シリーズがあり、二〇〇八年から現在までに六〇タイトル以上出版されている。さまざまな傾向の詩人たちによるこのシリーズはロシアの現代詩を語る上で、必読である。その中の一人がアンドレイ・セン＝セニコフ（一九六八〜）だ。本業は小児科医・鍼灸医。『天文愛好者の神』（二〇一〇）をはじめ十数冊の詩集がある。この詩人のもっとも特徴的な作品はジャズをテーマにしたものである。例えば、「発達遅れの子の音楽」という作品。「生後半年の子どもの耳がよくきこえないことに父は気づく／／彼は息子を根気よく訓練する／そのすべては聴覚の発達のための訓練／／結果はほとんど出なかった／／そんなある晩父は一休みし　ため息をつく／両腕で子どもを運び／ジョン・コルトレーンの古いレコードを／プレイヤーにかける／音を最大にする／そのアルバムは"Giant Steps"／／息子は呆然となる／こびとたちが裸足で／いかに足を踏みならすか／彼は生まれて初めて聞いている」。このシリーズからも詩集『空間の中の生』（二〇一八）が出ているガリーナ・ルゥインブ（一九九〇〜）はオクサーナ・ヴァシャキナ（一九八九〜）と共にフェミニズム詩を代表する詩人として注目されている。社会的底辺に生きる家族の日常の一コマを淡々と綴るリアルな作品などによって最左翼の詩人とみなされている。また、同シリーズの詩人の中でもダリヤ・スホヴェイ（一九七七〜）は注目に値する。『本質的に。六行詩詩集 2015-2017』（二〇一八）を見てみよう。「復活大祭に聖油が香気を放ち始めた／聖堂ではATMを／紙幣が洗い清め　もう／支払いができず／その後あっという間に閉じた／炎の舌は長かった」。

もうひとつ、今もっとも面白い詩が読めるシリーズとしては、「新シリーズ」を手がけている新出版社の一連の詩集である。ドミトリー・ヴェデニャピン（一九五九〜）やミハイル・アイゼンベルグ（一九四八〜）といったベテランだけでなく、マリヤ・ステパノワ（一九七二〜）のような中堅の重要な詩人たちの詩集を堅実に出版している。

二〇〇三年から二〇年にかけて詩の分野の代表的な文学賞だった「モスコーフスキー・シショートト（モスクワの勘定）」においてアイゼンベルグは特別賞と大賞をそれぞれ二度受賞している。きれのいい批評もあり、現実をアイロニカルに描く作品は今も最先端の観がある。例えば先述の新出版社から出ている『冬は語る』（二〇一七）から。「ささいなこと、病気、ごたごたが暴れ狂う／ある金切り声の落下が聞こえること／それが憂鬱／すべて小さな生き物たちがリストの／最初の項目に刻まれていく／／リストは拡大する。私たちはながめる／肩甲骨の間を透明な腱がいかに行き交うかを／虫たちは声を試す／そしてほら一匹が／威張り散らす役人のようにふんぞり返って見ている」。新たな詩の文学賞「ポエジア」も二〇一九年に創設され、先述のルゥインブやヴァシャキナなど、若手・中堅の詩人たちの名前も浮上している。さらに若手詩人の登竜門となっているのが二〇一六年に創設されたドラゴモシチェンコ賞である。メタ形而上詩の詩人ドラゴモシチェンコ（一九四六〜二〇一二）を顕彰して設けられたこの文学賞は若手詩人を対象とする。この賞にノミネートされた詩人たちは今後の活躍が注目されている。

新型コロナ・ウイルスの感染拡大が始まった二〇二〇年、ネット詩誌『フラーギ（旗）』が創刊され、二〇二一年五月までに第一〇号まで出ている。メインストリーム／マージナル、社会的／形而上学的、伝統的／革新的など、どの傾向にもこだわらず、とにかく新しい詩を模索する詩人たちすべての発表の場であり、先述のヴェデニャピンのようなベテランからタチヤーナ・クラシリニコワ（一九九六〜）のような若手まで幅広い層が参加している。

ロシア軍のウクライナ侵攻以降、多くの詩人たちはあからさまに解らないようにではあるが、反戦のメッセージを隠喩に変えてＳＮＳで発信している。

現代ロシアのSF

宮風耕治

現代ロシアにおいてSFは「ファンタスチカ」と総称される。ファンタスチカは、狭義のSFだけではなく、ゴーゴリやブルガーコフ、ホフマン、カフカ、ガルシア＝マルケスをも含む幻想文学を射程に含む。しかし、ファンタスチカとはそうした幻想文学の系譜に連なる作品の総体であるにとどまらず、作品を評価するシステムとして機能している。つまり、SFファンたちが面白いと判断した作品が寄せ集められているのである。ジャンルは、半ばは作者によって、半ばは読者によって形成され、その境界は流動する。

SFは非常に人気のあるジャンルである。モスクワで開催されるSF大会「ロスコン」のサイトでは、二〇一九年に発表されたロシア語の長編として八三二作がリストアップされている。計画経済下で自由な出版機会が奪われていたソ連時代の一九八〇年代前半には、SF関係の出版物は翻訳を合わせても年間三〇冊程度にとどまったと言われている。当時は翻訳も厳しく制限され、ニューウェーヴやサイバーパンクの詳しい紹介もなく、トールキン『指輪物語』の翻訳刊行が完結したのも一九九一年であった。

しかし、これはソ連時代にはSFの人気がなかったという意味ではない。ソ連時代の出版システムにおいては、どれだけ読者の需要があっても計画に計上されなければ新刊も増刷もされなかった。ファンはわれ先に人気作家の本を買い求めた。ソ連時代を代表するＳＦ作家であったストルガツキー兄弟の作品を入手するのは非常に困難であり、タイプライター等で写されたコピーが読者間で回覧されていた。ファンたちは作品と情報に飢えていた。ファングループを結成し、雑誌や地方紙に散発的に掲載される短編の書誌を作成し、同人誌を発行して情報を交換し、各地でＳＦ大会を開いて交流した。

作家の立場から見ると、ソ連時代には長編を発表する機会がほとんどなかった。発表媒体が雑誌やアンソロジーに限定されていたため、中短編で腕を磨くしかなかった。作家の卵は発表のあてもない原稿を書き溜めていた。

一九八五年以降、ペレストロイカの進展により出版の機会が訪れ、それまでの蓄積が一挙に噴出した。一九九〇年頃にロシアＳＦは中短編を中心に頂点を迎える。「第四の波」と称されるロシアＳＦの新しい潮流が出現し、禁じられていた歴史改変テーマや黙示録的モチーフ、文体の革新に挑み、世界の虚構性や多層性をあぶりだした。アンドレイ・ストリャロフの中編『大鴉』（一九九二）、ヴャチェスラフ・ルィバコフの中編『信頼』（一九八九）、ウラジーミル・ポクロフスキー『男たちのダンス』（一九八九）、アンドレイ・ラザルチュークの『夏に遅れし者たち』（一九九〇～九六）といった作品がピークを形成し、そのうちの最先端は「ターボリアリズム」とも呼ばれた。ヴィクトル・ペレーヴィンの『チャパーエフと空虚』（一九九六）はこの潮流の掉尾を飾る作品である。

この世代の中核を形成したのは、一九八〇年代にモスクワ郊外のマレエフカで開催された作家セミナーやレニングラードのボリス・ストルガツキーが主催したセミナーで育った一九五〇年前後生まれの世代である。セミナーを通じて形成された人的ネットワークは、その後、三〇年にわたり生き続け、いったんは筆を絶った作家が新たな出版の機会を得てリバイバルするというサイクルを生み出し、ＳＦ界に活気を与えている。

ソ連崩壊とともに英米ＳＦ・ファンタジーの作品が洪水のように紹介され、出版界は翻訳に席巻された。ロシア語作家がシェアを奪い返したのは一九九五年にロシア・ファンタジーのブームが生じてからである。時代は中短編ではなく長編を求めていた。ソ連時代に中短編で腕を磨いた作家たちは自分たちの文学的運命を賭けて長編に挑んだが、創作に苦しみ、ポクロフスキーのように市場に迎え入れられずに不遇をかこつ者も続出した。トールキンやヒロイック・ファンタジーの模倣作が氾濫した中で、スヴャトスラフ・ロギノフの長編ファンタジー『ダラインの多手神』（一九九五）は全く独自の地点に到達した名作として評価が高い。

「第四の波」以降の世代で、ソ連崩壊後にデビューの機会を得た作家たちは最初から長編に適応した。その中でスターの座に上り詰めたのが、『ナイト・ウォッチ』（一九九八～）シリーズのセルゲイ・ルキヤネンコであり、それに続く、マリーナ&セルゲイ・ジャチェンコ、ゲンリ・ライオン・オルジ、オレグ・ディヴォフであった。これらの作家は、スペースオペラやファンタジーに伝奇的な要素や各地の神話的モチーフを加えつつ、ストーリー性に富む作品を生み出し、多くの読者を獲得した。出版社は売れると見るや、ファンタジーやスペースオペラを三部作として書くように次々と要求を出し、九〇年代後半にはシリーズ物の長編を手がける作家が続出した。

その一方で、ソ連時代に作家のデビューに大きな役割を果たしていた雑誌文化は著しく衰退した。中短編の危機を感じ取ったSF界は、二〇〇〇年頃から『イェースリ』や『ポルデニ。二一世紀』といったSF専門誌や年鑑アンソロジー『ファンタスチカ』シリーズに拠り、意識的に中短編の市場を作り出そうとした。SF大会やウェブ上で新進作家を発掘するコンクールが開催され、ルキヤネンコやオルジらが精力的に講師を努めた。こうしたセミナーから現代随一の短編SF作家であるレオニード・カガーノフが輩出した。二〇一〇年から刊行されたスネージニイ・コム・エム社のレーベルには、ドミトリー・コロダン、ウラジーミル・ダニフノフらコンクールで才能を見出された新しい世代のほか、ダリヤ・トルスキノフスカヤといった八〇年代からのベテランが集った。

二〇一〇年代のホラー小説の勃興も短編から始まった。先駆者として、ロギノフ、アレクサンドル・シチョゴレフ、マリヤ・ガリナ、アンナ・スタロビネツらが優れた作品を発表していたが大きな潮流は形成しなかった。二〇一一年にホラー専門のウェブ雑誌《DARKER》が創刊され、明確にホラーを志向する一群の若手作家が登場した。ブームの初期の中心人物となったウラジスラフ・ジェネフスキーは、ロシア・ホラーの系譜をたどる評論で二〇世紀初頭の作家レオニード・アンドレーエフを高く評価するなど、ホラーから見たロシア文学史を再発掘した。二〇一四年から年鑑アンソロジーとして『サーマヤ・ストラーシュナヤ・クニーガ』が刊行され、オレグ・コジン、マクシム・カビル、ドミトリー・チーホノフ、アレクサンドル・マチューヒン、ダリヤ・ボブィリョーワらが登場した。彼らの多くが一九八〇年代以降生まれの新しい世代である。中でもボブィリョーワの『アトリ』(二〇一八)は、本格的なホラー長編として読者から熱い支持を受けた。

出版市場においては、出版社によるシェアワールドもの(ストルガツキー兄弟の『ストーカー』の世界を舞台としたコンピューターゲーム『S.T.A.L.K.E.R』のスピンオフシリーズ(二〇〇七〜)など)の企画が推進され、流行を博した。しかし、作者自身のアイディアを展開すれば「規格外」とみなされ、出版の機会が閉ざされる傾向も生じた。その中でも、エドゥアルド・ヴェルキンの長編『サハリン島』(二〇一八、邦訳二〇二〇)などオリジナルの長編の話題作が発表されるのは喜ばしい。

巨大出版社によって寡占された市場のみが作家を育てるのではない。読者を含めた人的ネットワークの中で、市場で優勢を占める傾向に対するカウンター運動が常に起こっており、その中で新しい作家が登場し、古い作家がリバイバルする。これが現代ロシアSFのこの三〇年間のダイナミズムであり、かけがえのない遺産である。

ロシア刑事探偵小説の諸様式
創成期から現代まで

桜井厚二

アレクサンドル・シクリャレフスキー（一八三七～八三）は、フランス探偵小説草創期の作家ガボリオになぞらえられる存在であり、代表作『予審判事の物語集』が出版された一八七二年は、ロシア探偵小説「誕生の年」とみなされている。その後、一九〇〇年代初頭には「分冊シリーズ」と呼ばれる廉価な小冊子の形で、シャーロック・ホームズやピンカートン探偵社などを（原著者に無断で）題材にした創作読物が流行した。久野康彦氏はその中からホームズ物を収集し、『ホームズ、ロシアを駆ける——ホームズ万国博覧会　ロシア篇』（二〇一七）と題して訳出している。

ロシアでは一八六〇年代の司法改革以来、法曹キャリアの捜査官が警察の捜査に参与（時には牽制）するが、これはフランス探偵小説でしばしば登場する予審判事に相当するものと解釈され、伝統的に「予審判事」と和訳されてきた。近年この解釈に疑義が出されているが、ここではあえて人口に膾炙した訳語を使うことにする。司法官僚の登竜門のような役職だったようで、トルストイ『イワン・イリイチの死』（一八八六）の主人公は予審判事から検事を経て、裁判官となっている。予審判事が登場する文学としてはニコライ・ソコロフスキー（一八三五～？）『牢獄と人生——予審判事の手記から』（一八六六）という犯罪実録風の作品もあり、これはもともとドストエフスキーが運営した雑誌『時代』に連載されていた。

予審判事である語り手による手記、という叙述形式はシクリャレフスキーにも受け継がれ、ソ連初期のレフ・シェイニン（一九〇六～六七）『予審判事の手記』（一九三八）やワイネル兄弟（アルカージー一九三一～二〇〇五、ゲオルギー一九三八～二〇〇九）『私、予審判事……』（一九六八）など、ロシア探偵小説における一様式を確立した。

　ロシア革命後、ソヴィエト政権初期から第二次世界大戦後までの間、「欧米社会の産物」とみなされ当局から冷遇されたこともあって、探偵小説の勢いは下火となった。この時期については坂中紀夫氏の論文「N・シパーノフの越境する私立探偵――ソヴィエト文学におけるその可能性の条件」が参考になる。

　一九五〇年代から探偵小説は俄然勢いを盛り返す。きっかけとなったのはアルカージー・アダモフ（一九二〇～九一）の『まだら事件』（一九五六）で、一九五八年に映画化もされた。第二次世界大戦から復員した青年が新米刑事となり、先輩刑事たちの薫陶を受けながら、正体不明の犯罪組織を追跡する、という物語である。この設定も一様式となり、類似した設定のワイネル兄弟『恩恵の時代』（一九七六）もまた、『出会う場所を変えてはならない』（一九七九）という題名で映像化され、ソ連ＴＶドラマ史上に残るヒット作となった。

　アダモフも、ワイネル兄弟の一人アルカージーも刑事から探偵作家に転職しているが、現役の検事だったアナトリー・ベズウーグロフ（一九二八～二〇二二）は本業を続けながら、検事や予審判事を主人公とした作品を執筆した。映画『検事への手土産』（一九八九）の原作者でもある。亡命作家エドゥアルド・トーポリ（一九三八～）と亡命法律家フリードリヒ・ニェズナンスキー（一九三二～二〇一三）が共同で執筆した『赤の広場』（一九八三）は、主人公が国家的陰謀に立ち向かうという、なんとも壮大な「予審判事の手記」であった。二〇〇四年に至ってＴＶドラマ化されている。

　ソ連崩壊後、トーポリと袂を分かったニェズナンス

キーは「予審判事トレッキー」シリーズで流行作家となり、他にもソ連末期に刑事から作家に転職したニコライ・レオーノフ（一九三三〜九九）の「グーロフ刑事」シリーズや、現職のまま執筆していた女性作家アレクサンドラ・マリーニナ（一九五七〜）の「女性刑事カメンスカヤ」シリーズなどが、一九九〇年代から一世を風靡した。この三者はいずれもペーパーバック本の形で広く流通し、二〇〇〇年前後から相次いでTVドラマ化されている。

ソ連崩壊後の一時期、ハリウッド映画『ランボー』を彷彿させるようなアフガン戦争復員兵が、ロシアン・マフィアやテロリストと死闘を繰り広げるという様式が流行したことがあったが、その主人公像はともかく、世界観はロシア探偵小説全般に長く引き継がれることとなる。その後に安定的な人気を保った刑事シリーズでも、政界や財界は腐敗し、マフィアや不良集団が街にはびこっている、というような、荒廃しきった社会が描かれた。アンドレイ・キヴィノフ（一九六一〜）原作の刑事TVドラマ「街灯が割れた街角」シリーズなどは、いかにもな題名である。

これと並行して、ボリス・アクーニン（一九五六〜）の「探偵ファンドーリン」シリーズやレオニード・ユゼフォーヴィチ（一九四七〜）の「刑事警察長官プチーリン」シリーズなど、一九世紀ロシアを舞台にした歴史時代劇系探偵小説の様式も人気を博したが、映像化された作品ではテロリズムや国際紛争など、現代世相の寓話かと思えるような描写も散見された。

二〇〇〇年代ロシア探偵小説界の問題作といえば、女性作家ダリヤ・ドンツォワ（一九五二〜）の「茶化し系探偵」シリーズ。「才気煥発な肝っ玉母さん」的なヒロインが、行く先々で事件に遭遇するという、軽いコメディー調で、もちろんTVドラマ化されている。栗田智氏が「ロシアの〝国民的作家〟ドンツォワが嫌われる理由　累計五〇〇〇万部以上の小説を、誰が読んでいるのか」（二〇一七）という記事で本作を紹介しているが、二〇一四年の報道ではマリーニナと後述のポリャコワが累計六六万部。アクーニンは二〇一六年時点で累計三〇〇〇万部、レオーノフの「グーロフ刑事」シリーズが二五年間で一〇〇〇万部とのこと。ソ連時代ではワイネル兄弟が一九八八年時点で累計一〇〇万部超。一九八〇年に映画化された「コスチェンコ刑事」シリーズや、超人気スパイTVドラマ『春の17の瞬間』(一九七三)の原作者として当局からも応援された「国士」ユリヤン・セミョーノフ(一九三一〜九三)は、累計一二〇〇万部であったという。

ソ連末期から、探偵小説は低俗な読み物であり、知識人にとっては口にするのも憚られる、というような風潮があった。一九九〇年代末になると毛利公美氏の記事「現代ロシア探偵小説事情」に「モスクワで地下鉄に乗ると、ひとつの車両で平均すると最低二人はペーパーバックの探偵小説を読んでいる人をみかけるといってもいいほどである」とある通り、ロシア読書界も寛容になった様子ではあるが、ドンツォワだけは駄目らしい。

他にも、女性作家タチヤーナ・ポリャコワ(一九五九〜二〇二二)の「アバンチュール系探偵」シリーズも映像化され、「セレブ系」と銘打たれたTVドラマ「富豪探偵」シリーズ、歴史時代劇ドラマ「女賊アガサ・ケルンと探偵アレクセイ・プーシキン」シリーズ、等々……全体に女性作家や、女性主人公が活躍する作品の躍進が著しい。エレーナ・トピリスカヤ(一九五九〜)原作「予審判事(後に検事)マリヤ・シュヴェツォワ」シリーズ、タチヤーナ・ウスチーノワ(一九六八〜)原作「女性脚本家トーネチカ・モロゾワ」シリーズといったTVドラマも、その例である。ちなみに二〇二〇年のTVドラマ『シャーロック・ホームズ ロシア外伝』は二〇世紀初頭の分冊シリーズ的な着想を、とうとう映像化してしまった。ソ連崩壊以来、荒廃した社会を描く社会派路線が探偵小説の主流であったが、そろそろ新しい波が到来してきている様子である。

二一世紀ロシアにおける演劇

上田洋子

「コロナ禍で演劇のストリーミングが多数行われていると言うが、正直ぼくは画面で芝居を見るのはもううんざりだ。演劇はなくならない。演劇の生きたエネルギーを求めて、ひとは必ず劇場に戻ってくる」

二〇二〇年五月、演出家のキリル・セレブレンニコフ（一九六九〜）が、静岡県舞台芸術センター（SPAC）の芸術監督・宮城聰との対談で語った言葉だ。

セレブレンニコフはSPACが主催する「ふじのくに⇅せかい演劇祭」参加のため来日するはずだった。コロナ禍で演劇祭はオンラインに切り替わり、公演は映画に代替された。宮城との対談はモスクワ郊外と静岡をzoomで結んで行われた。

じつはコロナ禍がなかったとしても、セレブレンニコフ自身が来日できたかどうか定かではない。二〇一七年、彼の主宰する劇団「第七スタジオ」の予算執行に問題があるとして、彼と彼の同僚は国家予算横領の罪に問われた。同年八月から一九年四月までセレブレンニコフは自宅軟禁状態にあった。対談の時点ではまだ裁判が続いていた。そして二〇年六月、有罪判決を受け、執行猶予つき三年の禁固刑と罰金を科された。

冒頭の発言はこうした状況下でなされた。逆境を感じさせない、なんともポジティヴな発言。その言葉には演劇への強い信頼が宿っている。ロシアは舞台芸術が制度として国民生活に根づいている社会である。だからこそ、演劇人が社会的な影響力を持ち得るのだ。セレブレンニコフはつねに、社会や政治を風刺する作品を発表してきた。彼が芸術監督を務めていた「ゴーゴリ・センター」はモスクワの劇場の中でももっとも先端的で、人気があった。

「第七スタジオ」の事件では多くのひとがセレブレンニコフの無罪を確信し、逮捕に対して抗議運動を展開した。事件の裏には二〇一二年の政権交代後に生じた文化政策の変化がある。セレブレンニコフ側にも、実際に多少の書類の不備などがあったのだろう。それにしても、あまりに厳しい処分だった。この事件には、反政権的な知識人に対する政府からの牽制の意味があったと考えられている。

なお、来日するはずだったのは、二〇一九年にフランスのアヴィニョン演劇祭で初演された『OUTSIDE』だ。夭逝した中国の写真家レン・ハンの生涯と作品からセレブレンニコフ自身の自由を考える、衝撃的で真摯、かつ実験的な芝居だ。稽古は自宅軟禁中に遠隔で行われた。

現在、ロシアで演劇はどのくらい普及しているのだろうか。それを知るにはロシア演劇アカデミー（ГИТИС）の研究グループ「未来の演劇ラボ」による二〇一八年の調査「ロシアの演劇　演劇供給評価」が参考になる（thefuturelab.ru/census）。同調査によると、ロシアにおける劇団・劇場の総数は一七六二である。一三年の別の調査では一〇〇二だったので、五年で着実に数が増えているのがわかる。そのうちロシア連邦の管轄は二五、モスクワ市をはじめとする地方自治体の管轄は六三七。これらはいずれも国家予算による文化機関である。それ以外は民間のものだ。一三年には連邦管轄二五、それ以外が五九七であるから、増えているのはおもに民間の劇団・劇場ということになる。演劇にインディペンデントの機関がこんなにも増えているのは喜ばしい。

とはいえ、依然六六二もの劇団・劇場が国家予算を基盤としているのだ。さらに調査を見ると、八五のロシア連邦構成体（州・共和国・連邦直轄市など。日本でいうなら都道府県にあたる）のうち、なんと八二の地域に地方自治体管轄の劇団・劇場があるという。ロシアで舞台芸術が普及し、力を持っていることの一因に、国の強固なサポートがあると言えそうだ。

二〇一八年、演劇と政治の関係を端的に示すできごとが起こった。演出家のエドゥアルド・ボヤコフ（一九六四〜）がモスクワのゴーリキー記念モスクワ芸術座の芸術監督に就任したのである。ボヤコフは二〇〇〇年代には演劇祭「ゴールデンマスク」の敏腕プロデューサーとして名を馳せたが、近年は愛国・保守の文化人として知られている。彼はさらに、愛国の人気作家で政治家のザハール・プリレーピン（一九七五〜）を同劇場文芸部の監督に招いた。ソ連知識人の伝統を受けてか、それまでモスクワの演劇界は政治的にリベラルに見えていた。だから、ゴーリキー記念芸術座の体制変更は波紋を呼んだ。

二〇二一年夏、八八歳の元芸術監督タチヤーナ・ドローニナがプーチン大統領に宛てて、公開でボヤコフ体制に対する陳情を行った。これを暗に受ける形でボヤコフは劇場を追放された。政治の力が可視化された事件である。プリレーピンは劇場に残った。

ただし、ボヤコフの演出作品のうち、ロシア正教の修行僧の生涯を描いたエヴゲーニー・ヴォドラスキンのベストセラー小説『ラヴル』（日本語訳——作品社、二〇一六）の舞台化（二〇二〇）などの話題作は、彼が去ったあともレパートリーに残された。巨大で建築的な舞台装置にマルチメディアを駆使して村の風景を現出させる舞台装置が現代的な作品だ。

さて、「ラヴル」のように小説を元にした作品は少なくない。近年はドストエフスキーが人気で、『罪と罰』や『白痴』のミュージカル版や、『カラマーゾフたち』というロックオペラも作られている。演劇では巨匠ユーリー・リュビーモフの遺作『悪霊』（二〇一二、ワフタンゴフ劇場）が必見だ。また、リトアニアのマリュース・イワシケヴィチュース（一九七三〜）作、ミンダウガス・カルバウスキス（一九七二〜）演出による『ロシアのロマンス』（二〇一六、モスクワ・マヤコフスキー劇場）は、トルストイと妻ソフィヤの関係を『アンナ・カレーニナ』に絡めて展開した佳作だ。『悪霊』や『ロシアのロマンス』は、ロシア文化省のサイト（culture.ru）で動画を視聴できる。

新しい戯曲も盛んである。ソ連崩壊前後、「ノーヴァヤ・ドラマ（新しい劇）」と呼ばれる、個人の欲望や社会の混乱など、それまではタブーだったテーマを新しい言葉で語る現代戯曲の潮流が生まれた。一九九〇年、ソ連演劇人同盟の主導で、新しい劇作家を育てるためのコンクール「リュビーモフカ」が始動。「劇作・演出センター」のミハイル・ローシチン（一九三三〜二〇一〇）とアレクサンドル・カザンツェフ（一九四五〜二〇〇七）、「テアトル.DOC」のエレーナ・グレーミナ（一九五六〜二〇一八）とミハイル・ウガーロフ（一九五六〜二〇一八）ら、ポストソ連期に自ら小劇場を立ち上げた気鋭の劇作家たちが企画に参加し、朗読と討論による上演スタイルや、ワークショップを取り入れた育成プログラムを考案した。劇作家のみならず、新しい戯曲を新しい感性で上演する演出家や俳優も輩出している。

なお、若きセレブレンニコフが注目を浴びたのも、「劇作・演出センター」におけるワシーリー・シガリョフ（一九七七〜）のノーヴァヤ・ドラマ『粘土』（二〇〇一、劇作・演出センター）の上演だった。

同様のノーヴァヤ・ドラマ創出の試みは、エカテリンブルグやベラルーシのミンスクなど旧ソ連各地に広がった。注目すべき劇作家にイワン・ヴィルィパーエフ（一九七四〜、『酸素』）、パーヴェル・プリャシコ（一九七五〜、『野』）、ヤロスラヴァ・プリノヴィチ（一九八七〜、『ナターシャの夢』）らがいる。イルクーツク、ミンスク、オムスクと、首都圏以外の出身の作家たちだ。彼らの先駆者にあたるのはリュドミラ・ペトルシェフスカヤ（一九三八〜）、ウラジーミル・ソローキン（一九五五〜）らポストモダン作家である。

最後に、新しい演出の潮流についても少し述べておこう。欧州演劇の潮流のなかで、俳優が役になりきる従来型の演劇を脱却する、いわゆる「ポストドラマ演劇」の上演も増えている。たとえば二〇一九年に来日したチモフェイ・クリャービン（一九八四〜）演出の『三人姉妹』（ノヴォシビルスク、レッドトーチシアター）は、チェーホフの代表作を声を使わず全編手話で上演し、音声言語とは別のリアリティを示して見せた。他方、サイトスペシフィックな演劇やパフォーマンス、町を巡るツアー演劇なども盛んだ。バレエダンサーのディアナ・ヴィシニョーワ（一九七六〜）と映画監督のアンドレイ・シリヴェストロフ（一九七二〜）による映像劇『彫像の再現 Слепок』（二〇二二）はモスクワのプーシキン美術館の古典古代のホールで撮影された。振付家のアンナ・アバリーヒナ（生年非公開）と美術家のクセニヤ・ペレトルーヒナ（一九七二〜）らは、小都市ヴィクサの製鉄工場で古い製鉄炉を追悼するパフォーマンス『マルタン受難曲』（二〇一八）を上演している。また、「新脱力系」と呼ばれる、派手さやインパクトを抑えて演劇のヒエラルキーを解除しようという、日本の若手演劇とも通じる流れもある。

＊　＊　＊

ここまでは戦争前に書いた原稿である。二〇二二年二月二四日、ロシア軍がウクライナに侵攻した。この侵攻によって、ロシア演劇の風景は一変した。文化人による反戦署名の呼びかけ人となった女優チュルパン・ハマートワをはじめ、多くの演劇人が反戦の意を表明した。国立機関を辞職したり、辞職させられたりした演劇人も少なくない。本稿で名前を挙げたセレブレンニコフ、カルバウスキス、クリャービン、アバリーヒナ、ペレトルーヒナらも出国を余儀なくされている。

ゴーゴリ・センターは二〇二二年六月で「終了」した。セレブレンニコフの下で育まれたレパートリーが今後上演されることはないという。いくつかの実験劇場は合理化の名の下に他の劇場に吸収合併されて、存在しなくなった。

ソ連崩壊後、西欧の「新しい」演劇の後を追いつつも、ロシア・ソ連の良き伝統を受け継ぎ独自の発展を遂げてきた、自由かつ重厚なロシア演劇の時代は終わった。しばらくは保守的な演目の保守的な上演が主になるのかもしれない。ロシア演劇が苦境を乗り切り、再生する日を待つばかりである。

現代ロシアの映画と文学

梶山祐治

ソ連映画ではかつて、ロシア文学を原作にした文芸映画が栄え、日本でもよく紹介されていた。一九世紀の作家ドストエフスキーやトルストイ、チェーホフの小説は繰り返し映画化され、セルゲイ・ボンダルチューク（一九二〇〜九四）による四部の大作映画『戦争と平和』（一九六五〜六六）がアカデミー賞最優秀外国語映画賞を受賞した。今では想像するのも難しいが、第一部の日本公開時には監督と主演俳優たちが来日して歓迎を受け、劇場の入り口には観客がチケットを求め長蛇の列を作った。

一九九一年にソ連が解体し、経済が落ち込んだこの時期、映画産業もまた大きな打撃を受ける。だがそれは、産業の自由化到来を意味してもいた。それまで映画製作は国家映画委員会（通称ゴスキノ）の管理下に置かれていたのが、プロデューサー主導で製作される映画が出現した。また、原則として全ソ国立映画大学（ＶＧＩＫ）を卒業することが映画監督になる唯一の方法だったソ連時代と比べ、その道のりも多様化した。

この時期は、既成の様式やタブー視されていたものをスクリーン上に描いた興味深い作品が多く登場した時期でもあった。ソ連解体の年に長編映画を撮り始めたアレクセイ・バラバーノフ（一九五九〜二〇一三）は、大学卒業後、通訳として軍に勤務した後、地元の映画スタジオでの助手を経て監督となった。プロデューサーのセルゲイ・セリヤノフ（一九五五〜）

と組んで異なるジャンルのヒット作を連発し、新しいロシア映画のかたちを様々に示した。最大のヒット作となったのが『ロシアン・ブラザー』(一九九七)で、当時の社会に蔓延していたエスノフォビアを映し出し、主人公を演じたセルゲイ・ボドロフJr.(一九七一~二〇〇二)のカリスマ的な人気とともに熱狂的に迎えられ、続編も製作された。

一九八〇年代後半からペレストロイカの進んだロシアでは、禁止されていた文学作品が出版され、映像化されていく現象が起きた。一九九〇年代には、生前は社会への強い風刺性ゆえ発表の機会に恵まれなかったブルガーコフの複数の小説がTVドラマ化され高視聴率を獲得した。二〇〇〇年代には、革命を好意的に描いていないとして国内で圧力が強まった結果、ノーベル文学賞辞退を余儀なくされたパステルナークの小説『ドクトル・ジヴァゴ』(一九五五完成、一九五八出版)が、二〇一〇年代には、全体主義国家としてのソ連の暗部を描き生前は活字にならなかったワシーリー・グロスマンの歴史小説『人生と運命』(一九五〇~五九執筆、一九八八出版)がTVドラマ化されている。前述のバラバーノフもブルガーコフの作品を原作にした『モルヒネ』(二〇〇八・日本未公開)を撮り、ソ連時代タブーだった麻薬に溺れていく主人公を、細部に至るまで歴史的再現度の高い描写の中で描いた。

ペレストロイカ以降は、お蔵入りとなっていた映画作品の公開も相次いだ。アレクセイ・ゲルマン(一九三八~二〇一三)は、ソ連時代に自作品がことごとく不遇を受けた。一九六八年に彼は、架空の全体主義国家を舞台にした、ストルガツキー兄弟のSF小説『神様はつらい』(一九六四)の映画化を試みている。しかし、同年にはソ連の戦車がプラハに侵攻するチェコ事件が発生したため、弾圧を連想させるとして作品の企画をゴスキノに潰されていた。そのアイディアは遺作『神々のたそがれ』(二〇一三)で実現し、グロテスクな映像の連続で観客に安易な感情移入を許さず、生々しいディストピアを提示した。ゲルマン同様、同じ場面が何度も繰り返されるなど従来の映画文法の規範を過度に逸脱し、ソ連時代に検閲でフィルムにハサミを入れられることの多かったキラ・ムラートワ（一九三四〜二〇一三）は、チェーホフの複数の作品を現代に舞台を移し、独自の演出のもと『チェーホフのモチーフ』（二〇〇二・日本未公開）を撮っている。

二〇一〇年代になって、ゲルマン、ムラートワ、そして多くの人気作を残したスタニスラフ・ゴヴォルーヒン（一九三六〜二〇一八）といった、一九三〇年代生まれの映画作家たちが相次いで世を去った喪失感は大きかった。ゴヴォルーヒンの遺作はドヴラートフの小説を原作に検閲問題を主題にした『素晴らしい世界の終わり』（二〇一五・日本未公開）である。この時期に亡くなった映画監督には、自由な作風の芸術が花開いた「雪どけ期」の傑作『イリイチの哨所（私は二〇歳）』（一九六五、オリジナル版公開は一九八九）や『七月の雨』（一九六七）で名高い、年長のマルレン・フツィエフ（一九二五〜二〇一九）もいた。フツィエフが晩年取り組んでいた、トルストイとチェーホフを主人公にした映画はほとんど完成したとも言われており、公開が望まれている。

一方で、新しい世代も台頭している。ティムール・ベクマンベトフ（一九六一〜）は、人気ファンタジー小説を原作にした『ナイト・ウォッチ』（二〇〇四）、『デイ・ウォッチ』（二〇〇五）を立て続けにヒットさせ、それまでの興業記録を次々に塗り替えた。監督業に加えてプロデューサーとしてもアメリカに進出し、新しいタイプの映画人として活躍している。アレクセイ・ゲルマンの息子、アレクセイ・ゲルマンJr.（一九七六〜）は、作家ドヴラートフを主人公にした『ドヴラートフ　レニングラードの作家たち』（二〇一八）で自由な創作を許されない人間の苦悩を描き、先に言及したゴヴォルーヒンとは違ったアプローチでロシアにおける検閲の問題を改めて世に問うた。ベストセラー小説を原作にしたキリル・セレブレンニコフ（一九六九〜）の『インフル病みのペトロフ家』（二〇二一）における詩の朗読会場面は、文学大国ならではの迫力がある。アレクサンドル・ソクーロフ（一九五一〜）は劇映画・ドキュメンタリーの双方でロシア人にしては珍しく多作で、現代ロシアでもっとも芸術家と呼ぶにふさわしい映画作家だが、後進の育成にも熱心である。師のヒューマニズムを継承したカンテミール・バラーゴフ（一九九一〜）は、ノーベル文学賞を受賞したスヴェトラーナ・アレクシエーヴィチの『戦争は女の顔をしていない』（一九八五）に着想を得、独ソ戦後のPTSDに苦しむ女性を主人公にした『戦争と女の顔』（二〇一九）で、よくある英雄的な戦争映画の背景にある物語を描いた。

ソ連時代から、ロシア文学はただ映画に原作を提供するだけでなく、作家自ら脚本家として作品に参加することがよくあった。現代のロシアでは、ポストモダン作家のウラジーミル・ソローキンが特に多くの映画作品に脚本を提供している。

ソ連が解体して一定の期間が経つと、多民族国家ロシアでは非ロシア語映画の興隆も目立ってきた。アレクセイ・フェドルチェンコ（一九六六〜）の『神聖なる一族24人の娘たち』（二〇一二）は、マリ・エル共和国を舞台にしたマリ語の映画として、日本でも公開された。こうした各共和国の映画の中で特に独自の言語による映画製作が盛んなのが、サハ共和国である。もともと豊富な地下資源による資金の豊かな土地柄は映画製作を後押しし、サハフィルムはソ連解体後、他の自治共和国に先駆けてサハ語の映画製作に乗り出していた。豊かなフォークロアとシャーマニズムの伝統が、この土地特有の不気味な雰囲気を備えた映画に大きな影響を与えており、近年のロシア国内の映画祭を席巻している。その中には、サハの作家の作品を原作とした『私の殺し屋』（二〇

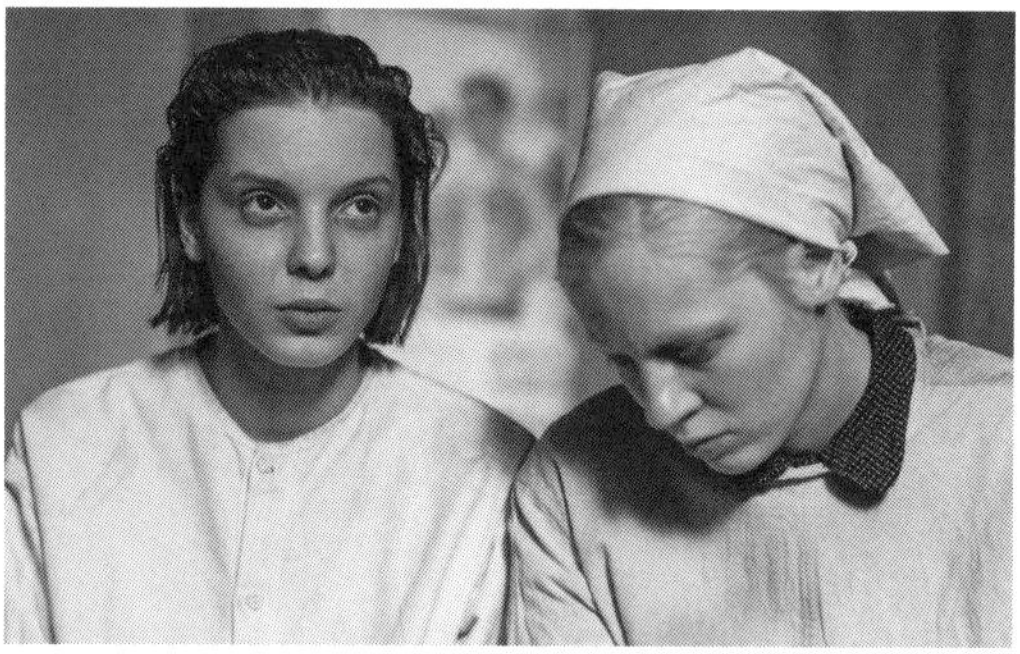

カンテミール・バラーゴフ『戦争と女の顔』 配給：アット エンタテインメント

一六・日本未公開）といった映画もあり、大きな注目を集めた。

ロシア国内の多様性の一方で、かつてソ連を構成していた国との関係も依然として重要である。長年映画製作が低迷し、ベラルーシ語よりもロシア語話者の方が多いベラルーシでは、ダリヤ・ジューク（一九八〇〜）のロシア語映画『クリスタル』（二〇一八・日本未公開）が同国の映画復活を印象づけて話題を呼んだ。ベラルーシ以外の旧ソ連諸国では各共和国の言語での映画製作が盛んになってきているが、それでもロシアとの関係は無視できない。たとえば、二〇〇〇年代に増加した中央アジアからロシアへの移民といった社会問題を反映した映画やＴＶドラマが各国で増加した。多民族・多文化に支えられたこの地域の文化を見極めるには、ロシアにとどまらず、旧ソ連諸国の文化圏に広く注目していくことが必要である。

アニメーションにも目を向けるならば、切り絵を特徴とするユーリー・ノルシュテイン（一九四一〜）の存在も忘れてはならない。世界のアニメーション作家に影響を与えてきた彼が、一九八〇年代から取り組んでいるのがニコライ・ゴーゴリの「外套」（一八四二）を原作にしたアニメーションであり、現在に至るまで部分的に公開されているが、その完成が待たれている。

二〇二二年二月のロシア軍によるウクライナ侵攻が始まると、ロシアの映画人は国外に脱出したり国内で沈黙を余儀なくされ、また、諸外国による経済制裁によって同国への送金が難しくなったため、ロシア映画が世界で見られる可能性は著しく制限されてしまった。現時点では映画製作のみならず、配給や興行といった観点からも状況は不透明である。もし、欧米の映画祭と繋がりのある特定の監督だけが注目されるならば、それもまたロシア映画をめぐる貧しい映像環境に他ならない。私たち観客は、自分たちが観測できる範囲の彼方に、豊かなロシア映画の世界が広がっているという想像力を喪わないよう、努めることが重要である。

ロシア文学深読みキーワード集

プーチン

2000年に大統領に就任したプーチンは独裁者や皇帝とも呼ばれるが、不良少年のような言葉づかいを交えつつも、どこかミステリアスな独特のキャラクター作りをしている。KGB出身という経歴も異色だ。

そのイメージには作家も注目し、アレクサンドル・プロハーノフは『ヘキソーゲン氏』においてプーチンを大統領に押し上げようとする陰謀劇を描き、ヴィクトル・ペレーヴィンは『妖怪の聖典』に、連邦保安庁の将校の姿をした狼の妖怪を登場させた。

ウラジーミル・ソローキン『親衛隊士の日』が風刺するのは、プーチン政権誕生に伴うロシア社会の変化である。1990年代に政治を牛耳っていたオリガルヒ（政商）は一掃され、国家主義的な考えが社会を支配するようになった。ソローキンはその変化を粗暴な中世に回帰した近未来のロシアというイメージで描いたのだが、『ヘキソーゲン氏』も『妖怪の聖典』もこの社会変化に言及している。

プーチンの強面ぶりは言葉の世界にも及んでいる。ソ連解体後、それまで控えられていた卑語や罵倒語が小説などに登場するようになったが、2014年には印刷物での使用を禁じられた。90年代には人形劇の風刺ショーがテレビで人気を博していたが、2019年には国家や政府を侮辱することが違法とされた。その一方で、プーチンは作家との関係を重視しており、大統領に就任するとすぐに行なったのが、ソルジェニーツィン邸への訪問だった。

プーチンはその後も主要な作家との面会を重ねており、それはあたかも、帝政期の皇帝、あるいは20世紀のスターリンの振舞いを反復するかのようだ。一方で、リュドミラ・ウリツカヤやドミトリー・ブィコフのようにプーチンから距離を取る作家

チンギス・アイトマートフの博物館を訪ねるプーチン（2019年、キルギス）[Presidency of Kyrgyzstan Press Office, Handout, Getty Images]

もおり、ブィコフが連邦保安庁によって毒殺されかけたという疑惑も浮上している。

（岩本和久）

ナヴァーリヌイ

アレクセイ・ナヴァーリヌイ（1976〜）は、ロシアの反体制政治家、弁護士、ブロガー。彼の父はウクライナのチェルノブイリ原発に近いザリッシャ村の生まれで、祖父母らは原発事故後の強制移住を経験した。このことが彼が政治に目覚めるきっかけとなった。

2000年、リベラル系政党「ヤブロコ」の党員となる（2007年除名）。2006年、Live Journalにブログを開設。2011年、読者投票でロシア語ベストブログに選ばれた。

2011年12月の下院選挙に対する不満から発生した反政府デモでは、「プーチンは泥棒だ！」などのシンプルなスローガンを掲げて運動を主導。同年、「反汚職闘争基金」（FBK）を設立。他方、この頃から彼自身に詐欺などの容疑がかけられるようになり、「キーロフの森」事件（2011）や「イヴ・ロッシュ」事件（2012）などで有罪判決を受けた。これらの容疑はは捏造だと言われている。

2013年、YouTubeにチャンネルを開設。汚職を告発し、社会問題を議論する動画を次々に公開。2017年にはさらにライブ中継チャンネルNavalny LIVEを立ち上げた。同年のメドヴェージェフ首相の汚職構造を暴く動画は、若者を中心とする全国的な反政府デモに展開した。

2013年にはモスクワ市長選に立候補し、首位のソビャーニンに次ぐ27・24％の得票率を確保。2016年にはさらに大統領選への立候補を表明したが、未解決の罪状があることを理由に受理されなかった。彼の政党「未来のロシア」も政党登録を認められていない。

2020年、シベリアのトムスクからモスクワへ戻る飛行機の中で突然意識不明となる。オムスクに緊急着陸後、病院に搬送されるも適切な診断を受けられず、ドイツ政府の協力のもとベルリンに搬送され、一命をとりとめた。ロシア連邦保安庁が関与する化学兵器ノヴィチョクによる暗殺未遂と考えられている。

2021年1月、リハビリを終えて帰国するも、空港のパスポート・コントロールで即座に逮捕される。これに対して各地で大規模な反対デモが行われるが、政府は厳しく弾圧。6月にはFBKとナヴァーリヌイ事務所は過激派組織に指定された。ナヴァーリヌイは2022年5月現在も収監中である。彼には次々に罪状が課され、当面の出所の見込みはない。

愛妻家で知られ、彼の政治活動を支える妻のユリヤも人気が高い。

（上田洋子）

プッシー・ライオット

フェミニストのアクティヴィスト集団。美術史的にはモスクワ・アクショニズムの流れを汲む。アートグループ「ヴォイナ」から派生した活動体である。

2011年秋、プーチン氏が首相から大統領に返り咲く意思を示したことで生まれた反体制の機運のなかで、匿名の女性パンクバンドとして結成された。最初の作品は同年11月の「石畳を解放せよ！」。初期のアクションは、ネオンカラーの目出し帽にミニドレス、カラータイツ姿の女性たちが、モスクワのあちこちをジャックして反体制ソングを歌い、その映像がYouTubeに投稿されるというものだった。

2012年2月21日のアクション「聖母よ、プーチンを追い払いたま

え」（パンク祈祷）では、クレムリンのそばのロシア正教総本山、救世主ハリストス教会に侵入し、プーチン氏やキリル総主教を批判する歌を歌った。国営を含むマスメディアが取り上げたこともあり、動画は拡散され、大きな波紋を呼ぶ。3月にはナジェージダ・トロコンニコワ（1989〜）、マリヤ・アリョーヒナ（1988〜）、エカテリーナ・サムツェーヴィチ（1982〜）の3名がフーリガン罪で逮捕。8月には2年の実刑判決が下り、再審を経てサムツェーヴィチを除く2人が矯正収容所に送られた。

2022年5月ベルリンにて［Getty Images］

　裁判の過程はネットメディアで中継され、彼女たちの毅然たる態度は一部で大きな支持を集めた。また、「歌を歌った」ことが罪状となったせいで、マドンナやオノ・ヨーコら、世界の音楽・アート界が彼女たちを支援した。

　2013年12月に恩赦で釈放。2014年、トロコンニコワとアリョーヒナは、トロコンニコワの夫（当時）で隠れたメンバーのピョートル・ヴェルジーロフ（1987〜）とともにインターネット独立メディア「メディアゾーナ」を立ち上げた。現在、若い世代にメンバーを拡大しつつ、人権擁護活動や戦争報道を続けている。なお、2018年にはヴェルジーロフらがサッカーW杯ロシア大会決勝戦でピッチに乗り込み試合を中断させて反政権アクションを行い、世界から非難を浴びた。

　トロコンニコワはその後現在米国に拠点を移し、音楽をメインに活動。2022年のロシアによるウクライナ侵攻後は、それまでロシアに残って運動を続けていたアリョーヒナをはじめ、複数のメンバーが国外脱出を余儀なくされた。（上田洋子）

公安機関

公安――国内の防諜および対外的な諜報にかけては、伝統的に悪名高いのがロシアである。ソ連初期、社会にまだ闊達さがあった1927年の、イリフ&ペトロフによる滑稽小説『十二の椅子』に、主人公の一人が外国の間諜と勘違いされ、「GPUが来るぞ」と脅かされて狼狽する場面があるが、1930年代に至ると、この光景がまったく笑い事ではなくなった。

◆チェー・カー（ChK＝反革命および破壊活動との闘争を担う全ロシア非常委員会）

　1917年創設。F・ジェルジンスキーが議長を務めた。1919年モスクワのルビャンカ広場前に本部を移して以来、現在に至るまで、この地がロシア公安機関の本拠地であり続けている。これ以後、ロシア公安機関要員は「チェキスト」と俗称されるようになった。

◆ゲー・ペー・ウー（GPU＝国家政治保安部）

　1922年チェー・カーから改称。1923年オー・ゲー・ペー・ウー（OGPU＝合同国家政治保安部）と改称された。

◆エヌ・カー・ヴェー・デー（NKVD＝内務人民委員部）

　1934年、既に警察組織を統括していた内務人民委員部はOGPUと併せて再編され、下部組織としてゲー・ウー・ゲー・ベー（GUGB＝国家保安本部）が公安部門を担当した。

　第二次世界大戦中、公安部門はエヌ・カー・ゲー・ベー（NKGB＝国家保安人民委員部）として独立し、国防、海軍、内務を司る各人民委員部もスメルシ（「スパイに死を！」の略）と呼ばれる内部防諜組織を結成した。戦後の1946年、これらはエム・ゲー・ベー（MGB＝国家保安省）として再編されたが1953年、ソ連最高指導者スターリンの死に際してエム・ヴェー・デー（MVD＝内務省）に編入された。

◆カー・ゲー・ベー（KGB＝国家保安委員会）

　1954年内務省から独立した。ソ連末期に解体されて改変を繰り返した末、国内部門としては1995年以降、

◆エフ・エス・ベー（FSB＝連邦保安庁）

　国外部門は1991年以降、

◆エス・ヴェー・エル（SVR＝対外情報庁）として、現在に至る。ちなみにSVRは、旧ソ連構成諸国（CIS）相互の協定により、これらの諸国内では活動できない。そこでロシア政府は協定の抜け道として、FSBにこれら諸国での活動を代行させ、とりわけウクライナで大いに暗躍させていたことが、2022年の侵攻に際して露見した。

（桜井厚二）

革命

20世紀初頭、ロシアでは三つの革命が起きた。1905年革命（第一次革命）、1917年二月革命（第二次革命）、そして世界初の社会主義革命と謳われた1917年十月革命である。十月革命後、レーニンの率いる赤軍と敵対する白軍の間で4年もの内戦が続いた。多くの破壊と分断を経て、新国家ソ連が成立した。そのため、ソ連芸術にとって十月革命は中心的な歴史的主題となった。十月革命を描いた芸術作品でもっとも有名なのはセルゲイ・エイゼンシュテイン監督『十月』（1927）だろう。だがこの映画をめぐっては、レーニンやトロツキー、スターリンら政治的指導者を描く芸術的・政治的な難しさがあらわになった。

　文学作品でも、レーニンたち政治指導者を描いた作品は無数に生まれたが、文学史的に重要なものは皆無と言ってよい。むしろ革命と内戦に翻弄される一般人の生を描いた文学作品に傑作が多い。ミハイル・ブルガーコフ『白衛軍』（1925）、ミハイル・ショーロホフ『静かなドン』（1928〜40）、アンドレイ・プラトーノフ『チェヴェングール』（執筆1926〜28、出版1972）、ボリス・パステルナーク『ドクトル・ジヴァゴ』（1958）など、ソ連期ロシア文学を代表する長編小説の多くが革命と内戦を舞台にしている。

　ソ連期全体を通して、〈革命と内戦〉、〈社会主義建設〉、〈大祖国戦争（独ソ戦）〉はもっとも重要な歴史的主題であった。この三つの主題のうち、ポスト・ソ連期も力を保っているのは独ソ戦だけかもしれない。ソ連という国家と時代の偉大さ、そして悲惨さを語り直すとき、独ソ戦がもっとも作者と読者の想像力に訴えるのだろう。だが、〈革命（レボリューション）〉の本来の意味――〈市民の連帯による現政権打倒と根本的な社会変革〉――がロシアで現実的な政治課題となりつつある今日、ロシア革命がふたたび重要な文学的主題になる日も訪れるかもしれない。

（野中進）

　ロシア革命によって故郷を追われたいわゆる「白系ロシア人」の数は、百万人とも二百万人とも言われ、ヨーロッパを中心に世界各地に散らばっていき、独自のコミュニティ、文化を築いた。初期に経済・地理的要因からその中心地となったのはベルリンで、ロシア語出版社が乱立し、刊行されたロシア語書籍や新聞、定期刊行物も膨大だった。しかしインフレから30年代には亡命ロシア文化の中心地はパリに移行していた。のちに「第一の波」と呼ばれるこの時期の亡命者には、ロシア人初のノーベル文学賞を受賞したイワン・ブー

ニン、『ロリータ』を執筆して世界的に有名になるウラジーミル・ナボコフといった作家がいる。しかしナボコフが英語作家に転向したことが端的に示すように、様々な要因によって「亡命ロシア文学」はソヴィエト文学に対抗しうるものにはならなかったというのが定説である。

　次いで文学史的に見て重要なのは1970年代におこった「第三の波」と呼ばれる亡命者たちで、この中にはユダヤ人のほかに反体制的な異論派もふくまれており、アレクサンドル・ソルジェニーツィンやヨシフ・ブロツキー、アンドレイ・シニャフスキーのような文学者もいた。なお一般に亡命とは異なるが、80年代から90年代にかけてペレストロイカやソ連崩壊による政情不安から国外に移住したロシア人も膨大で、中には現地語／ロシア語問わず執筆する作家もいる。一人だけあげるならスイスで活動するミハイル・シーシキンだろうか。

　2014年のクリミア併合後にはボリス・アクーニンがイギリス・ロンドンに、2022年のウクライナ侵攻後にはリュドミラ・ウリツカヤがドイツ・ベルリンに出国。こういった動きが強まるのか、恒常的なものになるのかは不明である。

（秋草俊一郎）

収容所

1934年のキーロフ暗殺を契機にスターリンによる大量抑圧（大テロル、大粛清）が始まり、罪のない人々が「人民の敵」として銃殺されたり、ソ連各地の強制収容所に送られたりした。「人民の敵」の擁護はソ連国内ではタブーだったが、スターリン死後の62年に『新世界』誌に掲載されたアレクサンドル・ソルジェニーツィン『イワン・デニーソヴィチの一日』はこれを打ち破るもので、収容所文学というジャンルを実現した（そもそも帝政期のロシア文学にすでに、ドストエフスキー『死の家の記録』、チェーホフ『サハリン島』など、同種のテーマがあったことを見逃すわけにはいかないのだが）。

　収容所を扱った作品の発表はその後もソ連国内では難しかったが、60〜70年代にかけてソルジェニーツィン『煉獄の中で』、『ガン病棟』、『収容所群島』、ヴァルラーム・シャラーモフ『コルィマ物語』、エヴゲーニヤ・ギンズブルグ『明るい夜、暗い昼』など収容所生活を経験した作家のテクスト、あるいはワシーリー・グロスマン『万物は流転する』のような収容所を経験しない作家のやましさを伝える作品がソ連国外で次々と出版された。

　ペレストロイカ期になると、これら、ソ連国内ではアンダーグラウンドで流通していた作品が書店に並ぶようになり、またアナトリー・ルィバコフ『アルバート街の子供たち』のようなそれまで発表できずにいた作品もベストセラーになった。ソ連解体後に刊行されたワシーリー・アクショーノフ『モスクワ・サガ』なども含め、これらの作品の多くはテレビ・ドラマ化され、ロシアの国民的な神話となっている。

（岩本和久）

サミズダートとも。1950年代後半頃から活発になったソ連のアンダーグラウンドでの大きな文化現象。ロシア語の「サムsam（自身）」＋「イズダートizdat（出版）」を組み合わせた用語で、検閲を経た公式の出版ではない非公式の自主出版とその出版物を指す。タイプライターで作成した小部数（1部から多くても10部程度）の出版物を回し読みしていき、余裕のある人はそれを手書きで複写したり、再タイプしたりしながら少しずつ部数を増やしていくという独特の方法で読書家たちの間を

回覧されるのだが、60年代以降のレニングラードでは、「第二の文化」と呼ばれる大きな文化空間を形成していた。

　自主出版とはいえ、公式の文学が停滞するなか、才能ある作家や詩人たちの多くが非公式の道を選んだ（あるいは強いられた）結果、サムイズダートは20世紀のロシア文学を代表する大作家・詩人たちを輩出することになった。たとえば、1946年のジダーノフ批判以降、沈黙を強いられていた詩人のアンナ・アフマートワ、ノーベル文学賞を受賞したアレクサンドル・ソルジェニーツィンやヨシフ・ブロツキー（二人ともアメリカに亡命）や、ロシア語特有の「マート」と呼ばれる隠語を散りばめた過激で詩的な創作で人気を博したヴェネディクト・エロフェーエフ、あるいは、人権活動家のアンドレイ・サハロフなども当初はサムイズダートで読まれていた面々である。

　ソ連時代の詩人・作家で後にフェミニストとしても活動したユリヤ・ヴォズネセンスカヤは、18歳（1958年）で詩人になろうとしたとき、自分には公式の詩人になり国にきちんとした本を出版してもらうという道と、地下の詩人となって本は出せないが自由な創作ができる道の二つがあったのだが、後者を選択したと語っていた。文学という営みが、公式の出版という大掛かりな制度の外で書き手と読み手を直接的につなぎ、文字通り手渡しで原稿を流通させる、そんな時代があったのである。

（高柳聡子）

アネクドート

　アネクドートとは、一般的には、気の置けない仲間たちの間で互いに披露される一口話のことである。そのテーマは政治から、戦争、テロ、セックス、民族、酒、スポーツにいたるまでと幅広く、また時代を反映したものも多い。たとえば、ソ連時代には政治アネクドートが量産され、ソ連崩壊後のものには西側製品や「新ロシア人」が、そして今日ではビットコイン、コロナウイルス、ゼレンスキー大統領も登場する。アネクドートの笑いは明るく健全なものというよりは、屈折しており、鋭いウィット、痛烈な皮肉や自虐、残酷なブラック・ユーモアに由来するものが多い。

　おなじみの登場キャラクターとしては、ソ連・ロシアの歴代指導者、チャパーエフといった歴史的人物、チェブラーシカや馬鹿のイワンといったアニメや物語のキャラクター、ユダヤ人やチュクチ人といった特定の民族、夫婦や妻の母といった身内、または「ヴォーヴォチカ」といったアネクドート独自のキャラクターなどがいる。これらの登場人物たちが、とんでもない愚者ぶり、ふりきった悪漢ぶり、情けない自虐ぶりを見せ、笑いを誘うのである。

　スターリン時代には政治アネクドートを語ると10年以下の禁固刑に処されるなど、ソ連時代には自由に語ることができなかったアネクドートだが、ペレストロイカ以降解禁され、その後一気に活字化が進んだ。現在では、テレビや動画で鑑賞し、インターネットのアネクドート専門サイトで手軽に読み、また自作のアネクドートを投稿できるようになった。

　このように、時代とともに内容的にもメディア的にもダイナミックな変化を遂げたアネクドートであるが、その黄金期といえば、やはりソ連時代であることは論を俟たない。特にソ連時代後期、気の置けない仲間たちとの集まりでは、とぎれることなくアネクドートが披露される光景がよく見られたという。人々は、禁じられたアネクドートを共有することで、連帯感を分かち合っていたのではなかろうか。

（塚崎今日子）

ペレストロイカ

1985年3月にミハイル・ゴルバチョフがソ連共産党書記長となって以降行われた一連の改革のこと。そもそも「ペレストロイカ」という語は、ロシア語で「建て直し」を意味し、ゴルバチョフの改革も長きにわたる停滞を打破するために政治・経済の建て直しを目指すものであった。この改革は、1986年のチェルノブイリ原発事故をきっかけに急速に拡大していき、やがてはソ連崩壊にまで繋がることになった。

文学にとってのペレストロイカとは、情報公開（グラスノスチ）によって言論の自由が拡大されたことがなによりも大きい。検閲の緩和は、それまでは出版することなど想像すらできなかった作家や作品が、普通に世に出て読者に届くことを可能にしたのである。その結果、1987〜88年には、それまでソ連国内ではほとんど知られていなかった作家や詩人たちの作品が大部数で出版されることになった。アンナ・アフマートワ、ミハイル・ブルガーコフ、アンドレイ・プラトーノフ、ウラジーミル・ナボコフ、ワシーリー・グロスマン、ボリス・パステルナークといった作家や詩人たちだけでなく、スターリン期の収容所をテーマとしたヴァルラーム・シャラーモフやユーリー・ドンブロフスキーらの作品も文芸誌に掲載されるようになり、ついには、1989年にアレクサンドル・ソルジェニーツィンの『収容所群島』の一部が『新世界』誌に掲載され、ソ連時代の検閲体制は事実上無効となった。これ以降、ソ連時代に空白となっていた文学史の欠如部分が埋められていく時代が始まることになる。同時に、1950年代の「雪どけ」期以降、地下出版を中心に展開されていた現代文学にも光があてられ、まもなくポストモダンの隆盛を迎えることになる。

また、ペレストロイカ開始とともに国外への出入国もかなり自由になった。80年代末には第四の波と呼ばれる外国への移住が数百万人にものぼり、このことはまた、一世紀にわたるロシア亡命文学の新たな歴史の一面となっている。（高柳聡子）

ナショナル・ボリシェヴィキ党

作家・詩人で政治家のエドゥアルド・リモーノフと哲学者アレクサンドル・ドゥーギンが1993年に結成した政党（以下NBP）。文字通りナショナリズムとボリシェヴィズムを融合させた折衷的な思想を掲げ、過激な反政府デモや暴動で知られる。亡命先のアメリカでデカダン作家として名を馳せた党首リモーノフのカリスマ性に象徴される党の反権力的なパンク精神に、欧米の価値観に批判的で愛国的な傾向を持つ多くの若者が魅了された。「ナツボル」と呼ばれるスキンヘッドの党員たちは、レモン型手榴弾がトレードマークの党機関誌「リモンカ」に読み耽った。2000年代の文壇の寵児となったザハール・プリレーピンは「ナツボル」出身で、己の生き様を文学作品として提示する創作スタイルは明らかに師であるリモーノフの影響であり、話題を呼んだ長編『サニキャ』（2006）では、実在の名前こそ出て

エドゥアルド・リモーノフとナツボル党党旗（1999年）
[Getty Images]

こないが、NBPをモデルにした過激政党に属する若き党員たちの反政府運動が鮮やかに描かれている。NBPは2007年に過激組織の認定を受け、ロシア国内での活動は禁止されているが、今でも90年代ロシアのサブカルチャーを語る上で欠かせない存在となっている。

（松下隆志）

文学賞

革命以前の本格的な文学賞はペテルブルグの科学アカデミーによるプーシキン賞（1881〜1919）で、チェーホフやクプリンらが受賞。また、戯曲を対象としたグリボエードフ賞（1883〜1917）では、ゴーリキーやアンドレーエフらが受賞した。

ソヴィエトでは1940年にスターリン賞が創設された。同一作家が複数回受賞することも多く、コンスタンチン・シーモノフが8年間に6回の受賞という記録を作ったほか、サムイル・マルシャークやアレクサンドル・トヴァルドフスキーらも何度も受賞している。スターリンの死後に同賞が廃止されたのち1957年に設けられたレーニン賞は、チンギス・アイトマートフやオレーシ・ゴンチャールらロシア語以外を母語とするソ連の作家にも多く与えられた。国営賞以外では1978年に地下出版誌がアンドレイ・ベールイ賞を創設。ゲンナジー・アイギやアンドレイ・ビートフらが受賞。

ソ連崩壊後はロシアブッカー賞が1992年に英国文化振興会の発案で創設された。受賞者はブラート・オクジャワ、ワシーリー・アクショーノフら。ナショナル・ベストセラー賞（2001〜）は多くの読者の支持を得た作品が通る傾向があり、ヴィクトル・ペレーヴィン、ドミトリー・ブィコフらが受賞。ボリシャーヤ・クニーガ（大きな本）賞は純文学的傾向で、リュドミラ・ウリツカヤ、ダニイル・グラーニンらが受賞。これら規模の大きな文学賞は他言語に翻訳される際の指標にもなってきた。そのほか短編に贈られるユーリー・カザコフ賞（2000〜）、プロホロフ基金の新文芸賞ノース等が存在したが、ロシアブッカー賞が2017年を最後に停止されたほか、中小規模の文学賞も減少傾向にある。

（奈倉有里）

ウクライナ

ロシアとウクライナは歴史上、国家の起源（キエフ大公国）や建国神話としての年代記（『過ぎし年月の物語』）、言語の系統（共に古東スラヴ語から派生）、宗教と典礼言語（東方正教会および教会スラヴ語）等の文化的基盤を共有してきた。このことは現在に至るまで、それぞれの発展の途上で独自の民族的・言語的・宗教的多様性を体現しながらも、両者は精神史的に分かち難く結ばれている、と認識される際の根拠となっている。

しかし、キエフ大公国が内憂外患によって衰退し、権力の系譜が北東のウラジーミル・スーズダリ公国（後のモスクワ・ロシアの母胎）や西方のハーリチ・ヴォルイニ公国に移ると、中世から近世にかけてのウクライナ平原は列強の緩衝地帯となり、その無帰属性ゆえに「荒野」と呼ばれた。こうして「権力の空白」が生じた結果、ウクライナはロシアによって自己の「中心」に対する「周縁」、「主流」に対する「傍流」として位置付けられてゆく。

ただし、ウクライナはロシアとの関係において常に従属的な地位に甘んじてきたわけではない。17〜18世紀のロシア・ウクライナ地域における最高学府は1632年に設立されたキエフ神学校（後のキエフ・モヒラ・アカデミー）であり、当時ポーランド治下にあってロシアよりも「西方」に位置したウクライナは、ギリシャ語・ラテン語の古典や聖典

を含む西欧文化のエッセンスをスラヴ・ロシアに移植する重要な媒体の役割を果たした。

さらに、「周縁」のニュアンスは往々にして「異郷性」「原初性」「自然の猛威」「独立不羈」等のニュアンスと連動し、ウクライナの地を支配した国の文学・音楽・絵画等の芸術文化において、バロックやセンチメンタリズム、ロマンチシズムの源泉として大いなる存在感を発揮してきた。それはロシアにとっても例外ではなく、ウクライナは最も身近な「生きた他者」としての役割を果たしていたのである。

ウクライナのこのようなアンビヴァレントな性格は、両者の創発的な文化的影響関係の考察をこれまで以上に深めていかなければならない「２０２２年２月24日」以後の現代世界においても、変わらぬ示唆を私たちに与え続けてくれるに違いない。

（原田義也）

ベラルーシ

東はロシア、北西にラトヴィア、リトアニア、ポーランド、南はウクライナと接し、国土は日本の本州よりやや小さく、人口は１０００万人弱。黒海とバルト海という南北の海路の中間、ロシアと西欧という東西の陸路の中間に位置し、文化や商業の中継点となったことによる恩恵と、領土争いや行軍の中継点となったことによる膨大な被害という両面に常にさらされてきた。国土に海はないが森林が豊富で、ポーランドとの国境にあるベラヴェシ（ビャウォヴィエジャ）の森はユネスコの世界遺産に登録されており貴重な野生動植物が生息している。旧ソ連圏のなかで崩壊から三〇年が過ぎた今も十月革命記念日を公式に祝日とする唯一の国であり、社会構造にも強権政治をはじめ大国時代の名残が多く残る。公用語はロシア語とベラルーシ語だが、首都ミンスクでは多くの小中学校でロシア語教育がおこなわれている。スヴェトラーナ・アレクシエーヴィチやサーシャ・フィリペンコはベラルーシ出身だが主にロシア語で作品を執筆している。また日常言語としては、もともと言語構造の近いロシア語と混ざったトラシャンカと呼ばれる混成言語も生まれている（ウクライナにおけるスルジクに相当する）。

（奈倉有里）

クリル諸島

クリル諸島（千島列島）は様々なジャンルの作品に描かれている。例えば有名な詩人歌手ユーリー・ヴィズボルの「俺たちはひどく疲れた（クリル諸島）」（１９６３）がある。この歌はラジオ局「ユーノスチ」が企画した取材旅行の後で作られた。アルカージーとボリスのストルガツキー兄弟のＳＦ小説『第四帝国（可能性の限界で）』（２００１）は火山のあるクナシュ島（国後島を思わせる）で事件が展開する。二人のもっと初期の作品にもクリルが言及されている。アルカージーは軍の通訳として占守島に勤務したことがあり、とりわけ１９５２年11月の津波の目撃者にもなった。

ゾーヤ・ジュラヴリョーワは、１９５２年の地震と津波が出来事の中心となる小説『島の人々』（１９７３）で有名になった。アナトリー・キムの短編『津波（元物理学者の告白）』（１９７８）の舞台はモスクワだが、クリルの自然災害に焦点が向けられている。主人公がそこで軍務についたとき、妻は非業の死をとげたのだ。

ゲンナジー・プラシケヴィチは１９６０～70年代にクリルで地質学・古生物学調査に参加しており、『クリル小説集』（１９８１）というタイトルの５つの連作を書いた。アレクサンドル・クズネツォフ＝トゥリヤニンはエスノグラフィ風の小説『異教徒』（２００３）でクリルを描いた。国後島の漁村が主な舞台となる。島を囲む大洋が作品の中心的なイメージになっている。サハリンとクリル諸島に住んだことのある作家の個人的体験に基づいて書かれた部分もある。

アレクセイ・ヴァルラモフの長編小説『心の友パーヴェル』（２０１８）の主人公パーヴェル・ネポミルエフは未開の土地へのロマンに焦がれてクリル諸島にやってくる。

（エレーナ・イコンニコワ）

＊クリル諸島は北方領土を含む千島列島を指すが、日本政府の公式見解では千島列島は択捉・国後・色丹・歯舞を含まない。ここに挙げられたほとんどの作品の舞台は南クリル（北方領土）である。

サハリン

現代のサハリンは、チェーホフの時代のようにロシア文学に確固たる位置を占めている。作家同盟の支部は１９６７年から存続している。２０２１年の時点でニコライ・タラソフ支部長（１９４７〜）を筆頭に17名の作家が所属し、最長老はウラジーミル・サンギ（１９３４〜）だ。ユジノサハリンスク市（旧称豊原）を最も鮮やかに描いたのは『お金の物語』（１９９６）などのアナトリー・トボリャク（１９３６〜２００１）だ。ヴェチェスラフ・カリキンスキー（１９５１〜）の『軍団長』（２０１１）と『大使、引き裂かれた島（邦題：榎本武揚）』（２０１３）は、日露戦争期のサハリンを歴史冒険小説風に描いた。ウラジーミル・セメンチク（１９６２〜）の『よろずコンサルタント』（２０１２）では１９９０年代末の新しいサハリンが示される。

島に住んでいない作家の作品にもサハリンはしばしばエピソード的に取り上げられる。アンドレイ・ビートフは２００２年８月に初めてサハリンを訪れた成果として自伝的なエッセー『わが祖父チェーホフと曾祖父プーシキン』（２００４）を書いたが、代表作『プーシキンの家』（１９７８）でもサハリンに言及している。ゲンナジー・マシキンは少年時代のサハリンの思い出を描いた『青い海、白い蒸気船』（１９５６）でデビューし、物語の続きの『サハリンの放浪者』（２００４）が遺作となった。ジーナ・ルービナの『ペトルシカ症候群』（２０１０）は、20世紀のサハリン（トマリ市）を余すところなく描いた。エドゥアルド・ヴェルキンのディストピア小説『サハリン島』（２０１８）は、チェーホフの作品と同じタイトルながら、気高く幸福な島という20世紀のロシア文学で形成されたイメージを破壊するような作品といえる。

（エレーナ・イコンニコワ）

ロシア人の名は通常、名、父称、姓から成る。父称というのは父親の名に、女性なら -ovna、男性なら -ovich、または -evna、-evich という接辞をつけて作られる。例えば、父の名がイワン Ivan なら、娘はイワノヴナ Ivanovna、息子はイワノヴィチ Ivanovich となり、父の名がセルゲイ Sergey なら、娘はセルゲヴナ Sergeevna、息子はセルゲヴィチ Sergeevich となる。

ロシア語では敬称を用いず、名＋父称で呼ぶことがもっとも丁寧な言い方である。一方、家族や友人など親しい間柄では愛称で呼ばれる。例えば、イワンの愛称はワーニャ

Vanya、タチヤーナはターニャTanya、ミハイルはミーシャ Misha となる。

リュドミラ・ウリツカヤの中編『ソーネチカ』（1992）は、タイトルにもなっている主人公の名が愛称形で示されている。ソーネチカの正式名はソフィアだが、作中では常にソーネチカと呼ばれ、彼女が皆にとって親しみやすい愛される存在であることがすぐさま感じられるようになっている。かたや夫のロベルト・ヴィクトロヴィチは名と父称で敬意をこめて呼ばれることが多く、芸術家としての彼の威厳や妻の彼に対するひたむきな尊敬の念が伝わってくる。ちなみに、ソフィアという女性名はソーニャという愛称形もよく使われ、ドストエフスキーの『罪と罰』のソーニャ、タチヤーナ・トルスタヤの短編「ソーニャ」などロシア文学にはソーニャの系譜と呼べるほど多くのソフィアという女性が登場する。

ロシア人の名の複雑さは長年にわたり日本の読者を苦しめてきたが、こうした慣習を理解すれば、作品における人間関係を容易に把握するための助けとなる。名に対する愛称は決まっており、名のヴァリエーションもかなり限られているため、実はさほど大きな壁ではない。大事なことは、〝難しい〟という思い込みを捨てることだ。

最近では父称を名乗ることをしないフェミニストたちや、子どもに自分の名から採った母称をつける女性などもおり、今後はさらにこうした事象が増えることも予想される。

（高柳聡子）

マート

マート（卑語）とは、英語ならファック・ユーやビッチにあたるような、性器や性行為などを示す言葉を用いた罵語。その起源は古く、10世紀のキリスト教受容以前、異教の生殖信仰にあるとされる。中世ロシアの白樺文書にもマートの記述が残っている。犯罪者や労働者ら、独自の語彙を形成する集団のみならず、都会と田舎、男性と女性、知識人と一般人を問わず、旧ソ連圏で広く用いられている。

厳密にマートと呼ばれるのは、罵言のうちでも男性器を表す**хуй**、女性器を表す**пизда**、性交を示す**ебать**、売春婦を示す**блядь**の4単語と、その派生語やそれらを用いたフレーズのことである。これらの語は無数のヴァリエーションで用いられ、罵詈雑言だけでなく、感嘆の表明や褒め言葉にもなり、またほかのさまざまな感情を込めた言葉を代替しうる。

ロシア文学においても、19世紀の詩聖プーシキンから現代のソローキンまで、マートはロシア語の表現の豊かさを示すものとして積極的に取り入れられていった。古典では18世紀のイワン・バルコフ（1732〜68）、19世紀の匿名詩人ルカ・ムジーシェフのマート混じりの詩がよく知られている。

マートは他方で忌み嫌われもし、古来何度も法律で禁じられてきた。ソ連時代にはマートを公の場で使うことは許されず、新聞やテレビにも登場しなかった。ソ連崩壊以降は自由を謳歌する風潮が続き、市井のみならず文化・芸術にもマートが溢れる。マートを多用したソローキンの文学はこの時代の申し子である。

自由な時代は長く続かず、現在マートは規制の対象である。2014年6月、映画や演劇の上映・上演、マスメディアなどにおけるマートの

2022年3月、モスクワに現れた落書き［Getty Images］

使用を禁じる法律が施行され、また文学作品などの印刷物で使用する場合は、表紙に注記が必要となった。2021年2月には、インターネット上での未成年ポルノや麻薬の製造販売関連、自殺幇助などの情報流通と並んで、マートの使用に対して、プラットフォーム側が投稿削除などの対応することが義務づけられた。

2022年のロシアによるウクライナ侵攻をめぐり、宇露双方から多くのマートによる呪詛が聞こえてくるようになった。反戦スローガン「Хуй войне」（戦争にファック）「Путин хуйло」（プーチンのチンコ野郎）はその典型である。

（上田洋子）

ダーチャ

都会に住む人が郊外に持つセカンドハウスの一般名称（俗称）。ロシア人の多くが、冬は都会の集合住宅で過ごし、夏は週末や休暇にダーチャに通ったり滞在したりして、菜園を営み、近くの森でベリーやキノコを採り、川や湖で魚釣りや水遊びに興じ、蒸風呂で汗を流す。家族や友人と過ごし、保存食を蓄え、自然を満喫する。現在、ダーチャと呼ばれるものには、贅を尽くした大邸宅から、庭園付きの木造の館、昔風の農家、小屋付きの菜園など、規模も形態も様々なものがある。この3世紀余りの間、時代とともに変遷しつつ、都心を離れて過ごす夏の家として機能してきた。

ダーチャという言葉は「与える」という意味のロシア語の動詞ダーチに由来するが、郊外の土地や建物を指すようになったのは18世紀初頭、ピョートル大帝の命で貴族が下賜地に夏の館を建てたことにはじまる。夏は郊外に移り住む習慣が貴族や富裕層に定着していき、19世紀後半に、近郊へ鉄道が敷かれると、中産階級にも浸透した。貴族の領地が切り売りされたり、近郊の農家が貸し出されたりしてダーチャとなった。「テラス」付きが人気で、人々の関心は娯楽や余暇の充実だった。ロシア革命によって状況は一変し、ダーチャは国有化され、庶民の手から離れる。しかし、20世紀中ごろ、ソヴィエト政府が食糧事情の悪化から都市住民に自給自足を促す政策のもと、菜園用地を与えるようになり、新たな「ダーチャ」が生まれた。建てることを許されたのは夏の小屋のみで、規模も600㎡と定められていたが、創意工夫で夢を実現する場となり、ダーチャ地区がめざましく発展した。ソヴィエト崩壊後、制限が廃止され、住居建設の自由化が始まり、売買も可能になった。

多様化したダーチャは今、土地に関する法整備や環境問題もあり、過渡期を迎えているが、都会に住む人々にとって夏の陽光のもとに開放的かつ健康的に過ごす場として今後も希求され続けていくだろう。

（石川あい子）

バーニャ

蒸風呂小屋、サウナのこと。農村では主に北ロシアで見られた昔の蒸風呂小屋は、黒式といって狭く、また煙突も窓もなく煙は壁に開けた穴から排出していた。そのため黒式の蒸風呂小屋の内部はその名のとおり、暗く、すすで真っ黒になってしまう。近代以降、こうした黒式のかわりに煙突付きの白式と呼ばれる蒸風呂小屋が建てられるようになり、それがロシア全土に広がった。

準備方法も以前は、暖炉ではなく、石組みのかまどを使っていた。そしてそのかまどの中で真っ赤に焼けた石を水に入れてお湯をつくり、かまどの上に置いてある小さめの石に水をかけて蒸気をつくった。

入浴には、ヴェーニクと呼ばれる葉がついたままの枝を束ねて作った枝箒が欠かせない。小屋の腰掛けに寝そべった人間を他の者がこの枝箒で体を叩いて垢を落とす。これにはマッサージ効果もあるとされる。

文学や映画などでも蒸風呂小屋が登場することが少なくないが、蒸風呂小屋の役割について知らないひとが読むと不可解な気持ちになるのではないだろうか。たとえばチェーホフの『桜の園』でトロフィーモフは蒸風呂小屋で寝泊まりしている。これは蒸風呂小屋が実際に臨時の宿泊場所でもあったからだが、宿泊場所が蒸風呂小屋だというセリフからは彼が屋敷の客室にも泊めてもらえない客人だという背景がうかがえる。またドストエフスキーの『カラマーゾフの兄弟』ではスメルジャコフの母親は彼を蒸風呂小屋で産むが、それは蒸風呂小屋が当時は一般的なお産の場所でもあったからである。他にも蒸風呂小屋は呪術の行われる怖ろしい場所というイメージもあった。

昔話では主人公が遭遇する困難としてすぐにも焼け死ぬような熱い風呂が登場したり、主人公たちがヤガー婆さんに蒸気浴をねだることなどもあるが、これは昔話の蒸気浴が通過儀礼や境界を越えることと結びつくからだとする研究者もいる。昔話通りとはいかないだろうが、別世界気分を味わうためにもまずは一度入浴してみてはいかがだろうか。

（山田徹也）

コムナルカ

20世紀初頭のロシア都市部では、労働者住宅をめぐる問題——住宅の欠乏や劣悪な住環境——は西欧の主要都市よりも深刻化していた。レーニンは革命以前から、住人数よりも部屋数の方が多い住宅は、余剰分の部屋を拠出すべきだと考えおり、実際に十月革命直後には、モスクワやレニングラード（現サンクトペテルブルグ）などの主要都市では、およそ四分の三の住宅が強制的に接収され、労働者たちに分配された。こうして出現したのが、共同住宅、通称コムナルカ（коммуналка）である。

コムナルカでは、多くの場合一室に一家族が居住したが、住宅危機がさらに先鋭化した1920年代後半以降は、他人同士が同室に詰め込まれることもあった。廊下やバスルームなども居室に転用され、大きな部屋はベニヤ板などで仕切られて、複数の家族が入居した。玄関や台所、トイレは共同で利用された。当時のソ連では旧来の「家」の解体と社会主義的生活様式の確立が推進されており、コムナルカやその共同化された生活は、このような公的言説によって正当化された。しかし現実には、人口過密と設備の貧弱さゆえに、とりわけその共用空間では住人同士の衝突が絶えなかった。

雑多な出自の人びとが共同生活を強いられるコムナルカでは、いがみ合いや相互監視から家族の枠組みを超えた連帯まで、さまざまな人間関係が生み出された。このようなコムナルカの環境は、文学作品にも格好の舞台を提供した。ミハイル・ゾーシチェンコは、コムナルカの住人やそこでの生活を風刺やユーモアを込めて活写し、ミハイル・ブルガーコフはＳＦ的な幻想ないし悪夢の世界を投影した。ただし、レーニン・スターリン時代を代表するこの極めてソ連的な住まいを描くことは、両作家が体制から弾圧されたように、ソ連における現実と理想のグロテスクなまでの乖離を指摘しかねない危険を含んでもいた。

（本田晃子）

冷戦期のオリンピックは米ソのメダル獲得競争の場だった。当時のオリンピックはアマチュアリズムが徹底していて、西側のプロ選手は排除されていた。そのような中、プロ選手と同様の恵まれた環境にいる社会

主義圏のエリート選手たちはステートアマと呼ばれ、西側の選手の脅威となっていた。

一方、ソ連側からすると、プロスポーツや陸上競技の盛んなアメリカは大きな脅威だった。21世紀になってからも、米ソが対決したミュンヘン五輪のバスケットボール決勝がロシアで映画化されるなど、アメリカへの対抗心は根深いものがある（『上への運動』、2017）。

もともとソ連はスポーツ強国だったわけではない。帝政ロシアが初めて本格的に参加した1912年のストックホルム五輪は、金メダル0、銀と銅が合わせて3という期待外れの結果に終わった。革命後のソ連もブルジョア的な行事という口実を作って、オリンピックを避けていた。冷戦期になってようやくソ連のアスリートが実力をつけ、52年のヘルシンキ五輪で革命後初の参加が実現したのだ。

オリンピックの主役になったソ連が、初めて自国でオリンピックを開催したのが、80年のモスクワ五輪だった。だが、この大会はソ連のアフガニスタン侵攻に抗議する、アメリカやアジア諸国がボイコットするという残念な形となった。その後、2014年にはロシアでソチ五輪が開催されたが、これは大会終了後に国ぐるみのドーピングが告発されるという大スキャンダルを引き起こした。

それ以降、ロシアは22年まで、国としての国際大会参加を認められていない。新生ロシアの復活を印象づけるはずだったソチ五輪だが、まさにこの大会期間中にウクライナ騒乱も起こっており、ロシアの国際的孤立の始まりを告げる象徴的な大会となったのである。（岩本和久）

フィギュアスケート

2021年の世界フィギュアスケート選手権女子は、表彰台をロシア選手が独占した。ところが翌年の北京五輪では、シェルバコワとトゥルソワが金銀を取ったものの、それよりもワリエワのドーピングスキャンダルが注目されることになった。いずれにしても、フィギュアスケートの世界におけるロシアの存在感は、とても大きい。あるいは、1990年代末から2010年代にかけて活躍したエヴゲーニー・プルシェンコの名を思い出すファンも少なくないだろう。

体操や新体操、シンクロナイズドスイミングなど、身体表現をする採点競技でロシアは伝統的に強さを発揮しているのだが、フィギュアスケートも同様である。その背景としてバレエなど舞踏の伝統を挙げる声もあるのだが、肉体を酷使する厳しさも指摘されている。プルシェンコも満身創痍の選手生活だった。

歴史をさかのぼるならば、オリンピックでロシア初の金メダリストとなったのは、フィギュアスケートのニコライ・パニンだった。1908年のロンドン・オリンピックのことである。

浅田真央選手のコーチとして知られるタチヤーナ・タラソワが初めてオリンピックに参加したのは72年の札幌大会で、イリーナ・ロドニナのコーチという立場だった。その後、ロドニナはオリンピックを三連覇することになる。アイス・ホッケー選手のトレチャクと共にソチ五輪開会式で聖火を点灯したのも、ロドニナだった。（岩本和久）

ファッション

近年、世界的な影響力という点でもっとも成功したロシアのコンテンツは、おそらく文学でも映画でも美術でもなく、ファッションだろう。1984年生まれのデザイナー、ゴーシャ・ラブチンスキーは、キリル文字のスローガンをプリントしたTシャツや、だぼだぼのスウェットやジャージなど、「ダサくてカッコいい」ポストソ連的スタイルを大胆に打ち出し、おそらくソ連やロシアにはさほど関心もないであろう世界中の若者たちを虜にした。また、現在バレンシアガのクリエイティヴ・デザイナーを務めるデムナ・ヴァザリアも出身はジョージアで、社会主義と資本主義が混在する旧共産圏の文化の空気感をオーバーサイズやパロディロゴといった独自のスタイルに昇華させ、2010年代後半のファッションシーンに新風を吹き込んだ。これらソ連にルーツを持つ二人のデザイナーの世界的成功を契機に、ロシアやウクライナなど旧共産圏の国々の才能ある若手デザイナーたちに注目が集まり、ロシアや東欧などのニッチなブランドを扱う原宿の「バンカー・トーキョー」（2022年3月閉店）をはじめ、日本でも様々なセレクトショップでロシアや東欧のブランドが扱われるようになった。「ポスト・ゴーシャ」の座をうかがう競争のなかでひときわ異彩を放っているのは、1997年生まれの若手デザイナーで「ロシアのマルジェラ」とも言われる、ローマ・ウヴァーロフだ。彼は多くのゴーシャ・フォロワーたちとは一線を画し、食堂のアルミスプーンを再利用したアクセサリーや、古い毛布から作ったバッグやジャケットなど、ソ連時代の日用品をファッションアイテムに作り替えるアップサイクルな物づくりを行っている。また、ウクライナのデザイナー、クセニヤ・シュナイダーはロシアによる侵攻後もウクライナへの支援を募りながらクリエイションを継続している。（松下隆志）

ゴーシャ・ラブチンスキー2016年秋冬のコレクションより［Getty Images］

ポップ音楽

ソ連邦崩壊後、音楽産業と資本主義が社会に根づくにつれ、ロシアではポップスもロックもあらゆる音楽がテレビやインターネット上に流れるようになった。この流れにいち早く乗ったのがグループ「アガタ・クリスティー」だった。音楽院を出ていない者でも音楽産業に関われるようになり、プロの音楽プロデューサーがミュージシャンのためのプロジェクトを推し進めた。1998年に結成された二人組のアイドルデュオ「タトゥー（t.A.T.u.）」はプロデューサーの戦略で数々のスキャンダルを起こし、人気を得た。やはり戦略的につくられたリンダ（1977〜）やアルスー（1983〜）のビデオ・クリップが人気を博した。ゼムフィーラ（1976〜）の2枚目のアルバム「プラスチー・メニャー・マヤー・リュボーフィ（許して私の愛）」（2000）は大ヒットし、この年ロシアでもっとも売れたCDとなった（150万枚）。

今世紀に入ってからのポップスはもうロシア国内だけの現象ではなくなっていた。ユーロヴィジョン・ソング・コンテストやさまざまなイベントの入賞者が毎年世間を賑わせてきた。その中でも毎回必ずと言うほど入賞者になるのが、甘いマスクと声のジーマ・ビラーン（1981〜）とポップ・ロック・グループ「ズヴェーリ」だ。女性歌手ではワレリヤ（1968〜）、ジャスミン（1977〜）、ユリヤ・サーヴィチェワ（1987〜）、3人組女性歌手グループ「セレブロ」、1984年にウラジオストクで結成されたバンド「ムミー・トローリ」が日本でも人気がある。才能あるラッパーが大勢いるし、インスタグラムを意識したムービーの「ムィ」やお笑いバンドの「Little Big」、セルフプロデュースされた映像がどれも魅力的な「IC3

PEAK（アイスピーク）」等、数え切れないほどのミュージシャンが活躍している。いずれもYouTubeでの閲覧回数が多く、目が離せない。

また、ロシア軍のウクライナ侵攻後、IC3PEAKがビデオクリップ"Dead But Pretty"をYouTubeに載せているように、多くのミュージシャンが反戦を訴えるメッセージを発信している。

（鈴木正美）

バレエ

ロシア最初のバレエ上演は、1673年にモスクワ郊外の離宮にあったコメディーナヤ・ホローミナという劇場で、モスクワ大公アレクセイ・ミハイロヴィチただ一人のために上演された《オルフェオとエウリディーチェ》とされる。一般的にはフランス人バレエ教師ランデがアンナ・イオアノヴナ女帝に誓願書を書いて、1738年にバレエ学校（今日のワガノワ・バレエ・アカデミーの起源）が設立されたことからロシアのバレエ史は始まる。ランデと、イタリア・オペラ団の舞踊教師フォッサーノの二人は初期のバレエ教育に貢献した。帝室バレエ団を指導するバレエ・マスターは主として外国人が務めた。シャルル・ディドロ、ジュール・ペロー、アルテュール・サン＝レオンらが知られる。とりわけ重要なのはマリウス・プティパで、19世紀末にチャイコフスキー作曲の三大バレエ《眠れる森の美女》《くるみ割り人形》《白鳥の湖》を完成させた。

20世紀になると、若いミハイル・フォーキンが新時代の振付家として活躍する。貴族で興行師のセルゲイ・ディアギレフは、ロシアの音楽芸術を西欧に紹介していた。1909年にフォーキンの作品を中心とするいわゆる「バレエ・リュス」の公演で、ロシア・バレエのレベルの高さを世に知らしめた。類い稀な舞踊手だったワツラフ・ニジンスキーは、振付家としても《春の祭典》（1913）でこれまでの常識を覆し、モダン・バレエの扉を開いた。

「バレエ・リュス」関係者の多くが革命後に亡命者となり、英仏米ひいては日本など世界のバレエの発展に寄与した。自らのバレエ団を結成したアンナ・パヴロワ始め、彼らはプティパの作品もロシア国外で上演し、帝室バレエの伝統も伝えた。

一方、革命後のソ連でバレエは国家的に庇護され、超絶技巧の技が発達した。マイヤ・プリセツカヤはソ連の最も有名なバレリーナである。その傍ら、1960年代から70年代にかけて、ルドルフ・ヌレエフ、ミハイル・バリシニコフなどの優れた舞踊手が西側に亡命した。マリインスキー劇場とボリショイ劇場は、今日もクラシック・バレエの殿堂である。他方でボリス・エイフマンのような現代バレエの優れた振付家も現れている。

ロシアでは有事の際、直接的な報道を避けて、バレエが象徴的に使われることがある。2022年2月にロシアによるウクライナへの軍事侵攻が始まると、新聞やテレビで唐突に《白鳥の湖》の画像や映像が現れた。また、侵攻に抗議して有名バレリーナや振付家がボリショイ劇場を離れるなど、バレエ界も大きく揺れ動いた。

（平野恵美子）

関連年表

1917年2月	（ユリウス暦）二月革命
1917年10月	（ユリウス暦）十月革命
1917〜22年	ソヴィエト権力と反革命勢力による内戦
1922年	スターリンが共産党書記長に就任
	ソヴィエト社会主義共和国連邦成立
1924年	レーニン死去
1934年	レニングラード市・州党第一書記キーロフ暗殺。スターリンによる大テロル期へ
1939年	第二次世界大戦勃発
1941〜45年	独ソ戦（1941〜44年　ナチス・ドイツ軍によるレニングラード包囲）
1945年	第二次世界大戦終結
1953年	スターリン死去（「雪どけ」期へ）
	フルシチョフが党第一書記就任
1956年	第20回党大会での「スターリン批判」
	日ソ共同宣言
	ハンガリー動乱勃発
1957年	人工衛星「スプートニク」打ち上げ
1958年	パステルナークがノーベル文学賞受賞（のちに辞退）
1993年	ソヴィエト社会主義共和国連邦崩壊
	ロシア連邦発足
	10月政変（モスクワ騒乱事件）勃発
1994〜96年	第1次チェチェン紛争
1998年	ロシア財政危機（デフォルト及び一連の経済的混乱）発生
1999年	アパート連続爆破テロ発生。プーチン首相による強硬姿勢から第2次チェチェン紛争（〜2009年）へ
	プーチンがロシア連邦大統領代行に就任
2000年	プーチンが大統領選勝利
2002年	モスクワ劇場占拠事件。人質100人以上が死亡
2004年	ベスラン学校占拠事件。人質300人以上が死亡
2004〜05年	ウクライナで大統領選の結果への抗議に端を発する「オレンジ革命」勃発
2008年	メドヴェージェフがロシア連邦大統領に就任
	ロシア・ジョージア間で「南オセチア紛争」勃発
2011年	選挙不正疑惑に端を発する大規模反政府デモ発生
2012年	プーチンがロシア連邦大統領に再就任。
2013年	ウクライナ・キエフで「ユーロマイダン」勃発
2014年	ソチで冬期オリンピック開催
	ロシアによるウクライナ・クリミア半島侵攻・

1959年	キューバ革命
1961年	ガガーリンによる人類初の有人宇宙飛行
	キューバにおける社会主義宣言
1962年	キューバ危機
1964年	ブレジネフが党中央委員会第一書記に就任（66年から82年まで党書記長）
1965年	ショーロホフがノーベル文学賞受賞
1968年	チェコスロヴァキアにおける政治改革運動「プラハの春」勃発
1970年	ソルジェニーツィンがノーベル文学賞受賞
1975年	サハロフがノーベル平和賞受賞
1979年	ソ連によるアフガニスタンへの軍事介入。89年まで続くアフガニスタン紛争のはじまり
1980年	モスクワで夏期オリンピック開催（日本含む西側諸国はボイコット）
1985年	ゴルバチョフが書記長就任。ペレストロイカ期へ
1986年	ウクライナ・チョルノービリ（チェルノブイリ）における原子力発電所事故
1989年	ベルリンの壁崩壊（翌年東西ドイツ合併）
	米ソ首脳による冷戦終結宣言
1990年	ゴルバチョフがノーベル平和賞受賞
	エリツィンがロシア共和国大統領に就任
1991年	ヤナーエフ副大統領らによる8月クーデター勃発。エリツィン側が勝利
2015年	ロシア編入
	ウクライナ・ドネツク州上空でマレーシア航空機撃墜。乗客300名弱死亡
	ベラルーシ共和国のロシア語作家アレクシエーヴィチがノーベル文学賞受賞
	ロシア軍によるシリア空爆開始
2017年	サンクトペテルブルグの地下鉄で爆破テロ発生。実行犯含む15名死亡
2018年	ロシアでサッカーのワールドカップ開催
2020年	憲法改正。プーチン大統領の任期が最長2036年まで延長可能に
	2018年のロシア連邦大統領選立候補者（立候補は却下）ナヴァーリヌイの毒殺未遂事件発生
2021年	『ノーヴァヤ・ガゼータ』紙編集長ムラトフがノーベル平和賞受賞
2020～21年	ベラルーシにおいて反政府デモ発生
2022年	カザフスタンにおいて反政府デモ発生
	ロシアによるウクライナ侵攻開始

（作成：笹山啓）

編著者一覧

■編者：ポスト・ソヴィエト文学研究会

岩本和久、鴻野わか菜、越野剛、高柳聡子、松下隆志(五十音順)からなる現代ロシア(語)文学研究会。二〇二〇年より活動。

岩本和久(いわもと・かずひさ)

一九六七年生まれ。東京大学大学院人文社会系研究科博士課程修了(博士)。札幌大学地域共創学群教授。専門は現代ロシア文学、ソヴィエト文学。著書に『トラウマの果ての声：新世紀のロシア文学』(群像社、二〇〇七年)、『情報誌の中のロシア：文化と娯楽の空間』(東洋書店、二〇〇八年)、『沈黙と夢：作家オレーシャとソヴィエト文学』(群像社、二〇〇三年)、『フロイトとドストエフスキイ：精神分析とロシア文化』(東洋書店、二〇一〇年)、訳書にパーヴェル・ペッペルシテイン『地獄の裏切り者』(水声社、二〇二二年)がある。

鴻野わか菜(こうの・わかな)

一九七三年生まれ。東京外国語大学卒業、国立ロシア人文大学大学院、東京大学人文社会系研究科博士後期課程修了(博士)。千葉大学文学部准教授を経て、現在は早稲田大学・教育・総合科学学術院教授。ロシア東欧美術・文化・文学を中心に研究する一方で、展覧会の企画や監修に関わり、「カバコフの夢」(大地の芸術祭)、「夢みる力：未来への飛翔　ロシア現代アートの世界」(市原湖畔美術館)等でキュレーションを務める。共著に『カバコフの夢』(越後妻有里山協働機構、二〇二一年)、『イリヤ・カバコフ『世界図鑑』絵本と原画』(東京新聞、二〇〇七年)、訳書にレオニート・チシコフ『かぜをひいたおつきさま』(徳間書店、二〇一四年)など。

越野剛(こしの・ごう)

慶應義塾大学文学部准教授。専門はロシアとベラルーシの文学・文化史。北海道大学大学院文学研究科博士号(文学)。在ベラルーシ共和国日本国大使館専門調査員、日本学術振興会特別研究員、北海道大学スラブ・ユーラシア研究センター、東京大学教員などを経て、二〇二一年から現職。訳書『リホール・バラドゥーリン詩集』(春風社、二〇〇七年)、共編著『紅い戦争のメモリースケープ：旧ソ連・東欧・中国・ベトナム』(北海道大学出版会、二〇一九年)、『ベラルーシを知るための55章』(明石書店、二〇一七年)等。

高柳聡子（たかやなぎ・さとこ）

大学非常勤講師。専門は現代ロシア文学、フェミニズム史。主な著書・論文は、『ロシアの女性誌 時代を映す女たち』（群像社、二〇一八年）、「ソ連後期のフェミニズム思想とドストエフスキー」（『ドストエフスキーとの対話』水声社、二〇二一年所収）、訳書にイリヤー・チラーキ『集中治療室の手紙』（群像社、二〇一九年）など。ロシア語文化圏における女性たちの声に耳を傾けること、歴史に残すことを課題としている。現在、ウェブマガジン「web侃づめ」で「埃だらけのすももを売ればよい　銀の時代の女性詩人たち」を連載中。

松下隆志（まつした・たかし）

一九八四年大阪生まれ。北海道大学大学院文学研究科博士課程修了。岩手大学人文社会科学部准教授。専門は現代ロシアの文学や文化。著書に『ナショナルな欲望のゆくえ：ソ連後のロシア文学を読み解く』（共和国、二〇二〇年）、訳書にウラジーミル・ソローキン『マリーナの三十番目の恋』（河出書房新社、二〇二〇年）、ザミャーチン『われら』（光文社古典新訳文庫、二〇一九年）など。

■執筆者（五十音順）

秋草俊一郎（日本大学准教授。比較文学・翻訳研究。著書に『アメリカのナボコフ：塗りかえられた自画像』（慶應義塾大学出版会、二〇一六年）、『「世界文学」はつくられる：1827―2020』（東京大学出版会、二〇二〇年）がある）

イコンニコワ、エレーナ（サハリン国立大学教授。専門はロシア文学・サハリン地方文学）

石川あい子（ロシア・フォークロアの会「なろうど」会員。専門はロシアの食物語彙）

上田洋子（ロシア文学者、博士（文学）。ゲンロン代表。編著に『歌舞伎と革命ロシア』（森話社、二〇一七年）、監修に『プッシー・ライオットの革命』（DU BOOKS、二〇一八年）、訳書にクルジジャノフスキイ『瞳孔の中』（共訳、松籟社、二〇一二年）など）

梶山祐治（筑波大学国際局UIA、博士（文学）、専門はロシア文学、ロシア・中央アジア映画研究。ロシア周辺地域における日本未公開作品の紹介活動を続け、字幕翻訳・監修など多数）

桜井厚二（早稲田大学非常勤講師。ロシア文学研究。著書に『現代用語としてのドストエフスキー』（東洋書店、二〇〇〇年）、「社会の断面を描く推理小説」『現代ロシアを知るための60章』（明石書店、二〇一二年所収）など）

笹山啓（日本学術振興会特別研究員（PD）。博士（学術）。専門は現代ロシア文学。主な業績に「からくり人形の反乱：ペレーヴィン作品における「ヒエラルキーの崩壊」のテーマ」（『スラヴ研究』、二〇一九年）など）

鈴木正美（新潟大学人文学部教授。専攻、現代ロシア文化、ロシア詩。主な著書に『言葉の建築術――マンデリシュターム研究1』（群像社、二〇〇一年）、『ロシア・ジャズ』（東洋書店、二〇〇六年）など）

塚崎今日子（北海道科学大学未来デザイン学部人間社会学科准教授。専門はロシア／ソヴィエト・フォークロア。共著書に『ロシアの歳時記』（東洋書店新社、二〇一八年）ほか）

奈倉有里（ロシア文学翻訳者。博士（文学）。著書に『夕暮れに夜明けの歌を』（イースト・プレス、二〇二一年）『アレクサンドル・ブローク 詩学と生涯』（未知谷、二〇二一年）、訳書にサーシャ・フィリペンコ『赤い十字』（集英社、二〇二一年）など）

野中進（埼玉大学教養学部教授。博士（学術）。ロシア文学・文学理論が専門。訳書にエルヴィン・ナギ『革命記念日に生まれて：子どもの目で見た日本、ソ連』（東洋書店新社、二〇二〇年）など）

原田義也（明治大学国際日本学部兼任講師。専門は近現代ウクライナ文学。主な著書に『ウクライナを知るための65章』（服部倫卓氏との共編著、明石書店、二〇一八年））

平野恵美子（東京大学大学院で博士（文学）の学位を取得。バレエ・舞踊史、ロシア芸術文化研究。中京大学教養教育研究院特定任用教授。『帝室劇場とバレエ・リュス』（未知谷、二〇二〇年）で第七一回芸術選奨文部科学大臣新人賞受賞）

本田晃子（岡山大学社会文化科学研究科。専門はロシア建築史、表象文化論。主著に『都市を上映せよ：ソ連映画が築いたスターリニズムの建築空間』（東京大学出版会、二〇二二年）など）

宮風耕治（ロシアSF研究。著書『ロシア・ファンタスチカ（SF）の旅』（東洋書店、二〇〇六年））

山田徹也（慶應義塾大学ほか非常勤講師。ロシア民俗学、特に家屋の妖怪が専門。主な業績に博士論文「ロシアの民間信仰における妖怪の機能と物質文化：蒸風呂小屋の妖怪バンニク信仰を中心に」など）

カバー装画
Erik Bulatov, Russian 20th Century III (1998-1999)

エリク・ブラートフ（1933〜）は、スヴェルドロフスク（現エカテリンブルク）生まれ、モスクワ育ちのロシアを代表する芸術家。イリヤ・カバコフらとともに、「ソッツ・アート」（社会主義リアリズムとポップ・アートからの造語）運動でも知られる。

装画協力
Shalva Breus
pop / off / art, Sergey Popov

企画
穂原俊二

編集
岩田悟
穂原俊二

ブックデザイン
坂本龍司

現代ロシア文学入門

2022年9月1日　第1刷発行©

編著者――ポスト・ソヴィエト文学研究会

発行人――揖斐　憲

発行所――東洋書店新社
〒150-0043　東京都渋谷区道玄坂1-22-7
道玄坂ピアビル4階
電話 03-6416-0170　FAX 03-3461-7141

発　売――垣内出版株式会社
〒158-0098　東京都世田谷区上用賀6-16-17
電話 03-3428-7623　FAX 03-3428-7625

印刷・製本　中央精版印刷株式会社

Printed in Japan 2022. ISBN978-4-7734-2048-7